NLP
हैंडबुक

NLP हैंडबुक

NLP द्वारा जीवन के सर्वश्रेष्ठ प्रयोग करें

शांतनु दास शर्मा

प्रकाशक

प्रभात प्रकाशन प्रा. लि.

4/19 आसफ अली रोड, नई दिल्ली-110002

फोन : 011-23289777 • हेल्पलाइन नं. : 7827007777

इ-मेल : prabhatbooks@gmail.com ❖ वेब ठिकाना : www.prabhatbooks.com

संस्करण

2026

अनुवाद

नितिन माथुर

पेपरबैक मूल्य

चार सौ रुपए

मुद्रक

नरुला प्रिंटर्स, दिल्ली

NLP HANDBOOK

by Shri Shantanu Das Sharma

(Hindi translation of 'AWAKEN THE INCREDIBLE WITHIN')

Published by **PRABHAT PRAKASHAN PVT. LTD.**

4/19 Asaf Ali Road, New Delhi-110002

ISBN 978-93-90378-07-4

₹ 400.00 (PB)

मेरे माता-पिता, मेरी अद्‌भुत पत्नी **प्रतिवा**

और मेरे अनमोल पुत्र **यश**

को समर्पित

आपका प्रेम मेरी शक्ति है।

मेरे लिए आपसे बढ़कर कुछ नहीं

स्टीव जॉब्स के अंतिम शब्द

मैं बिजनेस में सफलता के शीर्ष पर हूँ।

दूसरों की नजरों में मेरा जीवन सफलता का प्रतीक है।

हालाँकि, अपने काम के अलावा मैंने और कोई आनंद नहीं लिया। अंत में, केवल मेरा धन ही वह सच्चाई है, जिसका मैं अभ्यस्त हूँ।

इस वक्त अस्पताल के बिस्तर पर लेटे हुए अपने जीवन को याद करने पर अहसास होता है कि अपनी जिस प्रशंसा और समृद्धि पर मुझे कभी अभिमान था, आज आसन्न मृत्यु के सामने वह सब तुच्छ है।

अँधेरे में जब मैं कृत्रिम श्वास देनेवाले उपकरणों की हरी रोशनियों को देखता हूँ और उनकी यांत्रिक आवाजों को महसूस करता हूँ, मुझे अपनी तरफ बढ़ती मृत्यु की साँसें महसूस होती हैं।

मुझे अब जाकर समझ आया कि जब आप अपने पूरे जीवन के लिए धन इकट्ठा कर लें, तब आपको वही काम करने चाहिए, जो धन से संबंधित न हों।

यह कुछ अधिक महत्त्वपूर्ण होना चाहिए—

उदाहरण के लिए प्रेम—कला और मेरे बचपन के सपनों की कहानियाँ।

नहीं, धन के पीछे भागना बंद करें। यह आपको केवल मुझ जैसा विकृत व्यक्ति बनाएगा।

ईश्वर ने हमें एक जैसा बनाया है। हम सब अपने दिलों में प्रेम को महसूस कर सकते हैं, न कि उन भ्रमों को, जो यश और धर्म से निर्मित हों—जैसा मैंने अपने जीवन में किया। मैं इन सबको अपने साथ नहीं ले जा सकता।

हम अपने साथ बस, वे यादें ले जा सकते हैं, जो प्रेम द्वारा सशक्त हैं।

केवल यही वह सच्ची संपत्ति है, जो बाद में आपके साथ जाती है, आपके साथ

रहती है, आपको आगे बढ़ने की शक्ति और प्रकाश प्रदान करती है।

प्रेम हजारों मील की यात्रा कर सकता है और इसलिए, जीवन की भी कोई सीमा नहीं। जहाँ जाना चाहें, वहाँ जाएँ। जो लक्ष्य पाना चाहते हैं, उसके लिए कड़ी मेहनत करें। सब आपके हृदय में और पहुँच में है।

दुनिया का सबसे महँगा बिस्तर कौन सा है? अस्पताल का बिस्तर।

अगर आपके पास पैसा है तो आप कार चलाने के लिए ड्राइवर रख सकते हैं; लेकिन आप मौत की तरफ ले जाती अपनी बीमारी को सहने का काम किसी को नहीं सौंप सकते।

भौतिक चीजें खो जाएँ तो फिर मिल सकती हैं; लेकिन एक चीज, जिसे खो जाने पर कभी नहीं पाया जा सकता, वह है जिंदगी।

अभी हमारी उम्र चाहे जो भी हो, अंत में हमें उस दिन का सामना करना ही होगा, जब परदा गिर जाएगा।

अपने खजाने में परिवार के प्रेम, जीवनसाथी के प्रेम और अपने दोस्तों के प्रेम को सहेजकर रखिए।

सबके साथ अच्छा व्यवहार करें और अपने पड़ोसियों के साथ मित्रवत् संबंध रखें।

भूमिका

'NLP हैंडबुक—NLP द्वारा जीवन के सर्वश्रेष्ठ प्रयोग करें।' एक विशिष्ट मार्गदर्शिका है, जिसमें वह बताया गया है, जिसे आप पहले से जानते हैं, लेकिन जिनके प्रति अपने जीवन के अधिकांश हालात के संदर्भ में बोधपूर्ण जागरूक नहीं हैं। इस पुस्तक को पढ़ने का प्रमुख उद्देश्य नई जानकारी प्राप्त करना नहीं है, जिससे आप उसके प्रति तीव्र जागरूक हो सकें, जो आप पहले से जानते हैं और फिर सीखें कि आप अपनी इस जानकारी का किस तरह उपयोग करें। यह उन सवालों के जवाब जानने के लिए है, जो आपके भीतर कहीं गहरे में पहले से मौजूद हैं, लेकिन ध्यान व बोधपूर्ण जागरूकता की कमी से आप उन तक पहुँचने का मार्ग भटक गए हैं। यह पुस्तक आपके मन का मार्गदर्शन करेगी, जिससे इसकी जागरूकता में परिचालन स्तर की जागरूकता आ सके और यह आपको इतना सक्षम बना दे कि आप इस पुस्तक में सुझाए गए कुछ अभ्यासों का पालन करके अपने अंतर्बोध के गुण द्वारा अपने निकटतम इच्छित लक्ष्य तक पहुँच सकें।

यह पुस्तक आपको दिखाती है कि अपने 'अनोखे स्वत्व' को कैसे जाग्रत् करें। वह प्रतीक्षा कर रही है कि आपके मस्तिष्क के उच्चतम स्तर की पूर्ण संभावनाओं को मुक्त कर सके। पाठक यह सीखेंगे कि वे अपने मस्तिष्क के विशिष्ट तीसरे स्तर का उपयोग कैसे करें, जिसका क्रम-विकास के चरणों के माध्यम से विकास हुआ है। 'प्री-फ्रंटल कोर्टेक्स' माथे के मध्य के ठीक पीछे स्थित है, जिसे न्यूरोसाइंटिस्ट मस्तिष्क की प्रभावशाली, आनंदपूर्ण, सुखद जीवन बिताने की क्रियाओं तथा अपने भाग्य को अपनी इच्छा व डिजाइन के अनुसार अपने निम्न मस्तिष्क की जगह उच्च मस्तिष्क द्वारा निर्माण का प्रबंधन करनेवाला अधिकारी मानते हैं।

यह पुस्तक आपके बारे में आपके लिए है। इसका उद्देश्य आपको आपके लक्ष्य हासिल करने में मदद करना है, फिर चाहे वे जो भी हों, जो आपकी इच्छा पर निर्भर करता है। संक्षेप में कहें तो यह पुस्तक इसलिए है, जिससे आप अपने मूल्यों, नियमों

और नियंत्रण में इस तरह बदलाव कर सकें, जो आनेवाले वर्षों में आपके जीवन को और अधिक उत्पादक व परिपूर्ण बना सके और अगर आप गंभीर पाठकों, अन्वेषकों और कर्ताओं में से एक हैं तो यही वह पुस्तक है, जिससे आपकी वास्तविक शिक्षा आरंभ होगी, जिसका इसके बाद कभी अंत नहीं होगा।

इस पुस्तक को सिर्फ पढ़ें नहीं, इस्तेमाल करें। यहाँ जिस कौशल और अंतर्बोध की रूपरेखा दी गई है, वह तब तक अनुपयोगी है, जब तक आप इसका अभ्यास नहीं करते। ये न तो बौद्धिक सुझाव हैं और न ही बौद्धिक समाधान। अगर आप समस्याओं को तर्क व कारण के आधार पर सुलझाने के अभ्यस्त हैं तो अपने इस सोच को स्थगित रखें, जिससे इस पुस्तक के लिए जगह बने। इसे इसका जादू चलाने दें। इसे आपका जादू चलवाने दें।

इस पुस्तक में चेतन के साथ ही अवचेतन स्तर के भी ऐसे अभ्यास बताए गए हैं, जो विकल्पों की ओर ले जाते हैं। इन्हें जहाँ व जैसा बताया गया है, वहाँ इन्हें सचमुच करें, बजाय इसके कि केवल इनके बारे में सोचते रहें। मैं इस पुस्तक को तब सफल मानूँगा, अगर यह आपको आपके आत्म-विकास के मार्ग पर वास्तविक परिणाम हासिल करने हेतु कदम उठाने के लिए प्रेरित कर सके।

पूरी पुस्तक को, आरंभ से अंत तक, व्यवस्थित ढंग से पढ़ें और इसके बाद ही वापस जाकर किसी खास सेक्शन या विचार या कौशल अथवा तकनीक पर ध्यान दें। अपनी क्षमताओं, संसाधनों, भयों और आदतों की इस पुस्तक में तलाश करें। इसे अपनाएँ और अंत में, आप पाएँगे कि आपका मन आपका अब तक का देखा सबसे अनोखा स्थान है। अगर आप इस पुस्तक को पूरी तरह पढ़ते हैं और यदि हो सके तो आखिर में बताई पुस्तकों का भी अध्ययन करते हैं तो तय मानिए कि आपने अपने आपको बदलने की शुरुआत के लिए जो कुछ भी उचित था, वह किया है और इसके परिणाम आपको अंदर व बाहर—दोनों ही जगह जल्दी ही अनुभव होंगे।

1. अपने जीवन में बदलाव की तलाश

तलाशिए कि बदलाव का एजेंट बनने एवं दूसरों को प्रेरित करने और राह दिखाने के लिए आपको अपने में कितना बदलाव करना होगा। अपने आप को तथा इस नए बोध के साथ अपने रिश्ते को पहचानिए। अपने जीवन में अनोखेपन के रचनाकार व निर्माणकर्ता बनने की अपनी इच्छा को तलाशें। संसार को प्रेरित करनेवाला उदाहरण बनकर अपने परिवेश में बदलाव लाएँ, जहाँ बाकी सब भी प्रेमपूर्वक आपके व्यवहार, आचरण और उत्कृष्टता के पैटर्न को आदर्श मानकर अनुपालन करें। अपने व्यक्तित्व को ऐसा बनाएँ कि अन्य लोगों के लिए उनके आसपास आपकी उपस्थिति अति आदर्श और वांछित हो।

2. संसार में बदलाव की तलाश

तलाशिए कि एक सफल अगुआ और बदलाव का एजेंट बनने के लिए आपको किस तरह के समुदाय का निर्माण करना होगा। खोजिए कि इतना प्रेरणादायी बनने के लिए आपको क्या करना होगा कि दूसरे लोग आपके उद्देश्य को अपनाएँ या आपकी सलाह या जानकारी के अनुसार कदम उठाएँ। ऐसा समुदाय या वर्ग बनाने के साधन जुटाएँ, जो आपको अपने संसार का लाभ लेते हुए बदलाव के सह-निर्माण में, सफलता में मदद कर सकें।

मैं आपकी आत्म-विकास यात्रा की परिपूर्णता की कामना करता हूँ कि वह आपको शक्तिशाली, केंद्रित और सुविज्ञ 'अन्वेषक व आंतरिक परिवर्तनकारी' बनाए। शुभ यात्रा!

स्वीकृतियाँ

मैं इस पुस्तक को शायद उन प्रेरणादायी अनुभवों के बिना कभी पूरा नहीं कर पाता, जो मुझे अपने क्लाइंट्स को थेरैपी और सलाह देने के दौरान मिले तथा मेरे जीवन में बीते छह साल की वे नवीन और परिवर्तनकारी उपलब्धियाँ, जो उन्हें मेरे रणनीतिक उपचार के दौरान अनुभव हुईं, जिनमें से कुछ फोन के माध्यम से भी थीं। यहाँ मैं शिलादित्य चक्रवर्ती, देवव्रत साहा तथा भारत, श्रीलंका, दुबई, मलेशिया, सिंगापुर और अमेरिका के कुछ राज्यों में रहनेवालों का विशेष रूप से उल्लेख करना चाहूँगा। मैं अपने सोशल मीडिया के उन सभी शुभचिंतकों, अनुसरणकर्ताओं और पाठकों का भी अत्यंत शुक्रगुजार हूँ, जिनकी टिप्पणियाँ और सलाह बेहद उत्साहजनक व प्रेरणादायी रहीं और जो अंतत: इस पुस्तक का लिखा जाना जारी रहने का कारण भी बनीं।

इस पुस्तक के विचारों, प्रक्रियाओं और अभ्यासों के विकास पर मेरे असंख्य शिक्षकों, लेखकों एवं अनुसंधानकर्ताओं की विशाल सहायक व्यवस्था तथा इसके साथ ही मेरी पहली पाठिका दीपिका अग्रवाल, जिन्होंने इसकी पांडुलिपि को पढ़ा और पुस्तक के संभावित पाठक पर पहले प्रभाव के तौर पर प्रथम पाठिका की भूमिका में दी प्रतिक्रिया का प्रत्यक्ष व अप्रत्यक्ष प्रभाव रहा है। मैं अंतरराष्ट्रीय एन.एल.पी. मास्टर ट्रेनर आर. रमेश प्रसाद को भी धन्यवाद देता हूँ, जो मेरी न्यूरो लिंग्वेस्टिक प्रोग्रामिंग (एन.एल.पी) की पड़ताल हेतु गहन छानबीन में बड़ी प्रेरणा बने; क्योंकि वही वे व्यक्ति हैं, जो मुझे पहली बार एन.एल.पी. की दुनिया में ले गए।

अनुक्रम

1

भीतरी अनोखेपन को जगाने के विचार

"व्यक्ति के अपने भीतर पूरा संसार होता है और अगर आप इसे तलाशना व सीखना चाहते हैं तो इसका द्वार भी यहीं है और कुंजी आपके पास है। दुनिया में और कोई आपको यह द्वार या कुंजी नहीं दे सकता, सिवाय आपके।"

—जे. कृष्णमूर्ति

क्या संतुष्ट रहते सफल होना कठिन है?

हाँ, कठिन है; लेकिन असंभव जितना कठिन नहीं।

भारत व विदेशों में पच्चीस वर्षों तक विभिन्न संस्थानों में काम करने के बाद जब मैंने अपना पूर्णकालिक लेखक, व्यवहार सफलता कोच व सर्वोत्तम प्रदर्शन रणनीतिकार का कॅरियर आरंभ किया तो मैंने अपने आपसे सबसे पहले यही सवाल किया कि मैं जो पाना चाहता हूँ, उसका अधिकारी होने के लिए मुझे क्या करना होगा? मैं ऐसा क्या साझा करूँ, जिससे इतना गहरा प्रभाव हो, जो मेरे बड़े पाठक वर्ग और दर्शकों के लिए लाभकारी रहे? आखिर, किस तरह मेरी शिक्षा किसी ऐसे व्यक्ति के लिए उपयोगी हो सकती है, जिससे मेरी कोई घनिष्ठता नहीं है? वे कौन सी सबसे चुनौतीपूर्ण समस्याएँ हैं? जिनका मैंने अपने जीवन में सामना किया और उनसे पार पाया है? मैं अपनी कौन सी शिक्षाएँ साझा करूँ? मेरी समझ का वह कौन सा महत्त्वपूर्ण क्षेत्र है, जो मेरे क्लाइंट्स के जीवन के मायने सुधार सकता है? मेरा इन्हें साझा करना मेरे क्लाइंट्स के लिए उनके जीवन की चुनौतियों को समाधेय तरीके से समझने के लिए कैसे प्रभावित कर सकता है? मैं अपनी शिक्षाओं को आसान तरीके से कैसे साझा करूँ, जिससे उनको लाभ हो? मैं अपने ग्राहकों को वह साधन कैसे दूँ, जिसका वे आसानी और प्रभावी ढंग से उपयोग कर सकें? मेरे पास ऐसा कौन सा सबसे प्रभावशाली माध्यम है, जिससे मैं जीवन की

चुनौतियों, बाधाओं और जड़त्व का सामना कर रहे या अपने बारे में भ्रमित व अनभिज्ञ लोगों तक पहुँचकर उन्हें यह लाभ लेने में सक्षम बना सकूँ, जिससे वे एक गतिशील और परिपूर्ण जीवन के मार्ग पर वापस लौट सकें?

अपने आप से पूछे इन सवालों ने मुझे इस पुस्तक के जन्म का उचित कारण दे दिया, जो इस वक्त 'अपने अनोखेपन को जगाएँ : अनोखापन ही नई असाधारणता है' शीर्षक से आपके हाथों में है। मुझे पूरा विश्वास है कि यहाँ जो विचार दिए गए हैं, वे पूरे प्रेम सहित आपको अपनी जागरूकता की अवस्था तक पहुँचने, अपना ध्यान परिवर्तित करने और आपको अधिक सामर्थ्यपूर्ण दृष्टिकोण प्रदान करने में सहायता करेंगे, जिससे आप स्पष्टता सहित ऐसी ठोस क्षमता हासिल करके व्यवसाय, जीवन और संबंधों की किसी भी चुनौती का सामना कर सकें।

और आपको इसलिए भी बधाई, क्योंकि आपके हाथों में इस पुस्तक के होने ने साबित कर दिया है कि आप आत्म-विकास के गंभीर जिज्ञासु हैं।

मैंने कहाँ से और कैसे शुरुआत की?

वर्ष 2012 की आखिरी तिमाही में मैंने आई.टी. बिजनेस हेड की अपनी आखिरी नौकरी छोड़ दी, जिसमें मुझ पर दक्षिण-पूर्व एशिया के बिजनेस की जिम्मेदारी थी। इससे पहले मैं आठ साल तक श्रीलंका में रहा। मैं लगभग दस साल तक विदेश में रहने के बाद भारत लौटा और तब मेरी पूरी गंभीरता से यही इच्छा थी कि मैं ब्रेक लेकर अपनी जिंदगी के अगले भाग के लिए अपनी शर्तों पर जीने की योजना बनाऊँ और कार्यान्वित करूँ, जिसमें बिना किसी समझौते के दूसरों के जीवन को पूर्णता की अनुभूति के साथ स्पर्श कर सकूँ।

मुझे अहसास हुआ कि भारत और विदेशों में से बहुत से सफल पेशेवर हैं, जिनसे मुझे मिलने का अवसर मिला, जो पद, शिक्षा, पहचान, महत्त्व और धन के मामले में तो पर्याप्त सफल थे, लेकिन वे सभी कहीं-न-कहीं अपने आपको वास्तविक मायनों में पूर्णता की संतुष्टि देने में विफल रहे थे—और शायद मेरे अपने असंतोष का भी यही कारण था। एक मायने में पूर्णता की कमी थी और मुझे नहीं पता था कि इसका मूल कारण क्या है। मुझे यह भी महसूस होने लगा कि कॅरियर और जीवन में यह पूर्णता का पहलू ध्यान देने के लिए काफी महत्त्वपूर्ण और बुनियादी मुद्दा है और अगर मैं अपने जीवन को वास्तव में कुछ सार्थक देना चाहता हूँ तो मुझे इस पर मुख्य रूप से ध्यान देना होगा। इसका अर्थ हुआ कि मुझे अपने योगदान और कार्यों के माध्यम से व्यक्तिगत विकास की अनुभूति को महसूस करना होगा। इसके साथ ही मैं स्वीकार्यता, प्रभावकारिता और निश्चितता के अनुभव के साथ अपने व दूसरों के विकास में योगदान का अधिकार अर्जित करना चाहता था।

मैंने दुनिया भर के अलग-अलग हिस्सों से खरीदी गई पुस्तकों के उस बड़े संग्रह को पढ़ना आरंभ किया, जो बीते चार वर्षों से केवल शोकेस लाइब्रेरी की शोभा बढ़ा रहा था। मैंने उनमें से अधिकांश पुस्तकों को पूरे शौक से पढ़ा, जो व्यक्तिगत सफलता, कार्य सफलता, लाइफ कोचिंग, आत्म-परिपूर्णता, श्रेष्ठ प्रदर्शन, भावनात्मक बुद्धिमत्ता, आध्यात्मिक अभिकलन (एस.क्यू.), नवीन विचारों, न्यूरो-लिंग्वेस्टिक प्रोग्रामिंग (एन. एल.पी.) और मानव व्यवहार विज्ञान एवं पैटर्न जैसे विविध विषयों पर थीं। इनमें सफल प्रदर्शनकर्ताओं और व्यापारियों की जीवनियाँ भी थीं और साथ ही मानव विकास एवं सीखने को तेज करनेवाले साधनों पर पुस्तकों के अलावा और भी बहुत कुछ था।

मैं लाइव सेमिनार, वर्कशॉप्स और वीडियो ट्यूटोरियल्स में शामिल होने लगा। मैं हर उस चीज को घोटकर पीने लगा, जो मेरा ध्यान खींचती, ताकि मैं अपनी मानवीय संभावनाओं का विकास व वृद्धि कर सकूँ। संक्षेप में, मैं अपने को लगभग पूरे लचीले मन के साथ अज्ञानता की स्थिति में ले आया और उस सबको आत्मसात् करने के लिए तैयार था, जो मुझे तार्किक रूप से महत्त्वपूर्ण प्रतीत होता था और मैंने उस सबको स्वीकार किया, जो मुझे संभावित व प्रासंगिक लगा, जो मेरे अपने जागरूकता के स्तर को ऊपर उठाने में मदद करे, जिससे मैं अपने भीतर अनोखेपन को जगाने की दिशा में आगे बढ़ूँ और अपनी विशिष्टता को तलाश सकूँ। बीते चार वर्षों में मेरा मुख्य काम अपने परिवार की देखभाल करना और अपने समय व संसाधनों को अपने व्यक्तिगत विकास में उपयोग करना था।

मैंने पूरी उत्सुकता से पढ़ा व अध्ययन किया और अपने को मास्टरमाइंड बनाने तक विकसित कर सका तथा लाइव वर्कशॉप्स, मानव संभावनाओं के विकास संबंधी वीडियो देखकर तथा मस्तिष्क वैज्ञानिकों के नवीनतम कार्यों व अनुसंधानों के परिणामों को आत्मसात् करने का प्रयास किया। मैंने खुद अपने जीवन एवं लंबे पेशेवर अनुभव तथा काम के दौरान सीखे सबकों और अध्यक्षता अनुभवों आदि को पुनः याद करना एवं उपयोग करना सुनिश्चित किया।

मैंने न केवल उन अधिकांश घटनाओं की समीक्षा करना आरंभ किया, बल्कि मैंने जैसा किया, वैसा क्यों किया और जीवन की कठिनतम स्थितियों का कैसे सामना किया, उनसे क्या सीखा और मैंने अपने जीवन व पेशेवर चुनौतियों को कैसे सँभाला, जिससे मैं अपने भीतर संतुलन तलाश सकूँ; साथ ही मैंने यह भी जानने का प्रयास किया कि मैंने कैसे बिना आलस्य दिखाए गहन आत्म-विश्लेषण के माध्यम से भावनात्मक अवरोधों व बाधाओं को पार किया और बदले में इन सबसे मुझे ऐसा गहन बोध एवं समय-परीक्षित अभ्यासों के रूप में कुछ अनोखे परिणाम मिले। इन सबका परिणाम यह पुस्तक है, जो इस समय आपके हाथों में है और मैं पूरी तरह से यही चाहता हूँ कि आपको इससे अधिकतम फायदा हो!

अनोखापन, सुनने में लगता है कि अपना स्वामित्व अपने हाथ रखने ने मुझे पूरी गंभीरता के साथ निरंतर तलाश, अवलोकन और इन सभी गतिविधियों को रिकॉर्ड करने में डुबो दिया, जिनका परिणाम मेरे लिए इच्छित परिणाम पाने का रहा—मुझे अनमोल रत्न प्राप्त हुए। अपने अंतरराष्ट्रीय अनुभवों में गहरा गोता लगाते हुए इसे दुनिया भर में अपने कार्यों में सफल रहे लोगों के साथ निजी साक्षात्कारों, संवाद और अध्ययन के साथ जोड़ने से मुझे ग्लानि का अहसास हुआ कि इन सभी अनुभवात्मक अनुभूतियों का उपयोग मैंने केवल अपनी तरक्की और विकास में किया। मेरे दिमाग में पूरी गंभीरता से यह बात आई कि अभी भी मेरे प्रगति के लिए कार्य करने के बावजूद मैंने जो कुछ भी सीखा है और मुझे जीवन में जिनसे भी सफलता हासिल हुई है, मैं उसे दूसरों के साथ साझा करूँ, जिससे कि वह संसार के काम आ सके और संसार को मेरे उपहार एवं योगदान का लाभ दे सके।

इसी समय मैंने अपनी सप्ताहांत वर्कशॉप्स शुरू करने का फैसला किया और उससे प्राप्त अपने अनुभव एवं सबकों को पुस्तक के रूप में सफल लोगों की सच्ची सफलता को बड़ी संख्या में सफलता को तलाश रहे लोगों तक पहुँचाने के लिए दर्ज करना आरंभ किया। निस्संदेह, मुझे यकीन है कि आप में से बहुत से लोग यही चाहते होंगे या आपकी भी ऐसी इच्छा होगी कि आप मानव संभावनाओं के विकास में अपने वास्तविक कौशल के योगदान की तलाश आरंभ कर सकें। मेरी खोज पूरी हो गई और मैंने इसी के मुताबिक कार्य किया; और अगर आप भी अपने जीवन को सबसे सार्थक ढंग से जीने के लिए यहाँ प्रस्तुत बोध का उपयोग कर इसके मुताबिक कार्य करने को प्रेरित हो सकें तो मैं अपने जीवन को भी परिपूर्ण मानूँगा।

यह पुस्तक आपके जीवन की गुणवत्ता बढ़ाने में क्यों योगदान देगी?

बतौर गंभीर एन.एल.पी. चिकित्सक, व्यवहार सफलता एवं संबंध मार्गदर्शक तथा शीर्ष प्रदर्शन रणनीतिकार के आनंदपूर्वक उपयोग अनुभव पर आधारित बोध, साधन व उपकरण, जिन्हें मैंने सीखा और इस पुस्तक द्वारा बताने का फैसला किया है, वे केवल वही हैं, जिन्होंने मेरे लिए इस तरह काम किया। मुझे उनसे परिपूर्णता प्राप्त हो सकी। इनके महत्त्वपूर्ण प्रभाव और मूल्यों ने ही मुझे सीखने, विकास करने तथा जागरूक होने की दिशा दिखाई। वही मैं आपके सामने पेश कर रहा हूँ। मैं चाहता हूँ कि यह आपका भी दृष्टिकोण निर्मित और सुव्यवस्थित कर सके, जिससे सशक्त बनानेवाले मूल्यों, धारणाओं और लक्ष्यों के साथ ही सुविचारित तरीके से आपके भी व्यक्तिगत संदर्भ तराशे जाएँ। अगर इससे आप अपने भीतर के अनोखेपन को जाग्रत् कर अपने भाग्य के विचारपूर्ण नियंत्रण के डिजाइन की अर्हता पा सके तो यह मेरे लिए भी संतोषजनक होगा। मैं आपको शुभकामनाएँ देता हूँ कि आप अपने जीवन को अपनी शर्तों पर नियंत्रित

कर सकें, क्योंकि जीवन को अपनी शर्तों पर जीना ही वास्तविक संतुष्टि है। इसे सबसे सामर्थ्यपूर्ण ढंग से तथा समझने योग्य चरण-दर-चरण माध्यम से सीखें।

व्यवहार विज्ञान की दुनिया में व्यक्तिगत विकास की अत्यधिक संभावनाओं और व्यापक विस्तार तथा मानव संभावना विकास तेज करने के योगदान को देखते हुए मैंने 'न्यूरोमाइंड लीडरशिप एकेडमी' की स्थापना की है। न्यूरोमाइंड—एन.एल.पी. ट्रेनिंग एंड ह्यूमन पोटैंशियल डेवलपमेंट कंपनी का मिशन लोगों के प्रदर्शन, जुनून, रचनात्मकता तथा व्यक्तिगत परिपूर्णता को अगले स्तर पर ले जाने में सहायता करना और सशक्तीकरण करना है। प्रदर्शन में यह बढ़त आत्म-पहचान, आत्म-महत्त्व और आत्म-उद्देश्य के माध्यम से न्यूरोमाइंड प्रशिक्षण कार्यक्रम तथा नवीन विज्ञान एवं न्यूरो लिंग्वेस्टिक प्रोग्रामिंग (एन.एल.पी) के सभी संभावित प्रगतिशील तौर-तरीकों के आधार पर मुख्य रूप से अपने साथ ही अन्यों को भी बेहतर ढंग से समझने से होती है।

चलिए, यात्रा आरंभ करें

"**विफलता का फॉर्मूला** = *रोजाना एक जैसे गलत फैसले करना, जो विनाश की शुरुआत करते हैं।"*

"**सफलता का फॉर्मूला** = *रोजाना किसी खास नियम का अभ्यास करना, जो जीवन में बदलाव की शुरुआत करता है।"*

—जिम रॉन

बस, यह देखें कि क्या काम कर रहा है और वही करें

मेरे लिए सफल होने का सबसे आसान और प्रभावशाली तरीका यही है कि उन लोगों को तलाशा और अध्ययन किया जाए, जो वे हासिल कर चुके हैं, जिसे आप पाना चाहते हैं; जो उन्होंने किया है, वही और अधिक करें। यह श्रेष्ठ मॉडल है। इसमें महत्त्वपूर्ण यह है कि केवल मूल की नकल करके ही न रुक जाएँ। किसी 'आदर्श' को मॉडल बनाने की इस प्रक्रिया की विशेष बात यही है कि आप इसमें अपने अलग तरीके बना सकते हैं और इस आदर्श या मॉडल के सफलता के मूल पैटर्न पर रहते हुए विकास का एक बेहतर तरीका तलाश सकते हैं। इसलिए मुख्य बात यह है कि इस मॉडल के बेहतर हिस्से को अपना लें और व्यर्थ को छोड़ देना है और यहीं क्यों रुक जाएँ, हम खुद भी बेहतर हिस्से को जितना हो सके, उतना विस्तार देकर दूसरों के लिए मॉडल बन सकते हैं। ऐसा करके आप ऐसा दृष्टिकोण विकसित कर सकेंगे, जो और भी बेहतरीन पैटर्न हो।

तो हमें सफल लोगों की किन बातों पर ध्यान देना या अध्ययन करना अथवा मॉडल बनाना चाहिए? अपने अनुभव में मैंने पाया है कि ऐसे पाँच क्षेत्र हैं, जिन पर हम

केंद्रित रह सकते हैं। हम उस व्यक्ति के (i) मानदंड, (ii) ज्ञान व कौशल, (iii) भावनात्मक स्थिति, (iv) व्यवहार और (v) वातावरण को मॉडल बना सकते हैं।

कुछ अवस्थाओं में यह आवश्यक या संभव नहीं होता कि सभी पाँच क्षेत्रों को मॉडल बनाया जाए। जैसे कि अगर आप विलियम वड्सर्वर्थ की लेखन शैली को मॉडल बनाते हैं तो यह सर्वथा अनावश्यक (साथ ही असंभव भी) है कि आप उनकी भावनात्मक स्थिति को भी मॉडल बना सकें; लेकिन यदि आप अपनी कंपनी के शीर्ष सेल्समैन को मॉडल बनाना चाहते हैं तो आपको उसके जैसी भावनात्मक स्थिति में भी जाना होगा (अर्थात् खूब सारा उत्साह और आत्मविश्वास होना), जिससे आपका भी ग्राहकों पर उस जैसा आकर्षक प्रभाव पड़े। चलिए, अब इन पाँच क्षेत्रों को सीखने में मदद के लिए थोड़ा और सूक्ष्म विश्लेषण करते हैं।

(i) मानदंड (Paradigm)

एक व्यक्ति के मानदंड उसके मूल्यों, धारणाओं और दृष्टिकोण का संग्रह होते हैं। वास्तव में, इससे तय होता है कि वह दुनिया को किस तरह देखता है। इससे उनके सोचने के तरीके, चयन और फैसलों का पता चलता है। आप व्यक्ति की बात सुनकर, उसकी प्रतिक्रिया देखकर और उसका लिखा पढ़ने पर उसके मानदंडों का आसानी से अनुमान लगा सकते हैं; जैसे कि अगर आप विश्व के सर्वोत्तम संवादक (कम्युनिकेटर) को मॉडल बनाते हैं तो आप समझ जाएँगे कि उन्हें विश्वास है कि किसी भी व्यक्ति को समझने के बाद उसकी आदर्श दुनिया में प्रवेश करके उसे प्रभावित किया जा सकता है।

(ii) ज्ञान व कौशल

आप किसी व्यक्ति की जिस दूसरी चीज को मॉडल बना सकते हैं, वह है उसकी क्षमताएँ, उसका ज्ञान और कौशल। उनके पास वह ऐसा कौन सा ज्ञान और कौशल है, जिससे वे वह कर पाते हैं, जो वे करते हैं?

किसी बेहतरीन वक्ता और सेमिनार प्रशिक्षक को मॉडल बनाते समय मैंने पाया कि उन सभी को एन.एल.पी. (न्यूरो लिंग्वेस्टिक प्रोग्रामिंग), तीव्र लर्निंग तकनीक, बेसिक हिप्नोसिस और शिक्षा मनोविज्ञान का गहरा ज्ञान था। इसलिए मैंने खूब सारी पुस्तकें पढ़ीं

एवं बहुत से सेमिनारों में शामिल हुआ और मैंने भी उसी स्तर की योग्यता हासिल कर ली, जैसी उनके पास थी।

(iii) भावनात्मक स्थिति

कुछ खास विशिष्ट हालात में आपकी भावनात्मक स्थिति (आप भीतर से कैसा महसूस करते हैं) का आपके प्रदर्शन पर बड़ा प्रभाव पड़ता है। ऐसा खेलों, भाषण, विक्रय, मोल-तोल और नेतृत्व के मामले में विशेष रूप से होता है।

किसी को कुछ करने के लिए प्रेरित करने से पहले आपको खुद आत्मविश्वासपूर्ण, स्व-प्रेरित और जुनून की स्थिति में होना होगा। शीर्ष सेल्समैन, नेता और संवादक को पता होता है कि उन्हें स्थिति कैसे अनुकूल बनानी है और यह आपको भी पता होना चाहिए।

एंथनी रॉबिंस ने खुद यह बात अपने बहुत से साक्षात्कारों में कही है कि किसी भी हाई वोल्टेज प्रोग्राम से पहले वे परदे के पीछे 'इन्कांटेशन' कहलानेवाली एक प्रक्रिया का उपयोग करते हुए कुछ समय देकर अपने को भीतर से उत्तेजित करते हैं, अर्थात् अपनी भावनात्मक स्थिति को उन्नत बनाते हैं। कैंब्रिज डिक्शनरी के अनुसार, 'इन्कांटेशन' ऐसे शब्दों को दोहराना है, जिन्हें बोलने या गाए जाने से जादुई प्रभाव होता है। वे कुछ शक्तिशाली सकारात्मक आत्म-सुझावों का उपयोग करते हैं, जिससे उन्हें वर्कशॉप दर्शकों के समक्ष लाइव कार्यक्रम पेश करने से पहले उच्च प्रदर्शन की मानसिक स्थिति में आने में सहायता मिलती है। इस पुस्तक के आगामी अध्यायों में (अध्याय 3, उपशीर्षक : आपसी समझ में स्पष्टता एवं रिश्तों का पोषण करने के दस अभ्यास) मैंने भी आत्म-सुझाव के प्रदर्शनकारी कार्यान्वयन का उपयोग किया है, जिन्हें अगर आप उपयोग करते हैं तो इनका प्रभाव स्पष्ट दिखाई देगा।

(iv) व्यवहार (संवाद)

सफल व्यक्ति में देखने तथा आदर्श बनाने लायक अगला आचरण उसका व्यवहार होता है, विशेष रूप से उसके बोलने का तरीका। वे शब्दों का किस तरह उपयोग करते हैं, वे वाक्य निर्माण कैसे करते हैं, वे किसी चीज को किस तरह देखते हैं; वे अपनी आँखों,

सिर, शरीर, हस्त–मुद्राओं और आवाज के बल का किस तरह उपयोग करते हैं?

जैसा कि मैंने ध्यान दिया है कि बहुत से प्रभावशाली काउंसलर व माता–पिता बच्चों से बात करते हुए उनके कंधों या हाथ को स्पर्श करते हैं, उनकी आँखों में देखते हैं और मुसकराते हैं। वे यह वाक्य कहने की जगह कि 'मैं चाहता हूँ, तुम अच्छा व्यवहार करो,' (जो बच्चे को प्रतिरोधी बनाता है), इस वाक्य का प्रयोग करते हैं कि 'मुझे तुम पर विश्वास है और जानता हूँ कि तुम बदल जाओगे।' यह बेहद आश्चर्यजनक है कि किस तरह व्यक्ति के भाषा पैटर्न में परिवर्तन यह तय कर देता है कि बच्चा कैसी प्रतिक्रिया देगा।

अति कुशल सेल्स पेशेवरों के व्यवहार पैटर्न के विपरीत बुरे सेल्समैन ग्राहक से मिलते ही अपने विचार बताने लगते हैं। वहीं दूसरी ओर, टॉप सेल्स पेशेवर आधे समय से भी ज्यादा तक ग्राहक को सुनने में; उसके साथ रिश्ता बनाने, जानकारी लेने और दिलचस्पी पैदा करने में समय देते हैं। जब ग्राहक और जानने को उत्सुक होता है, तभी वे अपने उत्पाद या सेवाएँ पेश करते हैं। जहाँ औसत सेल्समैन आपत्ति के जवाब से पहले ग्राहक के आपत्ति जताने की प्रतीक्षा करता है, वहीं टॉप सेल्समैन प्रस्तुतीकरण के दौरान पहले ही संभावित आपत्तियों का जवाब दे देते हैं। व्यवहार में इस अंतर के कारण जहाँ कुछ लोगों को असाधारण परिणाम मिलते हैं, वहीं अन्य सभी निराशाजनक परिणामों से जूझते रहते हैं।

(V) वातावरण

आप व्यक्ति के जिस अंतिम घटक को आदर्श बना सकते हैं, वह है उसका वातावरण। हमने अब तक जिन पाँच घटकों पर चर्चा की है, उनमें से यह इकलौता है, जो हमेशा संभव नहीं हो पाता और कई बार अव्यावहारिक भी होता है। फिर भी, यदि ऐसा किया जाए तो आपको अवश्य लाभ होगा।

मैंने देखा है कि ज्यादातर सफल लोग अपने आसपास अपने जैसे समान रूप से सकारात्मक लोगों को रखकर अपने को चुनौती व प्रेरणा देते हैं। वे ऐसे लोगों के साथ समय बिताते हैं, जिनके साथ विमर्श करने से फीडबैक मिले और साथ ही लाभ भी हो। आप भी

ऐसा ही कर सकते हैं। अगर आपका वातावरण आपकी सहायता या पोषण नहीं कर रहा तो इसे बदल डालें! अपने कार्यस्थल के भीतर व बाहर नए लोगों के समूह से जुड़ना आरंभ करें।

आज ही सफल होने के लिए कदम बढ़ाएँ

मुझे याद है, जब मैं स्कूल में था, हमें हमेशा यही बताया जाता था कि होमवर्क या परीक्षा में अपने दोस्तों से नकल करना धोखेबाजी है। इसका परिणाम यह रहा कि हममें से अधिकांश लोगों के लिए दूसरों की सफलता को मॉडल बनाना असुविधाजनक हो गया। कई बार हमारा दंभ भी इसमें आड़े आता है और हम सोचते हैं, 'यह उसका तरीका है, मेरा नहीं।' अगर आपका भी ऐसा संकुचित सोच है तो आप अपने को तेजी व आसानी से सफलता को दोहराने की क्षमता से वंचित कर रहे हैं।

"स्कूल में नकल करने को धोखेबाजी कहते हैं। बिजनेस में वे इसे 'मार्केट रिसर्च' और 'फ्रेंचाइजिंग' कहते हैं।"

—ब्रैड शुगर्स, ऑस्ट्रेलियाई बिजनेस गुरु

इसी समय शुरुआत करने के कुछ तरीके हैं।

1. शुरुआत सफल लोगों की पुस्तकों, वीडियो और सेमिनार द्वारा मॉडल बनाने से करें

ऐसे बहुत से लोग हैं, जिन्होंने पहले ही ऐसी पुस्तकें लिख दी हैं या वे सेमिनार आयोजित कर रहे हैं, जिससे वे आपको लगभग हर चीज में सफल होना सिखा सकें, फिर चाहे वह पैसे कमाना हो या अपने रिश्तों को कामयाब बनाना।

अगर आप अपने जीवनसाथी के साथ रिश्ते मधुर बनाना चाहते हैं तो इस तरह की पुस्तकें पढ़ें, जैसे—Gary Chapman की 'The 5 Love Languages' या Dr. John Gray की 'Men are from Mars, Women are from Venus'। मेरे लिए ये पुस्तकें बहुत सहायक रहीं, जिससे मैंने पूरे 26 साल आश्चर्यजनक वैवाहिक जीवन का आनंद लिया।

यदि आप प्रभावी अभिभावक बनना चाहते हैं तो Adel Faber व Elaine Mazlish, की 'How to Talk So Kids Will Listen and Listen So Kids Will Talk' और Spencer Keogen की 'Win Win Discipline' पढ़ें।

यदि आप अपने व्यापार को सफल बनाना चाहते हैं तो Michael E. Gerber

की 'The E-Myth Mastery' तथा Brad Sugars, Jay Abraham और Conrad Levinson की लिखी पुस्तकें पढ़ें।

शेयर बाजार से लाखों रुपए बनाना सीखने के लिए Mary Buffet की 'The New Buffettology', Jim Cramer की 'Get Rich Carefully' और John Murphy की 'Inter Market Analysis' पढ़ें।

2. रोल मॉडल्स को तलाशें और उनका साक्षात्कार करें

एक और रणनीति—सीधे अपने रोल मॉडल्स के पास पहुँचकर उन्हें लंच या कॉफी ऑफर करते हुए साक्षात्कार करने की अनुमति माँगें। अपनी इंडस्ट्री के शीर्ष सेल्समैन, शीर्ष शिक्षाविद्, शीर्ष प्रदर्शनकारी या शीर्ष प्रशिक्षक को मित्र बनाएँ और उनके साथ समय बिताकर सीखते रहें।

मैंने इस रणनीति का उपयोग कर बहुत से सफल सी.एक्स.ओ., प्रशिक्षकों, वक्ताओं और लेखकों का साक्षात्कार किया है। उनमें से कुछ जहाँ अमित्रवत्, बल्कि बुरे थे और हैरानी की बात है कि कुछ ऐसे भी थे, जो अपने पेशे, बिजनेस और उन्होंने उसे कैसे खड़ा किया, के बारे में बात करने के लिए इच्छुक ही नहीं, बल्कि उत्सुक भी थे।

अत: उन लोगों की सूची बनाएँ, जिनसे आप मिलना और बात करना चाहते हैं। ऐसा करने के बाद इस पर तुरंत कदम उठाएँ और इसे संभव बनाएँ। अगर इन दस में से एक ने भी आपका अनुरोध स्वीकार कर लिया, तब भी आपकी स्थिति ऐसा न करने से बेहतर ही होगी।

साक्षात्कार हेतु रोल मॉडल्स

1. .... तक .... (अंतिम तारीख)
2. .... तक .... (अंतिम तारीख)
3. .... तक .... (अंतिम तारीख)
4. .... तक .... (अंतिम तारीख)
5. .... तक .... (अंतिम तारीख)
6. .... तक .... (अंतिम तारीख)
7. .... तक .... (अंतिम तारीख)
8. .... तक .... (अंतिम तारीख)
9. .... तक .... (अंतिम तारीख)
10. .... तक .... (अंतिम तारीख)

3. अपने रोल मॉडल के यहाँ नौकरी करें

मैं लोगों से हमेशा यही कहता हूँ कि अगर वे एक सफल रेस्टोरेंट शुरू करना चाहते हैं तो कम-से-कम एक या दो साल तक मैकडोनॉल्ड में काम करें और आप वह सब सीख जाएँगे, जो आपको सीखना चाहिए।

मैं आपसे एक सवाल पूछता हूँ। अगर आप अपनी खुद की सॉफ्टवेयर कंपनी खोलना चाहते हैं तो आपको क्या करना चाहिए, माइक्रोसॉफ्ट में बतौर प्रोग्रामर अच्छे वेतनवाली नौकरी करेंगे या उपर्युक्त से दस गुना कम वेतन पर किसी छोटी सॉफ्टवेयर कंपनी के सी.ई.ओ. का निजी सहायक (पी.ए.) बनकर काम करना चाहेंगे? मैं आपके बारे में नहीं जानता, लेकिन मैं दूसरे विकल्प को चुनूँगा। इसलिए, अगर आप '20 के दशक की शुरुआत में हैं और अपनी पहली या दूसरी नौकरी ढूँढ़ रहे हैं तो वेतन को अपनी शीर्ष प्राथमिकता न बनाएँ, बल्कि प्राथमिकता ऐसी नौकरी हासिल करने को बनाएँ, जिसमें आपको व्यापार के बारे में जितना हो सके, उतना ज्यादा-से-ज्यादा सीखने को मिले।

4. अपने मार्गदर्शक को पहचानें

आपके लिए सबसे ठीक यही रहेगा कि आप जिस क्षेत्र में जाना चाहते हैं, उसी में अपने मार्गदर्शक (Mentor) की तलाश करें। मार्गदर्शक वह व्यक्ति है, जो यह सभी काम पहले से कर चुका है। वे अकसर सेवानिवृत्ति के आसपास के लोग होते हैं, जिन्हें कई सालों का अनुभव होता है और जो पहले ही शीर्ष पर पहुँचकर वहाँ वर्षों तक टिके भी रहे हैं। वे आपको बता सकते हैं कि कहाँ खतरे हैं और किस रास्ते से आप अपने लक्ष्य तक सबसे तेजी से पहुँच सकते हैं।

मेरे मार्गदर्शक रहे हैं और मुझे आज भी उनका फायदा मिल रहा है। बदले में; मैं भी हजारों छात्रों, व्यापारियों, पेशेवरों, लेखकों, प्रशिक्षकों, वक्ताओं और प्रशिक्षुओं का मार्गदर्शक हूँ। मार्गदर्शक को तलाशना आसान नहीं होता। फिर भी, मैंने देखा है कि अगर आप अपने लिए अवसर बनाने के लिए सब कर गुजरने और तलाशने को तैयार हों तो वे आपको अवश्य मिलेंगे, जिन्हें आप तलाश रहे हैं।

हमारे समय के सभी प्रतिभाशाली व्यक्तियों के मार्गदर्शक रहे हैं, जिन्होंने उनका मार्गदर्शन किया। एंथनी रॉबिंस के मार्गदर्शक जिम रॉन थे। कार्ल यंग के मार्गदर्शक सिगमंड फ्रायड थे। प्लेटो के मार्गदर्शक सुकरात थे। सिकंदर महान् के मार्गदर्शक अरस्तू थे। जैक कैनफील्ड ('चिकन सूप फॉर द सोल' के सह-लेखक) के मार्गदर्शक डब्ल्यू. क्लेमेंट स्टोन थे और मेरे मार्गदर्शक डॉ. अजय नांगलिया, पी.सी.सी. (इंटरनेशनल कोचिंग फेडरेशन) रहे हैं।

इसलिए श्रेष्ठता के संकेतों का अध्ययन करें, दिग्गजों का सहारा लें और लक्ष्य की तरफ अपनी यात्रा की गति बढ़ाएँ।

"किसी तारे को लक्ष्य बनाकर चलेंगे तो तूफान में भी आगे बढ़ सकेंगे।"

—दा विंची

□

2

उद्देश्यपूर्ण जीवन में सफलता का अर्थ

"अगर जीवन का कोई केंद्रीय उद्देश्य न हो तो यह आसानी से तुच्छ चिंताओं का शिकार बन जाता है। मन को नियंत्रित करने की सभी पद्धतियों में सबसे व्यावहारिक पद्धति इसे किसी निश्चित उद्देश्य में व्यस्त रखना है।"

—टिम सैंडर्स, टुडे वी आर रिच :
हार्नेसिंग द पावर ऑफ टोटल कॉन्फिडेंस

काफी समय पहले की बात है। एक राजा था, जिसने अपने घुड़सवार से कहा कि वह अपने घोड़े पर बैठकर जितना हो सके, उतना दूर तक चला जाए और राजा वहाँ तक की सारी भूमि उसे दे देगा।

घुड़सवार शीघ्र ही घोड़े पर जा बैठा और तेजी से उससे जितना बन पड़े, उतनी दूर तक जाने के लिए चल दिया। वह दौड़ता रहा, दौड़ता रहा, साथ ही घोड़े को और तेज दौड़ने के लिए चाबुक भी लगाता जाता। उसे न भूख रोक रही थी, न थकान; क्योंकि वह जितना हो सके, उतनी भूमि लेने के लिए अधिक-से-अधिक दूर जाना चाहता था।

एक बिंदु ऐसा आया, जब उसने बहुत लंबी दूरी तय कर ली थी। वह बुरी तरह थक गया और मरने वाला था। वह राजा तक वापस नहीं लौट सकता था। तब उसने अपने आपसे पूछा, "मैंने इतनी सारी जमीन लेने के लिए इतनी मेहनत क्यों की? अब मैं मर रहा हूँ और मुझे बस, दफन होने भर के लिए थोड़ी सी जगह चाहिए।"

हमारी जीवन-यात्रा भी इस कहानी जैसी ही है। हम धन कमाने, शक्ति हासिल करने और यश पाने के लिए रोज कड़ी मेहनत करते हैं। इस प्रक्रिया में हम अपने स्वास्थ्य को नजरअंदाज कर देते हैं, परिवार के साथ अच्छा समय बिताना भूल जाते हैं, आसपास के सौंदर्य की सराहना नहीं करते और वे शौक भी छोड़ देते हैं, जिनसे हमें प्रेम था।

सार यह कि एक दिन जब हम पीछे मुड़कर देखते हैं, तब हमें अहसास होता है

कि हमें इन सब चीजों की जरूरत नहीं थी, जिन्हें हमने हासिल किया है; लेकिन तब हम समय को पीछे नहीं ले जा सकते, जिससे वह चुन सकें, जिससे चूक गए हैं।

अधिकांश स्त्री-पुरुष धन व पद एकत्रित कर लेने पर संतुष्टि जाहिर करते हैं, जिससे उन्हें समाज में यश और पहचान मिलती है। इससे भले ही उन्हें कुछ क्षण के लिए अत्यधिक सफलता महसूस हो जाए, लेकिन इससे उन्हें कभी भी परिपूर्णता का अहसास नहीं होगा। ऐसे सभी पुरुष व स्त्री किसी अज्ञात अस्तित्व से त्रस्त रहते हैं (जिसे वे अकसर तब तक नहीं पहचान पाते, जब तक वे कब्र में न पहुँच जाएँ), जैसा कि विश्व में सम्मानित सर्वोत्तम प्रदर्शन रणनीतिकार तथा बेस्टसेलिंग लेखक एंथनी (टोनी) रॉबिंस कहते हैं कि वे लोग 'परिपूर्णता-रहित सफलता' से पीड़ित हैं, जो मानव जीवन की संभवत: सबसे बड़ी विफलता है।

आप जो कुछ भी करते हों या हासिल करें, उसमें अपने जीवन में परिपूर्णता के महत्त्व को पहचानने का साहस व जज्बा रखिए और जब आप परिपूर्णता को हासिल करने में सफल हों, तब आपके जीवन में जो कुछ भी गुणवत्तापूर्ण बदलाव होंगे, वे निरंतर परिवर्तनकारी होंगे।

सफलता के पाँच अंतर्बोध
(Five Success Insights)

सफलता अंतर्बोध 1

फिजियोलॉजी और साइकोलॉजी के अंतर-संबंधों से लाभ उठाना

शुरुआत में प्रसन्न रहना एक महत्त्वपूर्ण आवश्यकता है

वास्तविक दुनिया में लोग अवसाद होने पर कम रचनात्मक होने के साथ ही बुनियादी गलतियाँ करने को अधिक प्रवृत्त होते हैं। हम सब जानते हैं कि सामान्य हालात में हम केवल अपने 10 प्रतिशत न्यूरॉन्स या ब्रेन सेल्स से लाभ ले पाते हैं और अवसाद की अवस्था में हमारा लाभ उठाने का प्रतिशत मात्र 2 या 3 रह जाता है और इसलिए इसके परिणाम बेहद निराशाजनक होते हैं, लेकिन कई बार जब हमें जवाब नहीं मिल रहा हो तो हम गरम शॉवर से स्नान करते हैं और अचानक हमें जवाब सूझ जाता है। ऐसा इसलिए होता है, क्योंकि मस्तिष्क शांत होने पर जब DHEA (Dehydroepiandrosterone) स्रावित करता है, तब उससे मिलनेवाला लाभ लगभग 30 प्रतिशत या इससे भी अधिक हो जाता है। डी.एच.ई.ए. एक हार्मोन है, जिसका उत्पादन आपके शरीर की एड्रिनल ग्रंथियाँ करती हैं।

चरण

1. अपना स्वास्थ्य अच्छा रखें। आपकी जीवन-शक्ति और मन:स्थिति पर निम्न कारकों का काफी अधिक प्रभाव पड़ता है—
   - स्वस्थ खाना और वह भी उचित मात्रा में खाएँ।
   - रात को सात घंटे की गहरी नींद।
   - नियमित व्यायाम।
   - नियमित तनाव-मुक्ति।
2. एक जर्नल लिखें, जो इस पर निगरानी रखे कि आपको क्या पसंद है, आपकी दिलचस्पी के क्षेत्र और आपको जो कुछ भी उत्सुक करता हो।
3. ऐसे रचनात्मक क्षेत्र पर ध्यान दें, जिसमें आपको खुशी मिले और आप में इसे करने का जुनून हो।
4. गूगल इमेजिस एवं यू-ट्यूब पर जाएँ और इन कीवर्ड्स का उपयोग करें—'प्रेरणादायी' (inspiring), 'रचनात्मक' (creative), 'उत्थान' (uplifting), 'हास्य' (humor)।
5. अपने जीवन में लचीलेपन और हास्य को जगह दें, जिज्ञासु बनें।

सफलता अंतर्बोध 2

तनाव के कारकों को दूर करें

तनाव के कारक हमारे नियंत्रण में होते हैं

सभी लोग अपने जीवन में कभी-न-कभी तनाव का अनुभव करते हैं। तनाव तथ्यों से नहीं होता। तनाव का कारण उन तथ्यों को हमारे दिए अर्थ होते हैं और उन्हें नए अर्थ देने पर हमें भी नया जीवन मिल जाएगा।

एकल बल क्या है—वह इकलौता सबसे महत्त्वपूर्ण उपहार, जो हमारे रचनाकार ने अपनी सभी रचनाओं को दिया है, जो आपके जीवन की गुणवत्ता को नियंत्रित करता है। ऐसी कौन सी एकमात्र शक्ति है, जो हमेशा आपके पास रहती है और हमेशा ऐसा कर सकती है कि अभी भी हर चीज को बदल डाले? यह आप में है, मुझ में है और हम सब में है। इकलौती व्यक्तिगत शक्ति, जो सबकुछ बदल सकती है। इसका जवाब है—'चयन की शक्ति' **हम रोजाना और हमेशा घट रही घटनाओं को नियंत्रित नहीं कर सकते; लेकिन हम यह चुन सकते हैं कि किस पर ध्यान केंद्रित करें।**

हम यह चुन सकते हैं कि किन चीजों का क्या मतलब है और हम यह चुन सकते हैं कि हम क्या करेंगे। ये तीन विकल्प, ये तीन फैसले वास्तव में हमारे जीवन को नियंत्रित करते हैं।

ऐसा हर बार नहीं होता कि हमारा भाग्य हमारे हालात के अनुसार लिये फैसलों से नियंत्रित हो। अत: **फैसले और भाग्य बराबर हैं**। याद रखिए—फैसले, न की हालात! इसलिए, यदि हम नया जीवन और नए अनुभव चाहते हैं तो हमें नए चुनाव करने होंगे। यदि आपको अपना कॅरियर या बिजनेस जैसा जा रहा है, वह पसंद नहीं तो बदल डालिए! यदि आपको आपका शरीर पसंद नहीं तो बदल डालिए। यदि आपको अपने रिश्ते पसंद नहीं तो पहले अपने को बदलें, क्योंकि इन्हें बदलने के लिए आपको अपने को अगले स्तर पर ले जाना होगा। आप अपने जीवन में जैसा भी बदलाव चाहते हैं, उसे चुन सकते हैं।

चरण

1. जो जैसा है, वैसा ही देखें। जितना है, उससे ज्यादा खराब न देखें। (इसे बिना बढ़ाए-चढ़ाए सत्य की कसौटी पर कसें।)
2. वास्तविक सत्य को जानें और उसका सामना करें। (विवरण जानें और तब तलाशें कि इसके लिए क्या कर सकते हैं।)
3. विजन बनाएँ और मजबूत बनें। (हमें यहीं पहुँचना है; हम अंत में यहीं पहुँचने वाले हैं।)
4. एक रोल मॉडल बनाएँ और रणनीतियाँ सीखें। (ऐसा पहले किसने किया है, जिसे अपना आदर्श बनाएँ; हम किसका अनुसरण करें?)
5. आप खुद को भी अपना रोल मॉडल बना सकते हैं (अपने बीते सफल अनुभवों को दोहराएँ, यदि कोई हो)।
6. जितना पाना चाहते हैं, उससे अधिक दें। (कड़ी मेहनत करें)

सफलता अंतर्बोध 3

सफलता और परिपूर्णता को भलीभाँति समझें

सफलता क्या है?

"सफलता आसान है। जो सही है, उसे सही ढंग से, सही समय पर कीजिए।"

—अर्नाल्ड एच. ग्लासगो

नकारनेवालों से निपटना

"याद रखिए, जो लोग आपसे कहते हैं कि यह नहीं होगा, वे लगभग हमेशा असफल लोग होते हैं। उपलब्धियों के हिसाब से उन्हें पूरी तरह औसत या मामूली कह सकते हैं। ऐसे लोगों की राय जहर हो सकती है। ऐसे लोगों से खुद को सुरक्षित रखने का तंत्र विकसित रखें, जो आपको विश्वास दिलाना चाहें कि आप यह नहीं कर सकते। नकारात्मक सलाह को केवल इस चुनौती के तौर पर लें कि आप कर सकते हैं।"

—डेविड जे. श्वाट्र्ज, पी-एच.डी.

अगर हो तो अपने दिमाग की नकारात्मक बकवास से सावधान रहें।

सफलता क्या नहीं है?

1. सफलता जटिल नहीं है

"सरल जटिल से भी ज्यादा कठिन हो सकता है। अपने सोच को सरल बनाने के लिए, इसे स्पष्ट रखने के लिए आपको कड़ी मेहनत करनी होगी; लेकिन आखिर में यह इसलिए कीमती साबित होगा, क्योंकि एक बार जब आप वहाँ पहुँच जाते हैं तो आप पर्वतों को भी हिला सकते हैं।"

—स्टीव जॉब्स

आप सफलता को उतना जटिल बना सकते हैं, जितना बनाना चाहते हैं; लेकिन जरूरी नहीं कि यह ऐसी ही हो। जैसा कि जॉब्स ने कहा है, सफलता को सरल बनाना अनिवार्य रूप से आसान नहीं है, लेकिन यह अत्यंत शक्तिशाली है। गूगल का उदाहरण लीजिए। उनका होमपेज पूरे वेब में सबसे सरल है और इसी सरलता के कारण यह दुनिया की सबसे लोकप्रिय वेबसाइट है।

2. सफलता गंतव्य नहीं है

ऐसा कोई बिंदु नहीं होता कि जब आप कह सकें कि "अब मैं सफल हूँ। अब मैं कुछ देर झपकी ले सकता हूँ।"

—कैरी फिशर

सफलता के बारे में सोचना तब तक उत्साहजनक होता है, जब तक आप वह सब नहीं पा लेते, जो आप पाना चाहते थे : "मैं तब सफल होऊँगा, यदि मुझे मेरी सपनों की नौकरी मिल जाए, मैं सालाना लाखों रुपए कमाने लगूँ और अपना सारा समय अपने जीवनसाथी के साथ दुनिया घूमने में बिताऊँ।"

ऐसा सोच इसलिए गलत है, क्योंकि सार्थक लक्ष्यों को पाना अधिक सार्थक लक्ष्यों को प्राप्त करने की संभावनाओं की ओर अग्रसर करता है। एक सफल व्यक्ति कुछ हासिल कर लेने के बाद रुकता नहीं है; बल्कि इससे उसे कुछ और अधिक शानदार पाने की प्रेरणा मिलती है। सफलता एक सतत लक्ष्य है। जैसा कि बेन स्वीटलैंड ने कहा है, "सफलता एक यात्रा है, गंतव्य नहीं।"

3. सफलता आनंद की कुंजी नहीं है

"सफलता आनंद की कुंजी नहीं है, बल्कि आनंद सफलता की कुंजी है।"

—हर्मन केन

यदि आप नाखुश हैं तो इसका दोष सफल नहीं होने को न दें। खुशी केवल दृष्टिकोण है। अगर आप खुशनुमा मिजाज के हैं तो इससे इसका कोई फर्क नहीं पड़ता कि आप सफल हैं या विफल।

4. विफलता यह संकेत नहीं कि आप सफल नहीं हो सकते

"उद्यमी बनने का सबसे कठिन हिस्सा यही है कि हर सफलता के लिए आपको दस बार विफल होना पड़ता है।"

—एडम हॉर्विट्ज

हर कोई विफल होता है; बल्कि सफल लोग विफल लोगों से ज्यादा बार विफल हुए होते हैं, क्योंकि वे बड़ी चुनौतियाँ लेते हैं। सफलता के मार्ग पर विफलताएँ अनिवार्य हैं। उनसे सबक लें और आगे बढ़ जाएँ।

5. सफलता दूसरों की कीमत पर नहीं मिलती

कुछ लोगों को लगता है कि व्यापार या रोजगार में आगे बढ़ने के लिए आपको दूसरों के सिर पर पाँव रखकर आगे बढ़ना होगा; जबकि सच इसके ठीक उलट है—कोई व्यापार या व्यक्ति तभी सफल होता है, क्योंकि वह लोगों के लिए सार्थक बना। आप जितना अधिक देंगे, आपको उतना ही अधिक प्राप्त होगा।

6. औसत सफलता हासिल करना भी आसान नहीं होता

"निन्यानबे प्रतिशत लोगों को भरोसा होता है कि वे बड़े काम नहीं कर सकते, इसलिए वे सामान्य कोटि के लक्ष्य बनाते हैं।"

—टिम फेरिस

हममें से अनेक को काफी कम उम्र में व्यावहारिक लक्ष्य रखना सिखाया गया है। हमें रॉक स्टार, सुपर मॉडल या अंतरिक्ष यात्री बनने का प्रयास नहीं करना है; क्योंकि इसमें सफलता की संभावना बहुत कम होती है।

लेकिन अब उन आत्म-आरोपित मजबूरियों को चुनौती देने का समय आ गया है। जैसा कि बेन नेम्टिन ने 'द बरीड लाइफ' में संकेत किया है—"वास्तविक लक्ष्यों के लिए प्रतिस्पर्धा का स्तर उच्चतम है, क्योंकि ज्यादातर लोग अपने लिए ज्यादा बड़े लक्ष्य नहीं रखते।"

अपने सबसे अजीब सपने को पूरा करने में भी भयभीत न हों। बस, इसके लिए मेहनत थोड़ी ज्यादा करनी होगी, लेकिन इससे आपको ऊर्जा भी अधिक मिलेगी और याद रखिए, इसमें प्रतिस्पर्धा भी बहुत कम होगी।

7. आपको सही समय की प्रतीक्षा नहीं करनी

"यदि पहले से सभी संभावित आपत्तियों को नियंत्रित करने का प्रयास किया जाए तो कभी कुछ करने का प्रयास नहीं होगा।"

—सैमुअल जॉनसन

कुछ करने के लिए 'सही समय' जैसी कोई चीज नहीं होती। हमेशा कोई-न-कोई समस्या रहेगी ही, लेकिन सफल लोग कभी इसे खुद को रोकने नहीं देते।

8. सफलता का पारंपरिक होना जरूरी नहीं

"सफल होने का सबसे तेज तरीका यह देखना है कि क्या आप किसी दूसरे के बनाए नियमों पर खेल रहे हैं, जबकि मौन रहते अपना खेल खेल रहे हैं।"

—माइकल कोंडा

इसमें न फँसें कि दूसरे लोग सफलता को कैसे परिभाषित कर रहे हैं। पारंपरिक सफलता में छह अंकों की आय, खुशहाल परिवार और सफेद बाड़वाला मकान शामिल हैं; लेकिन आपकी सफलता में यह सब शामिल नहीं होना चाहिए।

9. सफलता आसान नहीं

"बिना कड़ी मेहनत के सफलता का प्रयास ऐसा है, जैसे बिना फसल बोए काटने की कोशिश करना।"

—डेविड ब्ली

जब लोग बहुत जल्दी बहुत सफल हो जाते हैं तो ऐसा लगता है, जैसे उन्हें यह अनायास ही मिल गई। यह बस, देखने में ही आसान लगता है; क्योंकि हम पूरी तस्वीर को नहीं देख सकते। सफलता अर्जित करनी पड़ती है। जैसा कि पुरानी कहावत है, 'वर्क (work) से पहले सक्सेस (success) केवल डिक्शनरी में ही आती है।' जल्दी सफलता के वादे वाले प्रस्तावों से सावधान रहें। यह एक जाल भी हो सकता है।

10. धन सफलता का पर्यायवाची नहीं है

"ऐसा व्यापार, जो पैसा कमाने के अलावा और कुछ नहीं करता, बेकार है।"

—हेनरी फोर्ड

यह उबाऊ हो सकता है, लेकिन सत्य है कि धन इतना महत्त्वपूर्ण नहीं है। व्यक्तिगत रूप से, मैं कोई सार्थक काम कर औसत कमाई करना चाहूँगा, बजाय इसके कि वॉल स्ट्रीट में शेयर ट्रेडिंग करके अमीर बनूँ।

स्टीव जॉब्स दुनिया के सबसे अमीर लोगों में से थे; लेकिन एक बार उन्होंने कहा था, "मुझे कब्रगाह का सबसे अमीर आदमी नहीं बनना। मेरे लिए बस, यही मायने रखता है कि रात को सोते वक्त कह सकूँ कि हमने कुछ शानदार किया है।"

सफलता के 10 शीर्ष सिद्धांत

1. सफलता भीतर से आरंभ होती है

"यदि आप दुनिया बदलना चाहते हैं तो पहले अपना दिल बदलिए।"

—कन्फ्यूशियस

अधिक सफल होने के लिए आपको पहले अपने भीतर कुछ बदलने को तैयार रहना चाहिए।

2. सफलता एक आदत है

"उत्कृष्टता मात्र क्रिया नहीं, बल्कि आदत है। आप वैसे ही होते हैं, जैसा बार-बार करते हैं।"

—अरस्तू

आप रोजाना जो छोटी चीजें करते हैं, वे एक के ऊपर एक लगती जाती हैं, जिससे आप रोजाना अपने लक्ष्य की तरफ थोड़ा और प्रगति कर जाते हैं।

3. सफलता केवल अभी मिल सकती है

"केवल वर्तमान क्षण ही हमें उपलब्ध है और यही सभी क्षणों का द्वार है।"

—थिच न्हाट हान्ह

हम न तो अतीत को अनुभव कर सकते हैं और न ही भविष्य को। इसलिए व्यक्ति वास्तविक सफलता केवल तभी अनुभव कर सकता है, जब वह सफलता को मौजूदा क्षण में स्वीकार सके। वर्तमान सफलता का आनंद लेने का समय निकालिए, अन्यथा आप इस शब्द का वास्तविक अर्थ कभी नहीं समझ पाएँगे।

वर्तमान क्यों इतना महत्त्वपूर्ण है, इसका एक और कारण भी है, जैसा कि गांधीजी ने संकेत किया है, "भविष्य उस पर निर्भर है, जो हम वर्तमान में करते हैं।"

4. सफलता गतिशीलता में है

"मुझे लगता है कि जब आप कुछ करते हैं और उसका परिणाम अच्छा आए, तब आपको कुछ और शानदार करना चाहिए, न कि काफी देर तक प्रतीक्षा करते रहें। बस, देखें कि आगे क्या करना है।"

—स्टीव जॉब्स

सफलता का स्वाद चखने पर इसका नशा हो जाना आसान है। जब आप सफलता से अत्यंत प्रसन्न हों तो आप पूर्ण प्रेम से यह दिखाना भी चाहते हैं। अत: आप गारंटी दे रहे हैं कि आपकी सफलता अल्पकालिक है।

स्थायी सफलता हासिल करने का केवल एक तरीका है कि हमेशा आगे बढ़ते रहें। यह अनाम उद्धरण मुझसे बेहतर ढंग से इसे व्यक्त करता है कि 'एक सफल व्यक्ति काम मिल जाने के बाद भी काम ढूँढ़ता रहता है।'

5. सफलता के लिए आस्था चाहिए

"छलाँग लगाएँ और जाल आ जाएगा।"

—ज़ेन कहावत

सफलता का पीछा करना चुनौतीपूर्ण और जोखिम भरा है; लेकिन आपके अवसर तब बढ़ जाते हैं, जब आप अपनी सफलता में भरोसा करें।

6. सफलता का अर्थ दूसरों की मदद

"ऐसा नहीं है कि सफल लोग दानी होते हैं; दरअसल दानी ही सफल होते हैं।"

—पैटी थॉर

हालाँकि अपनी मदद करना आनंदप्रद है, लेकिन दूसरों की मदद करने से ज्यादा संतोषजनक और कुछ नहीं। सफलता की किसी भी वास्तविक परिभाषा में जितना पाएँ, उतना देना अवश्य शामिल होगा।

7. सफलता एक पसंद है

"सफलता की तरफ पहला कदम वह है, जब आप उस वातावरण की गुलामी से इनकार कर देते हैं, जिसमें आप पहले मौजूद थे।"

—मार्क केन

आपका जीवन आपके हाथ है। इसलिए अगर आपको आपके हालात पसंद नहीं तो उन्हें बदल डालिए।

हम सब के पास अपने लिए बेहतर जीवन-निर्माण के संसाधन और अवसर मौजूद हैं; लेकिन इसके लिए व्यक्ति को अपने सभी फैसले खुद लेने होंगे। एक पुरानी स्वीडिश लोकोक्ति के अनुसार, "ईश्वर ने हर पक्षी को आहार दिया है; लेकिन वह उसे उनके घोंसले में नहीं पहुँचाता।"

8. दृढ़ता

"जीवन की वास्तविक विफलता वह है, जब हिम्मत हारते हुए आपको पता न हो कि आप सफलता के कितना निकट थे।"

—अज्ञात

कर्नल हार्लन सैंडर्स को 1,008 सेल्स करनी पड़ी, तब एक रेस्टोरेंट ने उनकी फ्राइड चिकन की रेसिपी को खरीदने के लिए हामी भरी। अगर सैंडर्स 1,000 अस्वीकृतियों के बाद भी दृढ़ नहीं रहते तो हम के.एफ.सी. (एक रेस्टोरेंट फ्रेंचाइजी, जिसकी सालाना कमाई लगभग 50 करोड़ डॉलर है) के बारे में जरन भी नहीं पाते। वास्तविक सफलता एक दीर्घावधिक खेल है। लंबी पारी के लिए तैयार रहिए।

9. विजुअलाइजेशन ही कुंजी है

"यदि आपको नहीं पता कि आप कहाँ जा रहे हैं तो अंत में आप कहीं और पहुँच जाएँगे।"

—योगी बेरा

मेरे बेटे की कक्षा को बास्केटबॉल फेंकना सिखाते समय खेल प्रशिक्षक ने उन्हें बास्केटबॉल के छल्ले में से निकलने की कल्पना करने को कहा। हैरानी की बात है, यह ट्रिक काम कर गई। एक सफल शॉट की कल्पना करने से उन्हें इसे सचमुच हासिल करने में मदद मिली।

यह जादू नहीं है। विजुअलाइजेशन हमारे लक्ष्यों को अधिक वास्तविक बनाने के साथ ही हमें हमारे सपनों की खूबसूरती भी याद दिला देता है।

10. सफलता आज से आरंभ होती है

"रोज के दिन आपने कितनी फसल काटी है, सफलता का आकलन इससे न करें, बल्कि इससे करें कि कितने बीज आपने बोए हैं।"

—रॉबर्ट लुइस स्टीवेंसन

कोई फर्क नहीं पड़ता कि आपकी स्थिति क्या है, आप आज भी एक सफल व्यक्ति बन सकते हैं।

सफलता दृष्टिकोण 4

सफलता और परिपूर्णता के बीच का अंतर जानें

सफलता वातावरण (बाहर/संदर्भ/आवरण) के स्तर या सीमा में मिलती है।

व्यवहार (विशेष रूप से मौखिक व गैर-मौखिक) तथा क्षमताएँ (पात्रता/ कौशल/ गुण)।

सफलता अपने आपसे 'क्यों, क्यों नहीं, मैं क्यों नहीं, अभी क्यों नहीं' जैसी बातें पूछना है?

परिपूर्णता आस्थाओं व मूल्यों (मूल आस्थाएँ, मूल्य, पूर्व धारणाओं और मापदंड), पहचान (अपनी समझ) और आध्यात्मिकता (उद्देश्य) के स्तर या सीमा में होती है।

परिपूर्णता का अर्थ जैसे अपने आपसे पूछना है कि मेरे लिए महत्त्वपूर्ण क्या है, अपने जीवन को लेकर मेरी समझ या जीवन में भूमिका क्या है, मैं दूसरों या बड़ी व्यवस्था के लिए कैसे योगदान दे सकता हूँ या जुड़ सकता हूँ?

परिपूर्णता क्या है? आपको परिपूर्णता की अनुभूति किससे मिलती है?

परिपूर्णता संतोष का अहसास है, जो आपको तब अनुभव होता है, जब आपकी सभी योजनाएँ सही तरह से कार्यान्वित हो जाएँ। आपको संतोष तब अनुभव होता है, जब सब ठीक से हो और आपको वह मिल जाए, जिसके आप योग्य हैं या इच्छा करते

थे। कृपया ध्यान दीजिए कि इसके लिए उचित योजना बनानी होगी और योजना होने का अर्थ है कि उस पर आपको विचार करके ऐसी योजना बनानी होगी, जैसा करना आमतौर पर हम टाल जाते हैं या नजरअंदाज करते हैं। जब आप बिना किसी योजना के अपने दिन गुजारते हैं (ये योजनाएँ लघु व दीर्घ—दोनों तरह के लक्ष्य हो सकते हैं) तो आप अपना जीवन लक्ष्यहीन तथा कार्यों में स्पष्टता व लक्षित परिणामों के बिना जी रहे हैं। यह ऑटो-पायलट मोड में जीने जैसा है, जहाँ बाकी सब आपकी जीवन-योजनाएँ लिख रहे हैं। क्या सुना हुआ-सा लग रहा है? ये वैसे हालात हैं, जब आपको क्या करना होगा या क्या करना चाहिए, इसका फैसला दूसरे करते हैं। आप बाहरी तौर पर पूरी तरह दूसरों पर निर्भर हो जाते हैं और अपने जीवन पर अपना नियंत्रण खो बैठते हैं। अपनी इस स्थिति पर विचार करें, जहाँ आप दूसरों के एजेंडे पर चल रहे हैं। निश्चित ही, इससे आपको अपने नियंत्रण में न रहने की अनुभूति होती होगी और इसके फलस्वरूप गैर-उपलब्धि, अप्रसन्नता, अपमान और बेबसी की गंभीर स्थिति का अहसास होता होगा। ये सभी अनुभूतियाँ व अवस्थाएँ हमेशा के लिए आपके अवचेतन मन में घर बना लेती हैं और इसका आपके सचेतन मन पर घबराहट, अवसाद, मनस्थिति परिवर्तन, दबाव, निराशा एवं तनाव के रूप में धीमे जहर जैसा प्रभाव होता है और जब आप इस अवस्था में कार्य करते हैं तो आपका नकारात्मक दिशा एवं विचार शैली की तरफ रुझान होने लगता है, जिसके अवांछित परिणाम मिलते हैं।

अपने आप में शांति की अनुभूति तथा सुख व तनाव-मुक्त और रात को अच्छी नींद आने के लिए परिपूर्णता अनिवार्य है। बतौर मनुष्य हमें अपनी संभावनाओं का अधिकतम क्षमता तक विकास तथा परिपूर्णता की शक्ति व अधिकार है। किसी भी अवरोध के कारण हमारी यह परिपूर्णता लंबित हो जाने पर हमारी इच्छा व लालसा और भी मजबूत हो जाती है।

विक्टर ई. फ्रैंकल के शब्दों में, "जीवन में हर किसी का अपना विशिष्ट कार्य या मिशन होता है। हर किसी को ऐसा ठोस काम करना चाहिए, जो परिपूर्णता की माँग करे। यहाँ न तो उन्हें बदला जा सकता है, न ही उनके जीवन को दोहराया जा सकता है। इसलिए हर किसी का कार्य उसे करने के विशिष्ट अवसर के जितना ही विशिष्ट होता है।" और टेरी मार्क के शब्दों में, "आप जीवन में क्या चाहते हैं, यह आपको वास्तव में तब तक पता नहीं चलता, जब तक आप ऐसी हर चीज से मुक्त नहीं हो जाते, जो आपको रोकती हो।" कोई भी आस्था, जो आपको आपके लक्ष्य की तरफ आगे बढ़ने से रोकती हो, वह सीमित करनेवाली आस्था है। दूसरे शब्दों में, इसका अर्थ है कि जीवन में परिपूर्ण होने के लिए आपको सभी तरह की सीमित करनेवाली आस्थाओं से दूर होना होगा, जो फिलहाल आपको रोक रही हैं और आपको अपनी इन सभी सीमित करनेवाली आस्थाओं

को सशक्त बनानेवाली आस्थाओं से बदलना होगा, जो आपको जीवन में अपने लक्ष्य के तेजी से निकट लाएँ।

सफलता दृष्टिकोण 5

परिपूर्णता को कल्याण के माध्यम से संतोष के मायनों में देखें

जब एक व्यक्ति परिपूर्ण होता है तो जीवन में उसे जो कुछ भी मिले, वह उसमें संतुष्ट होता है। परिपूर्णता केवल भौतिक वस्तुओं पर नहीं, बल्कि भौतिक, मानसिक, सामाजिक, मनोवैज्ञानिक और आध्यात्मिक (आपकी ऊर्जा अवस्था)— सभी पहलुओं पर आधारित होती है, लेकिन मनुष्य अपने जीवन के मायने खोजने की अनंत तलाश में है, इसलिए वह निरंतर वही खोजता रहता है, जो बतौर मनुष्य उसे आत्मा और उद्देश्य से परिपूर्ण कर सके।

संपूर्ण कल्याण क्या होता है?

कल्याण के पाँच पहलू होते हैं, जो 'पूर्ण परिपूर्णता' को पूरी तरह जानने के लिए हमें समझने की आवश्यकता है। ऐसा तब होता है, जब कोई व्यक्ति कल्याण के इन सभी पहलुओं को हासिल कर लेता है। अन्यथा ये असंतुलित या अपूर्ण रह जाते हैं और इस तरह वह उस सफलता सहित संतोष की अर्हता पाने में विफल रहता है, क्योंकि उसका कल्याण संपूर्ण कल्याण नहीं है और तब ऐसा ही संतुलित व पूर्ण कल्याण ही हमारी सफलता के वास्तविक मायनों को वास्तविक पूर्णता के रूप में योगदान दे सकता है, जो किसी भी सफलता चाहनेवाले आपके जैसे व्यक्ति के मौजूदा और सभी भावी संदर्भों में परम आवश्यक है।

1. भावात्मक कल्याण

कल्याण के भावात्मक आयाम में व्यक्ति की जागरूकता का विकास और अनुभूतियों की स्वीकार्यता शामिल होती है। भावात्मक रूप से स्थिर लोग अनुभूतियों को मुक्त रूप से अभिव्यक्त करने और अनुभूतियों को प्रभावशाली ढंग से सँभालने में सक्षम होते हैं। भावात्मक कल्याण कोई अंतिम चरण नहीं, बल्कि बदलाव और विकास की सतत प्रक्रिया है। भावात्मक कल्याण व्यक्ति को संतोषजनक रिश्ते बनाने, टकरावों से निपटने और तनाव के समय संतुलित रहने में सक्षम बनाता है।

भावात्मक कल्याण को बढ़ाने में सहायक अभ्यास—

1. टकराव को संभावित स्वास्थ्यकर के तौर पर पहचानें।

2. अपने कार्यों की जिम्मेदारी लें।
3. विचार, अवलोकन और अन्य अभ्यासों के माध्यम से अपनी अनुभूतियों के प्रति अधिक जागरूक हों।
4. अपनी अनुभूतियों से इनकार करने की जगह उन्हें स्वीकार करें।
5. दूसरों की अनुभूतियों को स्वीकार करें।
6. अपनी अनुभूतियों की दायित्वपूर्ण अभिव्यक्ति करें।
7. अनुभूतियाँ और भावनाएँ नियंत्रण से बाहर जाती दिखाई देने पर समर्थन और मार्गदर्शन तलाशें।
8. एक मजबूत सोशल सपोर्ट (सामाजिक सहायता) नेटवर्क का निर्माण करें।
    1. सतत व्यक्तिगत विकास के लिए तैयार रहें।
    2. सकारात्मक वित्तीय व्यवहार का अभ्यास करें, जिससे सुरक्षा और भावात्मक स्थायित्व में वृद्धि हो।

2. पर्यावरणीय कल्याण

पर्यावरणीय कल्याण में ऐसी जीवन-शैली शामिल है, जिसकी आपके परिवेश के साथ शिष्ट व सामंजस्यपूर्ण स्थिति हो। पर्यावरणीय कल्याण में धरती के प्राकृतिक संसाधनों की सीमा के प्रति जागरूक होना शामिल है। पर्यावरणीय कल्याण को पसंद करनेवाले सोच-समझकर इस तरह का जीवन बिताते हैं, जिससे उनके आसपास की दुनिया सुरक्षित रहे। पर्यावरणीय कल्याण होने से आपका स्वास्थ्य सुधरता है और इससे भविष्य में हमारे समुदाय व दुनिया का स्वस्थ होना सुनिश्चित करने में मदद मिलती है।

पर्यावरणीय कल्याण को बढ़ानेवाले अभ्यासों में शामिल हैं—

1. जब संभव हो, कार की जगह पैदल या साइकिल से चलने को प्राथमिकता दें।
2. प्रकृति और इसमें रहनेवाले प्राणियों का सम्मान करना।
3. स्वयं को तथा दूसरों को ध्वनि, वायु एवं जल प्रदूषण, दूसरों को धुएँ से सुरक्षित रखना, अल्ट्रा-वायलेट रेडिएशन तथा ऐसे ही अन्य खतरों जैसे पर्यावरणीय खतरों से सुरक्षित रखना।
4. रिसाइकिल।
5. अपशिष्ट कम करना।
6. पर्यावरणीय संगठन से जुड़ना।
7. पर्यावरणीय समस्याओं की जानकारी रखना।
8. ऊर्जा व जल संरक्षण।
9. कीटनाशकों का उपयोग कम करना या बिल्कुल रोकना।

3. बौद्धिक कल्याण

बौद्धिक कल्याण में ज्ञान का विस्तार, कौशल में सुधार और जीवन के अधिक पूर्णता के साथ अनुभव के लिए उपयोग शामिल है। बौद्धिक कल्याण शैक्षिक, सांस्कृतिक और सामुदायिक गतिविधियों में सक्रिय भागीदारी से संदर्भित है। इसमें कक्षा में जो कुछ भी सीखा गया है, उसे जीवन के वास्तविक अनुभवों में आत्मसात् करना शामिल है। रचनात्मकता का मूल्य व पोषण, जिज्ञासा तथा जीवनपर्यंत शिक्षण बौद्धिक कल्याण का हिस्सा है। जो लोग बौद्धिक रूप से नए विचारों, आलोचनात्मक सोच और नई चुनौतियों को तलाशने के प्रति खुले हैं, उम्र बढ़ने के साथ ही उनके अच्छी संज्ञानात्मक गतिविधियों को कायम रखने की संभावना होती है।

बौद्धिक कल्याण को बढ़ानेवाले अभ्यास—

1. अध्ययन और समय प्रबंधन में बेहतर कौशल प्राप्त करना।
2. सही फैसले लेने की अपनी क्षमताओं पर भरोसा करना सीखना।
3. अपने आपको किसी मामले के एक से ज्यादा पक्ष को देखने लायक चुनौती देना।
4. सीखने की आजीवन प्रक्रिया को पहचानना और उसका मूल्य समझना।
5. रचनात्मकता और साधन-संपन्नता विकसित करना।
6. टी.वी., इंटरनेट, अखबार आदि से जानकारी लेते हुए सूझ-बूझ रखना।
7. कॉलेज, विश्वविद्यालय, शैक्षणिक संस्थानों के कैंपस में कक्षाओं और गतिविधियों की बौद्धिक प्रेरणा के विशाल समूह का लाभ लेना।
8. मौजूदा घटनाओं, मुद्दों और विचारों के प्रति सचेत रहना।
9. पढ़ना।
10. नए कौशल विकसित करना, जैसे—भाषा सीखना, कोई वाद्य यंत्र बजाना सीखना या कोई नया शौक बनाना।
11. अपना वित्त सँभालना सीखना।

4. व्यावसायिक कल्याण

व्यावसायिक कल्याण में कार्य के माध्यम से व्यक्ति के जीवन में व्यक्तिगत संतोष और समृद्धि पर बल दिया जाता है। यहाँ कार्य वैतनिक और अवैतनिक दोनों के साथ ही व्यक्ति के अपने अकादमिक प्रयासों के लिए भी संदर्भित है। व्यावसायिक कल्याण में आपके कार्य के लिए विशिष्ट उपहार, कौशल तथा प्रतिभा का योगदान शामिल है, जो व्यक्तिगत रूप से महत्त्वपूर्ण और लाभकारी है। व्यावसायिक रूप से अच्छी स्थिति में होने पर आप व्यक्तिगत आत्म-परिपूर्णता हासिल करने के साथ ही बड़े स्तर पर समुदाय के

कल्याण में योगदान दे सकते हैं। अनुसंधान से संकेत मिले हैं कि संतोषजनक पेशेवर जीवन से व्यक्ति के शारीरिक और भावनात्मक स्वास्थ्य पर भी सकारात्मक प्रभाव पड़ता है।

व्यावसायिक कल्याण में वृद्धि के लिए अभ्यास

1. व्यावहारिक व परिवर्तनीय कौशल विकसित करें।
2. ऐसा कॅरियर चुनें, जो आपके अपने मूल्यों, रुचियों और धारणाओं के अनुकूल हो।
3. अपनी ताकत और कमजोरियों का सही तरह से आकलन करना सीखें।
4. अपनी प्रतिभा और रुचियों को जानें।
5. स्वस्थ निजी व पेशेवर जीवन-संतुलन बनाएँ।
6. पेशेवर विकास के अवसर तलाशें।
7. कहीं पर प्रशिक्षु के रूप में भागीदारी करें।

5. शारीरिक कल्याण

कल्याण के शारीरिक आयाम में अपने शरीर का भलीभाँति ध्यान रखने की जरूरत पर जोर दिया जाता है। हमारा शरीर रोजाना अनगिनत तरीकों से काम करता है। यह हमें काम, आराम, खाने और खेलने देता है। कई बार हम अपने शरीर से उम्मीद करते हैं कि वह बिना आवश्यक पोषण और सहायता दिए ही यह कार्य करता रहे। शारीरिक रूप से स्वस्थ रहने से थकान से बीमारी और चोट लगने का खतरा कम होता है। इसके अतिरिक्त, शारीरिक कल्याण के मनोवैज्ञानिक लाभ भी हैं; जैसे कि यह आत्म-सम्मान, आत्म-नियंत्रण, दृढ़ता और दिशा-बोध को बढ़ाता है।

इस शारीरिक कल्याण को बढ़ानेवाले अभ्यासों में शामिल हैं—

1. प्रतिदिन शारीरिक व्यायाम करना।
2. सुरक्षित और जिम्मेदाराना यौन संसर्ग।
3. सीट बेल्ट जैसी सुरक्षा सावधानियों का उपयोग या भार उठाने की सुरक्षित तकनीक अपनाना।
4. पर्याप्त नींद लेना।
5. संतुलित भोजन व स्वास्थ्यकारी आहार लेकर अपने शरीर का पोषण करना।
6. अपना वजन सही रखना।
7. तंबाकू से दूर रहना।
8. शौकिया ड्रग्स लेने से परहेज रखना।
9. सीमित मात्रा में शराब पिएँ या उससे परहेज करें।
10. साफ-सफाई रखें।

11. नियमित रूप से चिकित्सा जाँच करवाएँ।
12. रोग के संकेतों और लक्षणों पर ध्यान देकर तुरंत चिकित्सा सलाह लें।

6. सामाजिक कल्याण

सामाजिक आयाम में अपने सहचर मनुष्यों सहित तालमेल के साथ भलीभाँति रहने तथा दूसरों के साथ सकारात्मक व परस्पर-निर्भर रिश्तों की जरूरत पर जोर दिया जाता है। सामाजिक कल्याण में परस्पर जुड़ाव को अपनाने के साथ ही आपके कार्यों का अन्य लोगों तथा उनके समुदायों पर कैसा प्रभाव पड़ता है, इसे समझना शामिल है। सामाजिक रूप से बेहतर लोग निजी रिश्तों को बहुत सोच-समझकर बढ़ाते हैं, महत्त्वपूर्ण मित्रताएँ पोषित करते हैं और एक निष्पक्ष व परवाह करनेवाले समुदाय का निर्माण करते हैं। शोध बताते हैं कि सामाजिक रूप से कल्याणकारी रहने से भौतिक और भावनात्मक कल्याण में भी वृद्धि होती है।

सामाजिक कल्याण को बढ़ानेवाले अभ्यासों में शामिल हैं—

1. मजबूत सोशल सपोर्ट नेटवर्क (सामाजिक सहायता) का निर्माण करना।
2. स्वस्थ संवाद तकनीकों को सीखना व अभ्यास करना।
3. विभिन्न प्रकार के लोगों के साथ संबंध जोड़ने की क्षमता का विकास करना।
4. पारस्परिक टकराव को स्वस्थ और सम्मानित तरीके से निपटाना।
5. अन्य संस्कृतियों, पृष्ठभूमि एवं मान्यताओंवाले लोगों के साथ बातचीत से विभिन्नताओं को जानना।
6. अकेले व लोगों के साथ बिताए गए समय को मूल्य देना।
7. अपने समुदाय के सामाजिक सरोकारों के प्रति सचेत रहना और सामुदायिक समस्याओं को सुलझाने में शामिल रहना।

7. आध्यात्मिक कल्याण

कल्याण के आध्यात्मिक आयाम में मानव अस्तित्व का अर्थ और उद्देश्य तलाशना शामिल है। इसमें जीवन और ब्रह्मांड में मौजूद प्राकृतिक शक्ति को गहरा व विस्तृत बनाने के लिए गहन सराहना को विकसित करना शामिल है। अपनी आस्था और मूल्यों को अपने कार्यों में समाहित करना आध्यात्मिक कल्याण की क्षमता का संकेत है। आध्यात्मिक रूप से बेहतर होने से आप जीवन के उतार-चढ़ावों से लचीलेपन द्वारा बच निकलने में सक्षम बनाते हैं।

आध्यात्मिक कल्याण को बढ़ानेवाले अभ्यास—

1. जीवन के अर्थ पर मंथन करें।

2. दूसरों की आस्थाओं का सम्मान करें।
3. ऐसा जीवन जिएँ, जो आपके मूल्यों व आस्थाओं के समान हो (मूल्यों व आस्थाओं पर हम इस पुस्तक में आगे चलकर चर्चा करेंगे)।
4. 'मौन चिंतन, प्रार्थना या ध्यान के लिए समय निकालें।
5. अवलोकन द्वारा जागरूकता का निर्माण।
6. दैनिक घटनाओं के गहन अर्थों के प्रति अधिक जागरूक होना।
7. अपने समुदाय का वितरण, स्वैच्छिक सेवा या परियोजनाओं में सेवा द्वारा सहयोग करना।
8. प्रकृति के साथ समय बिताएँ।
9. अपने आसपास के अन्य लोगों की क्रियाओं की सराहना के लिए समय निकालना।

□

3

अपने रिश्तों में सुधार कैसे करें–रिश्तों के सुधार हेतु पाँच विचार

"आपका जीवन जैसा होगा, आपके रिश्ते भी वैसे ही होंगे।"

—एंथनी रॉबिंस

रिश्तों पर अंतर्बोध 1

रिश्ते और वास्तविकता

चलिए, आपके मौजूदा हालात के मूलभूत मूल्यांकन से शुरुआत करते हैं। आपकी इंद्रियाँ आपको क्या बताती हैं? वास्तविकता क्या है? आप खुश हैं या असंतुष्ट? क्या आप अपने आसपास मौजूद लोगों से जुड़ाव महसूस करते हैं या आप सबसे कटे हुए तथा अकेले हैं? क्या आपके रिश्ते वास्तविकता की बुनियाद पर हैं या वे झूठ से दूषित हैं? क्या आपके जीवन में मौजूद लोग आपको वैसा ही समझते हैं, जैसे आप हैं या आप अपनी वास्तविकता का मात्र एक हिस्सा सामने लाते हैं? आपके रिश्ते आपको सशक्त बनाते हैं या अशक्त? क्या आप जो चाहते थे, वह आपको मिल गया या कुछ अभी भी बाकी है?

जरा ध्यान से देखिए

अपनी भूमिका का आकलन करते हुए ईमानदार रहें।

1. अपने सबसे निकटतम लोगों के लिए आपका क्या योगदान है?
2. अपने जीवनसाथी के लिए आपके पास क्या है?
3. क्या दूसरों के जीवन में आपके होने से उन्हें कोई लाभ हुआ है या आपने उनसे इतना लिया है, जितनी उनकी मदद नहीं की?

अपने रिश्तों के बाहरी प्रारूप के उस पार देखिए और इसके वास्तविक सत्य को तलाशिए, जैसे कि विवाह एक वैध भागीदारी को दरशानेवाला लेबल तो हो सकता है या यह दो लोगों के बीच एक बहुमूल्य पारस्परिक संबंध है।

1. इन लेबलों के पीछे देखने पर आपको क्या दिखाई देता है?
2. आपका रिश्ता वास्तव में किस प्रकृति का है?

अपने मौजूदा रिश्ते के विस्तार और गहराई पर ध्यान दीजिए।

1. क्या आपके जीवन में शामिल होनेवाले नए लोगों का निरंतर ताँता लगा रहता है? अगर पूछा जाए तो ऐसे कितने लोग हैं, जो आपको जानने की हामी भरेंगे?
2. आपके संबंध कितने समृद्ध हैं?
3. कौन सा व्यक्ति आपको सबसे निकटतम साथी या अंतरंग साथी मानता है?
4. क्या आपको अपने जीवन में अधिक संबंध होना पसंद है?
5. क्या आप अपने मौजूदा संबंधों को और अधिक घनिष्ठ बनाना चाहेंगे?

अपनी मौजूदा स्थिति का मूल्यांकन करते हुए याद रखें कि आपके रिश्ते केवल आपके दिमाग में जीवित हैं। आपकी अनुभूतियाँ इनका विशेष रूप से वर्णन करती हैं। अपनी मौजूदा स्थिति का सटीक मूल्यांकन करने के लिए आपको अपने भीतर देखना होगा। अपने विचारों को वैसा ही स्वीकार करें, जैसे वे आते हैं और इस पर हैरान न हों, यदि किसी खास रिश्ते के बारे में आपकी अनुभूतियाँ मिले-जुले भाव वाली या अस्पष्ट हैं।

अब इस पूर्वानुमान पर ध्यान दें। आपको आपका मौजूदा रिश्ता वास्तव में किस ओर जाता दिख रहा है? कौन से रिश्ते विकसित हो रहे हैं और कौन से हमसे दूर जा रहे हैं? आपका वेग आपको कहाँ ले जा रहा है? आपकी मौजूदा स्थिति आपके आनेवाले समय के बारे में क्या बता रही है?

स्पष्ट रूप से मानवीय रिश्ते भविष्यवाणी करने के लिए अत्यधिक अस्थिर हैं, लेकिन आप यहाँ मोटा अनुमान लगा सकते हैं। फिर भी, आपके वास्तविक अंदाजों में भले ही वे गलत क्यों न निकलें, काफी कुछ वास्तविकता होगी; क्योंकि वे आपकी अनुभूतियों का खुलासा करेंगे। आपकी अनुभूतियाँ आपके कार्यों को प्रभावित करेंगी, जिससे भविष्य में आपके रिश्तों की दिशा में बदलाव आएगा।

इसके फलस्वरूप, अपनी वास्तविक भविष्यवाणी के प्रति जागरूक होना महत्त्वपूर्ण है, क्योंकि इसी जागरूकता से आप सोच-समझकर उसे हटा सकेंगे, जो काम नहीं कर रहा।

अपनी अनुभूतियों पर खास ध्यान दें, क्योंकि उनमें उनकी अपनी पूर्वानुमानित बुद्धिमत्ता होती है। अनुकूल अनुभूतियाँ अनुकूल भविष्यवाणियों का प्रतिनिधित्व करती

हैं और हानिकारक भावनाएँ हानिकारक भविष्यवाणियों का खुलासा करती हैं। अकसर आपको लगता है कि कोई रिश्ता अवसान पर है, जबकि ऊपर से उसमें सब अच्छा दिखाई देता है। तब आप अपने साथी के साथ बात करते हैं और आपको पता चलता है कि ऐसे महत्त्वपूर्ण व अनदेखे मुद्दे हैं, जिन पर आप दोनों को मिलकर काम करना होगा।

एक बार जब ये मुद्दे सामने आ जाते हैं तो इन्हें भले ही हम तुरंत न सुलझाएँ, फिर भी निकटता की अनुभूति पुनः वापस आ ही जाती है। रिश्तों की बात करें तो मैंने अपनी अनुभूतियों पर अत्यधिक भरोसा करना सीख लिया है। मुझे जब भी कुछ गलत दिखाई देता है तो मुझे पता है कि मैं सबसे अच्छा यही कर सकता हूँ कि उस व्यक्ति के पास जाऊँ और उसे बताऊँ कि कुछ ठीक नहीं है, जिससे हम साथ मिलकर उसे सुलझाने के लिए काम कर सकें।

रिश्तों में वास्तविकता लाने पर आप में निकटता और विश्वास स्थापित होता है।

असत्य साफ तौर पर नकारात्मक है और ऐसे ही ध्यानाकर्षण की लालसा भी है। यदि आप अपने रिश्ते में नियमित रूप से जान-बूझकर ताजा वास्तविकता शामिल नहीं करते रहते तो दूरियाँ अपने आप आ जाएँगी। वास्तविकता केवल झूठ की अनुपस्थिति नहीं है; वास्तविकता रिश्तों के लिए एक अहम गतिविधि है।

आपने अपने रिश्ते के बारे में जो भी वास्तविकताएँ खोजी हैं, उनका सामना कीजिए, फिर भले ही मौजूदा हालात में आप कुछ न कर सकें। इनकार के शिकार न बनें। यदि आप अवसाद और अकेलापन महसूस कर रहे हैं तो इन अनुभूतियों का सामना करें। यदि आपको लगे कि आपका विवाह विच्छेद की दिशा में बढ़ रहा है तो अपनी सत्य पूर्वानुमानों को स्वीकार करें।

यदि आप स्वयं को पूरी तरह फँसा हुआ और बदलाव के प्रति शक्तिहीन महसूस करें तो इसे स्वीकार करें। सच से मुँह न मोड़ें। यदि आप अपनी मौजूदा सीमाओं के पार विकसित होना चाहते हैं तो आपको सबसे पहले इसका प्रतिरोध करना रोकना सीखना होगा कि आप कहाँ खड़े हैं।

अंत में, मानवीय रिश्तों की वास्तविक प्रकृति को स्वीकार करना अहम है। ये सभी तय रूप से अस्थायी हैं। आपका बंधन चाहे जितना भी ताकतवर हो, यह सब देर-सबेर अलगाव या हानि में समाप्त होगा।

संभवतः कोई भी रिश्ता हमेशा नहीं रह सकता, कम-से-कम भौतिक रूप से तो नहीं। इस वास्तविकता के प्रति अपनी जागरूकता से आपको अपने जीवन में शामिल लोगों के प्रति गहन स्वीकार्यता मिलेगी। जब आप रिश्तों का अस्थायी होना स्वीकार कर लेंगे तो यह आपके लिए खजाना बन जाएगा और आप दूसरों को सहज स्वीकार करना कम कर देंगे।

रिश्तों पर अंतर्बोध 2

रिश्ते और स्नेह

आप अपने रिश्तों की स्थापना व विस्तार दूसरों के साथ जुड़कर और उन्हें अपने आपसे जुड़ने को चुनकर करते हैं। ऐसा करने का सबसे आम रास्ता सीधे संवाद से होता है। अपने साथी मनुष्यों से आप जितना अधिक संवाद करते हैं, उनसे उतना ही जुड़ते चले जाते हैं। इन संपर्कों से आप स्नेह के भावात्मक पक्ष का आनंद लेंगे, क्योंकि इससे आपके बीच निकटता और परवाह की अनुभूति विकसित होगी।

गर्मजोशी

संवाद तो बस, एक शुरुआत है—उसी तरह, जैसे मानवीय रिश्तों में संपर्क से संवाद तक जाने की संभावना होती है।

सतत संवाद के बावजूद इसके घिसी-पिटी लकीर होने की संभावना है। वास्तविकता या स्नेह न होने पर संवाद भी देर-सबेर ठंडे होने लगते हैं; लेकिन जब दोनों तत्त्व (वास्तविकता और स्नेह सहित रिश्ते) न हों तो ये लोगों को संपर्कों के समृद्ध स्तर तक पहुँचने से रोकते हैं और निकटता अनुपस्थित हो जाती है।

यदि आप अपने संवाद के आम तरीके पर विचार करेंगे तो शायद आपको पता चलेगा कि यह असंतुलित है। बहुत संभावना है कि आप एक या दो तरीके इस्तेमाल कर रहे हों, बजाय इसके कि सभी तीन या पाँच तरीकों के, जिन्हें इस अध्याय में आगामी पृष्ठों पर बताया गया है, जैसे कि मेरी वास्तविकता और प्रभाव की तरफ झुकाव की आदत है। मुझे नई वास्तविकताओं को तलाशना तथा लोगों के सशक्तीकरण और उन्हें कार्य करने के लिए चुनौती देना पसंद है। मेरी कमी शायद संवाद में समझ और सहानुभूति की कमी है।

अपने से संबंधित कुछ लोगों के बारे में सोचिए और देखिए कि क्या आप उनकी प्रमुख प्रवृत्तियों में अंतर कर पाते हैं?

1. कौन सा व्यक्ति वास्तविकता को प्राथमिकता देता है, तथ्यों पर बात करना और डाटा साझा करना चाहता है?
2. कौन अधिकांशतः स्नेहपूर्वक आता है और केवल साथ जुड़ने की गरज से किसी भी चीज पर बात करने का इच्छुक है?
3. कौन पूरे प्रभाव से बात करते हुए व्यक्ति को कार्य या बदलाव करने के लिए प्रोत्साहित करने का प्रयास करता है?

आपको लगभग सभी संवादों में कुछ वास्तविकताएँ एवं स्नेह के पहलू दिखाई देंगे;

लेकिन अधिकांश लोग केवल एक या दो पंक्तियाँ बोलने तक सीमित रहते हैं। आप दूसरों के साथ जुड़ने के लिए वास्तविकता, स्नेह और प्रभाव का कितना मिश्रण उपयोग करना चाहेंगे?

याद रखिए, आपकी कमजोर पंक्ति आपके अनेक संवाद मसलों का स्रोत हो सकती है। आप वास्तव में अपनी अन्य विशेषताओं के साथ ही संवाद के दौरान अपनी कमजोर पंक्ति का उपयोग करना सीखकर अपने रिश्तों में महत्त्वपूर्ण विकास कर सकते हैं।

किसी से जुड़ने के लिए हमें बुनियादी स्तर की समानता की आवश्यकता होती है। संपर्क बनाने के लिए होनेवाली संवाद शैली में थोड़ी सी परस्पर व्याप्ति (ओवरलैप) होनी ही चाहिए। अगर यह परस्पर व्याप्ति कम होगी तो शायद निकट संबंध नहीं बन सकेगा। फिर भी, विकसित होने के लिए हमारी तकनीकों में कुछ अंतर भी होने चाहिए, अन्यथा हमारी संपर्क बनाने की ताकत जल्द ही जड़ हो जाएगी।

हमारी समानताएँ ही हमें एक-दूसरे के नजदीक लाती हैं, जबकि हमारी विभिन्नताएँ हमें विकसित होने में मदद करती हैं।

अब, जब आप वास्तविकता, स्नेह और प्रभाव के महत्त्व को समझ गए हैं तो अब आप पूरे बोध सहित अपने रिश्ते के विकास को निर्देशित कर सकते हैं और इसी तरह आप समस्याओं का भी निदान कर सकते हैं।

यदि आप आज किसी रिश्ते में हैं तो आप अपनी समानता के प्रमुख क्षेत्र को पहचान सकते हैं।

1. क्या आप वास्तविकता, जानकारी साझा करने और एक-दूसरे से सीखने के लिए संपर्क में हैं?
2. आप स्नेहवश जुड़े हैं, प्रेम प्रकट करते हैं और आपको एक-दूसरे का साथ पसंद है?
3. या आप एक-दूसरे से अपनी इच्छाओं को पूरा करने हेतु प्रभाव, सहायता और प्रोत्साहन के लिए जुड़े हैं?

संभव है कि कुछ हद तक ये तीनों ही मौजूद हों, अतः इनमें से कौन सी तकनीक सबसे अधिक प्रभावी है?

इसका व्यावहारिक उपयोग तब हो सकता है, जब आप अपनी प्रमुख जुड़ाव तकनीक को समझ लेते हैं। आप इसके सोच-समझकर उपयोग द्वारा तब हर बार अपनी निकटता को पुनः कायम कर सकते हैं, जब आपको एक-दूसरे से दूरी महसूस होने लगे।

इसी तरह, आप एक-दूसरे को विकसित होने में मदद का चुनाव करने में अपनी भिन्नताओं का उपयोग कर सकते हैं। अपने रिश्तों में हम पूरे बोध के साथ अपने तारतम्य को वास्तविकता, स्नेह और प्रभाव द्वारा एक पायदान आगे ले जा सकते हैं।

रिश्तों पर अंतर्बोध 3

रिश्ते और प्रभाव

रिश्ते का सबसे अच्छा उपयोग वह है, जहाँ यह आपके प्रभाव को कम करने की जगह बढ़ाता है। किसी रिश्ते में आगे बढ़ने का बिंदु वास्तविकता, स्नेह और प्रभाव के साथ अपने तारतम्य को बेहतर बनाते हुए बृहत्तर एकता की तरफ जाए। यदि दूसरा साथी आपको इस तारतम्य से दूर ले जाए तो उसे जारी रखने का कोई कारण नहीं है। एक अशक्त बनानेवाले रिश्ते को आप जितनी ज्यादा देर तक जितनी मजबूती से पकड़े रहेंगे, उतने ही कमजोर होते जाएँगे। आपके लिए सबसे लाभकारी रिश्ता आपकी जरूरतें पूरी करने, आपकी इच्छाओं को संतुष्ट करने, स्पष्टता हासिल करने और अधिक जुड़ाव महसूस करने में मदद करता है। यह आपके जीवन के लिए उस तरह मूल्यवान् बन जाता है, जैसा आपके लिए महत्त्वपूर्ण है।

ताकत

यदि आप एक ऐसे रिश्ते के शिकार हैं, जो आपको तोड़ रहा है या फँसा हुआ महसूस करवा रहा है तो आप अपना प्रभाव खो रहे हैं।

ऐसी स्थिति को बदलना आपकी जिम्मेदारी है, फिर हालात चाहे जैसे भी हों। यह जान लीजिए कि आप कभी भी इससे अलग हट सकते हैं। ऐसा करने के भले ही वित्तीय हानि जैसे कुछ नुकसानदेह प्रभाव हों, लेकिन ये अस्थायी होंगे।

अशक्त बनानेवाले रिश्ते से अलग हटने के बाद आप थोड़े ही समय में सुधरने की उम्मीद कर सकते हैं। खेद की बात है कि अस्वस्थ संबंधों की मूल प्रकृति यह होती है कि ये आपको उस हद तक तोड़ देते हैं कि शायद अपने प्रभाव को पुनः हासिल करने की कल्पना करना भी कठिन होता है। जब आप खुद को ऐसे स्थान पर पाएँ, जो आपको कमजोर बनाता हो और आपने वहाँ से न हटने, बल्कि वहीं बने रहने का फैसला किया हो तो आपने अपने आपसे दुर्व्यवहार का फैसला कर लिया है।

एक प्रबुद्ध रिश्ते में दोनों ओर से समर्पण सहित काम करने की आवश्यकता होती है। केवल एक ही व्यक्ति इसकी पूरी जिम्मेदारी नहीं सँभाल सकता। अगर आपका अधिकांश समय स्नेह साझा करने की जगह प्रतिरोध से संघर्ष में जा रहा है तो इससे अच्छा है कि आप इससे बाहर निकल जाएँ। अपने को ऐसी स्थिति में लाएँ, जहाँ किसी अधिक परस्पर लाभप्रद कार्य का आनंद ले सकें और अपने महत्त्व से कम पर कभी समझौता न करें। अपने को सशक्त बनाना स्वार्थपूर्ण क्रिया नहीं है। एक बार जब आप अपने रिश्ते को सशक्तता के मानक तक ले जाते हैं तो आप और अधिक प्रभावपूर्ण

तरीके से विकसित होते हैं और आपकी ताकत आपके आसपास के लोगों तक भी हस्तांतरित होती है।

यदि आपका सबसे अशक्त बनानेवाला रिश्ता अपने सबसे प्रियजन के साथ हो, तब आप क्या करेंगे? किसी ऐसे व्यक्ति के साथ सच्चा रिश्ता बनाए रखने का कोई लाभ नहीं, जो आपको अशक्त बनाता हो। जब आप अपने को इस तरह नुकसान पहुँचाते हैं तो आप अपने आसपास के लोगों के साथ भी वैसा ही करते हैं और बाकी सबको भी अपने साथ नीचे खींच ले जाते हैं। अपने व दूसरों पर समर्पण के गलत मायनों का भार न डालें। यदि आप वास्तव में निस्स्वार्थ व्यक्ति हैं तो उन लोगों के लिए निष्ठा रखें, जो इसके योग्य हैं, न कि इसे बिना शर्त के उन अयोग्य व्यक्तियों को दें, जो इसे अपना जन्मसिद्ध अधिकार समझते हैं।

1. आप वास्तव में अपने रिश्ते से क्या चाहते हैं?
2. आपको दूसरों में उनका कौन सा गुण सबसे अधिक आकर्षित करता है?

जब आप हमेशा किसी के भी साथ कभी भी मुक्त भाव से जुड़ते हों तो अच्छे स्तर के संबंधों के लिए कोई मानदंड तय करना महत्त्वपूर्ण है। आप ऐसे लोगों के साथ दोस्ती करें, बल्कि गहन भागीदारी निभाएँ, जो आपको सशक्त बनाते हों और बेहतर यही है कि अपने तालमेल को वास्तविकता, स्नेह व प्रभाव से बनाएँ। ऐसे लोगों को निकाल बाहर करें, जो आपको गुमराह करते हों।

जब बात दीर्घावधिक रिश्तों की आती है तो मैं अपने दोस्तों व सहयोगियों को बहुत सावधानी के साथ चुनता हूँ। मुझे ऐसे दोस्त पसंद हैं, जिनका व्यक्तिगत मानदंड उन्नत हो; ऐसे लोग, जो पहले ही वास्तविकता, स्नेह और प्रभाव द्वारा शक्तिशाली रूप से तालमेल में हैं। मैं उन लोगों के साथ निकट संबंध नहीं बनाता, जो बेईमान, मूर्ख, अज्ञानी, उदासीन, तिरस्कारपूर्ण, विकेंद्रित, अनुशासनहीन और गैर-जिम्मेदार हों।

अपने काम के कारण मुझे कई तरह के लोगों से सीधे संपर्क बनाना होता है और जब मुझसे बन पड़ता है, तब लोगों की मदद करने में मुझे प्रसन्नता होती है; लेकिन मैं निकट के रिश्ते केवल उनके साथ बनाता हूँ, जो मेरे निजी मानदंडों पर खरे उतरते हैं। वहीं दूसरी ओर, जब कोई मेरे दोस्ती के मानदंड पर खरा उतरता है, तब हम औपचारिक संबंधों से निकट की दोस्ती तक बहुत जल्दी पहुँच जाते हैं। किसी के साथ मित्रता में मैं जिस एकमात्र महत्त्वपूर्ण पहलू को तलाशता हूँ, वह सचेत विकास है। इस मानदंड से पहले मुझे अपने रिश्ते कम संतोषजनक लगते थे। मैं आज भी आसानी से दोस्ती कर लेता हूँ; लेकिन अकसर मैं अपनी जिंदगी में उन लोगों को स्थान देता हूँ, जो मुझे वास्तविकता, स्नेह और प्रभाव के साथ तालमेल बनाए रखकर आगे ले जाएँ।

कहा जाता है कि आप अपना ज्यादा समय जिन लोगों के साथ बिताते हैं, उन्हें

देखकर आपका भविष्य जाना जा सकता है। यह काफी हद तक सच भी है। आपके विकास पर आपके रिश्तों का भारी प्रभाव पड़ता है। यदि आप पाते हैं कि आप अपने पूरे प्रभाव और आत्म-नियंत्रण का उपयोग अपने साथियों के नुकसानदेह प्रभावों के प्रतिरोध में कर रहे हैं तो आप एक हारी हुई लड़ाई लड़ रहे हैं। अपने प्रभाव का उपयोग ऐसे रिश्तों को तोड़ने में करें और अपने आसपास ऐसे लोगों को रखें, जो स्वभावत: आपको सशक्त बनाते हों।

एक सार्वभौमिक नियम है कि आप जब भी स्वयं को अशक्त बनानेवाले वातावरण में पाएँ तो हालात से संघर्ष न करें। बस, उठें और वहाँ से चले जाएँ। अगर बाद में भी आप इस वातावरण के मुद्दे को संबोधित करना चाहते हों तो इसे बाहर से देखने के लिए आपको अधिक प्रभावशाली स्थिति में होना होगा।

मैं समझता हूँ कि कई बार अपने को अशक्त बनानेवाले रिश्ते को छोड़ना बहुत कठिन होता है। फिर भी, चुनौती के स्तर से हालात नहीं बदलते। जब आप लहर के खिलाफ जाना छोड़ते हैं और ऐसे हानिकारक स्थान से बच निकलने के बारे में सोचना आरंभ करते हैं तो आप वास्तव में बहुत सी ऊर्जा बचा लेते हैं। शारीरिक रूप से वहाँ रहते हुए भी आप, जैसे ही सही दिशा में आगे बढ़ते हैं तो आप अपने को अधिक सशक्त महसूस करने लगते हैं। इसका कारण प्रभाव के साथ आपका तालमेल है, जो आपको मजबूत बना रहा है और यह तालमेल कभी भी बनाया जा सकता है, चाहे बाहर हालात किसी भी तरह के हों। प्रभाव एक दिशा है, न कि स्थिति।

दूसरों को सशक्त बनाने के लिए आप जो सबसे बेहतर कर सकते हैं, वह है अपने आपको सशक्त बनाना। अपने आपको प्रभावशाली बना लेने पर आप दूसरों का ज्यादा भला कर सकते हैं। आपके स्वयं को अनदेखा करने से किसी को मदद नहीं मिलेगी। सबको मजबूत करने के लिए व्यक्तियों को अपना अच्छी तरह ध्यान रखना होगा।

रिश्तों के लिए अपने प्रभाव का त्याग काफी सोच-समझकर करें।

सशक्ति के स्तर की स्वतंत्रता हासिल करने के लिए आपको उचित मात्रा में स्वतंत्रता हासिल करनी होगी। यदि आप अपने को अकेले किसी फैसले पर पहुँचने में अक्षम पाते हैं और हर महत्त्वपूर्ण चयन में किसी और से पूछते हैं तो आप अपने प्रभाव को सुखा रहे हैं और अपना जीवन जीने के दायित्व को संकुचित कर रहे हैं।

1. यदि आप उच्च क्षमतावान् साथियों को आकर्षित करना चाहते हैं तो आपके लिए सबसे बेहतर यही है कि आप वास्तविकता, स्नेह और प्रभाव से तालमेल बनाएँ।
2. यदि आप देखते हैं कि आप हमेशा गलत तरह के लोगों को आकर्षित कर लेते हैं या किसी को भी आकर्षित करने में आपको समस्या आती है तो इसका अर्थ

है कि आपका इन बुनियादी सिद्धांतों के साथ तालमेल नहीं है।

3. यदि आपको लगता है कि आपके जवाब सही व्यक्ति को लुभाने की अवास्तविक तकनीक हैं तो आपने छल और झूठ के सामने घुटने टेक दिए हैं, जो आपके लिए अनुत्पादक रहेगा।
4. यदि आप किसी सच्चे व्यक्ति को आकर्षित करना चाहते हैं तो पहले खुद ईमानदार बनें।
5. यदि आप किसी प्यार तथा परवाह करनेवाले का साथ चाहते हैं तो पहले अपने भीतर गहरे में इन विशेषताओं को तलाशें। यदि आप किसी साहसी और उत्साही व्यक्ति का साथ चाहते हैं तो अपनी वीरता बढ़ाएँ।

जहाँ लोगों के व्यक्तित्व में बेहद अलग किस्म की खासियत होती है, वहीं वास्तविकता, स्नेह और प्रभाव का सिद्धांत सार्वभौम चुंबकीय आकर्षण है। कोई भी समझदार व्यक्ति झूठ और छल से भरा रिश्ता नहीं चाहेगा। कोई भी उदासीन या बेपरवाह साथी नहीं चाहता और न ही कोई अपनी इच्छा से नफरत का रिश्ता बनाना चाहता है। अपने मतभेदों के बावजूद हम एक–दूसरे की अपने जैसी बुनियादी खासियतों की तरफ आकर्षित होते हैं। हम सब ऐसे रिश्ते चाहते हैं, जो वास्तविकता, स्नेह और प्रभाव पर केंद्रित हों। आप अपने भीतर इनको जितना अधिक पोषित करेंगे, आप उतने ही अधिक सार्वभौम चुंबक होते जाएँगे।

रिश्तों पर अंतर्बोध 4

रिश्ते और एकता

जब हम नए रिश्ते तलाशते और बनाते हैं, तब हमें ध्यान रखना चाहिए कि बाकी सब हमारे साथ पहले से ही जुड़े हुए हैं। हम एक ही शरीर के विभिन्न हिस्से हैं और हमारे सबसे अलग व विशिष्ट होने की धारणा कल्पना के अतिरिक्त और कुछ नहीं है। तकनीकी रूप से हमें दूसरों के साथ रिश्ता शून्य से नहीं बनाना पड़ता। हमें केवल उस सूत्र के साथ लय बैठानी है, जो पहले से मौजूद है।

एकात्मकता

असाधारण या अनैच्छिक घटनाओं की श्रृंखला हमें सही समय पर सही व्यक्तियों तक पहुँचा देती है और हमें यह अजीब अनुभूति होती है कि हमारा मिलना भाग्य में बदा था। एकता की मानसिकता को अनुभव करने से पहले मैं कभी भी किसी भी स्टोर में घुसकर किसी ऐसे व्यक्ति को गले नहीं लगा लेता था, जिससे पहले मैं कभी नहीं मिला।

एकता के साथ अपना तालमेल बढ़ने पर मिलनेवाले दिलकश सामाजिक अनुभवों के लिए तैयार रहिए।

मुझे लगता है कि इस मानसिकता के इतना प्रभावशाली होने का कारण है कि जब आप किसी पहले से मौजूद संबंध की कल्पना करते हैं तो वह व्यक्ति आपकी ग्रहणशीलता को पकड़ लेता है और आपके समान प्रतिक्रिया देता है। किसी व्यक्ति के साथ दूरी घटने का शायद सबसे अच्छा तरीका यही है कि मान लिया जाए कि आप दोनों के बीच कभी दूरी थी ही नहीं। यह बात उन लोगों पर खासतौर पर खरी उतरती है, जो वास्तव में सचेत और आत्म-जागरूक हैं।

ऐसे व्यक्ति स्वभाववश समान सोचवाले व्यक्ति के साथ मित्रवत् पहल करते हैं और वहाँ हानिकर अस्वीकरण कम ही होता है। अगर आप किसी के पास एकात्मकता की मानसिकता के साथ जाते हैं और कठोर इनकार मिलता है तो इसमें सबसे सुरक्षित बात यही है कि दूसरे व्यक्ति का इस विचार के साथ तालमेल नहीं है और वह हमेशा आपके लिए बेमेल ही रहेगा। एकात्मकता के साथ सबसे अच्छी बात है कि यह स्वभाववश उस व्यक्ति को आकर्षित करती है, जो वैसा ही सोच रखता है और जो ऐसा नहीं सोचते, उन्हें अलग रखता है। आपका एकात्मकता के साथ तालमेल जितना अच्छा होगा, आप उतने ही अधिक एकात्मकता-आधारित रिश्तों को आकर्षित कर सकेंगे तथा इस तरह अपने अनुभव को और मजबूत करेंगे।

सामाजिक अनुशासन आपको, जिस व्यक्ति से आप पहले कभी नहीं मिले, उससे मिलने पर अस्वीकृति के जोखिम पर केंद्रित रहना सिखाता है; जबकि एकात्मकता आपको उससे संबंध जुड़ने पर केंद्रित रहना सिखाती है। अस्वीकृति तालमेल न होने का संकेत है, इसलिए इस पर निराश होने का कोई कारण नहीं है। पुनः एक बार जब पसंदीदा व्यक्ति के साथ संबंध बन जाता है तो पूरी संभावना है कि दोनों ही व्यक्तियों में बेहतरी के लिए आमूलचूल परिवर्तन हो सकें। इसे जोखिम मानना सही नहीं; बल्कि यह एक तरह का दाँव है, जिसे बार-बार खेला जाना चाहिए।

नया संपर्क बनाने की शुरुआत करते हुए दूसरों की पहल को स्वीकारने के लिए तैयार रहें। अगर कोई आपसे संपर्क करे तो उस पर समानुभूति की प्रतिक्रिया दें और नम्र रहें, सौहार्दपूर्ण व मित्रवत् रहें। यदि आपको लगे कि यह संपर्क आपके लिए सही नहीं है तो उस व्यक्ति को बेहद विनम्रता से इनकार कर दें। जब आपको लगे कि दूसरे व्यक्ति को इनकार करना जरूरी है तो सतर्क रहें कि उन्हें अशक्त न कर दें। सत्यनिष्ठ, लेकिन भद्र रहें और पुनः यदि आपको लगे कि वह संपर्क अच्छा है तो अपना कवच उतार दें, अपनी अनुभूतियों को राह दिखाने दें और उस रिश्ते को उस तरह बढ़ने दें, जैसे वह होना है।

बहुत से समर्पित रिश्तों का अंत धोखे या तलाक में होता है, क्योंकि दोनों में से कोई

एक खुद को काफी समय कटा हुआ महसूस कर रहा था। उन्होंने अपने आपको केवल अपने मुख्य साथी के साथ ही जोड़े रखा और बाकी सबको छोड़ दिया।

ऐसी बीमार कल्पनावाली निष्ठा गले की जंजीर बन जाती है, जो व्यक्ति को एकात्मकता के तालमेल से बाहर कर देती है। यह सच्चे संपर्क की मजबूत लालसा को उत्पन्न करती है, जिससे मजबूरन या तो व्यक्ति को एकांत में चले जाना होगा या मुख्य रिश्ते से बाहर नवीन अंतरंगता को तलाशना होगा। इन संपर्कों को गलत बतानेवाली अनुभूतियाँ मामले को और खराब करती हैं, जिससे व्यक्ति को अपने मामलों में झूठ बोलना पड़ता है, इससे वे एकात्मकता से और ज्यादा दूर होते जाते हैं।

जब आपका निकट का रिश्ता होता है तो इस तथ्य को महत्त्व दें कि आपका जीवनसाथी आपकी संपत्ति नहीं है। उन्हें दूसरों से इतना दूर मत रखिए कि वे आपके अलावा किसी भी दूसरे से कट जाएँ। अपने सचेत विकास की संभावनाओं को अधिकतम करने के लिए आपको विभिन्न वर्गों के व्यक्तियों के साथ नए संबंधों को गढ़ना होगा, खासतौर पर तब, जब आप किसी प्रतिबद्ध रिश्ते में हों।

सामाजिक अनुशासन इस क्षेत्र में विफल प्रतीत होता है। हमें एक ही साथी को तलाशने और विवाह करने के लिए प्रोत्साहित किया जाता है, जिससे हम केवल एक व्यक्ति के साथ गहनतम स्तर पर शारीरिक व भावात्मक अंतरंगता पर केंद्रित हो सकें। फिर भी, सहज अवलोकन से ज्ञात होता है कि इस प्रकृति का रिश्ता आमतौर पर विफल रहता है, जिसका अंत अलगाव, तलाक या विराग पर होता है, यहाँ तक कि वैधानिक मिलन समाप्त नहीं होता और साथ रहना जारी रहता है; लेकिन आपसी बंधन लगातार जड़ रहता है और दोनों ही व्यक्तियों की दीर्घावधिक भावात्मक आवश्यकताओं को आनंदित करने में विफल रहता है।

समर्पित रिश्ते की माँग है कि आप अपने जीवनसाथी के सकल कल्याण को उच्चतम प्राथमिकता दें। इसमें दूसरों के साथ अकसर संयोगवश तथा अन्य समय पर अधिक निकटता से जुड़ने की आवश्यकता का सम्मान करना शामिल रहता है।

यदि आपका मुख्य रिश्ता आपको दूसरे लोगों के साथ गहराई से जुड़ने से रोकता हो तो आप संकल्पित भागीदारी में नहीं, बल्कि एक पिंजरे में हैं।

रिश्तों पर अंतर्बोध 5

रिश्तों की कमांड साहस और बुद्धिमत्ता पर है

अपने भाग्य के प्रभारी आप स्वयं हैं, जबकि अवसर मिलना भी आपके जीवन में अहम भूमिका निभाता है। आप जो चाहते हैं, उसका सोच-समझकर चयन करना और उसे

पाने के लिए कदम उठाने से आपको बेहतरीन परिणाम मिलते हैं। प्रभार लेना और साहसी व बुद्धिमान होने का अर्थ दूसरों को नियंत्रित करना या दबाव में लेना नहीं है। इसका मात्र यही अर्थ है कि आप अपने इच्छित संपर्कों को अनुभव करते हुए अपने को पर्याप्त रूप से उच्च सम्मानित अवस्था में रखें, जिससे आप अपनी योग्यता को पहचान सकें।

इन सबका साथ उपयोग करें

जीवन के इस क्षेत्र की स्वाभाविक निजी प्रकृति के कारण आप इसे किसी को यों ही नहीं सौंप सकते। यदि आप दूसरे लोगों के साथ प्रभावशाली ढंग से जुड़ना चाहते हैं तो आपको अपना रिलेशनशिप विशेषज्ञ स्वयं बनने का प्रयास करना होगा। कुछ लोग कह सकते हैं कि आप अपने मन को सही स्थिति में लाकर झूठा सामाजिक आत्मविश्वास हासिल कर सकते हैं। मेरा मानना है कि 'सच न हो, तब तक झूठा सही' की तकनीक बहुत बड़ी गलती है। इससे बेहतर है कि समय देकर वास्तविक सामाजिक कौशल स्थापित करें, बजाय इसके कि आप जो नहीं हैं, वह होने का झूठा दिखावा करें।

जहाँ आप अपने रिश्तों के कौशल को परीक्षण त्रुटि विधि से बेहतर बना रहे हों, मेरे विचार से वहाँ किसी मार्गदर्शक की मदद लेने से आसानी होगी; लेकिन यह केवल तभी काम करेगा, जब आप पूरी तरह से अपने मार्गदर्शक की सलाह पर चलें।

सामाजिक मार्गदर्शक को तलाशना बहुत मुश्किल नहीं है। बस, किसी ऐसे व्यक्ति को खोजिए, जो लोगों के साथ संपर्क बनाने में अधिक समय न लेता हो; कोई ऐसा, जिसका पारस्परिक कौशल आपसे ज्यादा विकसित हो। उस व्यक्ति से कहें कि आप अपना सामाजिक कौशल बढ़ाना चाहते हैं और उससे इसके सूत्र पूछें, सलाह लें और शायद रिश्तों के लिए सतत प्रशिक्षण भी लें। मेरा अनुभव है कि अधिकांश लोग ऐसे अनुरोधों से खुश होंगे, क्योंकि यह बेहद मनोरंजक चुनौती है कि वे एक घरेलू कबूतर को सामाजिक तितली बना सकें।

पारस्परिक कौशल आखिरकार केवल जुबानी जमा-खर्च से नहीं, बल्कि अपने प्रयासों से ही विकसित होगा।

लोगों के साथ संपर्क करने संबंधी इंटरनेट पर सर्च या पुस्तकें पढ़ना पर्याप्त नहीं है। एक बिंदु पर आपको अपने विचारों को साकार करना होगा। आपका प्रत्यक्ष अनुभव जितना ज्यादा होगा, आप उतने ही सहज महसूस करेंगे और आपका वास्तविक व्यक्तित्व उतना ही सामने आएगा।

मानवीय रिश्तों में साहस एक खास किस्म की महत्त्वपूर्ण भूमिका निभाता है।

1. पहला, आपको नए संबंध बनाने और अस्वीकृति के भय पर काबू पाने के लिए साहस की आवश्यकता होगी।

2. दूसरा, किसी व्यक्ति के साथ घनिष्ठ संबंधों के लिए आपको साहस चाहिए होगा।
3. तीसरा, आपको बिगड़े हुए रिश्तों की वास्तविकता का सामना करने के लिए साहस की आवश्यकता होगी।
4. और अंत में, आपको ऐसे रिश्तों को समाप्त करने के लिए साहस चाहिए होगा, जो अब आपको राहत नहीं देते।

यदि आप अपने जीवन में नए रिश्ते बनाना चाहते हैं तो दूसरों के आपके पास आने का इंतजार मत कीजिए। पहला कदम आपको ही उठाना चाहिए। लंबे समय में, 'इंतजार' का मतलब बहुत से चूके हुए अवसर होता है, जो अंत में पछतावे का कारण बनते हैं। किसी नए व्यक्ति से मिलते हुए मेरा पहला वाक्य यही होता है कि 'हेलो, मेरा नाम``है।' मैं कृत्रिम होने की जगह सीधा व स्पष्ट रहना चाहता हूँ। यदि मुझे ठंडी प्रतिक्रिया मिलती है तो मैं आगे बढ़ जाता हूँ।

अगर कोई मित्रवत् व्यवहार पर उदासीन प्रतिक्रिया देता है तो वह किसी भी तरह मेरे लिए ठीक नहीं है। इसलिए मुझे ऐसे व्यक्ति से जुड़े रहने पर बल देने की कोई आवश्यकता नहीं, बल्कि मुझे ऐसे व्यक्ति से जुड़ना चाहिए, जो स्वभाव से खुला और मित्रवत् हो, न कि किसी ठंडे व्यवहार वाले से ठोकर खाई जाए।

मानवीय रिश्तों के ठोस पुरस्कार के बदले कभी-कभार अस्वीकृति की शर्मिंदगी को सहना बहुत कम कीमत है। आपकी कल्पना ऐसे भय को विकराल दानव बना देती है; जबकि वास्तव में, यह मात्र एक विशाल मोती की रक्षा करता कमजोर-सा बौना है, जिससे जीतने की मंशा हो तो आप इसे आसानी से हरा सकते हैं। इसमें सबसे बड़ा खतरा वह हँसी है, जो आप किसी के साथ साझा नहीं कर सके; वे लोग, जिनकी आपने कभी सहायता नहीं की और वे संभावित भागीदार, जिन्हें आपने अकेलेपन की सजा सुना दी है। एक तरह से यह एक अहानिकर अस्वीकृति या शर्मिंदगी के लिए चुकाई जानेवाली बड़ी कीमत है।

लंबे समय में, आपको उन संबंधों पर पछतावा नहीं होगा, जो चल नहीं सके; बल्कि उन पर होगा, जिन्हें आप 'न जाने क्या हो जाए' का सवाल पूछते रहने के कारण कभी बना नहीं सके।

जरा ठहरकर अपने मन और आत्मा से रिश्तों से जुड़ा यह सवाल पूछिए। क्या इस रिश्ते में मन और आत्मा है ? और फिर, पूरी सावधानी के साथ उन्हें चुनिए, जिन्हें आप बचाना चाहते हैं, जिन्हें आप गहरा बनाना चाहते हैं और वे, जिन्हें आप तोड़ना चाहते हैं। अपनी जिंदगी को ओछी, निरर्थक वार्त्ता न बनाएँ। अच्छे लोगों से संपर्क बनाएँ और सुनिश्चित करें कि आपका जीवन अत्यधिक प्रेम से भरा हो।

सभी चुनौतियों में से बासी हो रहे रिश्तों का संघर्ष सबसे कठिन है। दु:ख, कड़वाहट, क्रोध, शर्म और चिंता जैसी सभी हानिकर भावनाओं के कारण इसका जोखिम और भी बड़ा प्रतीत होता है। यदि आपको भी ऐसी परिस्थिति का सामना करना पड़े तो वास्तविकता, स्नेह व प्रभाव पर भरोसा करें और इन्हें राह दिखाने दें। अपने साथी के साथ स्पष्ट बातचीत करें और पूरी सच्चाई के साथ अपने विचार व अनुभूतियाँ साझा करें। जब आप ऐसा करेंगे, तब वास्तविकता को साझा करने का केंद्र आपकी अनुभूति होगा, न कि सीधे निष्कर्ष निकाल लेना या दोषारोपण करना। आप सच बोल रहे हैं, इसे साबित करने के लिए प्रथम पुरुष में वाक्य बनाएँ—मेरा मानना है···, मुझे लगता है···, मेरी चिंता है कि··· । आमतौर पर इससे दूसरे व्यक्ति में प्रतिरोध कम उत्पन्न होता है, बजाय द्वितीय पुरुष वाक्यों के—तुमने कहा था···तुमने मुझे···तुम हमेशा···

अपने साथी के साथ रिश्तों पर बात करते समय कुछ छिपाएँ नहीं। अपनी सच्चाई बताएँ, फिर भले ही आप इसके कैसे भी परिणामों की कल्पना करें। अगर आपका साथी शुरुआत में रक्षात्मक व्यवहार करे तो हैरान न हों। बस, बात करें और सुने। उस रक्षात्मकता के बीच आपसे जितना बेहतर हो सके, करें। यह स्पष्ट कर दें कि आप सच को तलाश रहे हैं और अपने साथी से भी ऐसी ही प्रतिबद्धता चाहते हैं।

आपको यह भी ज्ञात हो सकता है कि वास्तविकता, स्नेह और बड़ी शक्ति आपसे माँग करती है कि आप उस रिश्ते को समाप्त कर दें। यदि आपका साथी आपको सिद्धांत-केंद्रित जीवन से अलग ले जाना चाहता है और इस मामले को सुलझाने का इच्छुक या सक्षम नहीं है तो बेहतर यही होगा कि इसे समाप्त करें। अपने को एक ऐसे नए संबंध के लिए मुक्त करें, जिसका आपकी वास्तविकता, स्नेह और प्रभाव से तालमेल हो। अगर आप रिश्ता समाप्त करना चाहते हैं तो सीधे, स्पष्ट, सहानुभूतिपूर्ण और दृढ़ रहें। अपनी सच्चाई बताएँ और फिर जो होता है, होने दें। किसी ऐसी चीज को समाप्त करने में कोई शर्मिंदगी नहीं, जिससे आप संतुष्ट नहीं हैं। अपनी खुशी तलाशने का आपको पूरा अधिकार है।

दूसरों के साथ विश्वसनीय रिश्ता स्थापित करने के लिए अपना सर्वोत्तम प्रयास करें। वे आदर्श नहीं होंगे, लेकिन निर्दोषता अनिवार्य नहीं है। आपके वाहन के पहिए भी शुद्ध गोलाकार नहीं हैं, लेकिन वे फिर भी भलीभाँति चलते हैं। इसी तरह, कोई भी रिश्ता आपकी वास्तविकता, स्नेह और प्रभाव के पूरी तरह समान नहीं हो सकता, लेकिन फिर भी इनसे अविश्वसनीय तरक्की के अनुभव मिल सकते हैं। नए लोगों को आकर्षित करने के लिए आप जो सबसे बेहतर कर सकते हैं कि अपनी खुद की रचनात्मक अभिव्यक्ति को केंद्र बनाएँ, अपने आपको निष्कपटता से प्रकट करके आप दूसरों को अपनी तरफ खींच सकते हैं, जिससे सर्वथा अनुकूल रिश्ता बनाना आसान हो सकेगा।

बतौर मनुष्य, आप जो अधिकतम विकास अनुभव कर सकते हैं, वह दूसरों के साथ संवाद से आता है। यह विकास अकसर सच्चा और उम्मीद के मुताबिक होता है, जैसे शिक्षक-छात्र का रिश्ता है। अन्य समय में इसमें बहुत से घुमाव और मोड़ आते हैं, जैसा दो अंतरंग प्रेमियों के बीच रिश्ते में होता है। इसके सभी विभिन्न प्रारूपों में मानवीय रिश्ते शानदार और कार्य करने योग्य हैं।

आपसी समझ में स्पष्टता व रिश्तों का पोषण करने के दस अभ्यास

आपकी खुशी की भावना उस मानवीय रिश्ते से सीधे अनुपातित होती है, जिसका आप आनंद लेते हैं या कायम रख पाते हैं और यह क्षमता जीवन के विशिष्ट संदर्भों में मानसिक स्पष्टता एवं जागरूकता से हासिल हुई, जिसे व्यक्ति जीता और प्रबंधित करता है। इसलिए यह अनिवार्य है कि आप ऐसे साधनों का निर्माण करें, जिनसे आपके मन में उच्च स्तर की स्पष्टता बनाए रखकर प्राथमिक साधन के रूप में तेज और केंद्रित मन का स्वामी बन सकें।

आपकी मानसिक स्पष्टता का आधार आपका अपने को मौजूदा हालात से अलग करने की आपकी क्षमता पर निर्भर करता है। यह नियम हर वर्ग के अंतरंग, निजी, पेशेवर, औपचारिक और गंभीर (कॅरियर) संदर्भों के रिश्तों पर लागू होता है।

रिश्तों को देखने, समझने, जुड़ने और स्वीकारने में, मन की स्पष्टता हासिल करने में मुझे जो कुछ भी अत्यधिक सहायक लगा है, वह यहाँ पर है। यह मेरे लिए काम कर गया तो यह आपके लिए भी काम करेगा। आप मान सकते हैं कि यह आपकी अंतरात्मा (मन) की आवाज है, जो यह सब कह रही है और जब आप इन 10 सूत्रों को पढ़ लेंगे, तब देखिए कि इससे आपके रिश्तों की दुनिया और आपके भीतर, आपके साथ और आपके आसपास जो घट रहा है, उससे संबंधित दृष्टिकोण में बढ़ती स्पष्टता में क्या बदलाव आता है।

सुनिश्चित करें कि आप एक शांत कमरे या स्थान पर हैं, जहाँ आपको रोकने या परेशान करनेवाला कोई न हो। आरामदेह अवस्था में बैठ जाएँ और अपने आपसे इतने तेज स्वर में बातें करें, जिसे आप सुन सकते हों। धीमे और स्पष्ट रूप में बोलें।

यह अभ्यास करते समय इस बात को लेकर जागरूक रहें कि आपके दिमाग का बड़ा अवचेतन हिस्सा आपके चेतन स्व (अभ्यास कर रहा) के सुझाव सुन रहा हो और इस आत्म-सुझाव का आपके अवचेतन भाग में प्रभावशाली रूप से धीरे-धीरे एक नियंत्रण बिंदु निर्मित हो रहा हो। वास्तविक जीवन की गतिविधियों के दौरान आपका आंतरिक अवचेतन स्व आपके चेतन स्व को नई दिशा देगा तथा ब्रेक लगाएगा। इससे आंतरिक व बाहरी संवाद में आपका भाषा पैटर्न अत्यधिक सशक्त ढंग से प्रभावित होगा,

जिससे आप ऐसा तब हर बार कर सकेंगे, जब आप खुद को भ्रमित या दिशाहीन पाते हों। 'मैं चुनता हूँ...' ये शुरुआती शब्द जादू की तरह काम करते हैं, जिससे आपके उच्चतम मस्तिष्क तक यह संदेश पहुँच जाता है कि अब आपको वह नियंत्रित कर रहा है।

1. **मैं चुनता हूँ कि** मैंने अपने मानसिक फिल्टर 'अच्छे' को 'उचित' या 'अनिवार्य' में बदल दिया है। मैं चुनता हूँ कि मैंने अपना मानसिक फिल्टर 'बुरे' को 'अनुचित' और 'गैर-अनिवार्य' में बदल दिया है। मैं चुनता हूँ कि मैं अपने फैसले लेनेवाले हालात या फैसले के विकल्पों का आधार इस नए फिल्टर को बनाऊँगा, क्योंकि इससे मुझे बिना पूर्वग्रह या पक्षपातपूर्ण राय के स्पष्टता की भावना से आगे बढ़कर बेहतर बनने में मदद मिलती है।
2. **मैं चुनता हूँ कि** मैं अपने को लचीला रखूँगा। अच्छे व्यवहार वाले लोग इतिहास नहीं बनाते, क्योंकि वे नियम नहीं तोड़ते। मैं नियम नहीं तोड़ूँगा, लेकिन निश्चित ही मैं नियम तोड़ने के लिए तैयार रहूँगा। तभी मैं अपने सोच से बाहर का रचनात्मक हो सकता हूँ। ऐसे मानसिक लचीलेपन द्वारा मैं उन हालात को स्वीकारने जितना अधिक ग्रहणशील हो जाऊँगा, जिन्हें कठोर मानसिक संतुलन द्वारा कभी समायोजित नहीं कर सका।
3. **मैं चुनता हूँ कि** मैं किसी विषय से संबंधित जो भी कुछ सुनूँगा या देखूँगा, उस पर पूरा ध्यान दूँगा और एक रिश्ते में अपने से बात करनेवाले साथी की अनकही बातों पर भी ध्यान दूँगा। मैं चुनता हूँ कि कई बार मैं प्रतिक्रिया नहीं दूँगा, जिससे मैं अपने मानसिक संतुलन, प्रतिष्ठा और शिष्टता बनाए रख सकूँ। यह जड़ता वास्तव में संयम की शक्ति है, क्योंकि मैंने चुना है कि हानिकारक प्रतिक्रियाओं को महत्त्व न दूँ, जिनमें हमेशा मेरे रिश्ते की गुणवत्ता बिगाड़नेवाले बर्फ के गोले जैसी संभावनाएँ होती हैं। मैं चुनता हूँ कि अपनी प्रतिक्रिया धीमी रखूँगा, जिससे इस पर सोच-विचार का, चिंतन का समय मिल सके और तब अगर आवश्यकता हुई तो अपना उत्तर तय करूँगा।
4. **मैं चुनता हूँ कि** मैं मदद करूँगा; लेकिन तब मदद नहीं करूँगा, जब मुझे पता चले कि वह विकल्प मेरे संवाद साथी की उसकी अपनी शक्ति या क्षमता से पहचान करवाएगा या उसे बेहतर करेगा। समस्या बताए जाने पर मैं कभी-कभी उसका समाधान सुझाऊँगा और यह मेरे संवाद साथी या रिश्ते के उन्नत होकर परिस्थितियों के संदर्भित साधारण सत्य या चर्चित समस्या के प्रति जागरूकता की अवस्था में लाने में अत्यधिक सहायक होगा।
5. **मैं चुनता हूँ कि** अपने साथ होनेवाली किसी भी गड़बड़ का मैं खुद जिम्मेदार हूँ; क्योंकि जिंदगी वैसी ही होती है, जैसी हम इसे बनाते हैं। इसका आधार यह

विश्वास है कि मेरे आज जैसे भी हालात हैं, इन्हें मैंने ही बनाया है।

6. **मैं चुनता हूँ कि** मैं अपने आपको अज्ञानता की स्थिति के प्रति खुला रखूँगा। इससे मेरी अपने संवाद साथी को समझने की मात्रा कई गुना बढ़ जाएगी। यह मुझे अपने संवाद साथी के पीछे की भावनाओं, धारणाओं, मूल्यों और अनुभवों को समझने की अत्यधिक गहरी समझ प्रदान करेगा।

7. **मैं चुनता हूँ कि** हमेशा सब पर पूरी तरह केंद्रित रहूँगा। मेरा मामले की विस्तृत समझ के लिए संवाद साथी से आम सवाल यही होगा कि 'और यह कैसे हुआ?' इसका आधार सतह के नीचे क्या है, उसे तलाशने तथा सामने लानेवाले डेविड ग्रूव के 'क्लीन क्वेश्चन' के विचार के योगदान की शिक्षाओं को बनाकर इसका पालन करूँगा। इस क्रिया से मेरे व मेरे संवाद साथी के बीच स्पष्टता बढ़ेगी।

8. **मैं चुनता हूँ कि** मैं अपने को सहानुभूति के मोड़ तथा एक प्रेक्षक और प्रशिक्षु तक सीमित रखूँगा। मैं इसे इस तरह करूँगा कि मैं अपने आंतरिक संभाषण को मेरे या मेरे संवाद साथी के साथ तथा मेरे आसपास घट रही घटनाओं और वृत्तांतों को सशक्त बनानेवाले सहयोग का पूरी शांति के साथ ऐसा अन्वेषण, आकलन और संतुलन की अवस्था मैं सतत बनाए रख सकूँ। इसका आधार यह अंतर्बोध होगा कि यह अपने आप में ऐसी घटना नहीं है, जो मुझे अत्यधिक परेशान कर दे; बल्कि वह अर्थ है, जो मैं इसके साथ जोड़ता हूँ। मैं चुनता हूँ कि अपने सोच को ऐसे सशक्त बनानेवाले अर्थों को तलाशने में उपयोग करूँगा, सीमित करूँगा, जो किन्हीं भी सीमित व कमजोर करनेवाले अर्थों को बदल दे। इस अवस्था में मेरे साथी के साथ सभी संवाद बहुत अधिक समझने योग्य हो जाएँगे।

9. **मैं चुनता हूँ कि** मैं स्वयं को अपने संवाद साथी की जगह रखूँगा (परिप्रेक्ष्य स्थिति) और उन भावनाओं व विचारों को अनुभव करने का प्रयास करूँगा, जिनसे वे गुजर रहे हैं, अनुभव करते या सोचते हैं और इस तरह उनके संवाद की विषय-वस्तु और मूल को गहराई से समझने का प्रयास करूँगा। परिप्रेक्ष्य स्थिति के इस अभ्यास से मुझे दूसरे व्यक्ति का समान चर्चित हालात के प्रति वास्तविक परिप्रेक्ष्य के प्रति जागरूक होने का अति उपयोगी लाभ मिलेगा और फिर मैं इसी के अनुसार व्यवहार करूँगा।

10. **मैं चुनता हूँ कि** हर एक संवाद मेरे लिए सीखने और ज्ञान पाने का महान् अवसर है। मैं इन सबको एक गुंजाइश तथा अवसरों के समूह के तौर पर स्वीकार करता हूँ, जिससे दिलचस्पी, नवीनता और परिपूर्णता की भावना बनी

रहे, जिससे मुझे उस व्यक्ति के साथ पूरी गंभीरता से जुड़ने में मदद मिले, जिससे मैं संवाद कर रहा हूँ।

मनुष्य होने की सबसे अच्छी बातों में से एक अपनी जिंदगी दूसरों के साथ बिताना है; लेकिन यह भी संभावित जोखिमों से विहीन नहीं है। व्यक्तिगत विकास के अन्य पहलुओं के विपरीत रिश्तों का दाँव ज्यादा बड़ा होता है, क्योंकि यहाँ आपका सोच किसी को शायद बहुत गहरा नुकसान पहुँचा सकता है। इन जोखिमों से बचा नहीं जा सकता; लेकिन वास्तविकता, स्नेह और प्रभाव के साथ व्यवस्थित रहना आपको बड़े पत्थरों की ठोकरों के बीच से निकलने में मदद करेगा। जब आपसे गलती हो तो अपने को माफ करने के लिए जो बन पड़े, करें, अपने अनुभव में आए सभी लोगों को क्षमा करें और आगे बढ़ जाएँ।

□

4

मानव आवश्यकताएँ

"हमें जानना चाहिए कि हम कौन हैं? इसे परिभाषित करने की अंतिम शक्ति हमारे ही पास है। हमारा अतीत हमारे वर्तमान या भविष्य को तय नहीं करता। आज से शुरुआत करें और कदम बढ़ाकर अपनी नई व सशक्त पहचान हासिल करें।"

—टोनी रॉबिंस

मानव व्यवहार को चलानेवाले बुनियादी पैटर्न को समझने तथा अपने रिश्तों को नियंत्रित करने के लिए हमें ये बुनियादी प्रश्न पूछने ही चाहिए।

मानव आवश्यकता मनोविज्ञान के तीन व्यावहारिक प्रश्न—

1. आप जैसा जीवन चाहते हैं, उसे पाने से कौन रोक रहा है?
2. आपके चुनावों और आपकी भावनाओं को कौन नियंत्रित व आकार दे रहा है?
3. हम जो कुछ भी करते हैं, वह क्यों करते हैं? अगर इसे बदलना इतना आसान है, जितना सोचना और अनुभव करना तो हम ऐसा कर क्यों नहीं देते?

यह मान लेना आसान है कि हमारी भावनाएँ हमारे नियंत्रण से बाहर हैं। बिना कोई प्रयास किए अवसादग्रस्त व्यक्ति देखने में ही स्वाभाविक रूप से अवसादग्रस्त लगता है और प्रसन्न व्यक्ति देखने में स्वाभाविक रूप से प्रसन्न लगता है, लेकिन सच तो यह है कि भावनाएँ हम तक नहीं आतीं, हम उन तक जाते हैं। यदि आप उत्साह, करुणा, कृतज्ञता और आनंद की जगह नियमित रूप से भय, ग्लानि, अवसाद और क्रोध को अनुभव करते रहें तो आपको यह जानना होगा कि अपने भावात्मक पैटर्न को कैसे समझें, इन आवश्यकताओं को अपने भीतर कैसे पूरा करें और उन भावनाओं को सोच-समझकर कैसे चुनें, जिन्हें आप अपने जीवन में अनुभव करना चाहते हैं।

व्यवहार त्रिभुज : तीन पैटर्न, जो भावनाएँ बनाते हैं

व्यवहार त्रिभुज के सिद्धांत

भावनाओं समेत हर एक व्यवहार तीन तत्त्वों के साथ काम करने से बनता है।

1. शरीर विज्ञान और आकार के पैटर्न आपकी बायो-केमिकल अवस्था को प्रभावित कर आपकी भावनाओं को प्रभावित करते हैं।

1. भावनाओं की रचना किसी गतिविधि से होती है। आप इस समय जो भी महसूस कर रहे हैं, वह इससे संबंधित है कि आप अपने शरीर का किस तरह उपयोग कर रहे हैं।
2. खड़े हों! हाथ घुमाकर अपनी बाँहें ऊपर की ओर करें और गहरी साँस लें।
3. मुसकराएँ।
4. एक ही स्थान पर पैदल चलें।

2. मानसिक पैटर्न को केंद्रित करने के लिए देखें कि आपने दुनिया को कैसा अनुभव किया है।

1. आपका ध्यान जिस पर भी केंद्रित है, आप उस पर भरोसा करने लगेंगे। व्यक्ति के लिए ध्यान केंद्रण वास्तविकता के जैसा है, भले ही वह सचमुच वास्तविक न भी हो।
2. अपना ध्यान कहीं और केंद्रित करें।
3. आभारी होने के कारण तलाशें।
4. अपनी दुनिया को वैसा ही देखें, जैसी वह है।

3. भाषा पैटर्न उसे नियंत्रित करता है, जिस तरह आप अपनी दुनिया को तथा अपने अनुभव दूसरों को अभिव्यक्त करते हैं।

1. ऐसे किसी भी आदतन सवाल को दरकिनार करें, जिससे आपको कोई लाभ नहीं।

उदाहरण : 'ऐसा हमेशा मेरे ही साथ क्यों होता है ?'

शब्द : यदि आप अपना जीवन बदलना चाहते हैं तो उन शब्दों पर ध्यान दें, जो आप स्वयं से कहते रहते हैं।

1. ये शब्द आपकी अनुभूति को बदल सकते हैं।

उदाहरण : 'मुझे लगता है, तुम भ्रमित हो; मुझे लगता है कि तुम गलत हो; मुझे लगता है, तुम झूठ बोल रहे हो!'

मंत्र : जब आप किसी वाक्यांश को पर्याप्त भावात्मक एकाग्रता के साथ दोहराते रहते हैं तो आप इस पर भरोसा करने लगते हैं।

1. आपको जिससे भी सबसे अधिक सहायता मिले, उस मंत्र की शक्ति का उपयोग करें।

उदाहरण : 'मैं जो भी चाहता हूँ, वह मेरे भीतर है।'

'कोई स्वाद वैसा नहीं, जैसा वह अनुभूत होता है।'

'मैं जो भी साँस लेता हूँ; ऐसी हर प्रगति में मैं अत्यंत गहराई में अति केंद्रित आनंद और प्रेम का अनुभव करता हूँ।'

व्यवहार त्रिभुज प्रश्न

- **आपका शरीर विज्ञान (पैटर्न)**—आप अपने शरीर के साथ क्या कर रहे हैं?
- **ध्यान केंद्रण और विश्वास (पैटर्न)**—आपका ध्यान किस पर केंद्रित है और आप किस पर विश्वास करते हैं?
- **आपकी भाषा (पैटर्न)**—आप अपने आपसे क्या कहते हैं?

अपनी इन तीन बातों का मूल्यांकन करते रहने की आदत डालिए और अपने को उन शानदार भावनाओं को अनुभव करने के लिए तैयार करें, जो आप चाहते हैं।

ये तीनों—शरीर विज्ञान, ध्यान केंद्रण और भाषा उन अर्थों को तय करते हैं, जैसा आप अपने जीवन को अनुभव कर रहे हैं।

किसी व्यक्ति को उदास करनेवाली कुछ खास मुद्राएँ, किसी खास चीज पर ध्यान केंद्रण और किसी खास भाषा पैटर्न का उपयोग होता है, जो उसे अवसाद की ओर ले जाता है।

अवसाद में शरीर विज्ञान पैटर्न—सिर नीचे करें, नीचे झुकें, उथली साँस लें, हाथ की मुट्ठियाँ कसकर बंद कर लें।

अवसाद में ध्यान केंद्रण पैटर्न—अतीत के नकारात्मक अनुभवों पर ध्यान केंद्रित करें। अतीत को पीछे नहीं छोड़ पाते, दुःखी (क्रोध सहित) रहते हैं, इस पैटर्न पर चलनेवाले लोग अवसाद के अहसास से निढाल हो जाते हैं या बहुत कमजोरी महसूस करने लगते हैं, इसलिए वे क्रोध करके अवसाद से बाहर निकल आते हैं और तब क्षण भर के लिए वे खुद को मजबूत महसूस करने लगते हैं। इस क्रोध की अवस्था में वे किसी भावना जितनी देर तक नहीं रह पाते (क्योंकि यह संभव नहीं) और फिर वे पुनः अपनी उसी अवसाद की मूल स्थिति में पहुँच जाते हैं और यह चक्र चलता ही रहता है। अवसाद और क्रोध के बीच के इस वैकल्पिक भावात्मक पैटर्न को 'लूप ऑफ क्रेजी 8' कहते हैं। ऐसे लोगों के लिए अवसाद उनका अपने आपसे जुड़ने और संगत करने का तरीका है। अधिकांश लोग अपने ज्यादातर जीवन में इन्हीं दो भावनाओं में परिवर्तित होते रहते हैं।

अवसाद में भाषा पैटर्न—जब लोग भावनाओं को अनुभव करते हैं तो वे अपने

आपसे चुपचाप भीतर ही या मंद स्वर में बातें करते हैं। भले ही वे इसे जोर से नहीं बोलते, लेकिन हमारे भाषा पैटर्न का हमारी भावनाओं पर अत्यधिक प्रभाव होता है।

ये आंतरिक संवाद ऐसे होते हैं—

'मैं बहुत मनहूस हूँ।'

'पता नहीं जिंदगी कहाँ जा रही है।'

ध्यान रखिए, हममें से ज्यादातर लोग अवसाद का उपयोग अपनी भावात्मक आवश्यकताओं को संतुष्ट करने के लिए करते हैं (भले ही यह अनुचित है, लेकिन हम अधिकांश लोग ऐसा अनजाने में करते हैं) और जब दूसरे लोग हमसे हमारी अवसाद की अवस्था से बाहर निकलने के लिए कहते हैं तो हमारी प्रतिक्रिया अधिकांशतः क्रोध की अवस्था होती है। अब क्षण भर ठहरकर अपने आप से पूछिए। यदि आप अपने अवसाद के अधिकार की रक्षा क्रोधित होकर करेंगे तो इसका आपके रिश्तों पर क्या प्रभाव होगा? क्या होगा, जब कोई आपको आपके अवसाद से बाहर निकलवाने का प्रयास कर रहा हो? क्या आप किसी ऐसे व्यक्ति को जानते हैं, जो अपने अवसाद या ऐसी ही किसी हानिकारक भावना की रक्षा करता हो?

इस वर्ग के लोगों में हमेशा अपनी भावनात्मक जरूरतों को पूरा करने के लिए नए तरीके ढूँढ़ते रहने की प्रवृत्ति रहती है, जिसमें वे उदास होकर (भले ही अनजाने में) सबका ध्यान आकर्षित कर सकें या आसानी से सहानुभूति जुटा लें।

अब इस पर ध्यान दीजिए कि हमें पता है—

उम्मीद के शरीर विज्ञान का पैटर्न—सिर ऊँचा, छाती और कंधे उठे हुए, चेहरे पर मुसकान।

उम्मीद के ध्यानाकर्षण का पैटर्न—अतीत के खुशनुमा अनुभवों पर ध्यान केंद्रण, उल्लसित, उत्साहित, प्रसन्न, आनंदपूर्ण, संतुष्ट होना (रक्षित, सुरक्षित, तरक्की और आराम के साथ)।

उम्मीद का भाषा पैटर्न—आंतरिक संवाद कुछ ऐसे होते हैं—

'मैं पूरी तरह नियंत्रित हूँ।'

'मैं प्रतिभाशाली हूँ।'

'मैं जानता हूँ कि मेरी जिंदगी किस ओर जा रही है।'

अब क्या आप, अगर चाहें, तो अवसाद से उम्मीद और फिर अवसाद से दयनीयता तक जा सकते हैं? निश्चित ही जा सकते हैं! अवसाद की आदत से बाहर निकलना सीखने के लिए आपको इसके प्रतिरोधी पर काम करना होगा—एक मजबूत भावात्मक अवस्था, जो आपके अवसाद का विरोध करते हुए आपकी भावात्मक आवश्यकताओं को पूरा करे। इसके लिए सलाह है कि आप अपनी भावात्मक स्थिति को परमानंद की

ऐसी अवस्था या किसी भी (बीते) खास शीर्ष अनुभव में रखें, जहाँ आपने उच्चतम परमानंद को अनुभव किया था। जब भी आपको इस अवसाद की अवस्था को भंग करना हो तो अपने आपको मानसिक रूप से जीवन के उसी उच्चतम परमानंद के निकट ले जाएँ, इस तस्वीर में डूब जाएँ। उसी तरह साँस लें, जैसे आप उस उच्चतम अवस्था में ले रहे थे। उसी पर ध्यान केंद्रित करें, जिस पर तब आपका ध्यान केंद्रित था। वही देखें, जो आप उस समय देख रहे थे। वही सुनें, जो तब सुन रहे थे। आपको कैसा महसूस हो रहा है ? आप अपने अतीत की कुछ ऐसी स्मृतियों को फिर से याद कर सकते हैं। कृपया इन्हें अपनी इच्छानुसार उपयोग करें।

अपने भीतर इष्टतम बदलाव लाने के चार श्रेष्ठ कदम

1. अपनी दुनिया को समझें

अपने त्रिभुज को समझने से शुरुआत करें—अपना शरीर विज्ञान, ध्यान केंद्रण और भाषा, जो साथ मिलकर आपके अवसाद के अनुभव का निर्माण करते हैं। आपको अपने पारंपरिक 'क्रेजी 8' (अवसाद-क्रोध-अवसाद) भावात्मक पैटर्न को तथा आपके रिश्ते को कमजोर करनेवाले स्रोत को भी समझना होगा।

2. पैटर्न तोड़ें

हास्यपूर्ण, चुनौतीपूर्ण और विचित्र भाषा का उपयोग करें। यह आपके आदतन भावात्मक पैटर्न को तोड़ने के लिए आवश्यक है।

3. सहायता तलाशें

आप जिसकी सबसे अधिक परवाह करते हैं, उसे पहचानकर सहायता तलाशें, जैसे कि आपकी किसी पुरुष या स्त्री के साथ प्रेमपूर्ण व भरोसेमंद रिश्ते की इच्छा है। आपको जब भी अपने जीवन के इस हिस्से को बदलने का अवसर मिले तो आप यह प्रयास करने के लिए खुद को प्रतिबद्ध रखें।

4. अपनी समस्या पर पुनर्विचार करें

अवसाद आपकी समस्या नहीं है। अवसाद केवल आपका अपनी जरूरतों को कम अवधि में पूरा करने और लंबे समय में नुकसान का तरीका भर है। वास्तव में आप जो तलाश रहे हैं, वह स्वस्थ रिश्ता तथा जीने के एक और तरीके की खोज है। अवसाद से बाहर आने पर अब आप बदलाव कर सकते हैं (जैसा उपयुक्त हो)।

5. रचनात्मक विकल्प

हमेशा सदा बढ़ते अवसाद की बजाय आप उत्साह और उम्मीद जैसी भावनाओं (अवसादपूर्ण भावात्मक स्थिति की जगह सशक्त भावात्मक स्थिति) तक पहुँचना सीख सकते हैं।

6. अपने नए व्यवहार को आकार दें

उन तरीकों को तलाशें और उन पर चर्चा करें, जिन्हें आपने अवसाद में जाने के लिए आकार दिया है और किस तरह आप खुद को पुनः आकार दे सकते हैं, जिससे तर्कसंगत एवं सशक्त विकल्प चुन सकें।

7. अपने बदलाव को बड़े उद्देश्य से जोड़ें

आपको समझना होगा कि यदि आप अपने आपसे ईमानदार रहते हैं तो आप में लगभग हर चीज को बदलने की ताकत रहती है। ईमानदारी द्वारा आप लगभग किसी भी चीज को बदल सकते हैं। अधिकांश लोग ईमानदारी के इस स्तर तक केवल इसलिए नहीं पहुँच पाते, क्योंकि उनमें इतनी शक्ति नहीं होती और उनमें अपने लिए ज्यादातर बेईमानी का रुख ही रहता है। आपको समझना होगा कि आपके अवसाद के पैटर्न में यह उम्मीद होती है कि कोई आपसे प्रेम करेगा एवं आपकी परवाह करेगा और जब ऐसा नहीं होता तो आप अवसाद से उत्पन्न बेबसी तथा उस 'उद्धारक' व्यक्ति की निरंतर अनुपस्थिति को अनुभव कर क्रोधित हो जाते हैं। यह 'क्रेजी 8' हमारे संपर्क में रहने तथा कमजोरी की विरोधाभासी आवश्यकताओं का समाधान करते हुए हम स्वयं को शक्तिशाली और नियंत्रित महसूस करते हैं, लेकिन आपके 'क्रेजी 8' के मौलिक उतार-चढ़ाव तब आवश्यक नहीं रहते, जब आप अपने बड़े उद्देश्य और अपने सच्चे स्वरूप से जुड़े रहते हैं।

अपने मन को अज्ञानता की स्थिति में स्थिर रखें

जीवन में हम सबके सामने यह चुनौती आती है, जब हम किसी चीज के बारे में न जानने और किसी चीज का क्या किया जाए, यह न जानने के बीच फँस जाते हैं। अहंवादी मन की इस अनुभव को शिकंजे में कसने की प्रवृत्ति रहती है और इससे वह हलकी घबराहट की अवस्था में चला जाता है। अहंवादी मन अपने को तब सुरक्षित समझता है, जब वह अपने को नियंत्रण में अनुभव करता है और भ्रमित होने पर वह उस नियंत्रण की भावना को नजरअंदाज कर देता है। फिर भी, यदि हम इसमें गैर-प्रतिरोधी भावना विकसित कर सकें तो यह भ्रम की अवस्था भी शानदार स्पष्टता में जाने का

बेहतरीन स्प्रिंगबोर्ड साबित हो सकती है।

ऐसे समय गहरी साँस लें और अपने आपसे बस, यही सवाल करें, "क्या मैं इस समय अपने दिमाग को पूरी तरह भ्रमित रहने की अनुमति दे सकता हूँ?" अगर आप अपने आसपास के प्रतिरोध को हटाने में कामयाब रहे तो आपको तुरंत ही शांति का तथा जागरूकता के विस्तार का अहसास होगा। तब आपकी जागरूकता कठोर और सीमित नहीं रहेगी। यह अधिक खुली व शांतचित्त होगी। अकसर स्पष्टता और बोध हमें उस अंतराल में ले जाते हैं, जो तब उपलब्ध नहीं होता, जब मन तनाव व विरोधाभासों से भरा हो। इसे 'अज्ञानता की अवस्था' कहा जाता है और यह रहने का तब बहुत अच्छा स्थान है, जब आप अपने भीतर अत्यधिक लचीलेपन, बुद्धिमानी और बोध को आकर्षित करने की इच्छा रखते हों।

छह मानवीय आवश्यकताएँ

हम चीजें केवल इसलिए करते हैं, क्योंकि किसी स्तर पर, चेतन या अवचेतन स्तर पर, हम भरोसा करते हैं कि ऐसा करके, ऐसा अनुभूत करके, इसे अनुभव करके, इस पर भरोसा करके इस तरह व्यवहार करते हैं, जिससे हम अपनी एक या सभी छह मानवीय आवश्यकताओं को पूरा करते हैं। हर मनुष्य की परवरिश उसकी पृष्ठभूमि, शिक्षा, उसके पालन-पोषण के नियमों, भाषा पैटर्न, भाषा और धर्म के कारण भिन्न तरीके से हुई है। अपने शारीरिक स्तर पर भी जैसा दिखते हैं, सोचते हैं, करते हैं या व्यवहार है, से पूरी तरह अलग हैं; लेकिन हम सब में एक चीज समान है कि हम सभी समान आवश्यकताओं से बँधे हुए हैं। बहुत से लोग अपनी समस्याओं को इसलिए व्यक्त नहीं करते, क्योंकि इससे उनकी जरूरतें पूरी होती हैं और उनकी ये जरूरतें बिना अपने सबसे बड़े भय का जोखिम लिये पूरी करते हैं। ये 'मानवीय आवश्यकताओं के मनोविज्ञान' के मुख्य सिद्धांत हैं। हमने दो तरह की समस्याएँ पहचानी हैं—

1. गुणवत्तापूर्ण समस्याएँ
2. सुरक्षा समस्याएँ।

गुणवत्ता की समस्याओं में जोखिम एवं अग्रिम सोचवाले फैसले शामिल होते हैं, जो अकसर आपको जीवन के अगले स्तर पर ले जाते हैं। ये फैसले हो सकते हैं—

1. कॅरियर में बदलाव करना
2. किसी रिश्ते में प्रतिबद्ध रहना
3. परिवार बनाना
4. किसी रिश्ते को समाप्त करना
5. आगे बढ़ना।

यह भी हो सकता है—

1. जोखिमपूर्ण पारस्परिक संवाद (जो आपको कमजोर बना दे, किसी से यह कहना कि आप उनसे प्यार करते हैं)
2. किसी का विरोध करना (अन्याय के खिलाफ)
3. किसी से मदद माँगना।

कई बार गुणवत्तापूर्ण फैसले अपने व दूसरों की सराहना या आभार की अनुभूति को विकसित करने के फैसले जितने आसान होते हैं।

सुरक्षित समस्याओं में विलंबित मुद्दे आते हैं, जो (सच पूछिए तो) हमारे नियंत्रण में होते हैं।

1. अवसाद
2. टाल-मटोल
3. झिझक
4. भोजन व अन्य व्यसन
5. अपनी समस्याओं के लिए दूसरों को दोषी ठहराना
6. फैसलों से बचना
7. रिश्तों से दूर रहना

सुरक्षित समस्याएँ इसलिए सुरक्षित दिखाई देती हैं, क्योंकि वे हमारी इन भयों से रक्षा करती प्रतीत होती हैं कि हमने प्रयास किया और विफल हुए। हम न्यून हैं और कोई हमसे प्रेम नहीं करता। निस्संदेह, लंबे समय में ये अवसाद और व्यसनों जैसी सुरक्षित समस्याएँ होती हैं, जो हमारे शरीर, हमारी आत्मा और हमारे रिश्तों को उससे ज्यादा नुकसान पहुँचाती हैं, जितना जोखिमपूर्ण समस्याओं से कभी पहुँचा होगा, जब लोगों को किसी ऐसे जोखिमपूर्ण फैसले को मानना पड़ता है, जिसे वे मानना नहीं चाहते। अत: उनमें अकसर एक सुरक्षित समस्या विकसित हो जाती है, जो उन्हें जोखिमपूर्ण फैसले लेने में बाधित करती है, जैसे कि एक महिला में अवसाद की समस्या विकसित होती दिखाई दे सकती है, जो सच कहूँ तो एक सुरक्षित समस्या है, जो उसके नियंत्रण में है। तहकीकात करने पर हमें ज्ञात होगा कि इस महिला का सबसे बड़ा डर जोखिमपूर्ण फैसला लेना होगा, जैसे किसी पुरुष पर कैसे विश्वास किया जाए और जीवन में ऐसा रिश्ता कैसे विकसित किया जाए, जैसा वह चाहती है।

ज्यादातर बार कोई रिश्ता बनाते हुए शुरुआत 'जोखिम जैसी' होती है और इसके साथ बड़ा जोखिम भी आता है; क्योंकि एक दिन व्यक्ति कहता है कि वह आपसे प्यार करता है और अगले दिन वह छोड़ जाता है, दिलचस्पी नहीं दिखाता या किसी दूसरे के साथ चला जाता है। वास्तव में, इसमें बुनियादी डर यह होता है कि कोई हमें प्यार नहीं

करता। जरा कल्पना कीजिए कि यह सबसे ज्यादा कहाँ पर मिलता है? एक गहरे रिश्ते में, क्योंकि यही कारण है कि ज्यादातर लोग अपना ज्यादातर समय अपने काम पर या अपने बच्चों के साथ बिताते हैं; क्योंकि बच्चे हमेशा अपने माता-पिता से प्यार करते हैं या कम-से-कम सभी माता-पिता तो ऐसा ही मानते हैं। सभी माता-पिता को यही अनुभव नहीं मिलता। वहीं दूसरी ओर, आपका कार्य ऐसी चीज है, जिसे आप अपने प्रयासों, ध्यान-केंद्रण और अच्छा करने के प्रति अपनी प्रतिबद्धता से नियंत्रित कर सकते हैं। आप काम को नियंत्रित कर सकते हैं, लेकिन रिश्तों पर नियंत्रण नहीं होता। आप इसे जितना हो सके, प्रभावित कर सकते हैं और यही आपके वश में है। चूँकि इसके परिणाम भयावह हो सकते हैं, इसलिए ज्यादातर लोग रिश्तों को अपना सबसे कष्टकारी क्षेत्र माना (प्रबंधित) करते हैं। आप काफी हद तक सुनिश्चितता के साथ बोल सकते हैं कि आपका व्यापार कैसा होगा या यहाँ तक कि अपने बच्चों के साथ आपके रिश्ते कैसे हैं; लेकिन जब बात निजी रिश्तों की आती है, आपको इस पर सबसे कम भरोसा होता है। अधिकांश लोग थोथे होते हैं।

छह मानवीय आवश्यकताएँ हैं—

1. सुनिश्चितता/आराम
2. अनिश्चितता/विविधता
3. महत्त्व
4. प्रेम/संबंध
5. विकास
6. योगदान

पहली मानवीय आवश्यकता : सुनिश्चितता/राहत

छह मानवीय आवश्यकताओं में से पहली सुनिश्चितता है। सुनिश्चितता कि हमें कम-से-कम राहत हो। हम सभी को राहत चाहिए। दूसरे शब्दों में, सुनिश्चितता कष्टों से बचने की और आनंद पाने की क्षमता है। कम-से-कम कष्ट से बचें। कष्ट से बचना सुरक्षित रहने का सहज बोध है। हम सुनिश्चितता चाहते हैं और हम लगातार कष्ट सहते रहना नहीं चाहते; क्योंकि इसका अर्थ अपने आपको लगातार नुकसान पहुँचाना है।

यह हमारे दिमाग में यंत्रस्थ है कि हमें बचे रहने के लिए किसी स्तर की सुनिश्चितता की आवश्यकता होती ही है। इसलिए हमें सुनिश्चितता की आवश्यकता है। इसकी आवश्यकता सबको है। सवाल सिर्फ यही है कि आपको क्या लगता है कि वास्तव में आपके पास यह कितनी है? वास्तव में, जीवन की गुणवत्ता का सार उस अनिश्चितता में है, जिनके साथ आपको जीना होता है। जीने में जितनी अधिक

अनिश्चितता होगी, आप उतना ही अधिक प्रयास करेंगे। आप जितना अधिक सीखेंगे, उतना ही अधिक जीवंत हो सकेंगे। आप चीजों को लेकर जितना अधिक सुनिश्चित होते हैं, आपके पास उतनी ही वस्तुएँ कम होंगी। इसका बस, यही मतलब है कि सुनिश्चितता की आवश्यकता जितनी अधिक है, आप उतना ही कम जोखिम लेनेवाले हो जाएँगे या आपकी भावात्मक बरदाश्त का जोखिम कम हो जाएगा। कृपया ध्यान दें, यही बिंदु है, जहाँ से आप में असली 'जोखिम बरदाश्त' की क्षमता आती है। हर कोई अपनी सुनिश्चितता की आवश्यकता को पूरा करने का तरीका तलाश लेता है, यहाँ तक कि मूर्ख व्यक्ति भी ऐसा तरीका खोज लेता है और आप इसे सकारात्मक तरीके या नकारात्मक तरीके से तलाश सकते हैं, लेकिन आपको बस, यही तलाशना होता है कि क्या आप ऐसा तरीका तलाश सकते हैं, जो प्राप्य और टिकाऊ हो? हर किसी को सुनिश्चितता हासिल हो जाती है; लेकिन सवाल यह है कि क्या हर कोई इसे कायम रख पाता है? इसका मतलब है कि आपको यह इस तरीके से करना होगा, जो आपको लंबे समय तक बनाए रख सके। आप बहुत कुछ पा सकते हैं, अगर इसे हासिल कर लेते हैं; लेकिन तब क्या हो, जब आप हर समय सभी चीजों को लेकर पूरी तरह सुनिश्चित हों? शुरुआत में आप खुद को असाधारण महसूस करते हैं, लेकिन अंत में आप बोर हो ही जाएँगे।

कुछ क्षण रुककर ध्यान दीजिए—

1. ऐसे कौन से तरीके हैं, जिनका उपयोग आप सुनिश्चितता की अनुभूति के लिए कर सकते हैं?
2. अपने शरीर के साथ आप क्या करते हैं—खाते, सोते, कसरत करते हैं? आप किस तरह साँस लेते या खड़े होते हैं?
3. आश्वस्त महसूस करने के लिए आप किस पर ध्यान केंद्रित करते हैं?
4. क्या आपके पास सशक्त करनेवाली मान्यताएँ हैं?
5. आपका ध्यान किस पर केंद्रित रहता है—आपके अतीत पर या भविष्य पर?
6. आप किस तरह का भाषा पैटर्न उपयोग करते हैं?
7. क्या कुछ ऐसे भी वाक्यांश हैं, जिन्हें आप रोजाना उपयोग करते हैं?

दूसरी मानवीय आवश्यकता : अनिश्चितता/विविधता

अनिश्चितता हमारी आवश्यकता है। विविधता हमारी आवश्यकता है। हैरान किए जाना हमारी आवश्यकता है, लेकिन हर हैरानी आपको पसंद नहीं आती। आपको वह हैरानी पसंद आती है, जो आप चाहते हैं; क्योंकि यही वे चीजें हैं, जो आपको विकसित करती हैं। कुछ ऐसी, जिन्हें आप समस्या नहीं कहना चाहते!

विविधता जीवन का रस है। जीवित रहने के लिए हमें विविधता की आवश्यकता होती है। हमें उत्प्रेरक चाहिए होता है। हमें अज्ञात की चाह होती है, अन्यथा हम खुद को भीतर से मृत महसूस करेंगे। आप नकारात्मक रूप से नशीली दवाओं द्वारा भी विविधता हासिल कर सकते हैं, क्योंकि विविधता अवस्था में बदलाव है। लोग खाने से भी विविधता हासिल करते हैं, इसलिए लोग खाने के आदी हो जाते हैं। आप विविधता को सकारात्मक तरीकों से भी हासिल कर सकते हैं, जैसे नई चुनौतियाँ लेकर, नए लक्ष्य तय करके आदि। वार्त्ता से भी विविधता हासिल की जा सकती है। अपने दिमाग का इस्तेमाल करें तो विविधता किसी भी क्षण पा सकते हैं। चूँकि लोग सुनिश्चितता को अधिक मूल्य देते हैं, इसलिए हमने इन छह आवश्यकताओं को चुना है, जिनमें से एक या दो को हम अधिक महत्त्व देते हैं और जो हमारे जीवन की दिशा को आकार देती हैं।

अब समय निकालकर इन सवालों के जवाब दें—

1. आप अपनी अनिश्चितता और विविधता की आवश्यकता को पूरा करने के लिए किन तरीकों का इस्तेमाल करते हैं?
2. आप अपने शरीर, ध्यान-केंद्रण और अपनी भाषा द्वारा क्या करते हैं?
3. क्या आपको ऐसी समस्याएँ, झिझक या भय हैं, जिनसे आपको भावात्मक अनिश्चितता होती हो?

तीसरी मानवीय आवश्यकता : महत्त्व

हम सभी अपने आपको महत्त्वपूर्ण महसूस करना, मूल्यवान् महसूस करना और विशिष्ट महसूस करना और या सबसे अनूठा महसूस करना चाहते हैं। महत्त्वपूर्ण होने के बहुत से अर्थ हैं। हम सभी के लिए यह महसूस करना आवश्यक है कि हमारी आवश्यकता है। यह कैसी आवश्यकता है? वह हर व्यक्ति, जिससे जीवन में आप कभी-न-कभी मिले हैं। फर्क सिर्फ इतना है कि वे सभी इसे किस तरह से लेते हैं। कुछ लोग 'सबकुछ' हासिल कर महत्त्वपूर्ण बनने का प्रयास करते हैं। कुछ लोग 'बड़ी समस्याओं' से पार पाकर महत्त्वपूर्ण बनने का प्रयास करते हैं। कुछ लोग किसी भी दूसरे से 'अधिक' धन हासिल करके महत्त्वपूर्ण बनने का प्रयास करते हैं। कुछ लोग 'आध्यात्मिकता' में प्रवेश कर महत्त्वपूर्ण बनने का प्रयास कते हैं। कुछ लोग कानों में तथा अनुमान से भी इतर अन्य अंगों पर अधिक बालियाँ पहनकर महत्त्व हासिल करने का प्रयास करते हैं तो कुछ लोग खास तरह के टैटू या खास केश-विन्यास या चलने की शैली या बात करने के लहजे द्वारा महत्त्व हासिल करने का प्रयास करते हैं। यह ऐसी मानवीय आवश्यकता है, जो हर किसी में होती है; उनमें भी, जो इससे इनकार करते हैं। आप महत्त्व को नकारात्मक तरीके, सकारात्मक तरीके और तटस्थ तरीके से भी हासिल

कर सकते हैं। अजनबियों से सबसे तेजी से महत्त्व हासिल करने का तरीका हिंसा होता है। आप अपनी सबसे बड़ी समस्या साझा करके भी महत्त्व हासिल कर सकते हैं।

आप महत्त्व कैसे हासिल कर सकते हैं ?

जरा उस समस्या पर विचार करें, जिससे आप जूझ रहे हैं या उस शिकायत के बारे में सोचें, जो आपको लंबे समय से है। यदि आप इसे सुलझाए बिना इस पर ध्यान केंद्रित किए रहें तो कई बार संभव होता है कि यह आपको आपकी महत्त्वपूर्ण होने की आवश्यकता को पूरा करने में मदद करे।

दुनिया में ज्यादातर लोग बड़ी समस्याओं की तलाश करते रहते हैं, जिससे उन्हें अपनी कमियों पर नजर डालने की जरूरत न रहे या कम-से-कम वे अपने आपको लोगों से सुरक्षित रख सकें, बजाय यह जानने के कि उन्होंने उसे हल करने के लिए कुछ क्यों नहीं किया। ऐसा करने के लिए एक खास स्तर के सत्य की आवश्यकता होती है, जैसे ईमानदारी बहुत कम लोगों में होती है। इसका यह भी मतलब है कि यदि आप में ईमानदारी की ताकत है तो आप में बदलाव की भी ताकत है। यदि आप महत्त्वपूर्ण होना चाहते हैं तो हम ऐसा नकारात्मक व सकारात्मक दोनों तरीके से कर सकते हैं। आप 'समस्या सर्जक' बनकर भी महत्त्वपूर्ण हो सकते हैं और 'योगदानकर्ता' होकर भी महत्त्वपूर्ण हो सकते हैं। सवाल सिर्फ यह है कि यह सहज प्राप्ति का तरीका है या लगातार जारी रहनेवाला ? यह थोड़े समय के लिए काम करेगा या लंबी अवधि तक क्या इससे आप के साथ-साथ दूसरों को भी लाभ होगा ? यदि इससे केवल आपको ही लाभ है तो यह लंबे समय तक जारी नहीं रहेगा। इससे आपको महत्त्व कैसे मिलेगा ? क्या आप इसे व्यापार और/या उपलब्धि के माध्यम से करेंगे ? क्या आप ऐसा सबसे अच्छे माता-पिता होकर करेंगे ? क्या आप ऐसा अपनी पोशाक के माध्यम से करेंगे ? क्या आप यह इतना मजबूत होकर करेंगे कि खुद सामने आनेवाले किसी से भी निपट सकें ? क्या आप ऐसा वास्तव में किसी बड़ी समस्या को लेकर करेंगे, जिसे आप जब चाहें, दरशा सकें ? आप ऐसा कैसे करेंगे ?

एक क्षण रुकें और जिंदगी में अपनी सबसे बड़ी चुनौती के बारे में सोचें।

1. क्या ऐसी कोई समस्या है, जिससे आप निरंतर जूझ रहे हों ?
2. इस समस्या की आपको क्या कीमत चुकानी पड़ी है ?
3. इससे आपके स्वास्थ्य, आपके रिश्ते और आपके कॅरियर पर क्या प्रभाव पड़ा है ?
4. अगर उस समस्या का निदान हो जाए तो आपका जीवन कैसा होगा ?

इन सवालों के जवाब अपनी निजी डायरी में लिखिए।

अब यहाँ एक समस्या है। पूरी तरह महत्त्वपूर्ण होने के लिए आपको पूरी तरह विशिष्ट और भिन्न भी होना होगा। पूरी तरह विशिष्ट और भिन्न होना आपकी चौथी मानवीय आवश्यकता का उल्लंघन करता है। यह है प्रेम और संबंधों की आवश्यकता; क्योंकि आप जितना ज्यादा भिन्न होंगे, आपको दूसरों से उतना ही कम संबंध रखना होगा।

चौथी मानवीय आवश्यकता : प्रेम/संबंध

तो प्रेम या संबंध? वैसे ज्यादातर लोगों का जुड़ाव प्रेम के कारण नहीं, बल्कि संबंधों के कारण होता है। ये दोनों अलग हैं। अधिकांश लोग इसलिए संबंध बनाते हैं, क्योंकि ये कम भयभीत करनेवाले होते हैं। इसलिए वे एक निश्चित गहरी सीमा तक ही संबंध बनाते हैं, जिससे ये ज्यादा भीतर तक नहीं जा सकें; क्योंकि वे खुद को इससे ज्यादा चोट पहुँचाना नहीं चाहते। अब क्या जिंदगी में यह ज्यादा चोट पहुँचानेवाला नहीं होगा कि आपने अपने वास्तविक 'स्व' को कभी अनुभव नहीं किया और हमेशा यही सोचते रहे कि आप ऐसा कैसे करेंगे और यह कैसा होगा? यदि आप संबंध बनाना चाहते हैं तो इसका संबंध बनाने का सबसे तेज तरीका एक समस्या का होना है। जरा बाहर जाकर ऐसा करें, जो सब तरह से अच्छा हो और फिर देखिए, कितने लोग आपकी तरफ कितनी देर के लिए आकर्षित होते हैं? कुछ लोग ऐसे भी होंगे, जो हर समय आपकी तरफ आकर्षित रहेंगे; लेकिन जब आप कार्य सफलतापूर्वक करने लगेंगे तो ज्यादातर लोग आपकी सफलता को अपने पैमाने पर आँकेंगे और भले ही आपको वे असाधारण लगते हों, लेकिन वे खुद को असाधारण नहीं मानते होंगे और फिर, आपकी उपलब्धियों के कारण वे खुद को महत्त्वहीन समझने लगेंगे। अब उनके पास दो में से एक विकल्प मौजूद है। अब आप या तो उनकी इच्छाओं को पूरा करें और उन्हें कुछ ऐसा करने के लिए मजबूर करें, जिससे वे अपने विशाल भय से बाहर निकल सकें या वे आप पर हमला कर आपको नुकसान पहुँचाएँगे। अब आपके खयाल से इनमें से क्या अधिक तेज और आसान तथा पहले से कल्पनीय है? निश्चित ही वे आपको नुकसान पहुँचाएँगे।

आप किसी से प्रेम करके संबंध बना सकते हैं, आप प्रेम पात्र बनकर संबंध बना सकते हैं, आप प्रार्थना द्वारा संबंध बना सकते हैं और आप प्रकृति के बीच चहलकदमी करके भी संबंध बना सकते हैं। आप बहुत बीमार होकर भी संबंध बना सकते हैं, जिससे लोग आपके पास आकर आपकी देखभाल करें। आप किसी बड़ी समस्या द्वारा भी संबंध बना सकते हैं। हर व्यक्ति प्रेम कर सकता है, संबंध बना सकता है; लेकिन ऐसे लोग बहुत कम हैं, जो अपनी इच्छानुसार इस स्तर तक आ सकते हों। यदि आप इसकी शून्य

से दस के स्तर पर कल्पना करें तो अधिकांश लोग इसे तीन, चार या पाँच के स्तर तक ले जा सकते हैं, जो पर्याप्त संबंध होने का अहसास दे सकता है; लेकिन वे वास्तव में इतने खुश नहीं होते या पर्याप्त रूप से खुश नहीं होते कि वे इस बारे में कुछ अनुभव कर सकें। यह मध्यवर्ती अवस्था है।

इन पर विचार करें—

1. आप दूसरों से जुड़ने के लिए कौन से तरीके उपयोग करते हैं?
2. आप ऐसा देकर करते हैं या लेकर या दोनों?
3. दूसरों से लेने के लिए आप क्या करते हैं ?
4. दूसरों से आपका प्रेम और जुड़ाव कितना है?
5. क्या आप प्रेम को सतत महसूस करते हैं या कभी प्रेम से दूर भी हो जाते हैं?

पाँचवीं और छठी मानवीय आवश्यकता : विकास और योगदान

अब हम उन सभी चारों आवश्यकताओं को पूरा कर लेते हैं, जिन पर हमने पहले चर्चा की है, क्योंकि क्या सभी मनुष्यों की सबसे बुनियादी आवश्यकता है। पहली चारों आवश्यकताएँ हमारे व्यक्तित्व की आवश्यकताएँ हैं। हम सभी इन्हें पूरा करने का रास्ता खोज ही लेते हैं, फिर चाहे वह कड़ी मेहनत से हो, किसी बड़ी समस्या द्वारा किया जाए या उन्हें युक्तिसंगत बनाने के लिए कहानियाँ गढ़ते हैं।

लेकिन अंतिम दो आवश्यकताएँ ऐसी हैं, जो आपको परिपूर्ण बनाती हैं और विडंबना है कि इन्हें पूरा करने की प्रवृत्ति बहुत कम लोगों में होती है।

सफलता बिना परिपूर्णता के विफलता है। यदि आप सफल हैं, लेकिन परिपूर्ण नहीं हैं तो आप विफल हैं और आपको परिपूर्ण केवल अंतिम दो आवश्यकताएँ ही कर सकती हैं, क्योंकि ये आवश्यकताएँ आपकी आत्मा की आवश्यकताएँ हैं। सब इन्हें पूरा नहीं कर पाते। ये आवश्यकताएँ पूरी हो जाने पर हम वास्तव में खुद को परिपूर्ण महसूस कर पाते हैं और आप इन आवश्यकताओं की पूर्ति वास्तव में कुछ करने से ही कर सकते हैं।

पाँचवीं मानवीय आवश्यकता : विकास

पाँचवीं मानवीय आवश्यकता है कि आपको विकसित होना ही होगा। यदि आप विकसित नहीं हो रहे तो जड़ हो जाएँगे। इसलिए अगर आप व्यापार, रिश्तों, प्रेम और कॅरियर के मामले में विकसित नहीं हो रहे तो आप जीवन की वास्तविक परिपूर्णता का अनुभव नहीं कर पाएँगे। आप तभी विकसित होंगे, जब आपके पास देने के लिए कुछ मूल्यवान् होगा।

छठी मानवीय आवश्यकता : योगदान

छठी मानवीय आवश्यकता है कि आप अपने से आगे जाकर योगदान देना चाहें; क्योंकि यदि जीवन केवल आप तक ही सीमित है, आप कुछ समय तक तो आनंदित हो सकते हैं कि किसी ने आपकी प्रशंसा की या आपको कुछ विचार दिए या कुछ खास हालात में आपने काफी बेहतर प्रदर्शन किया; लेकिन यह बस, अस्थायी आनंद होगा, जबकि परिपूर्णता आपके साथ रहती है। परिपूर्णता केवल तभी आती है, जब आप जानते हैं कि आप विकसित हो गए हैं और आप जानते हैं कि आपने अपने से पार जाकर योगदान दिया है; क्योंकि जीवन केवल हम या आप तक ही सीमित नहीं है और हम सभी जानते हैं कि कई बार जब आप कुछ सही किया जाना महसूस करते हैं तो भीतर से बहुत अच्छा महसूस होता है। किसी से आपको कुछ कहने की आवश्यकता नहीं, आपको किसी को बताने की जरूरत नहीं, फिर भी आपको आत्म-सम्मान की भावना अनुभूत होती है।

ये नियम किसी की निजी संपत्ति नहीं हैं। ये सार्वभौम नियम हैं। संसार में सबकुछ या तो विकसित होता है या मर जाता है और संसार में हर चीज या तो विकास-क्रम में योगदान देती है या हटा दी जाती है। ये सब सभी मनुष्यों की प्राथमिक आवश्यकताएँ हैं और बहुत ही कम मनुष्य इन्हें नियमित रूप से पूरा कर पाते हैं। अधिकांश लोग पहली चार आवश्यकताओं को पूरा करने में कोई भी या न्यूनतम जोखिम लेने की प्रक्रिया में कहानियाँ बनाने में व्यस्त रहते हैं तो यदि आप इन जरूरतों को पूरा करते हुए अपना जीवन परिवर्तित करना चाहते हैं तो सवाल है कि यह कैसे होगा? आप इन्हें जिस तरह पूरा कर रहे हैं, वह आपको सशक्त बना रहा है या अशक्त? क्या ये तरीके निष्पक्ष हैं? क्या ये तरीके आपके व दूसरों के सहायक हैं? क्या यह कम समय चलेगा या लंबे समय तक? याद रखिए, अगर कभी किसी व्यवहार, किसी विश्वास से आपके मन की कम-से-कम तीन आवश्यकताएँ पूरी हो जाएँ तो आप उसके आदी हो जाते हैं। यह सकारात्मक और नकारात्मक, दोनों ही तरीकों व साधनों के लिए सत्य है।

एक क्षण के लिए अपनी आवश्यकताओं को पूरा करने के कुछ पारंपरिक तरीकों की समीक्षा कीजिए।

1. क्या कोई ऐसी समस्या है, जो बाकी सबसे बढ़कर हो?
2. क्या यह विशिष्ट समस्या है—एक जोखिमपूर्ण फैसला, जिससे आपके व दूसरों के जीवन में प्रगति संभव होगी?
3. या यह कोई विलंबित सुरक्षा समस्या है, जो आपको जोखिमपूर्ण फैसले लेने से रोकती है?

हमारे सभी अवसाद हमारी अपनी आवश्यकताओं को पूरा करने के कम गुणवत्तापूर्ण तरीके हैं। अवसाद से हमारी सुनिश्चितता, विविधता, महत्त्व और संबंध बनते हैं। फिर भी अवसाद हमें कभी भी स्थायी परिपूर्णता तक नहीं ले जा सकता। यह केवल क्रोध तक ले जाता है, जो एक अलग तरह का कष्ट है। हममें से अधिकांश लोग जीवन में 'क्रेजी आठ' पैटर्न पर चलते हैं।

स्थायी परिवर्तन करने के लिए प्रश्न और अभ्यास

हम सभी के दैनिक जीवन में ऐसी समस्याएँ और शिकायतें होती हैं, जिनका हम सामना करते हैं। अपनी मौजूदा सबसे बड़ी समस्या के बारे में विचार करें और यह प्रश्न पूछें—

1. इस समस्या की आपको तथा आपके आसपास के लोगों को क्या कीमत चुकानी पड़ रही है?
2. इससे आपको दूसरों को देने में मदद मिलती है या उनसे लेने में?
3. यह रचनात्मक है कि विनाशकारी?
4. इस समस्या से आपकी कौन सी आवश्यकताएँ पूरी होती हैं?

- सुनिश्चितता
- विविधता
- महत्त्व
- संबंध/प्रेम
- विकास
- योगदान।

5. आपकी शीर्ष दो आवश्यकताएँ कौन सी हैं?
6. यदि यह समस्या समाप्त हो जाती है तो आप इसके बाद क्या करेंगे?
7. आप जीवन के इस क्षेत्र में व्यक्तिगत मानकों को कैसे उठा सकते हैं?
8. इस समस्या को सुलझाने के लिए आपको क्या करना होगा? एक कार्य योजना बनाएँ।
9. यदि आपको पता चले कि आप समस्याग्रस्त व्यवहार की तरफ खिंचे चले जा रहे हैं तो उसे रोकने और स्वयं को वापस पटरी पर लाने के लिए आप क्या करेंगे?
10. आप अपने शरीर, अपने ध्यान-केंद्रण और भाषा से क्या कर सकते हैं? इस समस्या को सुलझाने की कल्पना कीजिए।
11. आप भविष्य में इस व्यक्ति से सहायता लेने की सूची में कहाँ स्थान देंगे?

इससे बाहर निकलें और अपने लिए उस जीवन का निर्माण करें, जो आपका अधिकार है।

"आपकी हद उससे तय नहीं होती, जो आपके पास है; बल्कि उससे तय होती है, जो आपके पास है, लेकिन आप उसे इस्तेमाल करना नहीं जानते।"

—स्टीव हैरिस

□

5

भावात्मक बुद्धिमत्ता को समझना

"आपका भविष्य, आपका भाग्य आपके नियंत्रण में है। आप जैसा सोचते हैं, वैसा ही होता है। अपने सपनों और लक्ष्यों को कागज पर लिखने से आप वह बनने की प्रक्रिया आरंभ कर देते हैं, जैसा बनने की आपकी सर्वाधिक इच्छा थी। अपना भविष्य सही हाथों में दीजिए—खुद अपने।"

—मार्क विक्टर हैंसन

भावनाएँ किसी भी मानव व्यवहार की सबसे मजबूत चालक हैं

हमें समझना होगा कि चीजें जैसी दिखाई देती हैं, वे भावनाओं के अनुसार बदलती रहती हैं।

जब हम किसी खास भावना की गिरफ्त में होते हैं तो वह हम पर हावी हो जाती है। हम उससे तादात्म्य स्थापित कर लेते हैं और यही हमारे कष्ट का कारण बन जाता है। माइंडफुल अभ्यास से हम भावनाओं में ठहर सकते हैं, अपने भीतरी स्थान को विस्तार दे सकते हैं, जिससे हम भावनाओं से अभिभूत न हो जाएँ। हम अपने मन में वह जागरूकता भी ला सकते हैं कि इस भावना का अनुभव अत्यंत मानवीय और स्वाभाविक घटना है, वह भी इस हद तक कि इस क्षण में? हमारे ग्रह पर रहनेवाले लगभग 8 अरब मनुष्यों में से अनेकानेक लोग इस क्षण बिल्कुल हमारे ही जैसी भावना को अनुभूत कर रहे हैं। इनमें से बहुत से लोगों के पास वैसे संसाधन नहीं होंगे, जैसे हमारे पास हैं। हम इन लोगों को अपने दिल में जगह देकर उनके लिए प्रार्थना कर सकते हैं। 'जिस तरह मैंने अपनी चुनौतियों के बीच अपना मार्ग तलाशा है, उसी तरह उनकी यात्रा भी ज्यादा आसान हो जाए! मेरी यात्रा से उनकी भी सेवा हो!' जिस तरह बत्तखों की मुखिया अपने झुंड के लिए हवाओं के बीच रास्ता बनाती है, हमें भी यही मंशा रखनी चाहिए कि हम कठिन भावनाओं के बीच से अपना रास्ता बना सकें। इससे यह ऊर्जा के रूप में ऐसी

ही समस्या से जूझ रहे अन्य लोगों की भी मदद करेगी। इससे हमारा भावना को दिल में रखने का तरीका बदल जाएगा, जो अत्यंत शक्तिशाली हो सकता है।

क्या अपनी भावनाओं के स्वामी आप खुद हैं?

मेरा मानना है कि भावनाएँ जीवन में हर चीज को प्रभावित करती हैं। हम जो भी कुछ करते हैं, उनमें से अधिकांश पर इनका शासन होता है और अधिकांश मानव व्यवहार सीमित जागरूकता के कारण संकुचित होते हैं। आप देखिए, जीवन में आप जो कुछ भी करते हैं, वह इस अनुभूति से करते हैं कि इससे आपके साथ क्या होगा। यदि आपको अच्छा लगता है तो मेरी शुभकामनाएँ स्वीकार करें। यह समस्या-विहीन स्थिति है। यदि आपको बुरा महसूस हो रहा है और इससे दूसरे भी नकारात्मक रूप से प्रभावित हो रहे हैं तो इसका बुरा असर उनके साथ-साथ आप पर भी होगा। आप एक अत्यंत उच्च शिक्षित इंजीनियर, एकाउंटेंट, मैनेजर, डॉक्टर या क्रेन ऑपरेटर होने के बावजूद इससे पूरी तरह अनजान हो सकते हैं कि आपका व्यवहार आपके कार्यस्थल या आपके घर पर आपके आसपास के लोगों को कैसे प्रभावित करता है और यही एक बुनियादी समस्या है।

नेतृत्व प्रशिक्षण में इमोशन मास्टरी (भावात्मक प्रवीणता) द्वारा इस अंतराल को कुछ हद तक पूरा किया जा सकता है। सफल नेता के लाभ इस पर निर्भर होते हैं कि क्या वे उन्हें बेहतर बनाने के लिए भावात्मक कौशल को प्रेरणा, नियोक्ता के साथ उनके संबंधों को मोड़ सकते हैं और उनकी दृष्टि का प्रोत्साहन करने के लिए प्रतिबद्ध हैं?

सफल लोगों के प्रयासों को तीन दशक तक देखने के बाद और अधिक सफल होने का इकलौता प्राकृतिक नियम दिखाई देता है कि—

लोग अपने व्यवहार बदलने समेत कुछ भी केवल तब तक करते हैं, जब तक यह साबित न हो जाए कि उनके ऐसा करने से उनके अपने मूल्यों के आधार पर उनका सर्वाधिक कल्याण है।

सफल लोगों के लिए अपने तरीके बदलना आसान नहीं होता।

बिना प्राकृतिक नियम के लोगों से उनका तरीका बदलवाना असंभव होगा। ऐसा इसलिए है, क्योंकि सफल लोगों के पास उनका व्यवहार बदलने के बहुत कम कारण होते हैं—

1. उनकी सफलता ने उनमें सकारात्मक बल की वृद्धि कर दी है, इसलिए उन्हें लगता है कि वही करते रहना समझदारी होगी, जो वे अब तक करते आए हैं।
2. उनका पिछला व्यवहार पुष्टि करता है कि भविष्य भी इतना ही उज्ज्वल होगा। (मैंने यह पहले भी किया है। देखो, यह मुझे कितनी दूर तक ले आया है।)

3. इसके साथ ही अहंकार भी होता है। यह अनुभूति कि 'मैं कुछ भी कर सकता हूँ. जो खासतौर पर लगातार सफलता मिलने के बाद एक कसरती मांसपेशी की तरह विकसित व उभारी हुई होती है।
4. इसके अलावा, एक सुरक्षात्मक आवरण होता है, जिसे सफल लोग समय के साथ विकसित कर लेते हैं, जो उनसे कहता है, "तुम ठीक हो, बाकी सब गलत हैं।"
5. आपको इमोशन मास्टरी के लाभों पर भरोसा दिलाने के प्रयासों में इन सुरक्षात्मक तंत्र से पार पाना सबसे मुश्किल होता है।

अपनी भावनाओं को अनुकूलित करने के निम्नलिखित चरण हैं।

चरण 1—देखें

अपनी भावनाओं को अनुकूलित बनाने का पहला चरण यह समझना है कि आपकी अपनी भावनाएँ आपके सोचने और कार्य करने को किस तरह प्रभावित करती हैं। साथ ही यह समझना भी महत्त्वपूर्ण है कि आपकी भावनाएँ दूसरों को किस तरह प्रभावित करती हैं। इस प्रक्रिया में अपनी भावनाओं को बदलने या दबाने का प्रयास न करें। केवल उन्हें देखें, पहचानें कि आप किन भावनाओं को अनुभव कर रहे हैं। प्रतिक्रिया देने से पहले थोड़ा रुकें। यह अपनी भावनाओं पर नियंत्रण हासिल करने का तरीका है, बजाय इसके कि उन्हें अपने आप को काबू करने दें।

चरण 2—स्वीकार्यता

इनकार से बचें। अपनी अनुभूतियों को तर्कसंगत बनाने का प्रयास करने से इनसे छुटकारा पाने में मदद नहीं मिलेगी। अपनी भावनाओं को स्वीकार करने में भयभीत न हों।

चरण 3—आकलन

हालात के बारे में आप कैसा महसूस कर रहे हैं, इसे प्रबंधित करना तब तक संभव नहीं होता, जब तक अपनी भावनाओं द्वारा निर्मित विचारों के सभी सकारात्मक और नकारात्मक पहलुओं से पूरी तरह परिचित न हों। विश्लेषण करें कि वे कौन सी भावनाएँ हैं, जो इन विचारों को 'उत्प्रेरित' या उत्पन्न कर रही हैं। इन उत्प्रेरकों को पहचानना और पूर्वानुमान लगाना महत्त्वपूर्ण है, जो इन अनियंत्रित व तर्कहीन विचार-विस्फोटों को आरंभ करते हैं। अकसर इन उत्प्रेरकों के प्रति सहज जागरूकता से आपको इन्हें प्रभावशाली ढंग से सँभालने या बचने का पर्याप्त समय मिल जाता है।

चरण 4—समझना

इसे पहचानिए कि आपको पूरा अधिकार है कि आप जैसी चाहते हैं, वैसी भावनाओं को अनुभव करें। आपको उन विचारों को चुनने और इस्तेमाल करने का भी पूरा अधिकार है, जो आपके तथा आपके आसपास के लोगों के जीवन को दायित्वपूर्ण ढंग से लाभ पहुँचाएँ व समृद्ध बनाएँ।

चरण 5—पुनर्समीक्षा

अपने हालातों के बारे में अपने दृष्टिकोण की पुनर्समीक्षा करें। अपने विचारों को बदलें, क्योंकि ये केवल आपके विचार ही हैं, जिन्होंने इन भावनाओं को उत्पन्न किया है। पुनर्समीक्षा की प्रक्रिया में आप अपनी भावनाओं और अहसासों में इस तरह का महत्त्वपूर्ण बदलाव कर सकेंगे, जो आपके दैनिक जीवन को सकारात्मक ढंग से प्रभावित करे।

चरण 6—मान्यता

अपनी भावनाओं को मान्यता देनेवाले प्रमाणों की परीक्षा करें। एक खास तरह की मन:स्थिति को पहचानने और स्वीकार करने के बाद अपने आपसे—क्यों, कैसे तथा इनके तार्किक व तर्कसंगत होने पर सवाल पूछें। अपनी भावनाओं से संबंधित जागरूकता को बढ़ाएँ। उन क्षणों को पहचानें, जब आपने तर्कहीन विचारों, गलत फैसलों या किसी खास दृष्टिकोण का अनुभव किया था, जो विपरीत भावात्मक स्थिति की रचना करते हैं।

चरण 7—प्रबंधन

हर ज्ञान, साधन व सहायता को अपने लिए उपयोग करें और हालात के प्रति समुचित प्रतिक्रिया एवं उत्तर देने में इस्तेमाल करें। अपनी भावनाओं को व्यक्त करने के सही समय व सही स्थान का चुनाव करें, जैसे कि क्रोध एक भावना है। कोई भी व्यक्ति किसी भी समय क्रोधित हो सकता है; लेकिन सही व्यक्ति पर, सही कारण से, सही समय पर, सही मात्रा में क्रोधित होना कठिन होता है। आपका आपकी भावनाओं पर नियंत्रण होना चाहिए। अपनी भावनाओं को नियंत्रित करने का अर्थ उन्हें नजरअंदाज करना नहीं है। इसका अर्थ उन्हें पहचानना और अनिश्चित व अनियंत्रित ढंग की बजाय जब आप सही समझें, तब उन पर काम करना है।

यह जानना महत्त्वपूर्ण है कि सकारात्मक भावनाएँ व्यक्तिगत संसाधनों का निर्माण करती हैं—संसाधन, जो टिकाऊ और अनुभव व अभ्यास द्वारा अर्जित होते हैं। इन

संसाधनों में पारस्परिक संबंधों, जैसे सामाजिक संसाधन के साथ ही व्यक्तिगत स्वास्थ्य और कल्याण तथा भौतिक कौशल जैसे भौतिक संसाधन एवं बौद्धिक जटिलता, ज्ञान व कार्यकारी नियंत्रण जैसे बौद्धिक संसाधन तथा रचनात्मकता, तर्कसंगत सोच, आशावाद व प्रतिरोध क्षमता जैसे मनोवैज्ञानिक संसाधन भी शामिल होते हैं। यहाँ ध्यान देना होगा कि सकारात्मक भावात्मक अवस्था के दौरान प्राप्त संसाधनों में स्थायी रुझान होता है।

□

6

पूर्वानुमान मानव-रचित हैं–अवरोधों को दूर करें

"अधिकांश लोग अपने पूर्वानुमान अपने परिवार और आस-पड़ोस के समाज से लेते हैं, उसी तरह जैसे बच्चों को चेचक हो जाता है, लेकिन समझदार लोग जानते हैं कि उनके पूर्वानुमान वैश्विक नजरिए से सत्य माने जानेवालों में से बेहद सावधानी के साथ 'चुने' होने चाहिए।"

—फ्रांसिस ए. शेफर, हाउ शुड वी देन लिव ? द राइज एंड डिक्लाइन ऑफ वेस्टर्न थॉट एंड कल्चर

हम जब भी किसी दूसरे से और/या अपने परिवेश से बात करते हैं, यह पूरी तरह से पूर्वग्रहों की भीड़ पर आधारित होता है—अनुमान यह कि मौजूदा हालात में क्या सत्य है और क्या नहीं।

अधिकांश मामलों में ये अनुमान किसी बीते अनुभव पर आधारित होते हैं, जैसे कि सुबह जागने पर आप सबसे पहले बिस्तर के किनारे पर देखते हैं कि वहाँ खड़े होने के लिए जमीन है या नहीं ? या आप बस, मान लेते हैं कि जमीन ठीक वहीं पर होगी, जहाँ आपने पिछली रात इसे छोड़ा था। यह कितना समय खाने वाला होगा, यदि आप अनुमान न लगाएँ, बल्कि हर बार चीजों की पड़ताल करें, क्योंकि आपको इससे पहले उनका कोई अनुभव नहीं है ? (दुर्भाग्यवश, हमें पता है कि अल्जाइमर रोग में क्या होता है। ये हालात कितने गंभीर हैं।)

इसलिए, पूर्वानुमान बहुत उपयोगी, बल्कि आवश्यक हैं, जो दैनिक जीवन का हिस्सा हैं; लेकिन कई पूर्वानुमान सहज स्वीकार्य होने पर भी जरूरी नहीं कि सच भी हों। एक और आम, लेकिन न्यायोचित सिद्ध न किए जान सकनेवाला पूर्वानुमान है कि अगर मैं और आप एक ही भाषा बोलते हैं तो हम जिन शब्दों का प्रयोग कर रहे हैं, हम

दोनों के लिए उनके अर्थ एक समान होंगे; जबकि वास्तव में, भाषा एक पूर्ण रूप से अविश्वसनीय स्रोत है और हम एक समान अर्थ के अनुमान की कमजोरी को तब तुरंत देख पाएँगे, जब हम 'अच्छा', 'खूबसूरत', 'चतुर', 'न्याय' और 'शिक्षा' जैसे शब्दों की सार्वभौम स्वीकृत परिभाषा को तलाशने का प्रयास आरंभ करेंगे।

पूर्वानुमानों का सशक्तीकरण सशक्त होने से बिल्कुल अलग बात है

जहाँ ऐसे बहुत से पूर्वानुमान हैं, जिन्हें हम अपनी जीवन-शैली के कारण एकत्रित करते रहते हैं, वहीं इनमें से कुछ हमें सीमित व सशक्त बनानेवाले पूर्वानुमान भी हो सकते हैं। जब मैं पच्चीस साल का था और बेतहाशा एक भूली हुई सेल्फ-हेल्प पुस्तक के पन्ने पलट रहा था, मेरे सामने एक खास पंक्ति आई। उस समय इसने न केवल मुझे अवाक् कर दिया, बल्कि यह आज भी मेरे दिमाग में घर किए है। वह लगातार मेरे विचारों में आती रही। मुझे लगा कि मुझे उसके महत्त्व का सूत्र मिल गया है; लेकिन मुझे यह समझने में सालों लग गए कि वह वास्तव में कितना शक्तिशाली था। अब मुझे विश्वास है कि यह मेरी सीखी हुई सबसे महत्त्वपूर्ण चीज है।

जीवन हर क्षण खुलता जाता है

किसी व्यक्ति को ऐसा कुछ अनुभव नहीं होता, जो उस क्षण में प्रासंगिक न हो और उन सभी क्षणों में एक चीज आम होती है कि वे सभी कभी-न-कभी एक बार तात्कालिक रहे हैं।

इसलिए, अगर आप इस बारे में सोचें तो आप जीवन को क्षणों के ढेर की तस्वीर के रूप में देख सकते हैं। जैसे तस्वीरों का ढेर, जो एक-एक कर दिखाता हो कि आपके जीवन में क्या हुआ है। इसमें मौजूदा क्षण शीर्ष पर होगा और बीते क्षण क्रम से इसके नीचे होंगे। नए क्षण ऊपर से गिरते जाते हैं और पुराना नीचे होता जाता है। क्षणों का यही ढेर आपका जीवन है। ठीक?

असल में, ऐसा नहीं है। कोई ढेर नहीं है। अगर ऐसा हो तो आप बीच में कहीं से भी तस्वीर उठा सकते हैं और वह उतनी ही स्पष्ट व जीवंत होगी, जितनी सबसे ऊपरवाली। आप अपने बीते कल में जब चाहें जा सकते हैं और हर विवरण को ऐसे देख सकते हैं, जैसे वह फिर से घटित हो रहा है। आप उस ढेर में नीचे कहीं से ऐसा क्षण चुन सकते हैं, शायद आपका पाँचवाँ जन्मदिन—और उसका हर विवरण याद कर सकते हैं।

निस्संदेह! मेरी भी यादें हैं, लेकिन इसके जिन क्षणों का प्रतिनिधित्व करने की उम्मीद है, उनकी काफी खराब प्रतिकृति है। वे स्मृतियाँ उस क्षण की भागीदार नहीं हैं।

वे इस क्षण की हैं, बिल्कुल अभी की, जहाँ मैं मई 2016 की सुबह अपने कंप्यूटर के सामने बैठा हूँ। वे 11 अक्तूबर, 1970 का हिस्सा नहीं हैं। हर स्मृति केवल अभी की नहीं हो सकती। मैं अपने पाँचवें जन्मदिन में नहीं पहुँच सकता। मैं यहीं, अभी में फँसा हूँ।

वास्तव में, बस एक तस्वीर है, लेकिन यह लगातार बदल रही है। जब इसमें कुछ अलग होता है तो हमें याद रहता है; लेकिन हम इसके पिछले रूप को उतनी स्पष्टता से जरा भी नहीं देख सकते, जितना वर्तमान को देख सकते हैं।

तो मेरा पाँचवाँ जन्मदिन उसी तरह लुप्त है, जैसे महात्मा गांधी। यह शोक की बात हो सकती है, जबकि वास्तव में यह शानदार खबर है।

अगर जीवन का कार्यक्षेत्र एक क्षण से बाहर विस्तार नहीं ले सके तो इसका मतलब है कि आपने एक क्षण से अधिक का सामना नहीं किया है। आप अपना सारा ध्यान और संसाधन इसी क्षण में सबसे समझदारी भरा कदम उठाने में लगा देते हैं। इसके अलावा और कोई कहीं ध्यान रखने की आवश्यकता नहीं है। इसका मतलब हुआ कि लाखों काम नहीं करने होंगे या लाखों लोगों को खुश नहीं करना होगा। आपको बस, यही करना होगा कि घटना के क्षण को देखें और उसमें से किसी ऐसी क्रिया को चुन लें, जो आपके लिए मायने रखती हो।

यह अकसर ऐसा दिखाई नहीं देता, लेकिन जीवन हमेशा ऐसे ही सुविधाजनक, प्रबंधन योग्य परतों में सामने आता है। व्यक्ति के तौर पर आपकी शक्ति का कार्यक्षेत्र इस एकल सक्रिय स्नैपशॉट से आगे विस्तार नहीं ले सकता। इसलिए ऐसा कोई कारण नहीं कि इससे परे किसी चीज को प्रभावित करने का प्रयास किया जाए। उस क्षण को देखिए, उसे चुनिए, जो आपको समझदारी भरा कदम लगे। ऐसा कीजिए और देखिए कि क्या होता है। उसे फिर से जीने के लिए आप पर बस, यही एक दायित्व है। इसमें वह सबकुछ आ जाता है, जो संभवत: आपने अपने जीवन में किया होगा। इसलिए इससे अधिक हासिल करने के प्रयास में अपने आपको तकलीफ मत दीजिए।

आपको अपना भविष्य जानने की कोई जरूरत नहीं या अपने अतीत से समझौता नहीं करना होगा, क्योंकि भविष्य या अतीत हैं ही नहीं। अतीत या भविष्य का कोई भी अनुभव कतई अनुभव नहीं है। ये बस, विचार हैं। ये सभी विचार केवल वर्तमान क्षण की विशेषता मात्र हैं।

इसे आजमाएँ : अपने हाथ पकड़ें, दोनों हथेलियाँ एक-दूसरे की ओर—प्रत्येक एक कान के पास। अपने सिर से निकलती ऊष्मा की किरणों को महसूस करें और यह अहसास करें कि आपके हाथों के बीच का खाली हिस्सा कितना छोटा है। यह बास्केटबॉल से ज्यादा बड़ा नहीं है।

आपने अब तक जो कुछ भी अनुभव किया है—हर अप्रिय स्मृति, हर शर्मिंदगी,

हर सफलता, हर बड़ा भय और हर एक बड़ी उम्मीद—वह आपके हाथों के बीच के अंतराल के भीतर सीमित है। आपके अतीत और भविष्य के सभी विचार या विजन आपकी गरदन के ऊपर तैर रहे हैं और ये इसके अलावा और कहीं मौजूद नहीं हैं। इनका अपना न तो अस्तित्व है और न ही स्थायित्व। ये क्षण-भंगुर विचारों के अलावा और कोई रूप नहीं ले सकते।

अनुभवों की बजाय विचार आकस्मिक आवाजों सदृश अधिक होते हैं। वे भयंकर दस्तक से उठते हैं और उतनी ही तेजी से गायब भी हो जाते हैं और कोई निशान भी नहीं छोड़ते। दुर्भाग्यवश, मनुष्य के मन में कुछ कमियाँ हैं। मन अनुभवों और अनुभवों से संबंधित विचारों के बीच स्वत: अंतर नहीं कर पाता, फिर चाहे वे अनुभव स्मृतियाँ, प्रत्याशित या काल्पनिक ही क्यों न हों।

अगर उन्हें गलती से वे जिसे संदर्भित हैं, उसका सच्चा अनुभव मान लिया जाए तो उनके बारे में सोच रहे व्यक्ति की प्रतिक्रिया किसी तरह की भौतिक या भावात्मक परेशानी होगी, जो उन्हें संभवत: तब हुई होगी, जब उन्हें वह अनुभव वास्तव में हुआ था। ये भौतिक प्रतिक्रियाएँ अन्य विचारों को उत्पन्न करती हैं और 'आवाजों' की एक अनुवर्ती धारा पश्चात्तापों एवं चिंताओं से भरपूर जीवन की उपस्थिति पर हावी हो जाएगी। ये अभी भी अवास्तविक विचार होंगे; लेकिन इन्होंने जिन भौतिक व भावात्मक प्रतिक्रियाओं की शुरुआत की होगी, वे ठोस और वास्तविक होंगी। आसानी के लिए विचारों को ऐसे छली खिलाड़ियों जैसा समझिए, जो वे बुनियादी रूप से होते हैं, जो भावात्मक प्रतिक्रियाओं को वास्तव में घटित होने से पहले ही रोक देते हैं।

न तो भविष्य और न ही अतीत से निपटा जा सकता है और इसकी जरूरत भी नहीं है। आपको केवल वर्तमान और भविष्य संबंधी अपने मौजूदा क्षण के विचारों से निपटना होगा। जब आप समय के इन दो क्षेत्रों पर विचार नहीं कर रहे होते, जिनकी आपके जीवन में शून्य प्रासंगिकता होती है। आप सहज ही इनसे पीछा छुड़ा, मुक्त होकर अपने मौजूदा क्षण से व्यवहार कर सकते हैं।

यही सत्य है, एक बार इसे पूरी तरह समझ जाने पर मेरे सिर पर से भारी बोझ हट गया। जीवन भार नहीं है। यह हवा जितना हलका है और एक तस्वीर जितना महीन। अब मैं हर क्षण को उस तरह देख सकता हूँ, जैसे वह असीम वे विस्तृत और मार्मिक रहनेवाले चित्र के अलावा और कुछ न हो। अब आखिरकार मैं क्षणों को एक-एक कर जी सकता हूँ, क्योंकि मैं समझ गया हूँ कि ये कभी भी एक से ज्यादा नहीं हो सकते। मैं इनमें से प्रत्येक को देख सकता हूँ और इनकी सराहना कर सकता हूँ तथा जानता हूँ कि ये मेरा पूरा जीवन हैं, न कि केवल एक छोटा सा अंश। इसमें कोई भयंकर भय नहीं है, जो हमला करने के लिए हर कहीं मेरा पीछा करता रहता है। अगर यह है तो बिल्कुल

यहीं है, एक तस्वीर में, जिसे मैं बाकी दृश्य के साथ देख सकता हूँ। क्षण अभी भी मुझे कैद कर लेते हैं और बाकी सब छूट जाता है, लेकिन वे थोड़े व सुदूर नहीं हैं। उनका 24 घंटे सातों दिन लगातार सीधा प्रसारण होता रहता है।

क्षणों को पूरी स्पष्टता के साथ देखा जा सकता है और इसका चतुराई से दिग्दर्शन भी किया जा सकता है, लेकिन हमारा पूरा जीवन प्रबंधित किए जाने के लिहाज से बहुत बड़ा है, फिर हम भले ही कितने भी मजबूत और व्यवस्थित क्यों न हो जाएँ। व्यक्ति के पूरे अतीत का भारी बोझ उठाना उतना ही मुश्किल होता है, जितना डरावना अगले चालीस से पचास वर्षों में व्याप्त दुविधाओं और त्रासदियों का होता है। यह बहुत जटिल होता है। इसमें बहुत कुछ आकस्मिक और अज्ञात होता है। निश्चित ही इसमें कुछ ऐसा होता है, जो हम पर हावी हो जाएगा या हमें नष्ट कर देगा।

मनुष्य के लिए इससे निपटना आसान नहीं और अकसर यही महसूस होता है कि हमारे लिए सबसे अच्छा यही है कि हम अपना ध्यान इस ओर न दें; लेकिन हमें ऐसा करने की जरूरत नहीं।

हमें बस, यही समझना होगा कि वहाँ कतई 'कोई नहीं है'। जीवन बस, आपके सामने है—पूरा-का-पूरा, हमेशा तथा इसके अलावा और कुछ भी नहीं है।

बदलाव की रियल-टाइम स्वीकार्यता के नुकसान एवं क्षति का प्रबंधन

अभी हाल ही में मेरे हाथ से फ्रिज के ऊपर रखा मेरी पत्नी का प्रिय चीनी मिट्टी का कटोरा गिर गया, जिसे वे श्रीलंका से लाई थीं। उस दिन मैं विशेष रूप से सन्न रह गया और किसी तरह, इससे पहले कि वे जमीन छुए, मैंने उसे पकड़ लिया।

कोई और दिन होता तो मैं शायद शपथ लेता या खीज जाता, इन टुकड़ों को उठाते हुए अपने आपको कोसता, अपनी पत्नी से मिले विचारपूर्ण उपहार के टूटने पर बुरा महसूस करता और चीजों को व्यवस्थित और अच्छी अवस्था में रखने में अपनी चिरकालिक विफलता पर विचार करता। एक विचार दूसरे तक ले जाता रहा और यह तब तक जारी रहा, जब तक मैंने यह फैसला नहीं कर लिया कि उस रात लिखने के लिहाज से मेरा मूड ठीक नहीं है। मैंने म्यूजिकल शो देखा और बेन एंड जेरी खाया तथा स्वयं से निराश होकर सोने चला जाता।

बुरा मूड ऐसा ही होता है—संक्रामक एवं स्व-पुष्ट और इसका जन्म उस क्षण में होता है, जब हम अपने आपको निष्क्रिय, निराश व अयोग्य महसूस कर रहे होते हैं।

आमतौर पर जब ऐसा कुछ टूटता है या फिर वह रिश्ता ही क्यों न हो तो उसकी तीव्र प्रतिक्रिया होती है। शरीर अकड़ जाता है, साँसें तेज हो जाती हैं, अपशब्द बोलते हैं, शायद कुछ गुर्राने भी लगते हैं। दिमाग में खीज, उदासी और घिन आ जाते हैं।

यह अच्छा महसूस नहीं होता। हम खुद को दबा हुआ, शर्मिंदा और व्यर्थ महसूस करते हैं, जो साफ तौर पर इस छोटी सी (हालिया) त्रासदी से कहीं बुरा है। दिमाग में बस, एक ही बात घूमती रहती है—नुकसान।

'नुकसान' अपने आप में एक भावना है। यह गलत होने या अन्याय की अनुभूति है, जो आपको तब महसूस होती है, जब आपके पास अचानक वह नहीं होता, जो आपको लगता है कि होना चाहिए।

शुरुआत में हमें हताशा की अप्रिय चुभन अनुभूत होती है; लेकिन अकसर यह भद्दी अनुभूति कुछ मिनट, घंटे या अधिक तक बनी रहती है। देर-सबेर हम इसे स्वीकार कर लेते हैं। स्वाभाविक है, यह जितना जल्दी हो, उतना अच्छा है।

अपने की-बोर्ड पर कोक गिराते ही या विंडशील्ड में क्रैक दिखते ही आप शायद खुद को या किसी और को या ईश्वर को कोसते होंगे, जिसने ऐसी चीज खराब कर दी, जो ठीक प्रकार से काम कर रही थी। ऐसा नहीं होना चाहिए था। कितनी बेकार बात है। जिंदगी अच्छी थी और अब यह वैसी नहीं रही।

निश्चित ही, यह पढ़ने से पहले आप उन हजारों छोटे नुकसानों के बारे में नहीं सोच रहे थे, जो आपको हुए हैं—नीचे गिरी प्लेटें, हाथ से छूटे आइसक्रीम कोन, नाकाम योजनाएँ या टी.वी. देखते बीतीं बेकार दोपहरें। सभी के अतीत में ऐसी छोटी अनगिनत निराशाएँ होती हैं। हजारों बुरे छोटे पल, जो उस समय हमारे दिल के तारों को छेड़कर हमें क्रोधित कर गए थे।

लेकिन जाहिर है, एक बिंदु पर आप उन्हें पीछे छोड़ आए। आपको छोड़ना पड़ा। पहले भले ही आप इसे स्वीकार न कर सके हों, लेकिन जिंदगी तेजी से उस बिंदु से दूर होती गई और उस हद तक, जहाँ आपने उस खास प्लेट/कमीज/लड़की/पुरुष/उम्मीद का आखिरी बार शोक नहीं मना लिया।

हमेशा, हमेशा ही, इन छोटे गलत कदमों का हमारी जिंदगियों पर दूरगामी प्रभाव नहीं होता; लेकिन उस क्षण ये चोट पहुँचाते हैं और जब वह चुभन महसूस होती है, तब वह दृष्टिकोण तलाशना मुश्किल होता है, जिससे इस अप्रासंगिक त्रुटि को जीवन के विशाल पटल पर देखा जा सके। फिर भी, जो हुआ है, उसके परिणाम तो आपको भुगतने ही पड़ते हैं (कपड़े पर दाग, आइसक्रीम की कमी और प्रेमी का न होना); लेकिन यह तब आसान हो जाता है, जब आप इनके लिए आँसू न बहाएँ या इनके न होने की ख्वाहिश न करें।

अगर हम इन छोटे नुकसानों को, बिना किसी अनिवार्य प्रतीत होती शोक अवधि के, स्वीकार कर लें तो क्या हो?

मैं यहाँ किसी परिजन की मृत्यु या बाढ़ में घर बह जाने की बात नहीं कर रहा। मैं उन हजारों त्रासदियों की बात कर रहा हूँ, जिसने हम सब में से बहुत से लोगों के मूड खराब किए हैं। इन निराश कर देनेवाले, लेकिन अंततः छोटे नुकसानों से बचना बहुत मुश्किल होता है—कार के दरवाजे का बजना; खेल के मैदान में वह गोल, जिससे विपक्षी टीम जीत जाए; आपकी जींस पर पड़े घास के निशान, जो आप जानते हैं कि कभी नहीं निकलेंगे और खराब खाना, जिसके आपने पचास रुपए दिए हैं।

ऐसी चीजों से मूड खराब होता है और कह सकते हैं कि एक खराब मूड पूरा दिन बिगाड़ देता है।

इन लघु त्रासदियों में यह सिलसिला साफ दिखाई देता है—

1. कुछ दुर्भाग्यपूर्ण होना।
2. हम भावात्मक प्रतिक्रिया देते हैं और अचानक इस उपर्युक्त दुर्भाग्यपूर्ण चीज के कारण जिंदगी बेकार लगने लगती है।
3. हम स्वीकार करते हैं कि जो हुआ, सो हुआ और हम जिस भी अवस्था में होते हैं, उससे आगे बढ़ जाते हैं।

यहाँ दूसरा चरण आसान नहीं है और इसे शायद ही साधा जा सकता हो। गंभीरता के अनुसार यह कुछ क्षणों से, आधा घंटा, पूरी दोपहर या इससे भी ज्यादा समय तक जारी रह सकता है। सबसे बुरा यह कि जब तक यह बना रहता है, व्यक्ति अन्य भावात्मक प्रतिक्रियाओं के प्रति भी कमजोर हो जाता है। बुरे दिन इन्हीं चीजों से बनते हैं।

तो इनसे बचें कैसे? पहला कदम है तात्कालिकता और इसी के द्वारा इससे आसानी से गुजरा जा सकता है। तीसरे चरण में अच्छा महसूस होता है। सिर्फ इसका बीच का भाग बुरा है। स्वीकार्यता समय के साथ आती है तो फिर हमें 'सब ठीक है' को पाने की इस व्यर्थ भावात्मक चुनौती से क्यों गुजरना होगा?

समस्या यह है कि यह प्रतिक्रिया अधिकांशतः स्वतः होती है। भावनाएँ अनैच्छिक क्रियाएँ हैं। इस छोटे से क्षण के भीतर कारण शामिल करना सचमुच कठिन है, जब गिलास टूटा हो और मूड खराब हो रहा हो। जब तक आप अपने आपको याद दिलाते हैं कि 'कोई बात नहीं, ऐसा होता रहता है। यह कोई बड़ी बात नहीं है। मैं बस, इसे साफ कर दूँगा और भूल जाऊँगा।' तब तक झटका लग चुका होता है और भावनाएँ पहले ही आंदोलित हो रही होती हैं।

जब मुझसे वह छोटा व प्यारा सा चीनी मिट्टी का कटोरा टूटा, तब उसका वह सहयोगी भावात्मक मूल्य भी समाप्त हो गया कि यह मेरी पत्नी का दिया उपहार था। मेरा दिमाग पूरी तरह से शांत था। बिना तेवर चढ़ाए मैंने बस, कुछ पेपर टॉवल लिये और उसे साफ कर दिया। इसके बाद मैं कुछ और करने लगा और जीवन बिना जरा सी भी निराशा

के चलता रहा। मैं किसी तरह उस प्रक्रिया के मध्य चरण से बच निकला, जिससे मैं तुरंत स्वीकार्यता की स्थिति में आ सका।

मुझे इस तरह के परिदृश्य दिखते रहते हैं; लेकिन उस दिन मैं विशेष रूप से सचेत था। मेरे इसे बिना किसी प्रतिक्रिया के स्वीकार करने का कारण था कि मैंने ऐसा होने से पहले ही इसे स्वीकार कर लिया था।

हमेशा की तरह बौद्धों ने इसे कई शताब्दियों पहले पहचान लिया था। उन्होंने नुकसान की भावना से पार पाने के लिए हर वस्तु को पहले से ही समाप्त मानकर सरल निर्देश द्वारा मात देना सीख लिया था।

जीवन में हर वस्तु अस्थायी है। यदि आपके पास यह समझने का दृष्टिकोण हो कि हर चीज निरपवाद रूप से आती है और चली जाती है तो चीजें टूटेंगी, लुप्त होंगी और खो जाएँगी तथा खराब होंगी। इसका कोई अपवाद नहीं है।

या आप फाइट क्लब के इस कथन में विश्वास रखते हैं—

'लंबी अवधि में सभी वस्तुओं की बचे रहने की दर गिरकर शून्य हो जाती है।'

—चक पलाहनियु, फाइट क्लब

भाग्य के साथ कोई बहस नहीं होती और यह हर चीज का भाग्य है कि एक दिन उसका अस्तित्व समाप्त हो जाएगा। वे निरंतर कुछ और होती जा रही हैं—अपना ही टूटा या कमजोर संस्करण, खँडहर, मलबा और धूल।

वस्तुएँ निर्मित होती हैं। उनका उपयोग किया जाता है, आनंद लिया जाता है और आखिरकार वे नष्ट हो जाती हैं। फाइबर का कपड़ा बनता है, उपयोग होता है, रंग धुँधला पड़ जाता है और घिसकर फट जाता है। लोग जन्म लेते हैं, बड़े होते हैं, वृद्ध होते हैं और मर जाते हैं। वास्तव में, यह बहुत खूबसूरत है। अगर आप इसे दूर से देख सकें तो यहाँ एक पूरी प्रक्रिया काम कर रही है।

अपने लिए महत्त्वपूर्ण किसी भी वस्तु को चुन लीजिए—आपकी जैकेट, आपका लैपटॉप या आपके धूप के चश्मे। इन्हें अपने हाथ में लीजिए। इन खूबसूरतियों तथा अन्य खासियतों की सराहना कीजिए। ये आपके लिए जो कुछ भी कर सकते हैं, उस पर विचार कीजिए।

इनके नष्ट हो जाने की कल्पना कीजिए—कुचले, घिसे और खत्म हुए। जानिए कि समय के साथ हर चीज को समाप्त हो जाना है।

यह निराशावादी तरीका नहीं है। यह बस, शांतिपूर्वक इस तथ्य को समझ लेना है कि चीजों को बदलने से रोका नहीं जा सकता और ऐसी दुर्भाग्यपूर्ण घटनाएँ होती ही रहेंगी।

जब आप चीजों को उनके पहले से ही नष्ट हो जाने के नजरिए से देखेंगे तो अचानक ही आप जो चीजें अभी टूटी नहीं हैं और वे आपके लिए जो कुछ भी कर रही हैं, उसके लिए आभारी हो जाएँगे। जब आखिरकार ये टूट जाएँगी, तब आप 'उफ' कहने की जगह मुसकराएँगे और कहेंगे, "…ये भी गईं, जैसे इन्हें जाना था।" और यही सही भी होगा।

बदलावों की रियल-टाइम स्वीकार्यता से एक अनोखी शांति का अनुभव होता है। आप बीतते समय को सीधे देख सकते हैं, आँखों में आँखें डालकर विचलित नहीं होते और यदि आप बदलावों से विचलित नहीं हैं तो कोई चीज आपको विचलित नहीं कर सकती। आपको चुनना नहीं पड़ता कि आप किन बदलावों को स्वीकार करते हैं। आप ब्रह्मांड को वह जैसा है, वैसा ही, इसकी न बदलनेवाली आदत के साथ स्वीकार कर लेते हैं—बिल्कुल उसी अवस्था में, जिसमें यह है और हमेशा से थी।

यदि आप इस खूबसूरत सत्य का पूरी तरह सामना करने को तैयार हैं तो इसे अपने पालतू पशु, अपने किसी प्यारे और स्वयं पर आजमाकर देखें।

दरअसल, यह उस कटोरे का दुर्भाग्य था। मैं तो बस, उसे उसकी नियति तक पहुँचाने का साधन मात्र था।

कब बनें लकड़हारा और कब बनें पनिहार

जब दिमाग काल्पनिक वस्तुओं से भरा न हो तो यह आपकी जिंदगी का सर्वोत्तम मौसम है।

—कबीर

मैंने अभी इस अध्याय में से बारह सौ बेकार शब्द निकाल दिए हैं, जो इसलिए उपयुक्त है, क्योंकि इस पूरी बड़बड़ाहट का बस, एक उद्देश्य कपोल-कल्पनाओं में खो जाने के प्रति सावधान करना है।

मैं बहुत अधिक सोचता हूँ। वास्तव में, हम सभी ऐसा करते हैं। यह कोई रहस्य नहीं है। जिस किसी ने एक भी बार ध्यान को अनुभव किया होगा, वह कुछ ही सेकंड में जान गया होगा कि बस, बैठे हुए केवल स्थूल को अनुभव करना कितना कठिन है। हम अपने विचारों पर इतना अधिक विचार नहीं करते कि वे सीधे हम पर हावी हो जाएँ। इसलिए इसमें कोई हैरानी नहीं कि हमारी प्रवृत्ति अपने विचारों की गूँज में डूब जाने की होती है और हम अपने भौतिक अनुभवों पर ध्यान नहीं रख पाते।

जरा किराने की दुकान में दस मिनट टहलने जाएँ और वहाँ अपना पूरा ध्यान अपने विचारों पर केंद्रित रखें, जिनका टहलने या किराने से कोई संबंध न हो। विदेश में जारी

युद्ध या कोई रिश्ता या तेल के दामों पर अंतरिम वार्त्ता आपका ध्यान उससे अधिक खींच पाएँगे, जितना सड़कें, पंछियों के गीत और शहरी इन्फ्रास्ट्रक्चर खींच पाता है, जो वास्तव में दस मिनट टहलने का वास्तविक अनुभव होगा।

यह आधुनिक मनुष्यों के लिए आम बात प्रतीत होती है कि वे अपना ध्यान ऐसी सारभूत वस्तुओं पर लगाते हैं, जिनमें केवल विचार, स्थितियाँ, वैश्विक दृष्टि, भविष्यवाणियाँ, चिंताएँ, धारणाएँ, पछतावे, विश्लेषण, मानसिक अवस्थाएँ और राय शामिल रहती हैं। कबीर के पद्य की 'काल्पनिक वस्तुएँ' यही हैं।

ये छायाएँ हैं सब-की-सब—भयानक आवाजों और सरसराती हवाओं की तरह; लेकिन इनका कोई अर्थ नहीं है और न ही इनसे कोई नतीजा निकलता है। किसी ऐसी ही आकारहीन व काल्पनिक वस्तु का आपका ध्यान आकर्षित करना उससे बिल्कुल अलग तरह का अनुभव होता है, जैसा आप किसी आवाज या चेहरे पर दृढ़तापूर्वक ध्यान केंद्रित होने से पाते हैं। इस ठोस अनुभव में—आकाश व दीवारें तथा कलाकृतियाँ और सूर्य का प्रकाश जैसा कुछ ऐसा खूबसूरत और खरा होता है, जो तब पूर्णत: अनुपस्थित होता है, जब आप केवल विचार पर व्यवहार कर रहे हों।

जब आप ठोस वस्तुओं को काल्पनिक वस्तुओं की दखलंदाजी के बिना अनुभव करने लगेंगे तो यह एक सरल व त्रुटिहीन आनंद का निर्माण करेगा। हममें इसके प्रति काफी खिंचाव होता है, भले ही हमें इसका अहसास हो या न हो। लोग—भोजन, संगीत, सेक्स, यात्राओं, ड्रग्स, खेल आदि जैसे जो आनंद अनुभव करते हैं, वे सभी इसी कारण इतने आकर्षक लगते हैं, क्योंकि इनमें हमारा ध्यान मौजूदा विचारों से अपनी तरफ मोड़ लेने की सामर्थ्य होती है और वे इसे वास्तविक, ठोस संवेदनाओं तक पहुँचा देते हैं। वे सभी एक जैसी वस्तु हासिल करते हैं। वे हमारे ध्यान को स्पष्ट करते हैं और वे ऐसा कर पाते हैं, क्योंकि वे वास्तविक हैं। संवेदनाएँ कठोर और स्पष्ट होती हैं, जो अनियंत्रित विचारों की स्वतंत्र सहयोगी ताकत के विपरीत होती हैं।

फिल्म देखने जाने की कल्पना कीजिए। हम एक ऐसे कक्ष में बैठने के लिए भुगतान करते हैं, जहाँ ध्यान भटकानेवाली सभी चीजों को अँधेरे से ढँक दिया जाता है। लोगों को आपस में बातचीत की मनाही होती है और एक कहानी को चमकदार, तेज आवाज में हमारे सामने स्क्रीन पर दिखाया जाता है, जिसकी भौतिक गहनता इतनी अधिक होती है कि हमारा ध्यान कहीं और नहीं भटक पाता।

यह कामयाब भी है, सिवाय इसके कि आपको फिल्म पसंद न आए और आप अपने भीतर इसकी अमौलिक कहानी एवं नीरस अदाकारों से संबंधित बातचीत न आरंभ कर दें, जो सरल और तृप्तिदायक होती है। क्या किसी शानदार नाटक के दौरान आप अपने विचारों में खोए हैं?

यात्राओं के दौरान मैं निरंतर योजनाएँ बनाता और यह सोचता, चिंता करता तथा समायोजित करता रहता हूँ कि अगला दिन या हफ्ता या महीना कैसा जाने वाला है। मैं अपने बजट के बारे में, संभावित कार्य परिदृश्य के बारे में और घर वापस लौटने के बाद क्या करूँगा या ऐसा कुछ भी, जो सुलझा न हो, इसके बारे में सोचता रहता हूँ और यही सबकुछ है।

कई बार ये काल्पनिक विचार मेरी यात्रा का आनंद लेने में सहायक सिद्ध होते हैं। मैं एक खूबसूरत वादी को देख रहा होता हूँ या एक शानदार बीच पर खड़ा होता हूँ, तब शरीर तो मेरा वहीं होता है, जहाँ मैं कई महीनों से मौजूद हूँ, लेकिन फिर भी धन संबंधी परेशान करनेवाले, घर पर लोगों से संपर्क बनाए रखने या अपना लेखन जारी रखने संबंधी विचार मुझे इसमें से बाहर लाते ही रहते हैं।

ये सभी विचार गौण होते हैं और ये केवल तभी उपयोगी हो सकते हैं, यदि मैं इन पर ठीक उसी समय काररवाई करूँ। यदि मैं स्टोर जाते हुए बीच में रुककर किसी योजना या फैसले के लिए भौतिक रूप से अपना नोटपैड निकाल लूँ तो ये विचार मुझे कुछ दे सकते हैं, अन्यथा वे मुझसे कुछ छीन ही लेंगे। वे भँवरे की तरह गूँजते रहते हैं और आपके तथा उस क्षण के बीच वास्तविकता में जो है, वह दूरी बनाए रखते हैं।

इस पहेली का जो सबसे आसान समाधान मैंने सुना है, वह यह याद रखना है कि कब लकड़हारे बनो और कब पनिहार बनो। दूसरे शब्दों में, जब संदेह हो तो अपना पूरा ध्यान भौतिक वस्तु पर लगाएँ। आपके हाथ कहाँ होने चाहिए, इस बारे में आपके शरीर को क्या करना चाहिए, आपको भौतिक रूप से यहाँ अपनी ऊर्जा कैसे लगानी है, इसे जारी रखें।

भौतिक प्रतिक्रिया से आपकी दुनिया वापस मुड़ जाएगी, जिससे आप विचारों के क्षेत्र से निकल आएँगे। विचारों पर विचार करके उन्हें रोकना कुछ ऐसा है, जैसे आग से आग बुझाने की कोशिश करना।

जूते का सबक

वास्तविक कहानी

मेरी इकलौती भूरे जूतों की जोड़ी खराबी या दुर्व्यवहार या अत्यधिक उपयोग या उपर्युक्त पहलुओं के मिश्रण के कारण अनुपयोगी हो गई। उसकी हील्स घिस गई थीं और उसके नीचे से निकला नकली चमड़े का टुकड़ा मेरे पैरों में चुभ रहा था। उन्हें पहनकर पाँच दिन तक चलना सजा के समान था। इसलिए आज मैं बाहर पहने जानेवाले ऐसे नए

जूते खरीदने निकला हूँ, जो ज्यादा महँगे न हों। यह लिखते समय मैं कुछ दिनों से मुंबई के गोरेगाँव पूर्व में हूँ।

मैंने आसपास की जूते की दुकानें खँगालीं और पाया कि मुंबई में जूते काफी महँगे हैं। जो जूता कोलकाता में 900 रुपए का होगा, वह यहाँ 3,000 से 5,000 रुपए के बीच है। जूते की दुकानों की खाक छानने के दौरान मैं यहाँ इनके इतना महँगे होने के कारणों के बारे में सोच रहा था। मुझे समझ आया कि शायद हजारों जोड़ी जूतों को कंटेनरों और रेल वैगन में यहाँ लाए जाने के खर्च को इस तरह बाँटा गया है; लेकिन प्रति जोड़ी माल-ढुलाई कुछ सौ रुपए से ज्यादा नहीं होगी तो फिर ग्राहकों को ये कोलकाता के मुकाबले दोगुनी कीमत पर क्यों मिल रहे हैं? इसके अलावा, महाराष्ट्र में खुद भी जूता बनानेवाली फैक्टरियों की कमी नहीं है। मैंने पता लगाया कि यहाँ कोई बिचौलिया है, जो मेरे पैसे से खुद को धनवान् बना रहा है, जो अन्य अप्रत्याशित खर्चों के प्रति मामूली चिंताओं की शुरुआत का कारण बन जाता है।

निस्संदेह, मैं जूता बनाने पर आनेवाले खर्च या इस संबंध में महाराष्ट्र की अर्थव्यवस्था के बारे में कुछ नहीं जानता; लेकिन मेरा दिमाग कहता है कि इसका विश्लेषण करने में ऊर्जा और समय लगाना बेकार नहीं है तो इसीलिए इसने मुझे बाध्य किया, क्योंकि मैं इसे कोई परवाह न करने को कहना भूल गया था।

जब मैं गोरेगाँव पूर्व में महाराष्ट्र स्टेट कोऑपरेटिव शू स्टोर के दरवाजे पर खड़ा था तो मैं पहले ही इस पर थोड़ा क्रोधित था, जहाँ एक गुप्त बिचौलिया षड्यंत्र द्वारा मेरे यात्रा के बजट को कम करने पर आमादा था। यात्रा के विचार से मुझे उस जिंदगी का खयाल आया, जो मैं घर पर छोड़ आया था—मेरे फ्रिज की तस्वीर, जिस पर मेरे द्वारा कुछ महीने पहले लिखा नोट चिपका था—*'लकड़ी काटें और पानी भरें'*।

तो मैंने ऐसा ही किया। मैंने काल्पनिक वस्तुओं की गठरी को फेंका और अंदर चला गया। मैंने जूते उठाए, उनके भार का अंदाजा लगाया। कुछ जूते पहनकर देखे, भावना-रहित होकर उनके दाम देखे। वहाँ के गलियारे में घूमते हुए मैंने अपने पैरों से पूछा कि वे क्या चाहते हैं? उन्होंने कहा, "इन्हें खरीद लो।" मैंने ऐसा ही किया। ये 50 प्रतिशत छूट के साथ 890 रुपए में मिले!

मैं पूरी दोपहर चढ़ते-उतरते विचारों का निर्माण करता रहा और स्पष्टता के इस क्षण में मैंने उन्हें एक फूँक में उड़ा दिया। मेरा इससे कोई नुकसान नहीं हुआ। वे सब कल्पनाएँ थीं। अगर मैं जूतों के अत्यधिक महँगा होने की आंतरिक निंदा को बनाए रखता तो शायद जूतों की इस सस्ती जोड़ी पर कभी ध्यान नहीं दे पाता।

मेरे जीवन में वे चढ़ते-उतरते विचार बहुत आसानी से घर कर जाते। सौभाग्य से, इससे पहले लाल झंडी दिख गई—असहजता की भेदी। अगर आपको प्रसन्नता से

अस्पष्ट असहजता उत्पन्न होती दिखाई दे तो संभव है कि काल्पनिक चीजों का नेटवर्क तैयार हो गया है। ये बेहद जरूरतमंद हैं, जो हमेशा आपका ध्यान आकर्षित करना चाहती हैं।

उस क्षण में शरीर की भूमिका पर ध्यान दें और जब भी आपका अपना ध्यान काल्पनिक चीजों से खेलता दिखाई दे, इसे पुनः खींचकर वापस ले आएँ। वास्तव में, यह सक्रिय ध्यान के अलावा और कुछ नहीं है। बस, इसमें औपचारिक रूप से ध्यान करने बैठने का सत्र शामिल नहीं है।

यह आपकी समस्याएँ नहीं सुलझाएगा, लेकिन यह आपको समस्याओं को लेकर परेशान न होने की बात याद दिला सकता है, सिवाय उसके, जब आप खुद बैठकर इनके समाधान पर विचार करना चाहते हों।

□

7

अनोखेपन हेतु सलाह

"मानव मन की क्षमताओं पर विचार करना अद्‍भुत है। इसकी अनोखी कार्यशैली, काल्पनिक कार्य कही जानेवाली किसी चीज को बिना अनुभव बेहद खूबसूरती के साथ बयाँ करने की विशेषता हमें ऐसे जगत् में ले जाती है, जहाँ हम पहले कभी नहीं गए।"

—पुष्पा राणा, 'जस्ट द वे आई फील'

अनोखा जीवन वह है, जहाँ आप बस, पूर्णता भरे जीवन द्वारा अपनी ऊर्जा को बिना किसी गैर-जरूरी और अनुचित बाधा के तथा अपने को अपनी जीवन-यात्रा को सशक्त बनाने के संसाधनों तक सीमित व केंद्रित करते हुए भी अपने लक्ष्यों को किसी पेशेवर की भाँति हासिल कर सकते हैं।

आंतरिक अनोखेपन को जगाने के 101 अत्यावश्यक सूत्र

मुझसे अकसर अपने आंतरिक अनोखेपन को पूरी तरह जाग्रत् कर सहजतापूर्वक कार्य करने की मेरी शीर्ष रणनीतियों, सूत्र और कार्य करने के साधनों के बारे में पूछा जाता है। ये श्रेष्ठ में से सर्वश्रेष्ठ होने के साथ ही वे हैं, जिन्हें मैं अपने अनोखेपन पर केंद्रित होने, उसे उत्पादक एवं प्रसन्नतापूर्ण बनाने के लिए केंद्रित होने में उपयोग करता हूँ।

सेक्शन ए : समय का सदुपयोग

1. यदि आप अपने लक्ष्यों तक पहुँचना चाहते हैं तो उस समय की गणना करें, जो आप अपने लक्ष्यों के लिए देते हैं।

अपने प्रोजेक्ट पर और आप उन्हें इतना अधिक समय क्यों देना चाहते हैं, इस पर पूरी सावधानी से विचार करें। 'हाँ' कहने से पहले अपने आपसे पूछें कि उस कार्य

या प्रोजेक्ट से आपको किस तरह सहायता मिलेगी या वह आपको आपके लक्ष्य के एक कदम नजदीक कैसे ले जाएगा? अपने समय को लेकर सतर्क रहें। ऐसे कार्यों या योजनाओं को समय न दें, जो आपको आपके लक्ष्य के निकट न ले जाती हों।

2. अपने समय में सोचने को भी समय दें

सोचना सबसे कम आँकी जानेवाली गतिविधियों में से एक है। हमेशा प्रतिक्रिया देते रहने में बड़ी मात्रा में समय, ऊर्जा और धन व्यर्थ होता है। पहले सोचें, फिर करें।

3. समय संपत्ति है

यह (अधिक नहीं तो) कम-से-कम आपके बटुए में रखे धन जितना मूल्यवान् तो है ही। इसे पूरी बुद्धिमानी के साथ निवेश करना होगा, क्योंकि यह आपको वापस नहीं मिलने वाला। आपका समय आपका निवेश है। आप अपना समय किस तरह निवेश करते हैं?

4. अपनी समय-तालिका को रंग संकेत दें

क्या आप देखना चाहते हैं कि अपना समय कहाँ निवेश कर रहे हैं? अपनी समय-तालिका को रंग संकेत दें, जिससे आप अपनी उच्च प्राथमिकताओंवाली सामग्री को देख सकें।

5. अपनी शक्ति और विशिष्ट क्षमताओं पर केंद्रित रहें

काम में फँसे रहने और अपना महत्त्व दिखाने के लिए व्यस्तता को तलाशते रहना काम नहीं करता। अपनी शक्ति व विशिष्ट क्षमताओं पर केंद्रित रहें और ऐसी गतिविधियों को समय दें, जो इन दोनों को जोड़ती हों।

6. आलस्यपन केंद्रित होने में मददगार है

आलस्यपन से आपको चक्रवात में भी केंद्रित रहने में मदद मिल सकती है। इससे यह साफ हो जाता है कि वास्तव में क्या महत्त्वपूर्ण है और यह दूसरों को समस्याएँ सुलझाने में सक्षम भी बनाता है। इससे प्राथमिकताएँ स्पष्ट होती हैं और कई बार फौरन कदम न उठाने से दूसरों को जुड़ने का मौका मिलता है, जिससे समस्या इससे पहले कि आप देर करें, सुलझ जाती है।

7. आलस्यपन आपके ऊर्जा-चक्र को पहचानता है

अगर आप अधिक उत्पादक होना चाहते हैं तो अपनी स्वाभाविक लय के अनुसार

चलें। आराम करने के लिए नियमित रूप से ब्रेक लेते रहें और रिचार्ज होकर दिन भर के लिए उच्च ऊर्जा बनाए रखें।

8. विचारों को फैलने में समय लगता है

प्रेरणा तब मिलती है, जब आपका दिमाग शांत हो। बेहतरीन प्रदर्शन करनेवाले आराम-पसंद व्यक्ति अपने सभी प्रोजेक्ट और कार्यों के बारे में विचारों को प्रेरित करने के लिए किसी अन्य कार्य या प्रोजेक्ट का उपयोग करते हैं।

9. अपने दिन की शुरुआत ज्यादा महत्त्वपूर्ण कार्यों से करें

देखिए, धन की स्थिति क्या है और अपने दिन की शुरुआत अपने या अपनी कंपनी के लिए धन कमाने या बचाने से करें।

10. 'न' कहना सीखिए

अपनी निजी जिंदगी में उन चीजों को 'न. कहना सीखें, जिनसे आपको खुशी, शांति और संतोष नहीं मिलता। याद रखिए, हर बार जब आप 'हाँ. कहते हैं तो आप किसी अन्य चीज को 'न. कह रहे हैं।

11. दो मिनट या कम में हो सके तो अभी करें

यदि आप अभी किए जानेवाले कार्य को टाल रहे हैं तो इसे करने में आपको अधिक समय लगेगा। यदि काम को दो मिनट या कम में किया जा सकता है तो इसे अभी करें।

12. एक जैसे कार्यों का समूह बनाएँ

अधिकतम कुशलता और प्रभावकारिता के लिए एक जैसे कार्यों का समूह बनाएँ। भिन्न गतिविधियों में दिमाग के भिन्न हिस्से व्यस्त हो जाते हैं और कार्यों को बार-बार बदलते रहना समय व्यर्थ करना है। मिशिगन विश्वविद्यालय के एक अध्ययन में पाया गया कि जब आप बदल-बदलकर कार्य करते हैं तो आपके दिमाग को उनमें से प्रत्येक कार्य को करने में 50 प्रतिशत या अधिक अतिरिक्त समय लगता है।

13. काम को छुट्टी के मूड में करें

क्या आपने कभी ध्यान दिया कि छुट्टियाँ आरंभ होने से पहले काम हवा की गति से पूरे हो जाते हैं? काम इसलिए जल्दी पूरे हो जाते हैं, क्योंकि इनके लिए एक कठोर डेडलाइन होती है—छुट्टियाँ। एक लघु अवकाश डेडलाइन तैयार करें, जैसे ऑफिस से शाम 6.30 की जगह 5.30 बजे निकलें और देखिए, आपकी उत्पादकता कितनी बढ़ती है।

14. अपनी शारीरिक घड़ी की सुनें

आप सबसे सचेत कब रहते हैं? जिन कामों में गहराई से विचार करने की आवश्यकता है, उन्हें तब कीजिए। उत्साह कम हो रहा है तो इ–मेल देखिए, डाटाबेस तैयार और प्रबंधित कीजिए।

15. छिपे समय की तलाश करें

कतार में खड़े हैं? मनन करें, पढ़ें, सोचें या बस, साँस भरें। कार पूल, डॉक्टर के क्लीनिक या एयरपोर्ट पर प्रतीक्षा के दौरान पढ़ने के लिए अपनी कार में अध्ययन सामग्री रखें।

16. दैनिक तैयारी करें

रोजाना, दिन समाप्त होने पर, अपनी डेस्क साफ करें और अगले दिन के कार्यों की सूची तैयार करें। अगले दिन के लिए अपनी 3 से 5 उच्चतम प्राथमिकताएँ तय करें और अगली सुबह आप काम करने के लिए तैयार होंगे।

17. काम पूरा करने का समय तय करें

काम पूरा करने का समय तय करें, जिससे आपको पता रहे कि उस काम को कितने समय में किया जा सकता है और फिर इसे उससे भी कम समय में करने का प्रयास करें, जैसे कि क्या आप जानते हैं कि आपको सुबह घर से निकलने में कितना समय लगता है? आपको अपनी साप्ताहिक रिपोर्ट पूरा करने या इ–मेल का जवाब देने में कितना समय लगता है?

सेक्शन बी : अपने इनबॉक्स को हलका रखें

18. आनेवाले संदेशों का प्रबंधन कर इ–मेल की तूफानी बाढ़ को रोकें

इ–मेल की तूफानी बाढ़ को रोकने के लिए संदेश प्रबंधन की अपने इ–मेल प्रोग्राम की सुविधा का उपयोग करें। नई योजनाओं, दैनिक या साप्ताहिक रिपोर्टें अथवा किसी भी तरह के अन्य संदेश, जिन्हें कभी बाद में पढ़ा जा सकता है या उनकी समीक्षा की जा सकती है। उनके लिए तय नियम बनाएँ (उन्हें अलग फोल्डर में रखें)। आपका लक्ष्य ऐसा इनबॉक्स होना चहिए, जिसमें केवल वही संदेश हों, जिनकी प्रतिक्रिया (ग्राहक प्रतिक्रिया, विक्रेता प्रतिक्रिया, सप्लायर प्रतिक्रिया आदि) आपको देनी है।

19. अपने सभी इ-मेल संदेश खुद मत लिखिए

अपने इ-मेल प्रोग्राम के रूल फीचर का उपयोग कर जवाबों को स्वचालित कीजिए। रिपोर्टों, ग्राहकों व सहकर्मियों तथा ऐसा हर संदेश, जिसे आपको रोके रखना है, उसे ऑटो फाइल करें।

20. रंगों से तय करें आनेवाले इ-मेल की प्राथमिकता

आप जरूरी इ-मेल्स को पहले देख सकते हैं। अपने मैनेजर की इ-मेल्स को लाल, शीर्ष ग्राहकों की हरी और सी.सी. संदेशों को ग्रे रंग का करें, जो उनके बैकग्राउंड में दिखाई देगा।

21. सभी सी.सी. संदेशों को एक फोल्डर में भेजने के लिए रूल लिखें

बहुत सारी इ-मेल्स में सी.सी. है। एक रूल लिखें, जिससे वे सभी सी.सी. संदेश एक फोल्डर में चले जाएँ। उन संदेशों को बाद में पढ़ें।

22. जल्दी फैसले लेना

इनकमिंग संदेशों को अधिक प्रभावशाली व कुशलता से प्रक्रियागत करने के लिए हमें जल्दी फैसले लेने होते हैं। इ-मेल्स की अव्यवस्था फैसलों में देरी के अलावा और कुछ नहीं होती। अपने इनबॉक्स को तब तक न खोलें, जब तक आप कोई फैसला लेने के लिए तैयार न हों। वैसे भी, लंबे समय तक कोई फैसला न ले सकना भी मानसिक रूप से नुकसानदेह होता है। यह आत्मसम्मान और अधिकार की भावना को कमजोर करता है।

23. अपने इनबॉक्स में किए जानेवाले कार्यों की सूची बनाएँ

इन्हें पढ़ें इनके साथ क्या करना है, इसका फैसला करें और कदम उठाएँ। अगले कदम के तौर पर अपनी इ-मेल्स की सब्जेक्ट लाइन को बदलें। जिन इ-मेल्स पर काररवाई करनी है, उन्हें अपनी टास्क लिस्ट या कैलेंडर में भेजें।

24. तय करें कि सब्जेक्ट लाइन में आपको क्या लिखना है

अपनी इ-मेल्स का तुरंत जवाब पाएँ। तय करें कि आपको अपने इ-मेल्स की सब्जेक्ट लाइन में क्या लिखना है।

25. सुबह सबसे पहले इ-मेल्स चैक करने से बचें

इ-मेल्स पर अपनी पकड़ बनाएँ। रोज सुबह सबसे पहले इ-मेल्स देखने से बचें।

इसे कितनी बार देखना है, इसकी सीमा तय करें (मान लीजिए, दिन में तीन या चार बार)। इ-मेल नोटिफिकेशन अलार्म को बंद कर दें।

26. इ-मेल्स की संख्या कम कीजिए

आप जिन संदेशों पर काररवाई कर चुके हैं या पुराने हैं और/या जिनकी आवश्यकता नहीं है, उन सभी संदेशों को फाइल या स्टोर कीजिए।

27. इ-मेल फाइलिंग सिस्टम नहीं, बल्कि इ-मेल रीट्रिवल सिस्टम स्थापित करें

इ-मेल रीट्रिवल सिस्टम स्थापित करें। इसका उद्देश्य केवल तेजी से पहुँच बनाना है। जो पहली चीज दिमाग में आए, फोल्डर को वही नाम दें। इससे उन्हें रीट्रिव (पुनः प्राप्ति) करने का काम आसानी से तथा तेजी से हो सकेगा।

28. अपने इनबॉक्स को तेजी से खाली करें

सभी पुराने संदेशों को हाइलाइट करें और आर्काइव में भेजें या किसी व्यक्ति विशेष या प्रोजेक्ट विशेष के सभी संदेशों को हाइलाइट कर फोल्डर में भेजें। अब आप चैन की साँस ले सकते हैं।

29. अपनी सीमा तय करें

इ-मेल बुद्धिमत्ता कायम करें। हर दिन या हर हफ्ते अपने इनबॉक्स में रहनेवाले संदेशों की अधिकतम संख्या को निर्धारित करें।

30. संदेश प्रतिक्रियाओं में क्या, क्यों, कौन और कैसे—इन चार सवालों के जवाब होने चाहिए

इ-मेल का लक्ष्य या उद्देश्य क्या है, इस व्यक्ति को यह जानकारी क्यों चाहिए, इसके टू : फील्ड में कौन होने चाहिए (संकेत : इ-मेल पर काररवाई इनकी जिम्मेदारी होनी चाहिए) ? सी.सी. : फील्ड में कौन लोग होने चाहिए (संकेत : जिन्हें यह जानकारी पता होनी चाहिए), आप प्राप्तकर्ता से कैसी प्रतिक्रिया चाहते हैं और कब ?

31. अपने दिमाग को सबकुछ याद रखने को कहना बंद कीजिए

अपने फॉलोअप को स्वचालित रखें। एक इ-मेल रूल लिखें या इ-मेल्स को अपनी टास्क लिस्ट या कैलेंडर में भेजें।

सेक्शन सी : काररवाई करना

32. चीजों को दिमाग में जितना कम रोकेंगे, उतना अच्छा है

आपका दिमाग एक शानदार टू-डू लिस्ट है। इसे ऐसा कुछ भी करने के लिए मत कहिए, जिसके लिए यह डिजाइन नहीं है। आप अपने दिमाग में चीजों को जितना कम रोकेंगे, उतना ही अच्छा है। अपने दिमाग में एक से अधिक विचारों को रोकने का प्रयास करने पर याददाश्त कम होने लगती है।

33. सूचनाओं पर विचार करने में दिमाग का इस्तेमाल करना बंद करें

ऐसी टास्क लिस्ट की रचना करें, जिससे आप यह फौरन समीक्षा कर सकें कि मौजूदा समय, ऊर्जा और उपलब्ध संसाधनों में क्या किया जा सकता है।

34. एक काररवाई योग्य कार्य-सूची का निर्माण करें

एक संकेत है। प्रत्येक 'कार्य-सूची को—फोन करें, पढ़ें, इ-मेल, ड्राफ्ट जैसे सक्रिय क्रियापद से आरंभ करें। अत्यधिक काररवाई योग्य कार्य-सूची से आप अपने दिन के प्रत्येक मिनट का उपयोग कर सकेंगे।

35. अपनी कार्य-सूची को कार्य करने में लगनेवाले समय के अनुसार तैयार करें

आपके पास जब भी 5 या 10 मिनट हों तो आपको पहले से ही उन कार्यों की पहचान करके रखनी होगी, जिन्हें उस समय में कर लेना है।

36. अपने किए जानेवाले सभी कार्यों को एक जगह एकत्रित करें

आपकी कार्य-सूची चाहे जिस भी तरह की हो, इससे तब तक कोई फर्क नहीं पड़ता, जब तक यह संपूर्ण कार्य-सूची एक ही जगह मौजूद रहे। ऐप्स, सॉफ्टवेयर प्रोग्राम, कागज, पोस्ट-इट नोट्स या व्हाइट बोर्ड का उपयोग करें। ऐसा साधन चुनें, जो आपके लिए काम करे और केवल एक 'कार्य-सूची' बनाएँ।

37. दिनचर्या विकसित करने में समय खराब मत कीजिए

अपने काररवाई समय की गति बढ़ाएँ और दिनचर्या विकसित करने में समय खराब करना बंद कीजिए। हमारा दिमाग विकसित हो रहे पैटर्न के माध्यम से सीखता है और फिर इसे हमारे दिमाग में बैठा देता है। अधिक दिनचर्या व दिमाग के पैटर्न विकसित करना, यानी कार्य पर समय व ध्यान कम देना।

38. बाद में समय बचाने के लिए अभी समय दें

अपने दैनिक, साप्ताहिक एवं मासिक कार्य-प्रवाह का मूल्यांकन करें और ऐसे कार्य चुनें, जिन्हें नियमित किया जा सकता है। इन कार्यों के लिए दैनिक नियम बनाएँ— लोगों को फोन करना, डॉक्यूमेंट्स खोलना, डॉक्यूमेंट्स सेव करना, इ-मेल्स को पढ़ना और उनका जवाब देना तथा प्रोजेक्ट संबंधी कार्य।

39. अपने दिमाग को किए जानेवाले कार्यों से खाली रखें

दिमागी सतह को त्वरित कार्यों से खाली रखें। अपने दिमागी कूड़ेदान का उपयोग करें और सभी किए जानेवाले कार्यों को उसमें खाली करें।

40. अपने किए जानेवाले कार्यों की याद दिलाने में तकनीक का एवं कागज का इस्तेमाल करें

आपका दिमाग कार्य-सूची व्यवस्था में अत्यंत खराब है। इसे अपने किए जानेवाले कार्यों को याद रखने, नजर रखने या आपको याद दिलाने के लिए मत कहिए। इसे तकनीक द्वारा या लिखकर, हालाँकि लिखना एक पुराना चलन है, करना चाहिए।

41. अपने कार्य के बारे में अपने अनुमानों का विश्लेषण करें

क्या आप जानते हैं कि आपको कौन सा कार्य करना है या मीटिंग में जाना है या फोन करना है? सभी अनुमानों को अपने किए जानेवाले कार्यों की सूची से बाहर करें। उसी काम पर केंद्रित रहें, जिसे वास्तव में करना है, न कि जिसे करना चाहिए।

42. अपने लक्ष्यों पर काररवाई का अपने संस्थान से तालमेल बनाए रखें

अपने वास्तविक लक्ष्यों को हासिल करने के लिए अपने संस्थान से तालमेल बनाए रखें। उन कार्यों को करना बंद कर दें, जिनका अब आपकी कंपनी की रणनीति से तालमेल नहीं है।

43. कुछ नया करें

समय खराब करनेवाले 'इसे हमेशा से ऐसे ही किया जाता रहा है' के जाल से बचें। नवोन्मेष, रचनात्मक और कुछ नया करें।

44. अपनी वर्तमान गतिविधियों का मूल्यांकन करें

अधूरे कामों की संख्या कम रखने के लिए 'रुकें', 'करें' और 'जारी रखें' सूची तैयार करें।

45. 'न करें' सूची का निर्माण करें

हर चीज, जिसका आपके या आपकी कंपनी के लक्ष्यों से तालमेल न हो या जिससे धन का निर्माण न हो रहा हो, वह इस सूची में होनी चाहिए। अगर कोई ऐसा कार्य या प्रोजेक्ट है, जो बहुत समय से आपके किए जानेवाले कामों की सूची में शामिल है तो वह सड़ चुका है। उसे 'न करें' सूची में डाल दें।

46. ऑटो-पायलट मोड से बाहर निकलें

ऐसे कामों की सूची तैयार करें, जो आपको वास्तव में आपका लक्ष्य हासिल करने के निकट ले जाएँ।

47. योजना-निर्माण और प्राथमिकता निर्धारण ऊर्जा-प्रखरता कार्य हैं

दिमाग के लंबे समय तक कार्य करते रहने के बाद इसके लिए काम करना आसान नहीं होता। जब आप कोई कठिन फैसला लेते हैं, जैसे आज आपको सबसे पहले क्या करना है तो अगला फैसला लेना मुश्किल हो जाता है। आपकी सर्वोत्तम विचार गुणवत्ता केवल सीमित समय तक ही कायम रहती है।

48. कई सप्ताह की योजना बनाने में बफर को भी शामिल करें

जब आप कई सप्ताह के लिए योजना बना रहे हैं तो इसमें बफर या अनिर्धारित समय को भी शामिल करें, जिसमें आप किसी भी अनदेखे कार्य या प्रोजेक्ट पर काम कर सकें और स्वयं का भी ध्यान रखें। क्या आपने इस माह की कैलेंडर लिस्ट में अपने लिए समय रखा है? यदि आप लगातार अच्छा प्रदर्शन करते रहना चाहते हैं तो अपने लिए समय होना आवश्यक है।

49. अपना दिमाग स्पष्ट व तैयार रखने के लिए साप्ताहिक योजना बनाना

साप्ताहिक योजना बनाना आपके दिमाग का अगले हफ्ते के लिए स्पष्ट और तैयार हो जाना सुनिश्चित करता है। अपनी शीर्ष प्राथमिकताओं के लिए अगले कदम की समीक्षा और पहचान करें।

50. मासिक योजना बनाएँ

मासिक योजना बनाएँ, जिससे आपकी समय-तालिका का आपके लक्ष्यों, प्रतिबद्धताओं और प्राथमिकताओं से तालमेल सुनिश्चित हो सके।

51. रोज दिन की शुरुआत अपने मौजूदा प्रोजेक्ट और कार्यों की समीक्षा से करें

कोई भी काम करने से पहले और जब आपका दिमाग अभी ताजा हो, उस दिन के लिए अपनी तीन शीर्ष प्राथमिकताएँ तय करें।

52. माइंड-मैपिंग टूल्स का इस्तेमाल करके विचार करें

सुनिश्चित करें कि सबसे महत्त्वपूर्ण विचार छूट न जाएँ और अतिरिक्त सोच-विचार द्वारा उन्हें आसानी से विस्तार दिया जा सके। टोनी बुजान की माइंड मैपिंग पद्धति का प्रयोग करें।

53. दैनिक योजना बनाने से ध्यान सूक्ष्म होता जाता है

दैनिक योजना बनाना यह सुनिश्चित करता है कि आपका ध्यान पूरी तरह से उस पर केंद्रित हो जाए, जिसे आप उस दिन में पाना चाहते हैं। अपने दिन के बारे में एक रात पहले या उसी दिन सुबह योजना बना लें, जिससे उसका सही मार्ग पर रहना सुनिश्चित हो सके।

सेक्शन डी : प्रभावशाली आवंटन (Delegation)

54. आवंटन उत्पादकता बढ़ाता है

आवंटन एक शक्तिशाली कौशल है, जो सही ढंग से किया जाए तो उत्पादकता में वृद्धि करता है। प्रभावशाली आवंटन करें। उसे पहचानें, जिसका आप आवंटन करना चाहते हैं या कर सकते हैं। एक बार में एक ही चीज का आवंटन करें। उसके लक्ष्य और परिणामों से पूरी तरह परिचित रहें।

55. सब काम खुद न करें

आवंटन में सबसे बड़ी बाधा यही जिद है, जो भले ही जान-बूझकर हो या अनजाने में, कि सब काम आप खुद करना चाहते हैं। आपको ऐसा नहीं करना है। यह अपने समय का सर्वोत्तम व सर्वश्रेष्ठ उपयोग करना नहीं है, न ही इससे आपकी टीम के सदस्यों के कौशल में वृद्धि या बढ़ोतरी होगी।

56. जिन्हें कभी आवंटित नहीं करना, उन कार्यों को चुनें

अपने प्रोजेक्ट एवं कार्य-योजना पर नजर डालें और तब फैसला करें कि आप किन कार्यों को कभी आवंटित नहीं करेंगे। यही वे कारण हैं, जिसके लिए आपके संस्थान ने आपको काम सौंपा है, क्योंकि संस्थान में आप ऐसे अकेले व्यक्ति हैं, जिसके पास यह कार्य करने का ज्ञान, कौशल और विशेषज्ञता है, जहाँ आपकी विशिष्ट क्षमताएँ प्रकट होती हैं और/या आपको आनंद की प्राप्ति होती है।

57. वे कार्य आवंटित करें, जिन्हें कोई दूसरा आपसे तेजी से और/या बेहतर ढंग से कर सकता है

आपको हर चीज में सिद्धहस्त होने का दिखावा नहीं करना है। ऐसा कोई नहीं होता।

58. संस्थान में कमी है तो इससे बाहर जाकर सोचें

अगर आपके संस्थान में काम पूरा करने के लिए कर्मचारियों की कमी है तो इससे बाहर जाकर सोचें। क्या कोई अस्थायी कर्मचारी यह कार्य कर सकता है, जो आपकी प्रगति को रोक रहा है? क्या आप थोड़ा कार्य वर्चुअल असिस्टेंट- ऑनलाइन सहायक को सौंप सकते हैं, जो दूर बैठकर कार्य करे, जो उस खास असाइनमेंट को काम के अनुसार या घंटेवार पूरा कर सके, जो आपको अंशकालिक या पूर्णकालिक कर्मचारी से सस्ता पड़े? क्या आप अपनी कंपनी के किसी और डिवीजन या विभाग अथवा बाहर की किसी फर्म को पार्टनर बनाकर प्रोजेक्ट लागत को बाँट सकते हैं, जिससे दोनों ही संस्थानों को लाभ हो?

60. लक्ष्य स्पष्ट और मार्ग को खुला रखें

प्रभावशाली आवंटन के लिए, एचीवमेंट गुरु स्टीवन कोवे की सलाह मानें। लक्ष्य को स्पष्ट और मार्ग को खुला रखें। अपने विशिष्ट लक्ष्य व परिणामों को स्पष्ट तौर पर परिभाषित करें और तब अपनी टीम के सदस्यों को तय करने दें कि वे इस लक्ष्य को कैसे हासिल करेंगे।

61. प्रभावशाली आवंटन

प्रोजेक्ट या कार्य के पीछे के उद्देश्य को स्पष्ट रूप से परिभाषित करें। सुनिश्चित करें कि लक्ष्य गौर करने लायक और विशिष्ट हों। इस प्रोजेक्ट पर काम कर रहे व्यक्ति को सफलता की तस्वीर स्पष्ट करें। इसी के साथ कार्य को कैसे पूरा करना है, उसके मिनट-दर-मिनट विवरण व निर्देशन से भी बचें।

62. लोगों को सफलता के लिए प्रेरित करें

किसी को कार्य सौंपने के बाद गलत अनुमान लगाने से बचें। स्वयं से पूछें, "क्या मैं उस व्यक्ति के कौशल और ज्ञान के बारे में अनुमान लगा रहा हूँ, जिसे मैंने यह कार्य या प्रोजेक्ट सौंपा है?" क्या मैंने मान लिया है कि वे प्रोजेक्ट के लक्ष्य के प्रति स्पष्ट हैं? क्या मैंने मान लिया है कि वे उन शर्तों को समझते हैं, जिनका मैं उपयोग कर रहा हूँ कि उनके पास आवश्यक कौशल और ज्ञान है या जरूरी समय, साधन एवं अन्य संसाधन हैं?" अपने अनुमानों की जाँच करें। जब ये वास्तविकता से भिन्न दिखाई दें तो जिस ज्ञान, कौशल, साधन और संसाधनों की कमी है, उन्हें प्रदान कर इस अंतराल को पाटने के लिए कदम उठाएँ।

63. बोझ डालकर भागने की प्रवृत्ति से बचें। एक बार में एक ही काम सौंपें।

दूसरों पर बोझ डाल देने से परिणामों में त्रुटि की संभावना बढ़ती है।

64. लक्ष्य कार्य आवंटन होना चाहिए, सूक्ष्म प्रबंधन नहीं

अपनी टीम के सदस्यों को काम करने के नए रास्ते खोजने का अवसर देकर काम में उनका विशिष्ट योगदान देने का अवसर दीजिए।

सेक्शन ई : अपना ध्यान प्रबंधित करें

66. अपना ध्यान प्रबंधित करें और प्रकृति के अनुसार काम करें

अपना ध्यान प्रबंधित करते हुए प्रकृति के अनुसार काम करें, जिससे हमारे दिमाग की जन्मजात प्रवृत्तियाँ भावनाओं, असहजता व असुरक्षा जैसी ताकतों का जवाब दे सकें, न कि इन मनोवैज्ञानिक और भौतिक क्रियाओं के साथ संघर्ष करें।

67. अपने स्वैच्छिक अवधान को मजबूत बनाएँ

स्वैच्छिक अवधान वह ध्यान है, जिस पर हमारा सीधा नियंत्रण होता है। अपने स्वैच्छिक अवधान को मजबूत बनाइएँ, जिससे आपके फोकस तथा पूरी सक्रियता के साथ काम पूरा करने की क्षमता में सुधार हो। ऐसा करने के लिए अपने आपसे यह सवाल पूछकर जागरूकता को पोषित करें कि क्या आपके लिए दोपहर के भोजन या रात के भोजन से ठीक पहले फोकस करना अधिक कठिन होता है ? क्या एक लंबी मीटिंग या किसी परिजन के साथ लंबी बातचीत के बीच फोकस करना कठिन होता है ? क्या टहलने के बाद या जिम में कसरत के बाद फोकस होना आसान होता है ? क्या दिन में ऐसा कोई खास समय है, जब आपके लिए फोकस करना ज्यादा आसान होता हो ? क्या ऐसा कोई खास प्रोजेक्ट या किसी किस्म का कार्य है, जिस पर आपके लिए लंबे समय तक फोकस करना आसान होता हो ?

68. आदर्श ध्यान प्रबंधन के लिए आवश्यक शारीरिक अवस्था अनुकूलन

आप ऐसे वातावरण का निर्माण करना चाहते हैं, जो आपकी विशिष्ट ध्यान प्रबंधन आवश्यकताओं में सहायक हो और आपके दिमाग की तंत्रिकाओं पर पड़ने वाले प्रभाव को न्यूनतम कर दे। यदि आप थके, भूखे या तनाव में हैं तो आपको अपने ध्यान के साथ भीषण लड़ाई लड़नी होगी। अनुमान लगाइए, इसमें जीत किसकी होगी—आपके दिमाग की !

69. बस, दस मिनट ही काफी हैं

अपनी डेस्क की दराज या कार या ऑफिस के बैग में आरामदेह जूते रखा करें, जिससे आप अपने ऑफिस में या हॉल में या ऑफिस की बिल्डिंग से बाहर तेज गति से

चल सकें। शारीरिक गतिशीलता मानसिक स्थिति को ठीक रखने और नकारात्मक ऊर्जा को निकाल फेंकने के प्रभावशाली तरीकों में से एक है और इसके लिए आपको बहुत दूर टहलने नहीं जाना है—बस, दस मिनट ही काफी हैं।

70. फोकस बनाए रखने में श्वास का इस्तेमाल करें

दिमाग को रीबूट करें और अपना फोकस बनाए रखने में श्वास का इस्तेमाल करें। गहरी श्वास लें, जिससे पेट बाहर निकले और फिर पूरी ताकत से धीरे-धीरे पेट को पिचकाते हुए हवा बाहर निकालें।

इस तरह से पाँच से सात बार श्वास लें और देखें कि आपके दिमाग का तनाव और मानसिक बकबक किस तरह गायब हो जाती है। श्वास लेने का एक और तरीका, जिससे मानसिक बकबक को बंद किया जा सकता है, इसमें अपनी जीभ को मुँह के ऊपर सिरे से स्पर्श करें और इस तरह फूँक मारें, जैसे बर्थडे केक पर लगी मोमबत्तियाँ बुझाने के लिए मारते हैं। फूँक मारते समय सात तक गिनती गिनें। अब आपका फोकस पुनः कायम हो जाएगा।

71. याद दिलाने के लिए टाइमर या अलार्म का उपयोग करें

दिन भर काम करते हुए थोड़ी देर का अंतराल लेने के लिए टाइमर या अलार्म सेट करें। यह अलार्म आपको अपने फोकस और ध्यान को जाँचने की याद दिलाने वाले साधन के रूप में काम करेगा।

72. एकांत कर्म को पारस्परिक संवाद में मिलाएँ

अकेले किए जानेवाले कामों को सामूहिक प्रोजेक्ट या सहकर्मियों के साथ संवाद से जोड़कर अपने कार्य की गति बढ़ाएँ। यह पारस्परिक संवाद एक ब्रेक के तौर पर काम करके आपको ताजादम बनाएगा, जिससे आप अपने ध्यान को अधिक प्रभावशाली ढंग से प्रबंधित कर सकें तथा फोकस बनाए रख सकें।

73. अपना ध्यान कायम रखें

अपनी शीर्ष चार ध्यान भंग करनेवाली चीजों को पहचानकर अपना ध्यान कायम रखें। जागरूकता हमेशा काररवाई का पहला कदम है।

74. विराम बाधाएँ

हेडफोन पहनें। अपने दरवाजे या क्यूब की दीवार पर 'काम का समय' का बोर्ड लगाएँ। सहकर्मियों के साथ अपॉइंटमेंट तय करें और कोने में गपशप बंद करें।

75. समय खराब करनेवालों पर 'चैट बजट'

क्या ऑफिस का खबरिया आपका समय खराब कर रहा है? ऐसे में 'चैट बजट' (बातचीत की समय-सीमा) तय करें और उसे बताएँ कि आपका बातचीत का समय समाप्त हो गया है।

76. आपात स्थितियों पर लगाम लगाएँ

अपने कार्यस्थल में आपात स्थितियों को परिभाषित करें। अपनी टीम और सहकर्मियों को इस बारे में स्पष्ट रूप से बताएँ। इनमें से बहुत सी स्थितियाँ वास्तव में आपात स्थितियाँ नहीं होतीं।

77. जोखिम का पूर्वानुमान लगाएँ और तैयार रहें

ऑफिस के संभावित आपातकाल के लिए तैयार रहें। प्रोजेक्ट योजनाओं के दौरान जोखिमों का पूर्वानुमान लगाएँ और पिछले प्रोजेक्ट्स से सबक लें।

78. टेक्नोलॉजी से दूर रहें

क्या टेक्नोलॉजी आपका समय खराब कर रही है? सभी पिंग्स, डिंग्स और बज्ज बंद कर दें। आपका थका हुआ दिमाग आपको शुक्रिया कहेगा।

79. टेक्नोलॉजी फ्री मीटिंग करें

मेज पर एक टोकरी रखें और सबसे उनके टेक्नोलॉजी टूल्स उसमें रखने को कहें।

सेक्शन एफ : खुलकर जिएँ

80. एनर्जी और फोकस के लिए ध्यान करें

ध्यान करने से मैं जिस आंतरिक शांति और स्थिरता से परिपूर्ण हो जाता हूँ, उससे मुझे ऐसी एनर्जी (ऊर्जा) और फोकस मिलता है, जिसकी मुझे दिन भर आवश्यकता होती है। मैं रोजाना बहुत सुबह 10 से 45 मिनट तक ध्यान करता हूँ। मैं गाइडेड मेडिटेशन (निर्देशित ध्यान) करने के साथ ही केवल अपने श्वास का प्रयोग करते हुए ध्यान करता हूँ।

81. चॉकलेट खाएँ

चॉकलेट। मुझे चॉकलेट बेहद पसंद है। मुझे डार्क चॉकलेट बहुत पसंद है। साथ ही मुझे मार्स और स्नीकर्स भी अच्छी लगती हैं। डार्क चॉकलेट का छोटा चौकोर टुकड़ा या मुट्ठी भर चॉकलेट मूँगफली से हमेशा मेरे चेहरे पर मुसकान आ जाती है।

82. मोलेस्किन नोटबुक

मेरे पास ऐसी नोटबुक बहुत से रंग और स्टाइल्स में हैं और उनमें से कम-से-कम एक मेरे पास हमेशा रहती है। मैं इसका रोजनामचा, अपने चिंतन व विचार तथा विषयवस्तु की निर्माण सामग्री लिखने में उपयोग करता हूँ।

83. मेवे (बादाम आदि)

यात्रा के लिए बेहतरीन एवं लंबे समय तक चलते हैं और मेरे लिए दिन भर ईंधन का काम करते हैं। मेरे लिए तो ये चमत्कारी आहार के जैसे हैं।

सेक्शन जी : विकास और योगदान सिद्धांतों का पालन करें

84. दायित्व सँभालें

यह चयन का सिद्धांत है। अनोखा बनने का सबसे पहला और सर्वोपरि कदम। बस, वैसा व्यक्ति बनने का फैसला करना है। निश्चित ही, यह कहना जितना आसान है, उतना करना नहीं है। ज्यादातर लोग वे कैसे हैं और उन्हें जिंदगी से क्या चाहिए, इस पर अपने आपसे ईमानदार न होने के अनेक बहाने बनाते हैं। अपनी वास्तविक संभावनाओं के अनुसार चयन करें और अपनी प्रतिभा को इस्तेमाल में लाएँ।

इस सिद्धांत का उद्देश्य जीवन में ठोस सकारात्मक विकल्प निर्मित करना है। जब भी आप जीवन में किसी तरह स्थितियों या परिस्थितियों का दोष किसी दूसरे पर लगाते हैं, तब अपने आपसे पूछें कि 'मैं किन विकल्पों को चुन रहा हूँ और यहाँ मैं किस तरह का सह-योगदानकर्ता हूँ?' चयन के सिद्धांत का प्रयोग करें, अपने फैसलों की जाँच करें और अगर वे आपके लिए सही नहीं हैं तो अपने जीवन का दायित्व सँभालें और नए फैसले लें।

85. जाने दें

यह स्वीकार्यता का सिद्धांत है। चीजों को बदलने या अपने नियंत्रण से बाहर की चीजों को नियंत्रित करने के प्रयास में अपनी ऊर्जा व्यर्थ न करें। इसकी जगह उन चीजों पर ध्यान केंद्रित करें, जो आपके प्रभाव में हैं और शेष सबको शांति से स्वीकार कर लें।

यह सिद्धांत आपकी उन सभी आसक्तियों को जाने देने के लिए है, जिनके परिणामों पर आपका नियंत्रण नहीं है। जब भी आप स्वयं को क्रोधित या परेशान महसूस करें तो स्वयं से पूछें कि "वास्तव में, ये हालात किस हद तक मेरे प्रभाव में हैं?" यहाँ स्वीकार्यता का सिद्धांत लागू करें। यदि आप इन परिणामों पर ठोस प्रभाव को लेकर सुनिश्चित न हों तो गहरी श्वास भरें और जाने दें तथा अपने आपको संघर्ष के इस स्रोत से अलग करें।

86. वर्तमान में जिएँ

यह वर्तमान का सिद्धांत है। बचपन, शुरुआती युवावस्था या पिछले हफ्ते के अतीत में जीते हुए। अपने मौजूदा वास्तविकता के अनुभवों को दोष न दें। इसी के साथ अपने भविष्य के सपनों में इतने न खो जाएँ कि आप उन अवसरों को नजरअंदाज या व्यर्थ कर दें, जो आज आपके सामने हैं। अतीत और भविष्य के सपनों को स्वीकारना महत्त्वपूर्ण है; लेकिन वर्तमान में जिएँ।

इस सिद्धांत का उद्देश्य है कि आप अपने जीवन को पूरे आनंद से जिएँ। इसके हर एक क्षण का, वह जैसा भी हो, उसका आनंद लेने को प्रतिबद्ध रहें। जो भी है, उससे आसक्ति न रखें और न ही आलोचना करें और जो होना है, उसकी पहले से ही कल्पना करने का प्रयास न करें। वर्तमान का सिद्धांत लागू करें। अपने को याद दिलाएँ कि चीजें जैसी हैं, वैसी हैं। वर्तमान में जिएँ—हर क्षण का उसके दिए अनुभवों के लिए मान करें।

87. सर्वोत्तम की आशा रखें

यह आशावादिता का सिद्धांत है। यदि आप चीजों के सही होने की आशा रखेंगे तो आमतौर पर ऐसा ही होता है। इसी तरह, यदि आप निराशा या हतोत्साह या विफलता के अनुभव की आशा करेंगे तो पूरी संभावना है कि आपको ये अनुभव होंगे। आशावादी होने का मतलब बुद्धू या संभावित नकारात्मक परिणामों से अनजान होना नहीं है। आशावाद का मतलब उम्मीदें होने से है : जीवन से सर्वोत्तम की आशा रखें और फिर, अकसर आपको वही मिलेगा।

यह सिद्धांत उस बारे में है, जैसा आप जीवन को बनाना चाहते हैं। हर बार जब आप किसी नई चीज की शुरुआत करें, तब अपने आपसे पूछें, 'मुझे क्या उम्मीद है?' अपने लक्ष्य में सफल होने के लिए आपको तय करना होगा कि आपकी उम्मीदें प्रामाणिक रूप से सकारात्मक हों। आशावाद के सिद्धांत को लागू करें, सबसे बुरे के लिए तैयार रहते हुए खुद से तथा अपने जीवन से सर्वोत्तम की आशा रखें।

88. खुद को सहारा दें

यह विश्वास का सिद्धांत है। जीवन में किसी भी तरह की सफलता पाने की सबसे महत्त्वपूर्ण सामग्रियों में से एक इसमें विश्वास रखना है। आपको अपने सपनों, अपने विचारों और अपने आप पर विश्वास करना सीखना होगा। बाकी लोग हमेशा आपको आपके सपनों से दूर रखने का प्रयास करेंगे। जरूरी नहीं कि वे आपको खुश न देखना चाहते हों; बल्कि वे खुद अपने डर, आत्म-अविश्वास और सीमित विश्वासों के अधीन हैं। जब आपका विश्वास सच्चा होगा तो यह देखना अद्‍भुत होगा कि क्या हो सकता है।

यह सिद्धांत इस पर है कि आप अपना क्या मोल लगाते हैं। अपने आपको नीचा दिखाने तथा आत्म-विश्वास को कम करने की जगह विश्वास के सिद्धांत का उपयोग कीजिए। नए, सकारात्मक और प्रेरक संदेशों के अपने आंतरिक संवाद को अपडेट करें। खुद का सहारा बनें और अपने आत्म-विश्वास को बढ़ता देखें।

89. मार्ग से हट जाएँ

यह अनुमति का सिद्धांत है। अनेक लोग अपने जीवन में संभावनाओं का स्वामित्व लेने को तैयार नहीं होते। वे लगातार दूसरे लोगों, बीते समय और बीते हालात को दोष देते रहते हैं। जीवन में आपको रोक सकनेवाला एकमात्र व्यक्ति आप खुद हैं। अपने सीमित विश्वासों, विचारों एवं दृष्टिकोण से बाहर आएँ और अपने आपको वास्तव में चमकने की अनुमति दें।

यह सिद्धांत आपको अपने जीवन में से सबकुछ हासिल करने की अनुमति देने से संबंधित है। हर बार जब भी आप अपने भविष्य के बारे में सोच रहे होते हैं और यह 'लेकिन' या 'केवल तभी' से भरा हो तो याद रखिए कि ये आप खुद हैं, जो अपने मार्ग में बाधा बन रहे हैं। अनुमति के सिद्धांत का प्रयोग कीजिए और आपका जीवन जैसा होना चाहिए, वैसा न होने पर बहाने बनाने की जगह मार्ग से हट जाएँ तथा अपने जीवन को वैसा बनाएँ, जैसा आप चाहते हैं।

90. आभारी रहें

यह प्रचुरता का सिद्धांत है। वास्तव में, ऐसे बहुत कम लोग हैं, जिनके पास गुजारे लायक पर्याप्त धन न हो और फिर भी बहुत से समृद्ध व स्वस्थ व्यक्ति लगातार उन चीजों के बारे में बात करते रहते हैं, जो उनके पास नहीं हैं। 'वंचित' होने की मन:स्थिति एक गंभीर रोग है। जब आप आपके पास जो है, उस पर फोकस रहते हैं तो आपकी वास्तविक इच्छाएँ आसानी से पूरी हो जाती हैं और तब आपको पता चलता है कि वास्तव में आपको कितने कम की आवश्यकता है।

यह सिद्धांत यह पहचानने के बारे में है कि वास्तव में आपका जीवन कितना समृद्ध है। अपने दिन की शुरुआत उन चीजों पर फोकस रहकर कीजिए, जिसके लिए आप आभारी हैं। प्रचुरता के सिद्धांत को तब लागू करें, जब भी आप खुद को अपने जीवन में किसी कमी या अभाव पर फोकस होता देखें। इस सूची को याद करें, अपने जीवन में प्रचुरता के प्रति जागरूकता स्थापित करें और आपके पास जो कुछ भी है, उसके लिए आभारी रहें।

91. जितना हो, उतना दान करें

यह उदारता का सिद्धांत है। उदार रहें, न केवल उन उपहारों के प्रति, जो आप देते हैं, बल्कि इसके प्रति भी कि आप इसे खुद को कैसे देते हैं। सच में, उदार होने के लिए आपको अपना समय, ऊर्जा और आत्मा देनी होगी। दूसरों का मूल्यांकन करते हुए फैसला न करें और उदार रहें। आप जीवन में जो भी देते हैं, आपको वही वापस मिलना तय है।

यह सिद्धांत धन से भी बढ़कर है। इसका अर्थ अपने समय और ऊर्जा दोनों के साथ उदार होना है। धैर्यवान् बनें और अपने व दूसरों के प्रति मेहरबान रहें तथा दूसरों का मूल्यांकन करना बंद करें। उदारता के सिद्धांत को लागू करें। जब हो सके, जितना हो सके, उतना दान करने के लिए प्रतिबद्ध रहें।

92. प्रयास जारी रखें

यह प्रतिबद्धता का सिद्धांत है। आप जीवन में जो कुछ भी बनना या पाना चाहते हैं, वह आसान नहीं है; लेकिन यदि आपकी इच्छाएँ सच्ची हैं तो समय के साथ ये चीजें आप को बहुत आसानी से मिलने लगती हैं। यदि आप जितना हो सके, उतना उत्तम बनने के लिए प्रतिबद्ध हैं तो आप पहले ही वैसे व्यक्ति बन चुके हैं।

यह सिद्धांत आपके अपने जीवन में स्थायी खुशी पाने के प्रयासों से संबंधित है। यदि आपको लगे कि आपकी प्रतिबद्धता विचलित हो रही है तो अपने को याद दिलाएँ कि आप जितना हो सके, उतना उत्तम होना चाहते हैं तो इसके लिए प्रयास करने होंगे। यहाँ प्रतिबद्धता का सिद्धांत लागू करें। यह समझिए कि यदि आप प्रयास जारी रखेंगे तो इसके बदले आपको जीवन में प्रसन्नता व संतोष के रूप में दस गुना पुरस्कार हासिल होगा।

93. साहसी बनें

यह साहस का सिद्धांत है। यदि आप जितना हो सके, उतना उत्तम बनना चाहते हैं तो आपको कुछ आवश्यक कार्य करने होंगे, न कि आसान चीजें। मैं यहाँ नैतिक मायनों में लिखित सही-गलत की बात नहीं कर रहा। साहस का सिद्धांत अपने जीवन के संदर्भ में अपने लिए सबसे समुचित और अत्यावश्यक चीजें करना और इन्हें करने का साहस करना है; तब भी, जब यह दुनिया की सबसे कठिन चीज क्यों न महसूस हो।

यह सिद्धांत जितना हो सके, उतना उत्तम होने के लिए साहस जुटाने से संबंधित है। अगली बार जब आपको चिंता हो कि लोग क्या सोचेंगे या आपके चुनावों के बारे में क्या कहेंगे तो अपने को याद दिलाएँ कि भाग्य साहसी व्यक्तियों का साथी है। यहाँ साहस

का सिद्धांत लागू करें, साहसी बनें और जानें कि आपके जीवन की हर मायने में समृद्ध होने की पूरी गारंटी है।

सेक्शन एच : आत्म-विकास हेतु क्षमताएँ

94. आत्मसात् करने की क्षमता विकसित करें

हर दिन को आत्मसात् करें। इसे अपने जीवन की पच्चीकारी में खजाने का अंश बनाएँ। हर दिन के बारे में सोचें, विशेष अवसरों को अपने स्मृति कोष में एकत्रित करें। दिन को केवल गुजार न दें, इसका आनंद लें। दिन के नाटक को अपने अवचेतन में सोख लें। विशेष अवसरों को उसी तरह याद रखें, जैसे आप किसी मीटिंग या सेमिनार के नोट्स लेते हैं। लोगों के केवल विचारों को ही नहीं, बल्कि उनकी ऊर्जा को भी आत्मसात् करें।

दृश्यों, आवाजों, गंधों और स्वादों का कोष बनाएँ। जीवन को खुद को प्रभावित करने की अनुमति दें। देखें और आत्मसात् करें।

95. भावात्मक प्रतिक्रिया की क्षमता विकसित करें

प्रभावित होना सीखें। केवल जवाब देने के लिए बात न करें। हर दिन को अपनी भावनानुसार समझें और उस पर गहराई से प्रतिक्रिया दें। शोकजनक चीजों से खुद को शोकपूर्ण होने दें, दु:ख में आँसू बहाएँ, प्रसन्नतापूर्ण चीजों से खुद को आनंदपूर्ण होने दें। अपनी भावनाओं को जीवन पर प्रतिक्रिया देने दें। इसमें मूल बात है कि जीवन को खुद को मारने नहीं, बल्कि स्पर्श करने दें। जीवन को खुद को केवल बौद्धिक उत्तेजना ही नहीं, बल्कि हलचल मचाने दें; जैसे कि फिल्म देखते हुए खुद को उसकी नाटकीयता, संगीत और संवादों में भड़कने व बहने दें। इस तरह प्रतिक्रिया देना सीखने से आपके भीतर समृद्धि का ऐसा बैंक तैयार होगा, जिसे आप उपयोग कर सकेंगे।

जीवन को खुद को प्रभावित करने दें।

96. चिंतन की क्षमता विकसित करें

इससे अतीत ज्यादा महत्त्वपूर्ण हो जाएगा। पिछली बातों को याद करने के लिए समय निकालें। अपने बौद्धिक और भावात्मक अनुभवों के टेप को बार-बार चलाते रहें। कुछ क्षण देकर दिन के आरंभ से अंत तक विचार करें। इसे याद रखें और यह तलाशें कि आज तक इनमें से क्या सही रहा और क्या गलत हुआ। आपको कैसा महसूस होता है ? इन्हें दर्ज करने के लिए अपनी डायरी का उपयोग करें।

सप्ताह समाप्त होने पर कुछ घंटे लगाकर उन सबकी समीक्षा करें, जो आपने पिछले सात दिनों के दौरान किया है। इसे याद रखें। महीना समाप्त होने पर बीते दिनों

में जो कुछ भी हुआ है, उसे याद करने के लिए आधा दिन दें। साल खत्म होने पर एक सप्ताह लगाकर मनन करें कि आपके जीवन के बीते 365 दिनों में क्या हुआ। जीवन के साथ यह गुणा-भाग करना काफी अहम है। आप ऐसा अकेले कमरे में बैठकर या बाहर जाकर भी कर सकते हैं। इस तरह, आप अपने अतीत को अहम बना सकते हैं। जब आप इसकी अहमियत समझ लेंगे तो यह ऐसा सिक्का बन जाएगा, जिसे मुद्रा के रूप में आप अपने भविष्य के लिए निवेश कर सकते हैं, जिससे आप अगले छह सालों को बीते छह सालों से तीन से चार गुना अधिक उपयोगी बना सकें।

अतीत का कोष लें और उसे अपने भविष्य में निवेश करें।

97. काररवाई की क्षमता विकसित करें

अपनी तीन पहली क्षमताओं पर कोई काररवाई न करके इन्हें बेकार न करें। ऐसे बीज का क्या प्रयोजन, जो कभी रोपा नहीं गया और ऐसा खाता किस काम का, जिससे आप निकासी न कर सकें? काररवाई के द्वारा आप अतीत के चेक को भविष्य के लिए भरते हैं।

दोस्ती, आय, व्यक्तिगत रिश्तों और अच्छे स्वास्थ्य का खजाना आप तक प्रचुरता से वापस आएगा।

अपनी क्षमताओं को काम में लाएँ।

98. साझा करने की क्षमता विकसित करें

किसी और को प्रभावित करें। मैं आपसे कहता हूँ, इससे शानदार अनुभव और कोई नहीं है। जीवन को जीवन में निवेश करें और चमत्कार हो जाएगा। आप जो भी जानते हैं, उसे आगे बढ़ाएँ। कविताएँ, पुस्तकें, शिक्षण, उक्तियाँ, प्रोत्साहक वीडियो और व्यंजन विधि को दूसरों के साथ साझा करें। हर छोटी चीज साझा करते हुए पहले साझा करने का अभ्यास करें और तब जीवन आपको कुछ ऐसा बड़ा देगा, जिसे आप साझा कर सकते हैं। मैंने पहले एक, फिर दो और फिर तीन लोगों के साथ साझा करने से शुरुआत की थी। आज मैं कई देशों में भाषण देता हूँ।

आपके साझा करने में हर किसी का लाभ है। साझा करनेवाला व्यक्ति उसे पानेवाले से ज्यादा फायदे में रहता है।

एक भरे हुए गिलास में कुछ और तभी डाला जा सकता है, जब आप पहले उसमें से थोड़ा निकाल लें। यहाँ मैं आपसे यही करने के लिए कह रहा हूँ। आप तब तक और हासिल नहीं कर सकते, जब तक अपने हृदय, आत्मा और अनुभवों में से कुछ दूसरों के साथ बाँट नहीं लेते। गिलास का आकार वही रहता है। इसके विपरीत, मनुष्य जितना

अपने आपको खाली करता है, उतना ही अधिक विकसित होता जाता है और फिर, वह उतना ही अधिक दूसरों को देता है। इसे अपने तक सीमित न करें। अपने गिलास को उलटा न करें। इस जीवन में साझा करने के लिए बहुत कुछ है और यदि आपके पास जो है, आप उसे लेकर कंजूसी दिखाएँगे तो यह सागर में से चम्मच भर निकालने जैसा है।

मैं आपको किसी के जीवन को प्रभावित करने के लिए कह रहा हूँ। आप नहीं जानते कि अब तब और क्या साझा कर दें, जो किसी के स्वास्थ्य, पारिवारिक रिश्तों या वित्त को बदल दे। आप एक क्रमिक प्रभाव की शुरुआत कर सकते हैं, जो आप भी नहीं जानते कि कहाँ जाकर रुकेगा। यह किसी दूसरे के लिए भी चमत्कार कर सकता है; लेकिन यह आपके लिए चमत्कार अवश्य करेगा।

आप जितना ज्यादा दूसरों को देंगे, उतने ही ज्यादा विकसित होंगे।

सेक्शन आई : अच्छी जीवन-शैली अपनाएँ

जीवन-शैली जीवन की सबसे बड़ी चुनौती है। अच्छी जीवन-शैली में संतुलन होना आवश्यक है। अपने लिए अच्छी जीवन-शैली हेतु अपने दर्शन, दृष्टिकोण और काररवाई के परिणामों पर ध्यान दें, वैसे ही जैसे टेपेस्ट्री (चित्र बना हुआ कपड़ा) बुनते हैं। आप इसे स्वयं होने के लिए नहीं छोड़ सकते, वरना यह नहीं होगा। आपको इसके लिए खुद काम करना होगा।

99. खुशी प्राप्त करें

आप खुशी को तब तक महसूस नहीं कर सकते, जब तक शिक्षित न हों। अच्छी रुचि शिक्षा से मिलती है। कोला और शानदार शराब के बीच अंतर है। आप किसी सिंफनी या पेंटिंग या कविता का आनंद तब तक नहीं ले सकते, जब तक आप उसके बारे में जानते न हों। इसलिए यह सुनिश्चित करें कि आप केवल वाणिज्य ही नहीं, बल्कि जीवन-शैली को लेकर भी शिक्षित हों। स्वाद एवं संस्कृति, काव्य एवं कला तथा मूर्तिकला के अध्ययन को मजबूत बनाइए।

100. आनंद प्राप्त करें

अपने आनंद का निर्माण आप खुद कर सकते हैं। कुछ विशेष अवसर इतने शानदार होते हैं कि आप उन्हें शब्द नहीं दे सकते। आनंद ऐसा ही अवर्णनीय है, लेकिन यह जीवन-शैली का आवश्यक भाग है।

आनंद का निर्माण करें।

101. परमानंद प्राप्त करें

जीवन-शैली के निर्माण हेतु आपको परमानंद के क्षण निर्मित करने होते हैं। हम इन्हें 'क्षण' कहते हैं, क्योंकि ये चिर स्थायी नहीं हैं।

दोस्त और प्रेमी आपको परमानंद के क्षण प्रदान कर सकते हैं; लेकिन इस पुरस्कार को हासिल करने के लिए आपको खुद आगे बढ़ना होता है। यह आप तक घर बैठे नहीं आता।

प्रकृति आपको ऐसे क्षण प्रदान करती है। इसके लिए आपको प्रकृति तक जाना होता है। मैं यहाँ आपको अच्छी तरह जीने के तरीके तलाशने के लिए कह रहा हूँ। बाहर निकलने के प्रति अनिच्छुक रहकर अपने असाधारण अवसरों को हाथ से न जाने दें। अपने आपसे कहें, "मैं केवल जीना नहीं, बल्कि जीवन को डिजाइन करना सीखूँगा।" जीवन जीने के किसी अवसर से इनकार न करें। किसी चीज से चूकें नहीं, बाहर निकलें। शुद्ध आनंद के अवसर तब हाथ से निकल जाते हैं, जब आप उनके आने पर उन्हें प्राप्त नहीं करते।

जब आप इन निर्देशक सिद्धांतों और अंतर्दृष्टि को अपने जीवन पर लागू करेंगे तो आपको विश्वास की ऐसी अनुभूति होगी कि आप सबसे उत्तम जो हो सकते हैं, वह हो जाएँगे और जीवनपर्यंत प्रसन्नता एवं संतोष आपके साथ रहेंगे।

□

8

गतिशील मानव मस्तिष्क

"जीव विज्ञान ने आपको मस्तिष्क दिया। जीवन ने इसे मन बनाया।"

—जेफरी यूजेनाइट्स

हमारा दिमाग एक गतिशील बायो-नेटवर्क है। यह विभिन्न तंत्रिकाओं के जाल ज्ञानेंद्रियों के माध्यम से प्राप्त होनेवाले उत्प्रेरकों की प्रखर प्रतिस्पर्धा में व्यस्त है। नए उत्प्रेरकों या अनुभवों की प्रोसेसिंग में सफल होनेवाला नेटवर्क अंत में संपूर्ण प्रभावशाली नेटवर्क का मजबूत व चिरस्थायी सदस्य हो जाता है; जबकि अनुपयोगी, कमजोर नेटवर्क इस व्यूह से अलग होकर नष्ट व बेकार हो जाता है। जहाँ दिमाग की संरचना और न्यूरोनल नेटवर्क प्राप्त जानकारी पर निर्भर होता है, वहीं इसकी भावी स्थिति उससे तय होती है कि यह इस जानकारी को किस तरह समझता है। हमारे पास अपने दिमाग में बदलाव करने की क्षमता हमेशा होती है। सोचने के तरीके में बदलाव से दिमाग की संरचना में इन मायनों में बदलाव हो जाता है कि न्यूरल मार्ग के माध्यम से स्थापित इसका न्यूरोनल कनेक्शन हमारे नए विचारों को सोचने से ही आकार लेता रहता है। विचार, अनुभव, भावनाएँ और व्यवहार वास्तव में न्यूरोनल कनेक्शन के मायनों में हमारे दिमाग की संरचना को परिवर्तित कर देते हैं।

हम जब भी कोई नया कौशल सीखते हैं, हमारे दिमाग में एक नया पैटर्न स्थापित हो जाता है। जब भी आप उस कौशल का फिर से उपयोग करते हैं, यह पैटर्न स्पष्ट हो जाता है और इसी के साथ दिमाग के सेल्स के बीच का कनेक्शन भी उतना ही मजबूत होता जाता है। यह पैटर्न मनुष्य के दिमाग में नए पैटर्न या आदत का निर्माण करता है। आप इस नए कौशल का जितना अधिक उपयोग करते हैं, यह कनेक्शन उतना ही मजबूत होता जाता है। जैसा आपने जाना है कि आपके दिमाग के सर्किट भी सीखते हैं। अपने न्यूरल सर्किट की तारों को मजबूत बनाना नए मार्गों और नई आदतों के निर्माण में मदद करनेवाला महत्त्वपूर्ण साधन है।

निम्न अवस्थाएँ इन तारों को मजबूत बनाने में मददगार होने की परिस्थिति पर प्रकाश डालती हैं—

1. स्थितियों के प्रति नया नजरिया विकसित करना।
2. नया दृष्टिकोण हासिल करना।
3. नव-प्रवर्तनशील होकर कोई नया प्रयास करना।
4. अपने बारे में नकारात्मक की जगह सकारात्मक चर्चा करना।
5. अशक्त करनेवाले विचारों को सशक्त करनेवाले विचारों में बदलना।
6. नए विचार और रचनात्मकता को प्रोत्साहन।
7. पुरानी हानिकारक आदतों में काट-छाँट करना।

आपको जो विचार अच्छे लगते हैं, वे जीवन के प्रति आपकी प्रतिक्रिया और आप किसी के साथ कैसे संवाद करते हैं या किसी खास घटना की कैसे व्याख्या करते हैं, इसे निर्धारित करते हैं। आपके विचारों से आपकी भावनाएँ प्रभावित होती हैं और इसके बदले भावनाएँ आपके व्यवहार को प्रभावित करती हैं। अपने विचारों को पुनः परिभाषित करने का आपकी भावनाओं व व्यवहार पर सकारात्मक प्रभाव पड़ता है।

हमारे भीतर ऐसा अनोखा क्या है, जिसे जगाना आवश्यक है?

हम सब में असीम संभावनाएँ हैं; लेकिन अकसर हमें मिले परिणामों में यह दिखाई नहीं देतीं। क्यों? क्योंकि हमारी अवचेतन धारणाएँ हमारे परिणामों को बिगाड़ देती हैं। हमारा स्वभाव है कि हम केवल वहीं अपनी ऊर्जा लगाते हैं, जहाँ हम मानते हैं कि कुछ परिणाम हासिल कर सकते हैं। इसलिए जब हमें लगता है कि कुछ काम नहीं कर पाएगा तो, भले ही अनजाने में, हम आधे-अधूरे मन से काम करके अपनी संभावनाओं को नष्ट कर देते हैं। कम प्रयास खराब परिणामों के समान हैं। खराब परिणाम अनिश्चितता और निराशाजनक आस्थाओं के समान हैं। यह एक ऐसा दुष्चक्र है, जो केवल तभी समाप्त होता है, जब उसमें बदलाव लाने का फैसला करते हैं, जो आप इसमें दे रहे हैं।

संभावनाएँ > कारवाई > परिणाम > आस्था > सुनिश्चितता > संभावना।

इनमें से हर शब्द अपने आप में स्पष्ट है; लेकिन जब हम सफलता का चक्र बनाने के लिए इन्हें साथ रखते हैं तो हम सफलता की मानसिकता को समझने की गहराई में काफी भीतर तक उतर सकते हैं। किसी चीज को हासिल करने के लिए हमारे पास विश्वास व संकल्प जितने अधिक होंगे, हमारी संभावनाएँ उतनी ही बढ़ जाएँगी। संभावनाएँ अधिक होने से कारवाई भी अधिक होती हैं। कारवाई अधिक होने से अधिक परिणाम मिलते हैं; हालाँकि यदि हम सावधान न रहें तो यह सफलता का चक्र उलटा भी चलने लगता है। विश्वास में निर्माण की शक्ति है तो इसमें विध्वंस की भी शक्ति है,

लेकिन वास्तव में विश्वास है क्या? यह किसी चीज के मायनों पर सुनिश्चित होने की अनुभूति है। इसमें चुनौती यह है कि हमारे अधिकांश विश्वास अनजाने में ही हमारे अतीत के कष्ट और आनंद की व्याख्याओं पर आधारित होते हैं; लेकिन वर्तमान तब तक अतीत के अधीन नहीं है, जब तक आप अतीत में न जी रहे हों। हम लगभग किसी भी विश्वास को समर्थन देनेवाले अनुभव तलाश सकते हैं; लेकिन इसमें मुख्य बात यह है कि हम जिन विश्वासों का निर्माण कर रहे हैं, उनके प्रति बोधपूर्वक सुनिश्चित रहें। यदि आपके विश्वास आपको सशक्त नहीं बनाते तो इन्हें बदल दें। क्या आपके विश्वास ही वे कारण हैं कि आप अपने जीवन में जो परिणाम चाहते हैं, उनके लिए काम करना छोड़ दिया है? या आपने उन्हें कुछ असाधारण निर्मित करने के अंतिम अवसर में बदल दिया है; फिर भले ही यह आप को, आपके कॅरियर या आपके परिवार को रूपांतरित करनेवाला ही क्यों न हो।

नींद से जागें

कौन सो रहा है? यह जगाने की पुकार किसके लिए है? मुझे विश्वास है कि यह आपके अनोखे स्वत्व के लिए है—आपका सबसे उन्नत स्वरूप, जो आपके नए, मानवीय मस्तिष्क की पूर्ण संभावनाओं को प्रवर्तित करने की प्रतीक्षा में है। यह आपके नए मस्तिष्क का विशिष्ट रूप से मानवीय और शारीरिक हिस्सा है, जिसे न्यूरोसाइंटिस्ट प्री-फ्रंटल कॉर्टेक्स की कार्यकारी व्यवस्थापक गतिविधि कहते हैं, जो हमारे माथे के ठीक बीचोबीच स्थित है, ताकि अधिक पूर्णता व प्रभावकारिता से कार्य कर सकें।

> *"मानव का मस्तिष्क तंत्रिकाओं का संग्रह है, जो एक के ऊपर एक रखी हैं... इसलिए हमारा मस्तिष्क एक नहीं, बल्कि बहुस्तरीय मस्तिष्क है, जो विभिन्न युगों में विभिन्न प्राथमिकताओं के लिए बना है।"*
>
> **—'मल्टीमाइंड' में डॉ. रॉबर्ट इवान ऑर्नस्टेन**

यह इन गतिविधियों एवं प्रणालियों का एकीकरण और परस्पर प्रभाव ही है, जो हमें ऐसा सुसंगत व्यक्ति बनाता है, जिसमें अप्रत्याशित शृंखलाओं और भिन्न प्रतिक्रियाओं की जगह अखंडता होती है। चिंपैंजी, होमो इरेक्टस, कपि (ऐप्स) और निएंडरथल मानव की भौंह का उभार और पीछे को झुकता माथा साफ दिखता है, जो अविकसित फ्रंट लोब, जो कार्यकारी नियमित गतिविधियों एवं आत्म-अभिव्यंजक चेतना की कमी का खुलासा करता है। यही आपको मनुष्य बनाता है। हालाँकि आधुनिक मानव के विस्तारित प्री-फ्रंटल कॉर्टेक्स ने हमारे माथे को लगभग खड़ी अवस्था में कर दिया है, जिससे आधुनिक मनुष्य के मस्तिष्क के औसत आकार में 1,350 क्यूबिक सेंटीमीटर वृद्धि हुई है। इसमें से

अधिकांश बढ़ोतरी बीते 1,20,000 वर्षों में हुई है।

यह तुलनात्मक रूप से नवीन और हाल ही में विकसित मानव मस्तिष्क 50 करोड़ वर्ष पुराने सरीसृप मस्तिष्क, 20 करोड़ वर्ष पुराने-स्तनधारी मस्तिष्क और 5 करोड़ वर्ष पुराने नर-वानर मस्तिष्क की गतिविधियों की निगरानी, व्यवस्था और नियंत्रण कर रहा है। ये सभी भिन्न और विशिष्ट मस्तिष्क व गतिविधि क्षेत्र हैं, जो कमोबेश पूरी शांति के साथ आपकी खोपड़ी में सह-अस्तित्वमान हैं।

निश्चित ही, किसी ने इन बहु-मस्तिष्कों को निर्देशित और स्वाभाविक प्रतिक्रियाओं को अपडेट किया होगा, जो कई लाख वर्ष पूर्व आज से बहुत अलग प्रकार के वातावरण और संस्कृतियों में बचे रहने के लिए तैयार की गई थीं। तब आपके भीतर के अनोखे स्वत्व ने, जो बिल्कुल अलग मस्तिष्क की तरह काम करता है, आपके उच्च मूल्यों को तय किया, जो विकसित होते वातावरण के अनुरूप हों और निम्न मस्तिष्कीय गतिविधियों के साथ एकीकृत कर इसे पूर्णतः सुसंगत बना दिया।

संकेत कि आप अभी अपना अनोखा स्वत्व नहीं हैं

अपने विचारों, अनुभूतियों और आवेगों को देखने में सक्षम होने का अभ्यास निश्चित रूप से आपके उच्चतर मस्तिष्क को निम्न मस्तिष्क की 'लड़ो या भागो सिंड्रोम' जैसी आपके सरीसृप मस्तिष्क (हिस्से) की स्वचालित प्रतिक्रियाओं की चेतना के प्रति जाग्रत् करेगा और इसकी कैसी प्रतिक्रिया देनी है, का चुनाव करनेवाली विशिष्ट क्षमता को मजबूत बनाएगा। मात्र अपने विचारों, व्यवहार और मूड को देखने भर से आपको इस पर की जानेवाली उस आवश्यक काररवाई को चुनने का अंतराल और समय मिल जाता है, जो आपके मूल्यों के समतुल्य हो और उसके अनुरूप हो, जो भी आप बनना चाहते हैं। यह प्रक्रिया आपकी मस्तिष्कीय संरचना की पुनर्रचना और पुनर्व्यवस्था करती है, जिससे यह और लचीला व अनुकूलित हो जाता है, जिससे आप अपनी कार्यकारी व्यवस्थित क्रियाओं और पुरातन मस्तिष्क के बीच अधिक न्यूरल कनेक्शन जोड़ते (या नए न्यूरल मार्गों का निर्माण करते) हैं।

ध्यान का अभ्यास भी इसी तरह काम करता है। आप उभरते ही अपने विचारों एवं आवेगों पर ध्यान देते हैं और आप जान जाते हैं कि आपके भीतर का एक हिस्सा हमेशा पूरी तरह शांत अवस्था में इसे केवल देखता रहता है। जब आप अपने बोध को इस अवलोकनकर्ता के दृष्टिकोण में परिवर्तित करते हैं, तब आप ध्यान भटकानेवाले विचारों या प्रतिक्रियात्मक आवेगों से कम आकर्षित होते हैं।

चयन की अपनी स्वतंत्रता का उपयोग करते समय आप केवल निष्क्रिय होकर देखने के अलावा और भी कुछ कर रहे होते हैं। आप अपनी उस विशिष्ट मानवीय

क्षमता को जाग्रत् व सक्रिय कर रहे होते हैं, जो आपकी शुरुआती न्यून मस्तिष्क की प्रतिक्रियाओं को नियंत्रित कर देती है, जिससे आप यह चुन सकें कि आपको क्या उत्तर देना है या कैसी प्रतिक्रिया देनी है।

अपने शुरुआती विचारों एवं प्रतिक्रियाओं से विलग होने की यह क्षमता ही वास्तव में आपको मनुष्य बनाती है और यह केवल आपके नए, मानवीय मस्तिष्क में मौजूद है। प्री-फ्रंटल कोर्टेक्स, जिसकी बीते 2 लाख वर्षों की तीव्र वृद्धि और विस्तार ने हमारे माथे को लगभग खड़ी अवस्था में ला दिया है, जो इसे कपि (ऐप्स) और निएंडरथल मानवों के ढलवाँ माथे से अलग करता है। हमारे मस्तिष्क का यह विशिष्ट मानवीय हिस्सा हमारे आगे के तीसरे हिस्से में स्थित नियोकोर्टेक्स (या प्राइमेट ब्रेन) में हमारी आवश्यक कार्यकारी व्यवस्था क्रियाएँ शामिल हैं; क्योंकि हमारे मानवीय मस्तिष्क हमारे अनेक पूर्वजों के मस्तिष्कों की विशेषताओं पर निर्मित और इन्हें अपने में बरकरार रखे हैं। अपने विचारों और क्रियाओं के प्रबंधन का कार्य हमारे पास हमारा प्री-फ्रंटल कॉर्टेक्स न होने की स्थिति में लगभग असंभव होता। यह हमारे मस्तिष्क का ही हिस्सा है, जो हमें भाषा, व्यवस्था, योजना बनाने, आत्म-नियमन और निर्णय लेने की क्षमता प्रदान करता है।

अपने भय का सामना करने का चुनाव

जैसे-जैसे आप अपने विशिष्ट मानवीय कौशल के बारे में जागरूक होते जाते हैं, आप भय के काबू में होने की जगह उसका सामना करने का चुनाव करते हैं। हर बार जब आप अपने भय का सामना करने का चुनाव करते हैं, तब आप अपने स्तनधारी मस्तिष्क के अपने व्यवहार और अपने जीवन को नियंत्रित होने से बचा रहे होते हैं। हर स्तनधारी आग से डरता है; लेकिन लगभग 20 लाख वर्ष पूर्व हमारे शुरुआती पूर्वज होमो इरेक्टस ने अपनी इस स्तनधारी वृत्ति को काबू करना सीखा और आग का उपयोग गरमी तथा भोजना पकाने में करने लगा। यही कारण है कि टोनी रॉबिंस जैसे मोटिवेशनल गुरु शायद अपने प्रतिभागियों को 'आग पर चलने' के लिए कहते थे, जिससे उनके स्तनधारी मस्तिष्क के नियंत्रण से उत्पन्न भय को तोड़ा जा सके।

आप जिससे बच रहे थे, उस भय का सामना करने से आप न्यून मस्तिष्क के फोबिया को तोड़कर मुक्त हो जाते हैं और भय-मुक्ति इंजेक्शन लेते हैं, जो आपको भावी भय और चुनौतियों के खिलाफ निडर बनाता है। आपका भय-मुक्ति इंजेक्शन, जड़ता, टाल-मटोल और अपराध-बोध का चक्र टूट जाएगा; जबकि आपकी गति और प्रेरणा में वृद्धि होगी।

मस्तिष्क संरचना के पुनर्गठन हेतु मस्तिष्क के अल्प ज्ञात तथ्य

यदि आपको आज तक बहुत से गंभीर विचार दिए गए हों तो अधिक गंभीर विचारों पर मनन करने से पहले अपना दिमाग खोलें। यह नाटकीय राहत का समय है।

युगों से मानव मस्तिष्क लोगों को हैरान और विस्मित कर देनेवाला रहा है। कुछ वैज्ञानिकों और चिकित्सकों ने मस्तिष्क कैसे काम करता है, यह सीखने में पूरा जीवन लगा दिया। इसमें कोई हैरानी नहीं कि लोगों को मानव शरीर के इस अनोखे अंग के तथ्यों के बारे में सीखने में आनंद आता है। इसके अतिरिक्त, एक बिल्कुल नई व ताजा जानकारी या कौशल सीखना हमारे मस्तिष्क में विभिन्न हिस्सों के बीच एक नया न्यूरल मार्ग स्थापित कर देता है और पुनर्गठन करता है। इससे मस्तिष्क की संरचना में वृद्धि होती है।

शारीरिक विशेषताएँ : यह तथ्य मानव मस्तिष्क की शारीरिक बनावट की जानकारी का बेहद दिलचस्प अंश है।

वजन : मानवीय मस्तिष्क का वजन लगभग 3 पौंड होता है।

सेरेब्रम : सेरेब्रम (प्रमस्तिष्क) मस्तिष्क का सबसे बड़ा हिस्सा है, जो मस्तिष्क का 85 प्रतिशत वजन है।

त्वचा : आपकी त्वचा का वजन आपके मस्तिष्क से दोगुना होता है।

ग्रे मैटर : मस्तिष्क का ग्रे मैटर न्यूरॉन्स से बना होता है, जो सिग्नल लेने और संचारित करने का कार्य करते हैं।

व्हाइट मैटर : व्हाइट मैटर डेंड्रिट्स और एक्सोन से बना होता है, जो उस नेटवर्क का निर्माण करता है, जिससे न्यूरॉन्स सिग्नल भेजते हैं।

ग्रे एवं व्हाइट : आपका मस्तिष्क 60 प्रतिशत व्हाइट मैटर और 40 प्रतिशत ग्रे मैटर है।

पानी : मस्तिष्क 75 प्रतिशत पानी से निर्मित है।

न्यूरॉन्स : आपका मस्तिष्क 100 अरब न्यूरॉन्स से बना है।

सिनैप्स : प्रत्येक न्यूरॉन में लगभग 1,000 से 10,000 सिनैप्स होते हैं।

कष्टहीनता : मस्तिष्क में कष्टहीनता के रिसेप्टर्स भी होते हैं, इसलिए मस्तिष्क को कोई दर्द नहीं होता।

सबसे बड़ा मस्तिष्क : जहाँ हाथी का मस्तिष्क शारीरिक रूप से मनुष्य से बहुत बड़ा होता है, वहीं मानव का मस्तिष्क उसके कुल शारीरिक भार का 2 प्रतिशत होता है (हाथी के 0.15 प्रतिशत की तुलना में), जिसका मतलब हुआ कि शारीरिक आकार के हिसाब से मानव मस्तिष्क सबसे बड़ा होता है।

रक्त वाहिकाएँ : मस्तिष्क में 1,00,000 मील लंबी रक्त वाहिकाएँ होती हैं।

वसा : मानव मस्तिष्क शरीर का सबसे अधिक वसा-युक्त अंग है, जिसमें लगभग 60 प्रतिशत वसा होती है।

विकसित होता मस्तिष्क : गर्भ में रहने के समय से भ्रूण का मस्तिष्क विकसित होना आरंभ होता है। जन्म से आरंभ होनेवाली यह अद्‌भुत यात्रा पूर्ण विकसित मस्तिष्क तक होती है, जो जन्म से शुरू होकर 18 वर्षों तक जारी रहती है।

न्यूरॉन्स : शुरुआती गर्भावस्था के दौरान न्यूरॉन्स 2,50,000 न्यूरॉन्स प्रति मिनट की दर से विकसित होते हैं।

जन्म के समय आकार : जन्म के समय आपके मस्तिष्क का आकार किसी वयस्क के मस्तिष्क जितना ही होता है और उसमें आपके जीवन भर के लिए लगभग सभी ब्रेन सेल्स होते हैं।

नवजात का विकास : नवजात शिशु के मस्तिष्क का आकार पहले साल में लगभग तीन गुना अधिक हो जाता है।

विकास रुकना : 18 साल की उम्र के बाद आपके मस्तिष्क का विकास नहीं होता।

सेरिब्रल कॉर्टेक्स : सेरिब्रल कॉर्टेक्स आपके इसका उपयोग सीखने के साथ ही मोटा होने लगता है।

उत्प्रेरक : शिशु के लिए उत्प्रेरक माहौल होने से उसकी सीखने की क्षमता में 25 प्रतिशत तक वृद्धि हो सकती है, जबकि कम प्रेरणा होने पर यह 25 प्रतिशत तक कम हो सकता है।

नए न्यूरॉन्स : मनुष्य जीवन भर मानसिक गतिविधियों की प्रतिक्रिया-स्वरूप निरंतर नए न्यूरॉन्स निर्मित करता रहता हैं।

बोलकर पढ़ना : बोलकर पढ़ने और छोटे बच्चों के साथ अकसर बात करने से उनके मस्तिष्क के विकास को प्रोत्साहन मिलता है।

भावनाएँ : आनंद, प्रसन्नता, भय और शर्म जैसी भावनाओं की क्षमता जन्म के साथ ही विकसित हो चुकी होती है। बच्चे का जिस तरह लालन-पालन किया जाता है, उसी से उसकी भावनाएँ विकसित होकर आकार लेती हैं।

प्रथम इंद्रिय-बोध : गर्भाशय में रहते हुए जो सबसे पहला इंद्रिय-बोध विकसित होता है, वह स्पर्श है। होंठ और गाल लगभग आठवें सप्ताह में और शेष शरीर लगभग बारहवें सप्ताह में स्पर्श को अनुभव करने लगता है।

द्विभाषीय मस्तिष्क : पाँच वर्ष की उम्र के पूर्व दो भाषाएँ सीखनेवाले बच्चे अपने मस्तिष्क में बदलाव कर देते हैं और वयस्क होने पर उनका ग्रे मैटर अधिक सघन होता है।

बाल शोषण और मस्तिष्क : अध्ययन दरशाते हैं कि बच्चों का शोषण उनके मस्तिष्क के विकास को रोकने के साथ ही मस्तिष्क के विकास को स्थायी रूप से प्रभावित कर सकता है।

मस्तिष्कीय गतिविधियाँ : जहाँ मस्तिष्क के अधिकांश कार्य अदृष्ट होते हैं, वहीं इससे मिलनेवाली प्रतिक्रियाएँ, जैसे—जम्हाई लेना या बुद्धिमत्ता अधिक दृष्ट होते हैं। इससे इन तथ्यों के बारे में मस्तिष्क की गतिविधियों को जाना जा सकता है।

ऑक्सीजन : आपका मस्तिष्क आपके शरीर की कुल 20 प्रतिशत ऑक्सीजन उपयोग करता है।

रक्त : आपका मस्तिष्क आपके शरीर का कुल 20 प्रतिशत रक्त उपयोग करता है।

अचेतावस्था : यदि आपके मस्तिष्क में 8 से 10 सेकंड तक रक्त की आपूर्ति न हो तो आप अचेत हो सकते हैं।

गति : जानकारियों के संसाधित होने की गति 0.5 मीटर प्रति सेकंड तक कम और अधिक-से-अधिक 120 मीटर प्रति सेकंड तक हो सकती है (लगभग 268 मील प्रति घंटा)।

वॉट : जाग्रत् अवस्था में आपका मस्तिष्क 10 से 23 वॉट तक की ऊर्जा उत्पन्न करता है या इतनी ऊर्जा, जिससे एक बल्ब जलाया जा सके।

जम्हाई : माना जाता है कि जम्हाई लेने से मस्तिष्क को अधिक ऑक्सीजन मिलती है, इसलिए यह इसे शांत करने व जगाने का काम करता है।

नियोकॉर्टेक्स : मानव मस्तिष्क का लगभग 76 प्रतिशत हिस्सा नियोकॉर्टेक्स से निर्मित होता है, जो भाषा और चेतना के लिए जिम्मेदार है। मनुष्य का नियोकॉर्टेक्स पशुओं से बहुत ज्यादा लंबा होता है।

10 प्रतिशत का मिथक : मनुष्य का वृद्धावस्था में केवल 10 प्रतिशत मस्तिष्क उपयोग करना सच नहीं है। मस्तिष्क के हर हिस्से की अपनी ज्ञात गतिविधि होती है।

ब्रेन डेड : मस्तिष्क ऑक्सीजन के बिना 4 से 6 मिनट तक जीवित रह सकता है और इसके बाद यह मरने लगता है। 5 से 10 मिनट तक ऑक्सीजन न होने का परिणाम मस्तिष्क को स्थायी रूप से क्षति पहुँचना है।

उच्चतम तापमान : अगली बार जब भी आपको बुखार हो तो याद रखें कि मानव शरीर का अब तक रिकॉर्ड किया उच्चतम तापमान 115.7 डिग्री है और वह मनुष्य बच गया था।

तनाव : पाया गया है कि अत्यधिक तनाव से मस्तिष्क की कोशिकाएँ, मस्तिष्क की संरचना और मस्तिष्क की गतिविधियों में प्रतिकूल बदलाव हो जाते हैं।

लव हार्मोन्स और ऑटिज्म : मस्तिष्क में प्रेम की अनुभूति को प्रेरित करने के जिम्मेदार हार्मोन ऑक्सीटोसिन से ऑटिज्म से पीड़ितों में दोहराते रहने के व्यवहार को नियंत्रित करने में मदद देने का लाभ मिला है।

आहार व बुद्धिमत्ता : न्यूयॉर्क में 10 लाख छात्रों पर किए गए अध्ययन ने दरशाया है कि जो छात्र ऐसा आहार लेते थे, जिसमें कृत्रिम स्वाद, प्रिजर्वेटिव्स और डाई (रंग) नहीं होते थे, आई.क्यू. टेस्ट में उनका प्रदर्शन उन शेष छात्रों से 14 प्रतिशत बेहतर रहा, जो इन योजकों वाला आहार लेते थे।

सी-फूड (समुद्री भोजन) : 'डिस्कवर' पत्रिका के मार्च 2003 के अंक में, सात वर्षीय एक अध्ययन रिपोर्ट बताती है कि किस तरह सप्ताह में एक बार सी-फूड खानेवालों को डिमेंशिया होने की संभावना 30 प्रतिशत तक कम हो जाती है।

मस्तिष्क का मनोविज्ञान : गुदगुदी से लेकर स्वाद लेने और फैसला लेने तक देखिए, मस्तिष्क आपको मिलनेवाले अनुभवों को कैसे प्रभावित करता है।

गुदगुदी : आप अपने आपको गुदगुदी नहीं कर सकते, क्योंकि आपका मस्तिष्क अप्रत्याशित बाहरी स्पर्श और आपके स्वयं के स्पर्श के बीच अंतर पहचानता है।

काल्पनिक साथी : ऑस्ट्रेलिया में हुए एक अध्ययन ने दरशाया है कि जिन बच्चों के 3 से 9 साल की उम्र के बीच काल्पनिक साथी होते हैं, वे आमतौर पर अपने माता-पिता की पहली संतान होते हैं।

चेहरे पढ़ना : आप मात्र चेहरा पढ़कर बता सकते हैं कि व्यक्ति अच्छे मूड में है, दु:खी है या गुस्से में है। मस्तिष्क का अमिगडाला नामक छोटा सा हिस्सा दूसरा कैसा महसूस कर रहा है, यह किसी का चेहरा पढ़ने की आपकी क्षमता के लिए जिम्मेदार है।

कानों में घंटियाँ बजना : कई सालों से चिकित्सा पेशेवरों का मानना है कि टिनिटस के पीछे कान की तंत्र गतिविधि का कारण है; लेकिन नए साक्ष्य दरशाते हैं कि वास्तव में यह मस्तिष्क की एक गतिविधि है।

पीड़ा और लिंग : वैज्ञानिकों ने खोजा है कि पुरुष और स्त्री का मस्तिष्क कष्ट के प्रति भिन्न प्रतिक्रिया देते हैं, जो स्पष्ट करता है कि वे पीड़ा की अनुभूति और इसके संबंध में बिल्कुल अलग तरह की बातें क्यों करते हैं।

सुपर-टेस्टर : एक वर्ग के लोगों को सुपर-टेस्टर कहा जाता है, जिनकी जीभ पर न केवल स्वाद कलिकाएँ अधिक होती हैं, बल्कि जिनका मस्तिष्क खाने व पीने के स्वाद के प्रति अधिक संवेदनशील होता है तथा वे अन्य लोगों से ज्यादा स्वादों को पहचान सकते हैं।

ठंड : कुछ लोग ठंड के प्रति, ठंड से संबंधित वास्तविक कष्ट से, अधिक

संवेदनशील होते हैं। अनुसंधान दरशाता है कि इसका कारण मस्तिष्क तक ठंड की जानकारी पहुँचानेवाले चैनल हैं।

फैसला लेना : आमतौर पर महिलाएँ फैसला लेने में अधिक समय लगाती हैं; लेकिन उनके इस पर टिके रहने की संभावना भी अधिक होती है—पुरुषों के विपरीत, जिनके फैसला लेने के बाद अपना मन बदलने की संभावना अधिक होती है।

व्यायाम : अध्ययन संकेत करते हैं कि जहाँ कुछ लोग स्वाभाविक रूप से अधिक सक्रिय होते है, वहीं दूसरे स्वाभाविक रूप से असक्रिय होते हैं, जिससे स्पष्ट हो जाता है कि कुछ लोगों का व्यायाम जारी रखना क्यों कठिन हो जाता है।

ऊब : ऊब का कारण उत्प्रेरकों में बदलाव की कमी होता है, जो मोटे तौर पर संवेदना गतिविधि है, जो मनुष्य में पाई जानेवाली जन्मजात जिज्ञासा से संबद्ध है।

दैहिक रोग : शरीर और मन के बीच का संबंध अत्यंत मजबूत है। एक अनुमान के अनुसार बीमारियों के कारण डॉक्टर को दिखानेवाले 50–70 प्रतिशत रोगों के मनोवैज्ञानिक कारक होते हैं।

उदासी और खरीदारी : अनुसंधानकर्ताओं ने पाया कि उदास महसूस करनेवालों में अधिक पैसे खर्च करने की प्रवृत्ति होती है, जिससे वे अपनी उदासी से उबर सकें।

स्मृति : खुशबू, जेट लैग और एस्ट्रोजेन से स्मृति प्रभावित होती है।

जेट लैग : लगातार जेट लैग रहना आपकी स्मृति को बिगाड़ सकता है, जिसका कारण संभवतः तनाववाले हार्मोन्स का रिसाव होना होता है।

नया संबंध : हर बार किसी स्मृति को याद करने पर या नया विचार आने पर आप अपने मस्तिष्क के साथ नए संबंध का निर्माण करते हैं।

मेल-जोल बढ़ाएँ : मेल-जोल से यादें बनती हैं, इसलिए यदि आप चीजों को याद रखने में मदद चाहते हैं तो लोगों से मेल-जोल बढ़ाएँ।

खुशबू और स्मृति : खुशबू से उत्प्रेरित स्मृतियों में मजबूत भावात्मक संबंध होता है और इसलिए ये अन्य स्मृति-उत्प्रेरकों के मुकाबले सबसे तीव्र प्रतीत होती हैं।

एनोमिया : यह शब्द याद न आने के लिए तकनीकी शब्द है। ऐसे में आपको शब्द लगभग याद होता है, लेकिन जुबान पर नहीं आ रहा होता।

नींद : रात को जब आप सो रहे होते हैं, तब मस्तिष्क के लिए यह सबसे अच्छा समय होता है कि वह आपकी दिन भर की यादों को जमा कर ले।

नींद न आना : नींद की कमी वास्तव में आपकी नई यादों के निर्माण की क्षमता को हानि पहुँचाती है।

विश्व चैंपियन : विश्व चैंपियन मेमोराइजर (याद रखने में विश्व चैंपियन), बेन प्रिडमोर 96 ऐतिहासिक घटनाओं को पाँच मिनट में याद रख सकते थे और फेंटी गई

ताश की गड्डी को 26.28 सेकंड में याद कर सकते थे।

एस्ट्रोजेन और यादें : एस्ट्रोजेन (पुरुषों व स्त्रियों दोनों में मौजूद) से याद करने में सुधार होता देखा गया है।

इंसुलिन : इंसुलिन शरीर में रक्त-शर्करा को नियंत्रित करता है; लेकिन हाल ही में वैज्ञानिकों ने पाया कि मस्तिष्क में इसकी मौजूदगी से स्मृति सुधारने में भी मदद मिलती है।

नींद और सपने : सपनों का अनूठा संसार और नींद के दौरान क्या होता है, इसके रहस्य की जड़ें मस्तिष्क में हैं। सपनों और नींद से जुड़े कुछ दिलचस्प तथ्य इस सूची से जानें।

सपने सबको आते हैं : चूँकि आपको आपके सपने याद नहीं रहते, इसका यह मतलब नहीं कि आपको सपने नहीं आते। सपने सबको आते हैं।

एक रात का औसत : ज्यादातर लोगों को हर रात लगभग एक-दो घंटे सपने आते हैं और औसतन प्रति रात चार से सात सपने आते हैं।

ब्रेन वेब्स : अध्ययन दरशाते हैं कि जाग्रत् अवस्था के मुकाबले सपने देखने के दौरान ब्रेन वेब्स (मस्तिष्कीय तरंगें) अधिक सक्रिय होती हैं।

खोए सपने : हर सपने के बाद पाँच मिनट में आधा सपना भूल जाता है। दस मिनट बाद 90 प्रतिशत से ज्यादा सपना भूल जाता है। यदि आप इन्हें याद रखना चाहते हैं तो इन्हें फौरन लिख लें।

नेत्रहीन भी देखते हैं सपने : सपने केवल दृष्ट तस्वीरों से अधिक होते हैं और नेत्रहीन भी सपने देखते हैं। वे सपनों में कुछ देख पाते हैं या नहीं, यह इस पर निर्भर होता है कि वे जन्म से नेत्रहीन हैं या उनकी दृष्टि बाद में गई।

रंगीन या काले-सफेद : कुछ लोग (करीब 12 प्रतिशत) केवल काले-सफेद सपने देखते हैं, जबकि शेष के सपने रंगीन होते हैं।

लगभग शक्तिहीन : सोते समय आपका शरीर ऐसा हार्मोन बनाता है, जो आपको सपनों के दौरान कुछ भी करने से रोकता है, जिससे आप लगभग शक्तिहीन अवस्था में होते हैं।

खर्राटे : यदि आप खर्राटे ले रहे हैं तो सपना नहीं देख रहे।

सपने के दौरान : यदि सपना देखने के दौरान आपकी नींद खुल जाती है तो बहुत संभव है कि वह सपना आपको उसके मुकाबले ज्यादा याद रहे, जब आप सारी रात सोते रहे।

प्रतीकवाद : सपनों का शब्दकोश खरीदनेवाले इसे स्वीकार करेंगे कि सपनों का अर्थ वास्तव में लगभग कभी भी वह नहीं होता, जैसे वे दिखाई देते हैं। अवचेतन मन

इनका ऐसे संदर्भों के साथ संबंध बनाने का प्रयास करता रहता है, जिनसे आप परिचित हों। अत: सपने मोटे पैमाने पर प्रतीकवाद से संदर्भित होते हैं।

एडेनोसाइन : कैफीन प्राकृतिक रूप से शरीर में एडेनोसाइन को रोकता है, जिससे सजगता बनी रहती है। वैज्ञानिकों ने इनके बीच के इस संबंध को हाल ही में खोजा और पाया कि इससे भिन्न करते हुए अगर एडेनोसाइन को बढ़ाया जाए तो यह वस्तुत: स्वाभाविक नींद को प्रोत्साहित करता है तथा अनिद्रा को दूर करने में सहायक हो सकता है।

सपनों में क्या दिखता है : जापानी अनुसंधानकर्ताओं ने सफलतापूर्वक एक ऐसी तकनीक विकसित की है, जो विचारों को स्क्रीन पर दरशा सकती है और जल्दी ही वे लोगों के सपनों को भी स्क्रीन पर दिखाने में सक्षम हो सकते हैं।

जगलिंग के करतब से ब्रेन बैंक से लेकर नरभक्षियों तक से जुड़े मस्तिष्क संबंधी कुछ मनोरंजक और दिलचस्प तथ्य।

विमान यात्रा और सिरदर्द : एक अध्ययन ने विमान यात्रा और सिरदर्द के बीच के उस सह-संबंध को दरशाया है, जिसमें लगभग 6 प्रतिशत लोगों को विमान यात्रा के दौरान सिरदर्द होता है, जिसका कारण विमान यात्रा स्वयं है।

जगलिंग : जगलिंग मस्तिष्क में केवल सात दिनों में बदलाव कर देता है। अध्ययन संकेत करता है कि नई चीजें सीखने से मस्तिष्क को काफी तेजी से बदलने में मदद मिलती है।*

डिज्नी और नींद : 'स्लीप मेडिसिन' पत्रिका में प्रकाशित एक अध्ययन में बताया गया था कि किस तरह डिज्नी के रचनाकार ने अपने नींद संबंधी विकार का उपयोग अपने बहुत से कार्टून किरदारों में किया था।

पलक झपकाना : हर बार हमारे पलक झपकाने पर हमारा मस्तिष्क भीतर जाकर चीजों को प्रकाशमान रखता है, ताकि हमारे हर बार पलक झपकाने के बाद बाहरी जगत् अंधकारमय न दिखने लगे (ऐसा दिन में लगभग 20,000 बार होता है)।

हँसना : किसी चुटकुले पर हँसना कोई आसान काम नहीं है, क्योंकि इसके लिए आपको अपने मस्तिष्क के पाँच विभिन्न हिस्सों का उपयोग करना होता है।

जम्हाई संक्रामक है : क्या आपने कभी ध्यान दिया है कि आपके आसपास किसी के जम्हाई लेने पर आप भी वैसा ही करते हैं? वैज्ञानिकों का मानना है कि यह संभवत: मनुष्यों के बीच संवाद की प्राचीन सामाजिक व्यवहार प्रतिक्रिया है, जिसे वे आज भी दोहरा रहे हैं।

ब्रेन बैंक : हार्वर्ड में एक ब्रेन बैंक स्थापित किया गया है, जिसमें अनुसंधान के लिए 7,000 से अधिक मानव मस्तिष्क भंडारित किए गए हैं।

बाहरी अंतरिक्ष : बाहरी अंतरिक्ष में गुरुत्वाकर्षण की कमी मस्तिष्क को कई प्रकार से प्रभावित करती है। वैज्ञानिक अध्ययन कर रहे हैं कि ऐसा कैसे और क्यों होता है; लेकिन तब तक आपको चाँद पर जाने के अपने कार्यक्रम को रोके रखना होगा।

संगीत : संगीत शिक्षा से बच्चों व वयस्कों दोनों ही की मस्तिष्क व्यवस्था और क्षमता में काफी बढ़ावा होता दिखाई दिया है।

विचार : माना जाता है कि मनुष्य को एक दिन में औसतन 70,000 विचार आते हैं।

एंबिडेक्सटेरिटी (उभयहस्त कौशल) : जो लोग बाएँ हाथ से काम करते हैं, उनका कॉर्पस कालोसम (दिमाग के दोनों गोलार्ध जोड़नेवाला हिस्सा) दाएँ हाथ से काम करनेवालों के मुकाबले 11 प्रतिशत बड़ा होता है।

तनावपूर्ण कार्य : ब्रिस्टल-मेयर्स स्क्विब के अध्ययन के अनुसार, कार्य करते हुए सिरदर्द की समस्या सबसे अधिक एकाउंटेंट्स को और इसके बाद लाइब्रेरियन, फिर बस या ट्रक चालकों को होती है।

अरस्तू : अरस्तू भ्रमवश मानते थे कि मस्तिष्क की गतिविधियाँ वस्तुत: दिल से होती हैं।

नरभक्षी : कुछ अनुसंधानों ने दरशाया है कि मनुष्यों में वे जीन्स होते हैं, जो मस्तिष्क को प्रीओन रोगों या ऐसी बीमारियों से बचाते हैं, जो मनुष्यों का मांस खाने से होती हैं। प्रमुख चिकित्सा विशेषज्ञों का मानना है कि संभव है कि प्राचीन मनुष्य अन्य मनुष्यों का मांस खाते हों।

शेक्सपियर : विलियम शेक्सपियर के नाटकों में 'ब्रेन' शब्द 66 बार आया है।

लोगों में मशहूर व्यक्तियों के मस्तिष्कों को लेकर हमेशा से आकर्षण रहा है। यहाँ जानिए कि विशेषज्ञों का इन प्रसिद्ध मस्तिष्कों के बारे में क्या कहना है।

अल्बर्ट आइंस्टाइन : आइंस्टाइन का मस्तिष्क यों तो अन्य लोगों जैसा ही था, सिवाय उस हिस्से के, जो गणित और स्थानिक अभिज्ञता के लिए जिम्मेदार है। इस क्षेत्र में उनका मस्तिष्क औसत से 35 प्रतिशत बड़ा था।

लंदन के टैक्सी ड्राइवर : लंदन की सभी सड़कों को भलीभाँति जानने के लिए प्रसिद्ध ड्राइवरों का मस्तिष्क आम दरियाई घोड़े से भी बड़ा होता है, विशेष रूप से उन ड्राइवरों से, जो ज्यादा समय से यह कार्य कर रहे हैं। अध्ययन बताते हैं कि जब लोग अधिक-से-अधिक जानकारियों को याद रखने लगते हैं तो उनके मस्तिष्क का वह हिस्सा निरंतर बढ़ता रहता है।

वी.आई. लेनिन : मृत्यु के बाद लेनिन के मस्तिष्क का अध्ययन किया गया और पाया गया कि वह असामान्य रूप से बड़ा था और उसके एक खास हिस्से के

असंख्य न्यूरॉन्स उनकी 'आश्चर्यजनक ढंग से अचूक और कुशाग्र मानसिक प्रक्रिया' का खुलासा करते हैं, जिसके लिए वे प्रसिद्ध थे।

प्राचीनतम मस्तिष्क : अभी हाल ही में उत्तरी इंग्लैंड के योर्क विश्वविद्यालय ने एक मस्तिष्क खोजा है, जिसका 2,000 साल पुराना होना माना जा रहा है।

बेब रुथ : बेब की जाँच दो कोलंबियाई मनोविज्ञान के छात्रों ने की, जिसमें पाया गया कि वह 90 प्रतिशत कुशलता से काम कर रहा था, बजाय 60 प्रतिशत कुशलता के, जो आम लोगों के लिए पैमाना है।

डेनियल टैमेट : डेनियल टैमेट एक ऑटिस्टिक विद्वान् हैं, जो तीन साल की उम्र से ही, जब उन्हें मिर्गी आई थी, अद्‌भुत गणितीय गणनाएँ करने में सक्षम हैं। वे सात भाषाएँ जानते हैं और अपनी खुद की भाषा विकसित कर रहे हैं।

कीथ जैरेट : इस जैज संगीतज्ञ को उनकी आदर्श आवाज के कारण तीन साल की उम्र में ही खोज लिया गया था, जिसे वैज्ञानिक दाएँ फ्रंटल लोब में स्थित बताते हैं।

मस्तिष्क के अध्ययन का इतिहास भी बेहद दिलचस्प है। मस्तिष्क संबंधी अनुसंधान और विकास के इतिहास संबंधी दिलचस्प तथ्य जानने के लिए निम्नलिखित सूची देखें।

2000 ई.पू. : पुरातत्त्ववेत्ताओं को प्रमाण मिले हैं कि प्राचीनकाल में मस्तिष्क की सर्जरी खोपड़ी में छेद करके की जाती थी।

1811 : स्कॉटिश सर्जन चार्ल्स बेल ने बताया कि कैसे हर भावना मस्तिष्क में एक खास स्थान से संबंधित होती है।

1899 : एस्प्रिन को दर्द-निवारक के तौर पर पहचान मिली, लेकिन सन् 1915 तक यह बिना प्रिस्क्रिप्शन के नहीं दी जाती थी।

1921 : हर्मन रॉर्सचाक ने अपने रोगियों का उपचार करने के लिए प्रसिद्ध इंक-ब्लॉट टेस्ट का आविष्कार किया।

1959 : मानव व्यवहार का अध्ययन करने के लिए पहले रेसस बंदर को अंतरिक्ष में भेजा गया।

अपने अनोखे स्वत्व से जुड़ने के संभावित लाभ

यह पुस्तक आपको पुराने व अप्रभावी साधनों का उपयोग करने के लिए कड़ी मेहनत करने को विवश नहीं करती, जो प्राचीन मस्तिष्कों के लिए सीमित प्रकृति के तथा स्वायत्त प्रतिक्रियावाले हैं। आपके भीतर का प्रतिरोधी, भयपूर्ण और अनिश्चित हिस्सा आपके जीवन की लगाम नहीं सँभाल सकता। आप अपने उच्चतम मानव मस्तिष्क का उपयोग कर रहे हैं—इस ग्रह का सबसे नया और सबसे शक्तिशाली मस्तिष्क। आपको जो बोध और साधन प्रदान किए गए हैं, वे आपको अपनी क्षमताओं के सीमित

दृष्टिकोण से बाहर निकलने में मदद करनेवाले और ऐसा जीवन जीने के लिए हैं, जो अत्यधिक प्रभावकारी, आसान और आनंदपूर्ण हो, जिसके लिए आपको न्यून मस्तिष्कीय गतिविधियों की प्रतीक्षा न करनी पड़े, जिससे आप आत्मविश्वास और प्रेरणा को अनुभूत कर सकें।

अपने नए मस्तिष्क को जाग्रत् करने का समय आ गया है

पाँच करोड़ वर्ष के आरंभिक विकास-क्रम के दौरान मनुष्यों में प्रीफ्रंटल कॉर्टेक्स का आकार नियोकॉर्टेक्स से 30 फीसदी से भी ज्यादा बढ़ गया है, जिसकी तुलना में बंदरों में यह 11.5 फीसदी और चिंपैंजियों में 17 फीसदी है। मनुष्यों के इस विस्तारित प्रीफ्रंटल कॉर्टेक्स में शामिल हैं—कार्यशील स्मृति, योजनाएँ और संभावनाएँ, चुनने की क्षमता, न्यूरोनल अनुकूलन क्षमता (या न्यूरोप्लाटिसिटी) तथा सहयोग निर्माण एवं प्रतिनिधित्व की क्षमता, जो हमें रचनात्मकता, भाषा, आविष्कारिकता और लक्ष्य-प्राप्ति का विशिष्ट संज्ञानात्मक कौशल प्रदान करते हैं। न्यूरो-वैज्ञानिकों द्वारा कार्यशील मैग्नॅटिक रेजोनेंस इमेजिंग स्केन के उपयोग द्वारा किए हालिया अध्ययन दरशाते हैं कि नया मस्तिष्क (प्रीफ्रंटल कोर्टेक्स) गहन ध्यान और प्रार्थना जैसी भावातीत अनुभूति होने, आंतरिक शांति और ध्यान केंद्रण में सुधार होने से प्रकाशित होता है; साथ ही यह अपने आप और दुनिया के साथ गहन भावना से जुड़ाव को भी अनुभव करता है।

इस प्रस्तुत बोध का उपयोग करके आप अपने मानव मस्तिष्क को प्रकाशित एवं जाग्रत् करते हुए क्षमताओं का इस तरह नियमन कर सकते हैं, जिससे वे आपके जीवन के प्रबंधन और मार्गदर्शन में समुचित नेतृत्व की भूमिका निभा सकें। आप अपने अधिक पुराने मस्तिष्क की स्वचालित और सशर्त प्रतिक्रियाओं को पहचानने लगते हैं। इन्हें पहचान कर आप अपनी विशिष्ट मानव क्षमताओं का उपयोग करने में सक्षम हो सकते हैं, जिसमें आप उन तरीकों को चुनते हैं, जो आपके उच्चतम उद्देश्यों, विजन और विकसित मूल्यों से तालमेल रखते हों।

स्व-सीमित पैटर्न और भय से मुक्त होना

इस पुस्तक के गैर-सांप्रदायिक दृष्टिकोण को कायम रखते हुए मैं इसे 'अनोखा अंतरतम' जैसा कुछ कहता हूँ और इसका अहम कार्य आत्म-सुरक्षा और आत्म-नेतृत्व है। आपका अहं (जिसमें मनोचिकित्सा के संदर्भों में अहं नहीं, बल्कि आपका व्यक्तित्व, चेतन मन और दैनिक पहचान आते हैं) आपके अनोखे अंतरतम तथा आपके अहं को इसके अकेले, अभिमानी 'स्व. के सामने आत्मसमर्पण का प्रशिक्षण देने का हिस्सा मात्र है, जिसे संघर्ष का हिस्सा बनाया जाना चाहिए।

"जब एक 'संभावना'—'आवश्यकता' बन जाती है तो वास्तव में हम इसे अपने से जोड़ लेते हैं। यह हमारे व्यक्तित्व का हिस्सा बन जाती है। मनुष्य पूरी तरह से उसके पीछे चलता है, जैसा वह खुद को मानता है।

मनुष्य अपने रेटिक्यूलर एक्टिवेटिंग सिस्टम (आर.ए.एस.) का उपयोग करता है। यह आपके मस्तिष्क का हिस्सा है, जो यह तय करता है कि आप इस दुनिया में किस चीज पर ध्यान देंगे। आपके मस्तिष्क का यह हिस्सा ऐसी हर चीज दिखाई देते ही आपको संवेदनशील बनाता है, जो आपके विचार से आपको आपके लक्ष्य तक ले जा सकती है। संपूर्ण मानव व्यक्ति का सबसे शक्तिशाली बल इससे तर्कपूर्ण रहना होता है कि हम अपने आपको किस तरह परिभाषित करते हैं। इससे ज्यादा-से-ज्यादा प्राप्त करें।"

—टोनी रॉबिंस

चरण 1

अपने पुराने अप्रभावी पैटर्न से बाहर निकलें

किसी भी गतिविधि में सर्वोत्तम प्रदर्शन के लिए, अपने उच्चतम मस्तिष्क को अपने शारीरिक बोध से जोड़ने के लिए आपको अपने अहं की चिंताओं और व्यवधान उत्पन्न करनेवाली आवाजों को बाहर रखना होगा। यह अपनी विस्तारित भावना के साथ एकीकरण ही है, जो हमें अनायास ही अहं के संघर्षों तथा चेतन मन की, आत्मविश्वास की कमी से बाहर जाकर खेलने की अनुमति देता है। जब हम अपनी पहचान की भावना को अपने चेतन मन एवं अपने नियंत्रणवाली मांसपेशियों तक ही सीमित रखते हैं तो हम अपने आपको केवल अपने मस्तिष्क के बाएँ गोलार्द्ध की मस्तिष्क की शक्ति तक सीमित कर लेते हैं, जो रैखिक ज्ञान को समझती है। यह सीमित दृष्टि हमारे मन के साथ नियंत्रित हो जानेवाली मांसपेशी की तरह व्यवहार करती है और हमें अपने विशाल, अवचेतन मन—दाएँ गोलार्द्ध, हमारे सपने देखनेवाले मन तथा हमारे शरीर की यांत्रिकी व भौतिकी के सहज ज्ञान-युक्त बोध से अलग कर देती है। जानकारियाँ हासिल करने की यह संकल्पना हमारे दाएँ मस्तिष्क की सहजता और शक्ति को छोड़ देती है, जो बोध को स्वीकारने के लिए खुली है—बिल्कुल उसी तरह, जैसे एक नवजात शिशु भाषा एवं बोलना सीखता है और अभूतपूर्व तेजी से घुटनों से पैरों पर चलने तक प्रगति करता है। पूर्णतः विकसित, पृथक् अहं का अवरोध न होने के कारण नवजात की सीखने की गति किसी ऐसे अहंकारपूर्ण वयस्क के मुकाबले काफी तेज होती है, जो अपने संघर्षरत मन और सतर्कतापूर्वक नियंत्रित मांसपेशियों के बारे में काफी कुछ जानता है।

इस तरह पहचान संबंधी यह सीमित भावना कुछ सवाल उठाती है—आपका चेतन मन और अहम के सो जाने पर आपकी देख-रेख कौन करता है? आपका कौन सा हिस्सा काम करता रहता है—सपने रचता है, श्वास को जारी रखता है और कोशिकाओं की मरम्मत करता है, पाँच मिलियन से भी अधिक नई स्वस्थ लाल रक्त कोशिकाओं का निर्माण करता है, हालाँकि आप सेल्युलर बायोलॉजी या एनाटॉमी के बारे में अधिक कुछ नहीं जानते। आप किस तरह अपनी पहचान को विस्तार दें, जिससे अपने ब्रेन-सेल की ताकत, अपने अवचेतन बोध का अधिक समावेश कर सकें और किसी ऐसी वस्तु की सहायता कर सकें, जो आपके अहम से बढ़कर और आपके चेतन मन के नियंत्रण से बाहर हो? आपका कौन सा हिस्सा इन सभी विभिन्न गतिविधियों को व्यवस्थित और एकीकृत करता है?

जैसे-जैसे आपके अपने अनोखे स्वत्व को जाग्रत् करने में प्रगति होती जाती है, आपको पता चलता है कि आप अब अपने आपको निचले मस्तिष्क की प्रतिक्रियाओं, आपकी पुरानी आदतों या आपके व्यक्तित्व के छोटे अलग हिस्से के संघर्ष के सीमित रूप में नहीं देखते। इसकी जगह, आप इससे जुड़ पाते हैं और अपने अनोखे स्वत्व के सबसे विस्तारित बोध और शक्ति तथा इसके गहन स्रोतों का उपयोग करते हैं, जिनमें अवचेतन मन, इसके एकीकृत बाएँ और दाएँ मस्तिष्क गोलार्द्ध तथा आपके शरीर का बोध भी शामिल हैं।

चरण 2

अपने नए मस्तिष्क और अपने भीतरी अनोखेपन को बढ़ाएँ

जब आप केवल अपने अहं, चेतन मन, व्यक्तित्व और न्यून मस्तिष्क प्रतिक्रिया को पहचानते हैं, तब आप अपने आपको तनाव, दुविधा, चिंता, आत्म-संदेह, भ्रम और आलोचना के भय व परित्याग के प्रति और कमजोर कर देते हैं। इसके सीमित संसाधनों द्वारा अहं आपके जीवन को प्रबंधित करने की पूरी कोशिश करता है, क्योंकि यह अकेला और किसी भी सहायता से अलग रहता है। यह किसी भी बड़ी सहायता व्यवस्था से अलग रहते हुए जीवन बिताने का प्रयास करता है, साथ ही यह भी पूरी संभावना है कि आप अधिक खाने, शराब पीने या ड्रग्स लेने अथवा अत्यधिक टी.वी. देखने या नेट सर्फिंग जैसे बाहरी तरीकों द्वारा भय और कष्ट से बचने का प्रयास करते हैं—ऐसा कुछ भी, जो कष्ट से अकेले संघर्ष के प्रयास को आसान कर सके।

अपनी पहचान को अधिक विस्तारित स्वत्व पर हस्तांतरित करने, वहीं दूसरी ओर तनाव एवं आत्म-ध्वंस और ड्रग्स या रिश्तों पर आपकी निर्भरता के लिए अपनी पहचान

को बड़ी सहायता व्यवस्था और दृष्टि पर केंद्रित करते हैं। आपकी रचनात्मकता और उत्पादकता की क्षमता आपके अपने सचेत मन को अवचेतन प्रतिभाशाली मन और बाएँ मस्तिष्क के गोलार्द्ध को उसके दाईं तरफ के जुड़वाँ मस्तिष्क के साथ जोड़ने से बढ़ती है।

आप जब अपनी पहचान को अपने व्यक्तित्व और अहँ के पृथक् व न्यून हिस्से के पार ले जाते हैं तो आप अपने चेतन व अवचेतन संसाधनों को एकीकृत कर देते हैं, जिससे आंतरिक शांति व सहायता के केंद्र से जीवन की चुनौतियों का सामना करना आसान हो जाता है। यही बात तब कही जा सकती है, जब आप अपने संसाधनों को विस्तार देते हुए इसमें अपने उन दोस्तों और समुदाय को शामिल करते हैं, जो आपको महत्त्व प्रदान करते हैं और ऐसा माहौल बनाते हैं, जिसमें आप अपने वास्तविक स्वरूप में सुरक्षित रहते हैं।

हमारी अधिकांश पिछली समस्याएँ और लक्षण तब लुप्त हो जाते हैं, जब हम अपने अनोखे स्वत्व—उच्चतर मस्तिष्क—के साथ जीना सीख लेते हैं।

चरण 3

अपने पाँच अनोखे भीतरी गुणों को जगाएँ

जिन लोगों ने अपने सहित दुनिया के साथ भी शांति की भावना हासिल कर ली है, उन्हें केवल अपने अहं, इच्छा-शक्ति या चेतन बुद्धिमत्ता को उपयोग करने के लिए संघर्ष नहीं करना पड़ता। उन्होंने कभी भी विकर्षण, दबाव और तनाव द्वारा संतुलन बिगड़ने पर शांति केंद्र से पुनः जुड़ने के दैनिक अभ्यास द्वारा अनोखे स्वत्व को जगाना सीख लिया है।

आपके अनोखे स्वत्व के पाँच गुण

जिन लोगों ने अपने अनोखे स्वत्व तथा अपनी उच्चतर मस्तिष्क गतिविधियों को जगा लिया है, उनमें पाँच गुण दिखाई देते हैं—

1. भीतर से सुरक्षित—तनाव और भय के लक्षणों को बदल देता है।
2. गतिविधियों का चयन, जो उनके उच्चतर मूल्यों के अनुकूल होता है—आंतरिक टकराव और टाल-मटोल के लक्षणों को बदल देती है।
3. वर्तमान क्षण में उपस्थिति, बजाय इसके कि अतीत का पछतावा या भविष्य का पूर्वानुमान करते रहें—अभिभूति और भ्रम के लक्षणों को बदल देती है।
4. हानि या दुर्भाग्य के लिए अपने को दोष देने की जगह अब क्या करना है, इस

पर केंद्रित होना—आत्म-आलोचना और आत्म-दोष के लक्षणों को बदल देता है।

5. गहनतम संसाधनों से जुड़ाव और व्यापक स्व का समर्थन, जो अकेले संघर्ष करने की जगह राहत का कारण बनता है, संघर्ष और अकेलेपन के लक्षणों को बदल देता है।

चरण 4

लक्ष्य-प्राप्ति के लिए भीतरी नेतृत्व को जगाना

स्टेनफोर्ड विश्वविद्यालय के मनोवैज्ञानिक अल्बर्ट बैंडुरा ने आत्मबल को व्यक्ति का विशिष्ट परिस्थितियों या काम को पूरा करने की अपनी क्षमता पर विश्वास होने के तौर पर परिभाषित किया है। व्यक्ति की आत्मबल की भावना उसे अपने लक्ष्य, कार्य और चुनौतियों की तरफ बढ़ने में अहं भूमिका निभा सकती है।

ज्ञात आत्मबल को व्यक्ति की घटनाओं को प्रभावित कर अपने जीवन को प्रभावित करनेवाले प्रदर्शन के निर्दिष्ट स्तर तक पहुँचने की क्षमता पर विश्वास के रूप में परिभाषित किया गया है। आत्मबल पर विश्वास तय करता है कि व्यक्ति कैसा सोचता, अनुभूत करता एवं व्यवहार करता है और वह किस तरह अपने को प्रोत्साहित करता है। यह विश्वास चार प्रमुख प्रक्रियाओं द्वारा विभिन्न प्रभावों को उत्पन्न करता है। इनमें संज्ञानात्मक, प्रेरणादायी, प्रभावशाली और चयन प्रक्रियाएँ शामिल हैं।

आत्मबल की मजबूत भावना से मनुष्य की उपलब्धियाँ और निज कल्याण में कई तरह से सुधार होता है। जिन लोगों को अपनी क्षमताओं पर अत्यधिक विश्वास होता है, वे कठिन कार्यों को खतरा मानकर उनसे बचने की बजाय उन्हें पूरा करने की चुनौती के तौर पर लेते हैं। ऐसा आत्म-बलवान् दृष्टिकोण कार्यों के प्रति स्वाभाविक दिलचस्पी और गहन तल्लीनता उत्पन्न करता है। वे अपने लिए चुनौतीपूर्ण लक्ष्य रखते हैं और उनके प्रति पूरी मजबूती से प्रतिबद्ध रहते हैं। असफल होने पर वे अपने प्रयासों को अधिक उन्नत और सतत बनाते हैं। किसी भी असफलता के बाद वे आत्मबल की अपनी भावना को पुनः बहुत जल्दी प्राप्त कर लेते हैं। वे असफलता का कारण अपने अपर्याप्त प्रयासों या कम ज्ञान व कौशल को मानते हैं। वे भय-सूचक हालात की तरफ इस विश्वास के साथ बढ़ते हैं कि वे उन्हें काबू कर लेंगे। ऐसे प्रभावशाली दृष्टिकोण से ही व्यक्तिगत सफलता उत्पादित होती है, तनाव घटता है और अवसाद के प्रति कमजोरी कम होती है।

इसके विपरीत, जिन लोगों को अपनी क्षमताओं पर संदेह होता है, वे कठिन कार्यों

को अपने लिए व्यक्तिगत खतरा मानते हुए उनसे बचते हैं। उनमें आकांक्षाएँ कम होती हैं और वे जिसे पाना चाहते हैं, उस लक्ष्य के प्रति प्रतिबद्धता भी कमजोर होती है। कठिन कार्य का सामना होने पर वे अपनी व्यक्तिगत कमियों, अपनी बाधाओं और हर तरह के बुरे परिणामों की आड़ लेते हैं, बजाय इसके कि सफलतापूर्वक कार्य करने पर ध्यान केंद्रित करें। उनके प्रयास शिथिल होते हैं और हालात कठिन होने पर वे फौरन हार मान जाते हैं। किसी भी तरह की असफलता के बाद अपना आत्मबल फिर से हासिल करने में उन्हें समय लगता है, क्योंकि वे अपर्याप्त प्रदर्शन को कम योग्यता के तौर पर देखते हैं। उन्हें अपनी क्षमताओं में विश्वास खोने के लिए अधिक असफलताओं की आवश्यकता नहीं होती। वे बेहद आसानी से तनाव और अवसाद का शिकार बन जाते हैं।

अपने सपनों को पूरा करने की समीक्षात्मक कुंजी

जब आप अपने जीवन की दिशा खुद तय करते हैं और चीजें होने लगती हैं, तब आप अपने मस्तिष्क की योजनाओं और आत्म-नियमन की उच्चतर क्रियाओं का उपयोग कर रहे होते हैं, जिससे आप अपने सपनों को वास्तविकता बना सकें। जब आप किसी कार्य को पूरा करने की योजना बनाते हैं और उसे वास्तविकता में पूरा करते हैं, तब आप अपने आत्म-नेतृत्व के कौशल का अभ्यास कर रहे होते हैं, जो आपको वह प्रदान करता है, जिसे अनुसंधानकर्ता 'आत्मबल' कहते हैं।

आप अपने को आत्मविश्वास से भरपूर व क्षमतावान् महसूस करते हैं और संतोष व उच्च आत्म-सम्मान की भावना हासिल करते हैं।

अपने जीवन को प्रभावी ढंग से प्रबंधित करने के लिए आपको अपने सभी हिस्सों के सहयोग व भागीदारी की आवश्यकता होती है, जिससे आप अपने उस विराट् व्यक्तित्व का निर्माण कर सकें, जो आपका वास्तविक स्वरूप है। कल्पना करें कि अपनी विभिन्न और अकसर विरोधाभासी आंतरिक आवाजें एक समुदाय की सदस्य हैं, जिसका प्रमुख आंतरिक फैसले लेनेवाला आपका अनोखा स्वत्व है। आप सामुदायिक बैठक बुलाते हैं, जिसमें सभी हिस्सों की बात सुनी जाती है। आप आत्म-विध्वंस, प्रतिरोधी और चिंताओं को अस्वीकार करते हैं, जिससे आपके लिए अपना लक्ष्य व आंतरिक शांति हासिल करने के अवसर अधिकतम हो जाते हैं। ऑर्केस्ट्रा संयोजक या सामुदायिक सभापति होने की भूमिका निभाकर आप अपने व्यक्तित्व के सभी हिस्सों को एकीकृत करके सामंजस्यपूर्ण टीम बनाते हैं, जिससे आप अपने किसी भी एक हिस्से को अधिक पहचान मानने से बच जाते हैं। एकीकृत टीम दृष्टिकोण से अपने जीवन की लगाम अपने हाथ में लेने से यह आपका अनोखा स्वत्व ही है, जो अंतिम फैसलों की पूरी जिम्मेदारी लेता है, विशेष रूप से तब, जब कुछ अनपेक्षित या कष्टपूर्ण घट गया हो।

तब प्रतिरोध और आत्म-विध्वंस न्यूनतम हो जाते हैं, क्योंकि कोई भी कार्य करने के पूर्व समुदाय के हर एक सदस्य की भागीदारी और प्रतिबद्धता की माँग की जाती है। साझा उद्देश्य होने से टीम के हर सदस्य का सहयोग मिलने की अधिक संभावना होती है। किसी भी फैसले में शामिल जोखिमों की जिम्मेदारी जब स्वत्व ले लेता है तो अन्य छोटे भाग अपने भय से राहत और गलतियों की अधिक चिंता करने की प्रवृत्ति से राहत पा जाते हैं, क्योंकि इसके लिए अधिकारियों से बहुत सी अनुमतियाँ लेनी पड़ती हैं। वे बचे रहने की आपकी परवाह के प्रति सचेत रहते हुए अपना दायित्व निभाते हैं। आप उन्हें सुन सकते हैं, उन्हें आंतरिक सुरक्षा के प्रति पुनः भरोसा दिला सकते हैं और क्या किया जाना चाहिए, ऐसे शासनात्मक फैसले लेते हैं।

एक बार जब विराट् स्वत्व (सभापति की भूमिका निभानेवाला) ये पाँच गुण (सुरक्षा, चुनाव, उपस्थिति, केंद्रण और जुड़ाव) प्रदान कर देता है, जो पाँच प्रमुख समस्याओं को बदल देते हैं, तब आमतौर पर सभी हिस्से आपकी अगुआई में साथ मिलकर अनुगमन करते हैं। यह असाधारण नहीं है, फिर भी टीम को आपके मिशन पर केंद्रित रखने तथा सभी हिस्सों का पूर्ण सहयोग बनाए रखने के लिए कुछ और सामुदायिक बैठकें या संक्षिप्त दैनिक वार्त्ता की आवश्यकता होगी।

टाल-मटोल या कठिन अथवा चिंताजनक चुनौतियों जैसी सतत समस्याओं के सभी सामान्य संदिग्धों—विरोधी स्वर, तानाशाह, बहुत अधिक चिंता करनेवाला, लोगों को खुश रखनेवाला और सभी भयभीत हिस्से—साथ मिलकर रोजाना पाँच से दस मिनट की संक्षिप्त सामुदायिक बैठक करके अपने मामलों और लक्ष्यों पर पुनर्विचार करते हैं। आप सीखेंगे कि अपने सभी हिस्सों के साथ कुछ मिनट बिताने से दुविधा, टाल-मटोल और आत्म-विध्वंस को दूर करना संभव हो जाता है। इससे आपकी अपने लक्ष्य की तरफ काफी प्रगति हो जाती है। सामूहिक प्रयासों द्वारा अपनी ऊर्जा और प्रोत्साहन में वृद्धि करना अद्भुत हो सकता है। जब आपके सभी हिस्से साथ मिलकर सामूहिक प्रयास करते हैं, तब अटल बाधाएँ गायब होती दिखाई देती हैं।

लक्ष्य-स्थापना और व्यवहार-परिवर्तन के नियम

अपने लक्ष्य हासिल करने और स्वस्थ आदतों को बनाए रखने की आपकी क्षमता बढ़ाने में योगदान देनेवाला एक महत्त्वपूर्ण संसाधन-व्यवहार परिवर्तन के तंत्र और संभावनाओं को समझना है। इस कार्यक्रम को अपनी आशाओं, ऊर्जा और सपनों का दाँव खेलने से कुछ अधिक बनाने के लिए आपको खेल के नियम समझने होंगे। आदत बदलने के इस खेल में तुरंत मिलनेवाला पुरस्कार किसी सुदूर और अनिश्चित पुरस्कार पर हमेशा भारी पड़ता है, सिवाय इसके कि आपका अगुआई का विजन हो, प्रतिबद्धता

मजबूत हो और दीर्घावधिक आदत बदलने में आनेवाली प्रतिकूलताओं में सुधार की रणनीति मौजूद हो। दूसरे शब्दों में, अपने उच्चतर मस्तिष्क एवं अपने अनोखे स्वत्व का नेतृत्व न होने पर ये प्रतिकूलताएँ आदत बदलने या अनुकूलित प्रतिक्रियाओं के विरुद्ध रहेंगी।

यदि आप चाहते हैं कि आपकी आदतें आपके नियंत्रण में रहें तो यह समझना जरूरी है कि आपके न्यून मस्तिष्क के बचाव कार्यक्रम और आदतन व्यवहार शीघ्र और सुनिश्चित परिणामों (पुरस्कार या दंड) से नियंत्रित होते हैं। अपने जाग्रत् उच्चतर मस्तिष्क के मार्गदर्शन व नियमन के बिना आपके लिए सुदूर और अनिश्चित पुरस्कारों वाले लक्ष्यों को हासिल करने की संभावना कम होती है। प्रतिकूलताएँ आज के अधिक शीघ्र मिलनेवाले पुरस्कारों के पक्ष में होती हैं, जो आपका सारा ध्यान, समय और संसाधन नष्ट कर देती हैं।

यही कारण है कि जब आप अपनी नकारात्मक, समस्यात्मक आदत को छोड़ना चाहते हैं तो यह सीखना जरूरी हो जाता है कि 'उन्हीं हालात में कष्ट कैसे सहें।' जब आप किसी सकारात्मक लक्ष्य को हासिल करना चाहते हैं तो लंबे समय तक मन में यही बात बैठाते रहें कि वर्तमान अनुभवों में से कुछ आपकी भावी उपलब्धियों में सफलता का कारण बनेंगे, जिससे आपकी असहजता, अकेलापन और आत्म-आलोचना कम होगी।

आपके जीवन में दीर्घावधिक अंतर लाने और शानदार पुरस्कार एवं संतोष का स्तर प्रदान करनेवाले वास्तविक लक्ष्यों को पाने के अवसर बढ़ाने के लिए आपको योजना बनानी होगी कि अपने लक्ष्य को पाने के मार्ग में आनेवाली चुनौतियों का सामना आप कैसे करेंगे। इस उच्चतर मस्तिष्क के कार्यों से जुड़े बिना बहुत संभव है कि आप केवल वही चीजें कर सकें (स्नैक्स खाना, फोन पर बतियाना या इंटरनेट सर्फिंग करना), जिनसे आपको तत्काल आनंद मिल सके या आपको अस्थायी रूप से उस आत्म-संशय, अकेलेपन और घबराहट से बचने का अवसर मिले, जो अकसर उन बड़े कार्यों के साथ आती है, जिनका पुरस्कार सुदूर भविष्य में मिलता है।

अपने ऐसे दीर्घावधिक लक्ष्य को हासिल करने के लिए, जिसमें आपको अपने भय का सामना करना हो, तो इस पर काम शुरू करें—आपको उस असहजता को कम करना होगा, जो आत्म-आलोचना, आत्म-आशंका एवं दबाव का कारण हो और भविष्य के पुरस्कारों को आपकी मौजूदा कल्पनाओं और अनुभव में ले आएगा। बड़ी परियोजना को छोटी में तोड़ना एवं सफलता-आश्वासित कदम भी असहजता को कम करने में मदद करेगा, विश्वास का निर्माण करेगा और आपको अधिक तात्कालिक संतोष प्रदान करेगा। कई महीनों या वर्षों तक किसी लक्ष्य को पाने का प्रयास जारी रखते हुए आपको उस सुदूर पुरस्कार का स्वाद चखने और आंशिक रूप से हासिल करने में सक्षम होना होगा।

आपको अपने को सभी छोटे कदमों के साथ ही दीर्घावधिक लक्ष्य के मार्ग का पुरस्कार देना होगा। आपको अपने कार्यक्रम में ग्लानि-मुक्त खेलने का समय रखना होगा, जिससे इन्हें वैध बनाया जा सके और तब इस संक्षिप्त, केंद्रित कार्य-अवधि का त्वरित पुरस्कार के रूप में उपयोग करना होगा।

अपने सपनों को कदम-दर-कदम सच बनाएँ

अपने आत्म-संशय और अपने सभी हिस्सों के डर की प्रतिक्रिया-स्वरूप सामुदायिक बैठक का उपयोग करके और उनके सहयोग हासिल करके आप उस आंतरिक संघर्ष एवं दुविधा से बच सकते हैं, जो अपना लक्ष्य पाने के प्रयासों को कमजोर करते हैं। आप जो कौशल हासिल कर रहे हैं, वह आपको ऐसी उन्नत क्षमता से लैस कर देगा, जिससे आप अपना लक्ष्य हासिल कर सकें और अपनी आदतों में उन्मादी, संघर्षरत अहं से नहीं, बल्कि अपने अनोखे स्वत्व के दृष्टिकोण से बदलाव कर सकें। आपका अनोखा स्वत्व—न कि उन्मादी, भयभीत अहं—आपके चेतन एवं अवचेतन संसाधनों को एकीकृत कर आपको अनवरत रूप से अधिक आनंदपूर्ण और परिपूर्ण जीवन की तरफ निर्देशित करेगा, जिसमें आप अपने सपनों को वास्तविकता बना सकते हैं।

मन बनाएँ

संभव है कि फिलहाल आपको अपने जीवन में बदलाव की कोई जल्दबाजी न हो। यदि आप परिणाम भुगतने के लिए तैयार हैं तो आपको न तो डेडलाइन पूरी करनी होगी, न रूट कैनाल करवाना होगा, न धूम्रपान छोड़ना होगा या छत की मरम्मत करवानी होगी और न ही रोज सुबह टहलना होगा या लक्ष्य बनाकर वजन कम करना होगा। यह आपकी पसंद एवं जिम्मेदारी है और यह आप हैं, जिसे इसकी कीमत चुकानी होगी या जीत का आनंद लेना है, न कि आपके उस हिस्से को, जो भयभीत और दुविधा में है।

एक पूरी तरह से उन्मादपूर्ण, महँगा या दीर्घावधिक प्रोजेक्ट, जैसे—20 किलो वजन घटाना, कोई बड़ा सौदा करना या धूम्रपान छोड़ने को चुनने के लिए आपको अपने को ऐसा न करने के विकल्प देने होंगे। केवल तभी आप सुनिश्चित कर सकते हैं कि आप ऐसे उच्चतर मस्तिष्क या उच्चतर स्व-विकल्प का निर्माण कर रहे हैं, जो न तो आपके पास है और न ही आप इसे चाहते हैं। आपका अहं ऐसा कुछ नहीं करना चाहेगा, जिसे आपका अनोखा स्वत्व अनिवार्य कदम उठाने के लिए न चुन सके, भले ही यह आपकी स्वास्थ्य-रक्षा, नौकरी बचाना या कठिनाइयों से बचने जैसा कुछ भी हो। जब हम कहते हैं कि 'मेरे पास कोई विकल्प नहीं है' तो आमतौर पर हम संकेत दे रहे होते हैं कि हम अपने चयन के परिणामों का सामना करने के इच्छुक नहीं हैं या उन विकल्पों

को स्वीकार नहीं करना चाहते, जो उपलब्ध हैं। हम या हमारा आंतरिक आलोचक या तानाशाह—चीजों को हमारे या अन्य तरीके से करने के लिए अस्पष्ट-सी धमकी देता है कि "मैं जो चाहता हूँ, अगर मुझे वह नहीं मिला तो मुझे बहुत कष्ट होगा। मुझे नई नौकरी या नया पार्टनर तलाशने अथवा अपने पसंदीदा खाने या आदतों को छोड़ने की कोई आवश्यकता नहीं।"

हमारे चुनाव हमेशा आसान और खुशनुमा नहीं होते; लेकिन हमारा अनोखा स्वत्व सभी संदेहों, प्रतिरोधों और अपने भीतर के थोड़े डर के बावजूद ऐसे सख्त चुनाव कर सकता है—बिल्कुल उसी तरह, जैसे यह मानवीय भावना की विशेषता थी कि वह आग से डर के अपने आदिम भय पर काबू पा सके। यह मनुष्यता का सकारात्मक बयान है कि वह उच्चतर उद्देश्यों के लिए कठिनाइयों का सामना करे, न कि केवल लघु-आवधिक आनंद को तलाशे और असुविधा से बचना चाहे।

□

9

न्यूरो-लिंग्वेस्टिक प्रोग्रामिंग या मानव व्यवहार विज्ञान की रीप्रोग्रामिंग

"मन हमारे तात्कालिक प्रमुख विचारों की दिशा में ही आगे बढ़ता है।"

—अर्ल नाइटिंगेल

हमें समझना होगा कि उद्‌देश्य अपने न्यूरोलॉजिकल स्तर पर उच्चतर संचालक में बदलाव करके उच्चतम मानव बुद्धिमत्ता को जाग्रत् करना है, जो हमारा उच्चतम मस्तिष्क, भीतरी अनोखापन है।

न्यूरो-लिंग्वेस्टिक प्रोग्रामिंग (एन.एल.पी.) ने अपने को सबसे शक्तिशाली व्यवहार-परिवर्तन तकनीक के तौर पर स्थापित किया है, जिसे प्रैक्टिशनर एवं कोच अपने क्लाइंट्स को दीर्घकालिक और सशक्त बनानेवाले बदलावों के साथ सफलता हासिल करने में मदद देने में उपयोग कर रहे हैं, जबकि अभी यह बड़े पैमाने पर आम जनता के लिए उपलब्ध नहीं है। इसका मुझे एक कारण यह समझ आता है कि चूँकि यह प्रायोगिक ज्ञान के माध्यम से सबसे अच्छी तरह जाना जा सकता है और इस पूरे ट्रैक पर एन.एल.पी. प्रैक्टिशनर, एन.एल.पी. मास्टर प्रैक्टिशनर, एन.एल.पी. ट्रेनर और एन.एल.पी. मास्टर ट्रेनर सर्टिफिकेशन प्रोग्राम जैसे बहुत से चरण हैं, इस पूरे ट्रैक पर चलने में उपयोग के लिए बहुत से ठोस संसाधन शामिल हैं।

ऐसे कारणों से अधिकांशतः केवल गंभीर प्रार्थियों के पास ही निजी विकास के लिए पूरे एन.एल.पी. ट्रैक का पालन करने के लुभावने कारण होते हैं कि उनमें अपने आपको एन.एल.पी. ट्रेनर या लाइफ या पीक परफॉरमेंस कोच या ट्रेनर के रूप में गढ़ने का रुझान होता है, लेकिन मैं देख रहा हूँ कि डेल कारनेगी, जिग जिगलर, जिम रॉन, टोनी रॉबिंस के समय से आज की तारीख में भी और बीते चार दशकों में सर्वाधिक

सफल ट्रेनर और कोच अपनी निजी वर्कशॉप्स में शिक्षण व प्रशिक्षण कार्यों में एन.एल. पी. का पूरी प्रभावकारिता सहित और कई बार तो बिना एन.एल.पी. का नाम लिये भी, उपयोग कर रहे हैं। यह एक बेहद दिलचस्प बिंदु मेरे देखने में आया है, जो मुझे अपने पूरे छब्बीस साल से भी अधिक के कॅरियर में भारत समेत विदेशों में आयोजित वर्कशॉप्स में ज्ञात हुआ।

इन मायनों में इस पुस्तक की संरचना और विषय-वस्तु मेरे गंभीर पाठकों के लिए एन.एल.पी. के विचार की जानकारी दिए बिना अधूरी है। मुझे पूरा विश्वास है कि यह अध्याय आपकी मानव व्यवहार विज्ञान की समझ में 'हम जो करते हैं, क्यों करते हैं' के रहस्य को तोड़ने हेतु आत्म-चेतना के उन्नत बनानेवाले अनिवार्य साधन के तौर पर एन.एल.पी. को लागू करने के दृष्टिकोण से वृद्धि करेगा।

इस विचार मार्ग पर मैं मानव अनुभव की गुणवत्ता और गहराई में न्यूरोसाइंस तथा एन.एल.पी. को लागू करने के उन अनंत प्रभावों को शब्दों में बयान नहीं कर सकता, जिनमें पूरा जोर हमारे भीतर चल रहे चेतन व अवचेतन पैटर्न की जागरूकता की भावना को बढ़ाने पर हो। यही वह सार है, जो हमारे चेतन नियंत्रण को अवचेतन अस्तित्व तक विशाल बनाएगा। मैं व्यक्तिगत रूप से न्यूरो लिंग्वेस्टिक प्रोग्रामिंग (एन.एल.पी.) का उत्कृष्टता के अवचेतन पैटर्न तथा न्यूरो लिंग्वेस्टिक रीप्रोग्रामिंग (एन.एल.आर.) का उत्कृष्टता के चेतन पैटर्न पर अध्ययन करना चाहता हूँ। एक सफल एन.एल.पी. प्रशिक्षु वही है, जो अपने आपको उत्कृष्टता के अवचेतन जगत् से चेतन पैटर्न पर परिवर्तित कर सके, अर्थात् उत्कृष्टता को अपनी इच्छानुसार व्यक्त कर सके!

इसके साथ ही मुझे यह बताते हुए बहुत प्रसन्नता है कि मेरे बहुत से क्लाइंट्स में एन.एल.पी. सीखने में बढ़ती दिलचस्पी और आवश्यकता का आधार उन चुनौतियों की प्रकृति पर आधारित है, जिनका वे और आज की दुनिया अपने जटिल जीवन में सामना कर रहे हैं, जिसके कारण मुझे इस पुस्तक में एन.एल.पी. को स्पर्श करने का रुझान हुआ, हालाँकि यह मेरी मूल योजना का हिस्सा नहीं था। दूसरा कारण यह है कि इसका आधार मेरा अपने देश भारत और विदेश के अनेक क्लाइंट्स के साथ हुआ सीधा संवाद है, जिसमें मैंने देखा कि उनमें से कइयों की दिलचस्पी तो है, लेकिन उनकी समझ में ऐसे गंभीर कारण नहीं हैं, जिससे वे एन.एल.पी. को सीखकर इसका अपने जीवन में कार्य के साथ अपने व्यक्तिगत रिश्तों के निर्माण, पोषण और विकास में भी उपयोग कर सकें। यह मेरा उन जिज्ञासु स्त्री-पुरुषों के लिए विनम्र प्रयास है, जिनका इस आत्म-विकास के प्रति रुझान है, लेकिन उनके पास ऐसे सहज व सुलभ अवसर नहीं हैं, जिससे वे सबसे सही मार्ग लें और उन्हें एन.एल.पी. के मानव व्यवहार विज्ञान तथा मानव की विकास संभावनाओं में संभावित भूमिका को समझने का अवसर मिल सके।

‘प्रतिरोध भी मार्ग है’ का क्या मतलब हुआ?

सकारात्मक चेतना और व्यक्तिगत उपलब्धियों के लिए मार्गदर्शक सिद्धांत

एन.एल.पी. के जगत् में तीन सिद्धांत हैं, जो हम हासिल कर सकते हैं और अपने जीवन-अनुभवों को आसान बनाने में बड़ा अंतर ला सकते हैं—

1. विफलता दुर्घटना नहीं है—विफलता अकारण नहीं होती। यह संरचनात्मक और क्रमिक है। विफलता की संरचना व्यक्ति से संबंधित है। यह हमारे व्यक्तिगत पैटर्न से संबंधित है। मनुष्य पैटर्न बनाते व इस्तेमाल करते हैं और विफलता का पैटर्न भी इसी गतिविधि में शामिल है। अपना पैटर्न पहचानें। अपनी विफलता के पैटर्न का प्रारूप फिर से बनाएँ।
2. फीडबैक सफलता की नींव है—विफलता वास्तव में फीडबैक है और अच्छा फीडबैक आगे बढ़ने में सहायक होता है; लेकिन फीडबैक न होना हमें अनिश्चितता, संदेह और अज्ञानता की भावना के जाल में फँसा देता है। फीडबैक मिलने पर हमें उसके विवरणों पर ध्यान देना चाहिए। एन.एल.पी. आपको दिखाएगा कि अपनी असफलताओं के प्रति कैसे जिज्ञासु हों और उसके पैटर्न को कैसे पहचानें। इससे आपको न केवल इसे समझने में मदद मिलेगी, बल्कि अपने जीवन पर नया नियंत्रण भी प्राप्त होगा।
3. सफलता का ढाँचा है—एन.एल.पी. के मायनों में सफलता को सोच, व्यवहार और दूसरों के साथ संवाद के प्रभावशाली तरीकों से हासिल किया जा सकता है। एक बार जब आप अपने लक्ष्य तय कर लेते हैं तो अपने लक्ष्य की मापदंडों के स्पष्ट समूह पर पूरी सख्ती से जाँच करते रहें, जिससे आप सुनिश्चित कर सकें कि आपको मिलनेवाले परिणामों में सफलता के सर्वाधिक अवसर मौजूद हैं। उचित, आंतरिक व बाह्य स्रोतों की पहचान करें, जो आपको अपनी लक्ष्य-प्राप्ति के लिए चाहिए होंगे। अपने लक्ष्य का खुद के लिए सबसे प्रभावशाली तरीके से उपयोग करना सीखिए, जिससे आपके सोच व अनुभूति के साथ-ही-साथ कार्य, ये सभी सतत रूप से आपको परिणाम देने के लिए काम करें। अपने लक्ष्य की तरफ बढ़ने से संबंधित सतत जागरूकता बनाए रखें। इसके लिए हर तरह का और हर स्तर के फीडबैक का उपयोग करें। लचीले रहें और सभी आवश्यक अनुकूलन करते रहें। प्रगति के हर चरण पर खुद को पुरस्कृत करें, जिससे आपका अपने लक्ष्य के लिए कार्य करना अपने आप में सुखद और संतोषजनक बन जाए।

साथ आने पर ये आपके सोचने की पुरानी आदत और सफलता की दर—दोनों

को बदल सकते हैं। ये तीन सिद्धांत उन्हें भी बदल सकते हैं, जिन्हें हम आमतौर पर सफलता में विफलता मानते हैं। फीडबैक लेने से हम यह जान सकते हैं कि अब आगे क्या करना है और उन प्रमुख कारणों को पहचान सकते हैं, जिन्हें हमें अपनाना चाहिए, यदि हम सफल होना चाहते हैं।

मेरे लिए एन.एल.पी. को बाहर से समझना और इस्तेमाल व लागू करने के लिए तैयार करना मुश्किल था। हालाँकि यह काफी दिलचस्प दिखता था, लेकिन उतना ही बेबूझ भी, जब तक मैंने इसका चप्पा-चप्पा नहीं छान मारा। इस कार्य में मैं अपने अंतरराष्ट्रीय एन.एल.पी. मास्टर ट्रेनर श्री रमेश प्रसाद एवं सुश्री तुलसी रमेश का आभारी हूँ। इसके अलावा, मैं बेस्ट सेलिंग 'एन.एल.पी. एट वर्क' और 'एन.एल.पी. एंड लीडरशिप' की लेखिका तथा अभूतपूर्व उत्कृष्टतावाली इंटरनेशनल मास्टर ट्रेनर सुश्री सू नाइट का भी हमेशा बेहद आभारी रहूँगा, जो दुनिया भर में ऐसे व्यक्ति के रूप में प्रसिद्ध हैं, जिन्होंने एन.एल.पी. को व्यापार में लागू करने का बीड़ा उठाया और जो अंतरराष्ट्रीय स्तर पर एन.एल.पी. की दुनिया में अप्रतिम योगदान के लिए ए.एल.एल.पी, यू.के. से आधिकारिक तौर पर मान्यता प्राप्त हैं।

एन.एल.पी. क्या है?

एन.एल.पी. का मतलब है न्यूरो-लिंग्वेस्टिक प्रोग्रामिंग। 'न्यूरो' का मतलब है नर्व (तंत्रिका), जो उस तरीके को संदर्भित है, जिससे हम अपनी पाँच इंद्रियों द्वारा बाहरी दुनिया से जानकारी लेते हैं। 'लिंग्वेस्टिक' भाषा का अध्ययन करना है, जो उस तरीके को संदर्भित है, जिससे हम इन जानकारियों को भाषा की संरचना का रूप देकर व्यवस्थित करते हैं। 'प्रोग्रामिंग' किसी चीज को नियंत्रित करने का तरीका है। इस मामले में यह उस तरीके को संदर्भित है, जिससे दुनिया की व्याख्याएँ हमारी गतिविधियों, चुनावों और दैनिक जीवन को नियंत्रित करती हैं। एन.एल.पी. हमें सिखाती है कि जिस तरह हम दुनिया के मायने बदल रहे हैं, उसी तरह हम अपने व्यवहार और गतिविधियों को भी अनुकूलित कर सकते हैं, जिससे हम अपने आपसे और अपने जीवन से ज्यादा-से-ज्यादा हासिल कर सकें।

न्यूरो-लिंग्वेस्टिक प्रोग्रामिंग पारस्परिक संवाद कौशल का मॉडल है, जो हमारे व्यवहार के सफल पैटर्न और व्यक्तिपरक अनुभवों (विशेषतः विचार पैटर्न से) के बीच के बुनियादी रिश्ते से संबद्ध है और यह वैकल्पिक थेरैपी प्रणाली है, जो लोगों की आत्म-जागरूकता और प्रभावशाली संवाद-सीखने की तलाश पर आधारित है और उनके मानसिक व भावात्मक व्यवहार के पैटर्न को बदलती है। बहुत से लोग एन.एल.

पी. को आधुनिक मनोविज्ञान से प्राप्त सबसे शक्तिशाली साधन मानते हैं। एन.एल.पी. तनाव प्रबंधन और संवाद कौशल सुधारने में मदद कर सकता है। यह रिश्तों के विध्वंसकारी पैटर्न का समाधान निकालने और लोगों को उनके कंफर्ट जोन से बाहर निकलने में मदद कर सकता है। यह हमें पूर्ण, आनंदपूर्ण और असीम संतोष से पूर्ण जीवन की ओर ले जाता है।

एन.एल.पी. एक समग्र, उपचारात्मक तकनीक है, जिसमें व्यक्ति जानकारियों को भिन्न तरीके से सोचता है और भंडारित करता है। इसका लक्ष्य सबसे प्रभावशाली कारकों को जोड़ना है, जिन्हें मानव अनुभवों को प्रभावित करने के लिए जाना जाता है, जिनमें शामिल हैं—

1. न्यूरोलॉजिकल व्यवस्था, शारीरिक कार्यों के लिए जिम्मेदार।
2. भाषा व्यवस्था, जो हमारे एक-दूसरे से वार्त्ता व संवाद को नियंत्रित करता है।
3. यह दुनिया के उन मॉडल्स को परिभाषित करता है, जिनकी हम अपने जीवन में रचना करते हैं।

एन.एल.पी. का मूल क्या है?

मॉडलिंग एन.एल.पी. का हृदय है। एक व्यक्ति सच्चा एन.एल.पी. कर्ता केवल तभी बन सकता है, जब वह मानव उत्कृष्टता के पैटर्न को पहचाने एवं खुलासा करे और इस उत्कृष्टता के मॉडल को मूल से भी बेहतर तरीके से तैयार करे तथा इस पैटर्न को अपनी इच्छानुसार किसी दूसरे को हस्तांतरित कर सके, जो इसे चाहता हो। अब यह कहना अनावश्यक है कि एक एन.एल.पी. कर्ता में अपने एन.एल.पी. ज्ञान में इतनी क्षमता और विशेषज्ञता होती है कि वह लोगों में सशक्तीकरण पैटर्न (या उत्कृष्टता पैटर्न) और सीमित करनेवाले पैटर्न (सीमित विश्वास पर आधारित) को पहचान सकता है। यहाँ विचार सीमित करनेवाले पैटर्न को पहचानना है और व्यक्ति के इस सीमित करनेवाले पैटर्न को तोड़ना (या सीमित करनेवाले पैटर्न का निर्मूलन करना) है। तब 'रणनीतिक हस्तक्षेप' कही जाने वाली प्रक्रिया के माध्यम से सशक्त बनानेवाला पैटर्न स्थापित करना, जिससे मानव विषय सशक्त बन सके। एक सशक्त या सीमित बनानेवाला पैटर्न मनुष्य के किसी भी ईकोसिस्टम के पहलू को इस तरह प्रभावित करता है—

1. उच्च संवेदी कुशाग्रता (आपका आंतरिक जगत्) के माध्यम से अपने आपको समझना और जानना।
2. दूसरों को पर्यवेक्षण की ठोस भावना द्वारा समझना और जानना।

3. जीवन के किसी भी पहलू के परिणामों के संभावित कारणों को समझना और पहचानना।

एन.एल.पी. को सफलतापूर्वक लागू करने से जीवन की गुणवत्ता और जीवन-अनुभवों में अत्यधिक सटीकता से वृद्धि होती है, जो आपके जीवन में परिणामों की गुणवत्ता पर नियंत्रण प्रदान करता है।

आपका अनोखा स्वत्व

आप जो चाहते हैं, उसे पाने में सफल होने के लिए यह सबसे महत्त्वपूर्ण परिवर्ती है। यह मान लेना बहुत आसान है कि आप जो चाहते हैं, वैसा होने के लिए बाहरी हालात बिल्कुल अनुकूल होने चाहिए; लेकिन तथ्य यह है कि हालात पक्ष में होने पर भी आप उनका लाभ केवल तभी उठा सकते हैं, जब आपका मन सही स्थिति में हो। एन.एल.पी. आपको इतना सशक्त बनाता है कि आप अपने सभी संसाधनों और प्रावधानों को पहचान लेते हैं, जिससे आप उनका अपने लिए सबसे बेहतर ढंग से उपयोग कर सकें।

अपने में निवेश करना

यह संभवत: हर स्तर पर वह इकलौती महत्त्वपूर्ण चीज है, जो हम कर सकते हैं। बहुत से लोगों ने अपने से पहले दूसरों की जरूरतें पूरी करना और केवल अपना शेष ध्यान खुद पर रखना सीखा होता है। बतौर प्रगतिशील नेता हमने अपने अनुभव में पाया कि जिन लोगों में अपने व दूसरों के लिए योगदान का गंभीर आक्रामक रुझान होता है, उनके लिए रास्ता दूसरा होता है। यदि हम अपना सही ढंग से विकास करें, केवल तभी हमारे पास दूसरों का विकास करने के लिए पर्याप्त संसाधन हो सकते हैं। यदि ईंधन टैंक खाली हो तो आप यात्रा नहीं कर सकते और यदि आप कम ईंधन में यात्रा शुरू कर देते हैं तो यह बहुत जल्दी समाप्त हो जाएगा।

अपने साथ तालमेल बनाएँ

आमतौर पर हम अपने साथ तालमेल बनाने की परवाह नहीं करते और ऐसा केवल दूसरों के साथ ही किया करते हैं। तालमेल होने से हम अधिक प्रभावकारी होंगे तथा हमारी सलाह आसानी से मान ली जाएगी, जैसे इसे दूसरों पर लागू करते हैं, वैसे ही यह आप पर भी लागू होता है। इसलिए, यदि आप सबसे प्रभावी ढंग से अपनी मदद करना चाहते हैं तो यही दृष्टिकोण आपको अपने लिए भी रखना होगा।

अपने से तालमेल बनाना बिल्कुल वैसा ही है, जैसे किसी दूसरे के साथ तालमेल बनाना। इसके लिए पूरी सावधानी से ध्यान देना और गहन स्तर पर वास्तविक सम्मान देना होगा। लोग अकसर ऐसा व्यवहार करते हैं, जिससे खुद अपने लिए उनका सम्मान कम हो जाता है, जैसे कि कई बार किसी विशिष्ट व्यवहार के प्रति आलोचनात्मक होने की जगह वे अपने बारे में बुरी राय कायम कर लेते हैं।

जब एक व्यक्ति दूसरे के साथ तालमेल बनाता है, तब एन.एल.पी. दरशाता है कि उन्हें वहीं से शुरुआत करनी होती है, 'जहाँ वह व्यक्ति है'। यह स्वाभाविक रूप से भी इसी तरह होता है और सोच-समझकर करें तो भी ऐसे ही होगा। इसका अर्थ दूसरे व्यक्ति की स्थिति और उसके लिए जो कुछ भी महत्त्वपूर्ण है, उसे स्वीकार करना है और इस स्वीकृति को बोलकर या अन्य तरीकों से व्यक्त करना है। इसका अर्थ है कि आप इस क्षण जैसे हैं, आपको वैसे ही स्वीकार करना है, न कि बदलाव के विचार और सुझाव तलाशते रहना।

यही बात आपके अपने साथ तालमेल स्थापित करने पर लागू होती है। जहाँ हैं, वहीं से शुरुआत करें। निश्चित ही आपको ऐसा दिखावा करने की जरूरत नहीं कि आप में सबकुछ बेहतरीन, महान् और शानदार है। अवास्तविक सराहना तालमेल के लिए वैसा ही खिलवाड़ है, जैसी अनर्गल आलोचना या अत्यधिक परवाह या संदेह। हम जानते हैं कि हम पूर्ण नहीं हैं; लेकिन हमें यह भी याद रखना होगा कि हम जितना संभव है, उतना बेहतर करने का प्रयास कर रहे हैं।

एन.एल.पी. ने स्पष्ट कर दिया है कि वास्तव में मदद केवल उन्हीं से मिल पाती है, जो इस सम्मानित अनुमान पर चलते हैं कि हम जितना संभव है, उतना बेहतर कर रहे हैं; साथ ही, जब अपने मार्गदर्शक हम खुद हों, तब भी यही काम करता है। एक बार हम जान जाएँ तो इस बेहतर में संभवतः और सुधार किया जा सकता है, यहाँ तक कि जब सब ठीक चल रहा हो, तब यह महत्त्वपूर्ण है कि आप अपने साथ इस सम्मानित व उद्देश्यपूर्ण सहायक रिश्ते को कायम रखें।

आपके पास जो है, उसका सर्वाधिक लाभ कैसे लें?

अकसर लोग उसी तरह की बातें करते हैं, जितनी मात्रा में मानसिक शक्ति उन्हें जन्म से मिली होती है। माना जाता है कि यह आप जो हासिल कर सकते हैं, उसे पाने को सीमित करने का बेहद प्रभावशाली तरीका है। पाया गया है कि इससे शुरुआत करना अधिक उपयोगी और अधिक वास्तविक है कि हम तय रूप से नहीं जानते कि हम में या दूसरे में क्या कर गुजरने की क्षमता है। यह भी पाया गया है कि हमारी अपनी सीखने की क्षमता को सीमित करनेवाले विचारों को निकाल बाहर करना भी अत्यधिक उपयोगी है।

खुद को सीमित करनेवाले विचार

क्षण भर रुककर जाँच करें और सीखने को सीमित करनेवाले जो भी विचार हैं, उन्हें निकाल बाहर करें। यहाँ कुछ उदाहरण दिए गए हैं—

1. मैं ज्यादा पढ़ा-लिखा नहीं हूँ।
2. मैं पढ़ाई में अच्छा नहीं था।
3. सीखने के लिए मेरी उम्र अधिक है।
4. मैं गणित नहीं कर सकता।
5. मैं रचनात्मक नहीं हूँ।
6. मेरी याददाश्त कमजोर है।

इनमें से कुछ बातें इसलिए सीमित करने वाली हैं, क्योंकि इनमें माना गया है कि मानसिक क्षमता स्थिर होती है और इसमें बदलाव नहीं किया जा सकता और कुछ इसलिए, क्योंकि वे मानती हैं कि व्यक्ति के इतिहास और उम्र उसकी उपलब्धियों को सीमित कर सकते हैं। एन.एल.पी. हर किसी के आइंस्टाइन या माइकल एंजेलो बनने का दावा नहीं करती, बल्कि इसका केवल यही दावा है कि हर कोई अपने आप से कुछ-न-कुछ सीख सकता है और इसके परिणामस्वरूप अपनी क्षमताएँ बढ़ा सकता है। यह इसलिए महत्त्वपूर्ण है, क्योंकि जब आप किसी ऐसी चीज पर विश्वास करते हैं, जो सीमित करने वाली हो तो निश्चित ही आप इसके द्वारा सीमित कर दिए जाएँगे।

इसलिए शुरुआत का एक बेहतर तरीका है कि यदि आप अपने दिमाग का सर्वोत्तम उपयोग चाहते हैं तो इसके लिए आपको सचमुच जिज्ञासु होना पड़ेगा कि फिलहाल आप इसका किस तरह उपयोग कर रहे हैं तथा इसके अलावा आप और क्या सीखना चाहते हैं।

अपनी मौजूदा सीमा को बढ़ाना

आप अपने दिमाग को किस तरह इस्तेमाल करते हैं और जानकारियों को संसाधित करने का आपका तरीका आपको किस तरह खास बनाता है, से एक आंतरिक जगत् का निर्माण और बाहरी जगत् में व्यवहार होता है। हर किसी को उसकी इंद्रियों द्वारा जानकारियाँ मिलती हैं और एन.एल.पी. हमें दरशाता है कि हम इस भावना को आंतरिक रूप से किस तरह संसाधित करते हैं। फिर भी, भले ही हम सबकी अपनी इंद्रियों से मिली जानकारी तक पहुँच हो (या इसकी संभाव्यता हो), हम उनमें से कुछ का ही उपयोग करते हैं और यही इसकी सीमा है; क्योंकि हम सभी पाँचों इंद्रियों का उपयोग कर सकते हैं तो चलिए, ऐसे तरीकों को देखते हैं, जिनसे आपके पास जो कुछ भी है,

उसका आप अधिक-से-अधिक उपयोग कर सकें।

1. मानसिक अनुकूलन क्षमता को बढ़ाकर।
2. अपने को अधिक बेहतर अनुभव प्रदान करके।
3. सपनों का पोषण करके।
4. अपने आंतरिक संसाधनों का पूरा इस्तेमाल करके।
5. नियमित मानसिक पोषक प्रदान करके।
6. अपने समय का बेहतर ढंग से उपयोग करके।
7. अपने अभ्यस्त पैटर्न का बोधपूर्वक नियंत्रण करके।
8. मननशील धैर्य का अभ्यास करके।

□

10

भावात्मक बुद्धिमत्ता के पार

"आप कैसी भावात्मक प्रतिक्रिया देते हैं, हर हालत में यह आपका चुनाव है।"

—जुडिथ ओर्लाफ

यदि हम साथ मिलकर यह तलाशने की कोशिश करें कि उत्तेजना, भावुकता और बुद्धिमत्ता में बुद्धि का आंशिक इस्तेमाल करने—जो खंडित नहीं, बल्कि समग्र हो—के पार जाने के क्या मायने हैं तो निश्चित रूप से यह मानव के ध्यान देने योग्य है; क्योंकि यह वास्तव में विकसित होते सफलता-उन्मुख व्यक्तियों के लिए है, जिसमें बतौर अन्वेषक, प्रशिक्षु और कर्ता के तौर पर उनकी भूमिका पर सक्रिय केंद्रण होगा, जिससे वे अपनी खुद की विकास-प्रक्रिया में योगदान देकर अपने भाग्य का निर्माण करें।

आई.क्यू. (Intelligence Quotient)

हम आई.क्यू. को मानव क्षमता के आंशिक पैमाने के तौर पर जानते हैं, जो व्यक्ति के खास कौशल का मूल्यांकन करता है। आई.क्यू. के विकास के निशानों को सबसे पहले फ्रांसिस गैलटॉन ने मनुष्यों के आकलन के साधन के तौर पर बड़े पैमाने पर लागू किया और इस तरह विभिन्न कार्यों के लिए उसकी पात्रता को तय किया जाता है।

हम यह भी देख सकते हैं कि किस तरह आई.क्यू. सीमाओं और विवादों से पीड़ित होता है। इन सीमाओं में 'डिसरैशनलिया' (Dysrationalia) भी शामिल है। विकीपीडिया के अनुसार, 'डिसरैशनलिया को समुचित बुद्धिमत्ता होने पर भी तार्किक रूप से सोचने या व्यवहार करने में अक्षमता के तौर पर परिभाषित किया जाता है। डिसरैशनलिया ऐसा संसाधन हो सकता है, जो स्पष्ट करे कि समझदार लोग पोंजी स्कीमों और ऐसी ही अन्य तरह की धोखाधड़ी में कैसे फँस जाते हैं। डिसरैशनलिया का विचार

सबसे पहले मनोवैज्ञानिक कीथ स्तैनोविच ने 1990 के दशक की शुरुआत में पेश किया था।'

हम अपनी बुद्धि का इस्तेमाल नहीं करते और अकसर आसान रास्ता चुनते हैं। आई.क्यू. के उपयोग को बहुत से लोग किसी खास तरह के एकत्रित ज्ञान या विचार अथवा कार्य करने की तार्किक विषय-वस्तु पर निर्भर होने के तौर पर देखते हैं। आई.क्यू. के खिलाफ एक अन्य तर्क सर्किट संबंधी तर्क है, जिसके अनुसार ये भिन्न सर्किट बुद्धिमानी में योगदान देते हैं। हर किसी की अपनी विशिष्ट क्षमता होती है और इस तरह एक व्यक्ति किसी काम में अच्छा हो सकता है, जबकि बाकी में नहीं होगा और इसी कारण बुद्धिमत्ता की जाँच का एकल पैमाना उचित नहीं होगा। सबसे महत्त्वपूर्ण, हमें यह भी अहसास होगा कि मात्र आई.क्यू. पर आधारित दुनिया अस्तित्व के मामलों को संबोधित करने में कुल मिलाकर अपर्याप्त रूप से अपर्याप्त है।

ई.क्यू. (Emotional Quotient)

ई.क्यू. व्यक्ति की भावनाओं को पहचानने, अनुभूतियों के बीच अंतर करने तथा भावात्मक जानकारी को अपने सोच व व्यवहार के मार्गदर्शन में उपयोग की जानेवाली क्षमता के रूप में देखते हैं। हम देख सकते हैं कि किस तरह ई.क्यू. में आत्म-जागरूकता, आत्म-नियमन, प्रोत्साहन, सामाजिक कौशल और सहानुभूति शामिल है, जो मनुष्यों के समृद्ध भावात्मक घटकों को संबोधित करती है और लोगों को सफल बनाने में उसकी निभाई भूमिका को स्वीकार करती है। फिर भी, जैसा कि हमने देखा है, ई.क्यू. के साथ इसके बतौर मूल्यांकन वैध वैज्ञानिक साधन होने की स्वीकार्यता के पैमानों जैसी अपनी समस्याएँ हैं। इसके अलावा, ई.क्यू. भी अपने पूर्ववर्तियों के जैसा ही है, जिन्हें मानव जीवन को प्रभावित करने में तथा सभी पर लागू किए जाने के लिए अपूर्ण माना जाता था।

न्यूरोसाइंस की संक्षिप्त झलक तथा 'मानव होने के अर्थ' पर विज्ञान का क्या कहना है

हम देखते हैं कि न्यूरोसाइंस, हम कैसे सोचते और महसूस करते हैं, इस बारे में क्या कहता है ? क्या दिमाग के जीन्स, न्यूरो-ट्रांसमीटर्स और वायरिंग डायग्राम की समझ हमें यह समझने में मदद कर सकती है कि हमारा जैसा व्यवहार है, वह वैसा क्यों है ? हम ऐसे दृष्टिकोणों की तलाश करते हैं, जो अपने अनुभवों के प्रारूप तथा उनके हमारी 'वायरिंग' पर पड़नेवाले प्रभाव के माध्यम से व्यसन जैसे मानव व्यवहार को पहचानता हो। हम संक्षेप में यह भी पड़ताल कर लेते हैं कि किस तरह न्यूरोसाइंस के अतिरिक्त मानव चेतना दर्शनशास्त्र तथा विभिन्न विचार समुदायों, जिनमें मानव होने के अर्थ को लेकर भिन्न विचार हैं, में बहस का गरमागरम मुद्दा है।

ज्ञान, प्रौद्योगिकी एवं विशेषज्ञता

यह देखने के बाद कि हम अपनी मौजूदा समस्याओं में ज्ञान, प्रौद्योगिकी एवं विशेषज्ञता (महारत) का किस तरह उपयोग कर रहे हैं। हम सोच सकते हैं कि ये तीनों साथ मिलकर भी न तो संघर्ष को समाप्त कर सकते हैं और न ही उस संकट का समाधान निकाल सकते हैं, जिससे मानव जाति इस समय गुजर रही है।

जब हम यह भी देखते हैं कि किस तरह कुछ विशेषज्ञों, विशेष रूप से विज्ञान के क्षेत्र के, ने हमारे इस मौजूदा दृष्टिकोण की आंशिक प्रकृति को स्वीकार किया है, जैसे कि मैक्स प्लैंक ने कहा है, *"विज्ञान प्रकृति के परम रहस्य को नहीं सुलझा सकता और इसका कारण है कि हमने अपने पिछले विश्लेषण में पाया कि हम खुद उस रहस्य का हिस्सा हैं, जिसे हम सुलझाने का प्रयास कर रहे हैं।"* हमें होनेवाले सभी खूबसूरत अनुभव रहस्यमय हैं। ये बुनियादी भावनाएँ हैं, जो सच्ची कला और सच्चे विज्ञान से उत्पन्न होती हैं। जो भी इनसे अपरिचित है या हैरान नहीं होता या अचंभित नहीं होता, वह मृतक के समान है और उसकी दृष्टि मंद हो चुकी है।

इसलिए, सबसे पहले तो हमें यह समझना होगा कि हम पहले मनुष्य हैं और उसके बाद वैज्ञानिक हैं।

भावात्मक बुद्धिमत्ता के पार जाना

यहाँ हमें सबसे पहले यह जानना होगा कि हमारे 'स्वत्व' की मूल संरचना किस तरह विखंडन व अनुकूलता का स्रोत है और यह 'केंद्र' या 'स्वत्व' की समाप्ति बुद्धिमत्ता की शुरुआत है, जो आंशिक नहीं है और जो अपनी परिधि में अस्तित्व की संपूर्णता है। हम देखते हैं कि कैसे यह बुद्धिमत्ता वैयक्तिक नहीं है कि यह न तो किसी व्यक्ति विशेष की निजी है और न ही यह ज्ञान अथवा 'विचार' और 'समय' के क्षेत्र में मौजूद है।

तब हम यह तलाश सकते हैं कि इस बुद्धिमत्ता के पोषण को रोकनेवाली बाधाएँ और रुकावटें कौन सी हैं, जो हमारी अविभाजित मानव संभावनाओं को संबोधित करती हैं। हम संगीतकारों और संगीत के उदाहरणों के माध्यम से देख सकते हैं कि हमारे पूर्वाग्रह, आस्थाएँ और हमारे विचारों की अस्त-व्यस्तता (वे सभी, जिन्हें हम 'स्वत्व' कहते हैं) हमें इस बुद्धिमत्ता का उपयोग करने से रोकते हैं।

हम किस तरह इस बुद्धिमत्ता को अपने जीवन में तलाश सकते और उपयोग कर सकते हैं, जो हमारी सभी समस्याओं के लिए महत्त्वपूर्ण है। इसको देखने तथा इस पर चर्चा करने से हम समझ सकते हैं कि सहानुभूति और बुद्धिमत्ता के पोषण को अनुमति देने के लिए केवल प्रयास और परिश्रम ही अपने आप में पर्याप्त या आवश्यक नहीं होते।

हम मानते हैं कि हम से प्रत्येक व्यक्ति को, अपने तरीके से, पूर्णता की दिशा में प्रयास करना चाहिए और हम सबको जिद्दू कृष्णमूर्ति के इस कथन पर आंतरिक रूप से अभिमुख होना चाहिए कि *"व्यक्ति के अपने भीतर पूरा संसार है और यदि आपको पता हो कि इसे कैसे तलाशना व सीखना है तो दरवाजा मौजूद है, जिसकी चाभी आपके अपने हाथ में है। पूरी दुनिया में और कोई भी न तो आपको यह चाभी दे सकता है और न इस दरवाजे को खोल सकता है, सिवाय आपके।"*

जुड़ाव

हम दूसरों के साथ अपने जुड़ाव को गहरा बनाने और सहानुभूति रखने का इरादा करके दूसरों के साथ-साथ खुद को भी प्रकाशित करते हैं। यह व्यक्ति को दूसरों से अलग होने और उनके बारे में धारणा बनानेवाले न्यून मन से ऊपर व्यक्ति के उच्चतर मन तक उठने की प्रवृत्ति को भी दरशाता है, जो जुड़ाव और आपसी समझ को पोषित करती है।

सहानुभूति की अपूर्ण कला का अभ्यास

व्यक्ति किनारे पर सुरक्षित और सूखा रहते हुए अच्छा नाविक नहीं बन सकता। व्यक्ति अच्छा नाविक केवल अपने पूरे प्रयासों से ही बन सकता है और कई बार केवल किसी तूफानी समुद्र में होने से ही ऐसा हो जाता है। ऐसा ही सावधानी और सहानुभूति के अभ्यासों में होता है। जब बाहरी जीवन के हालात ऐसे हों, जो प्रभावशाली आंतरिक तूफान उठा दें, तब केवल इसी बात से फर्क पड़ सकता है कि हम अपने अभ्यास को कैसे याद रखते हैं।

भले ही हम 'ध्यान के स्थिर, मौन, शांत और नि:शब्द सुख' से बहुत दूर हों, फिर भी हम उस 'पूर्ण' ध्यान को जानते हैं, जिसे हमारा मानना है कि हर कोई स्वाभाविक व अनायास ही कर रहा है। भले ही हम बैठे हों, हम ऐसी वृहद् भावनाओं की लहरों को अनुभव कर सकते हैं, जो एक के बाद एक उठती हैं और जो सभी समान रूप से शक्तिशाली भिन्न भावनाओं की लहरें हैं। इस अभ्यास में बस, बैठे हुए हर भावना के साथ श्वास भरना है, यह सोचते हुए कि 'अब यह' और एक लहर आप में भर जाती है। इसके बाद 'और अब यह' तब अगली लहर आती है। क्या हम इन लहरों में भटक नहीं जाएँगे? निश्चित ही हाँ।

लेकिन इसमें अपने श्वास पर ध्यान बनाए रखना है। जब भी अहसास हो कि हम भटक रहे हैं, तब फिर से अपने ध्यान को श्वास पर ले आएँ। पुन: सही मार्ग पकड़ें और जारी रखें तथा ऐसा बार-बार व लगातार होता रहेगा। यह क्षण हमारा अभ्यास बन जाएगा। कई बार हम समझ जाएँगे कि क्या होने वाला है, लेकिन कभी ऐसा नहीं भी

होगा। यह 'अपूर्ण' महसूस होगा; लेकिन इस अभ्यास में हमें केवल बैठे रहने के प्रति प्रतिबद्ध रहना है। हम इस अभ्यास को कितना याद रख पाते हैं, इसी से हमारे कौशल में सुधार होता जाएगा। ध्यान का अर्थ हमेशा हमारे सामने विशाल खुला समुद्र होना ही नहीं है, जो शायद कभी हो भी, बल्कि यह सीखना है कि लहरों के साथ कैसे चलें।

सहानुभूति से आनंद मिलता है, लेकिन सहानुभूति कैसे हासिल करें ?

आप जिनसे प्रेम करते हैं, उनसे सहानुभूति अनुभव करना आसान होता है,; लेकिन आप उनके साथ ऐसा कैसे करें, जिनसे आपका संबंध नहीं या कटु संबंध हैं! इसका एक तरीका मन को यह समझाना है कि हम सभी में एक जैसी मानवीय इच्छाएँ मौजूद हैं। अपने दिमाग में किसी ऐसी चीज की कल्पना करें, जिसकी आपको कतई परवाह नहीं; लेकिन यह समझें कि आपकी तरह वह भी खुश तथा सभी पीड़ाओं से मुक्त रहना चाहती है। उनसे आंतरिक रूप से इस स्तर पर जुड़ें और उनके प्रति प्रेम व मंगल कामना प्रेषित करें। इस अभ्यास का एक और लाभ यह है कि यह आपकी चेतना को न्यून मन से उच्चतर मन की ओर उन्नत करेगा। जहाँ न्यून मन की दूसरों से अलगाव, धारणाएँ बनाने तथा दोषारोपण की प्रवृत्ति होती है, वहीं उच्चतर मन का आकर्षण दूसरों से जुड़ाव, नेकी और अप्रतिरोध की तरह रहता है। सभी बोध एवं प्रज्ञा की भूमि और अवसर इस उच्चतर मन में ही होते हैं, जिन्हें न्यून मन से हासिल नहीं किया जा सकता।

"हमें अंततः मर जाना है और यह हमें सौभाग्यशाली बनाता है। बहुत से लोग इसलिए नहीं मरते, क्योंकि उनका फिर कभी जन्म नहीं होगा। कुछ संभावित लोग हैं, जो मेरी जगह लेंगे; लेकिन ऐसे लोगों की संख्या अरब के रेगिस्तान के रेत कणों से भी ज्यादा है, जो फिर कभी रोशनी नहीं देखने वाले। निश्चित ही, उन अजन्मे प्रेतों में कीट्स जैसे महान् कवि और न्यूटन जैसे महान् वैज्ञानिक शामिल होंगे। हम यह जानते हैं, क्योंकि हमारा डी.एन.ए. संभवतः जिस किस्म के लोगों को जन्म देगा, वे इन वास्तविक लोगों से काफी ज्यादा होंगे। यह अजीब बात है, लेकिन मैं और आप यहाँ अपने मामूलीपन के कारण हैं। हम वे खास लोग हैं, जो सभी कठिनाइयों के बावजूद जन्म लेने की लॉटरी जीत सके। हम अपनी उस पूर्व स्थिति की अनिवार्य वापसी का विलाप कैसे कर सकते हैं, जहाँ से ज्यादातर लोग वापस नहीं लौट पाते ?"

—रिचर्ड डॉकिन्स, अनवेविंग द रेनबो : साइंस, डेल्यूशन एंड द एपेटाइट फॉर वंडर

रूपांतरकारी बदलाव की क्रिया

"चरम आनंद और पूर्णता की कुंजी हमारे अपने रूपांतर में निहित है। बतौर व्यक्ति हम जितना सीखते, बढ़ते और विकसित होते हैं, हमें रिश्तों, कार्य और जीवन में उतना ही अधिक आनंद व संतोष प्राप्त होता है।"

—क्रिस्टी बोमैन

दानवता को दूर रखें

आपका खराब मूड आपकी दानवता है। कभी ऐसा भी होता है।

मेरा मूड खराब है। पता नहीं इसकी शुरुआत कैसे हुई, लेकिन निश्चित ही शनिवार रात पूरी नींद न लेने से संबंधित है। रविवार को मेरे कई प्लान थे; लेकिन मेरे उनींदेपन ने सारा दिन खराब कर दिया। मुझे लगता है कि मेरा आई.क्यू. दिन भर में सामान्य से तीस बिंदु कम हो गया। मेरा हर काम खराब हुआ। मेरा सोच बिगड़ गया। मेरे फैसले गलत रहे। मैंने बात गलत ढंग से की।

दानव का स्वभाव

खराब मूड जंगली जानवर के जैसा होता है। यह ऐसा बुरा नशा है, जो आपकी विचारशीलता का अपहरण कर लेता है और आपसे आपका सहज बोध व नजरिया छीन लेता है। इससे बुरी चीजें बड़ी और अच्छी चीजें छोटी दिखाई देने लगती हैं। ऐसा लगता है कि इसमें अपना खुद का उन्मुक्त आकर्षण है, जो असंतोष और असुविधा को आकर्षित करता है। यहाँ दूसरों के खराब मूड की तो बात ही क्या, जो अचानक आप पर हमलावर हो बैठती है। खराब मूड के उत्पन्न होने का कोई खास कारण या स्पष्ट विचार नहीं होता। यह तब बस, आपके दिमाग में गूँज उठता है, जब आप खुद को निराश और कमजोर महसूस कर रहे होते हैं। यह आपसे मिलनेवाले लोगों और आप जिन स्थानों पर जाते हैं तथा आप जिन चीजों या विषय या व्यक्ति के बारे में सोचते हैं, उनमें निरुत्साह फैलाता है।

शुक्र है कि मैंने खराब मूड में होने को पहचानना सीख लिया है और आमतौर पर मुझे याद रहता है कि ऐसे में मुझे क्या करना है। सबसे बढ़कर, खराब मूड का अर्थ है—मैंने अपना नजरिया खो दिया है। मुझे साफ दिखाई नहीं दे रहा और मैं यह जान जाता हूँ।

मूड खराब होने पर विचारशील मन वैसा ही रहता है (कई बार यह अति सक्रिय हो जाता है); लेकिन यदि आप ध्यान न दें तो विवेक अवश्य छूट जाता है। मन की उच्चतम प्राथमिकता—अंतर्बोध, सहानुभूति, धैर्य और स्वीकृति—किसी ऊबे हुए मेहमान की तरह चुपचाप दरवाजे से बाहर निकल जाते हैं। आज जब मैं खुद इन्हें अपने दिमाग

में तलाशता हूँ तो यह जानते हुए भी कि अपने मार्ग पर लौटने के लिए मुझे ठीक इनकी जरूरत है, ये मुझे नहीं मिलते।

इसे इस तरह समझिए कि 'विवेक-हानि' की यह घटना बुरे मूड में लंबे समय से अंतर्निहित थी। यह बताती है कि कभी-कभी कुछ बुरा क्यों दिखाई देता है। नजरिया बिगड़ जाता है, लेकिन आप वास्तव में ऐसा होते देख रहे होते हैं। आपको बस, यह याद रखना है कि खराब मूड चीजों को नकारात्मक समापन की तरफ मोड़ देता है।

बिगड़ने के साथ ही आपका दिमाग आपको बताएगा कि आपका नकारात्मक नजरिया पूरी तरह न्यायसंगत है। जब आप अपने को बस, यह याद दिलाएँगे कि आप अस्थायी रूप से कुछ महत्त्वपूर्ण गुणों से चूक रहे हैं तो आप पूरी सावधानी से ऐसे किसी भी बड़े फैसले या कार्य को तब तक स्थगित रखेंगे, जब तक आपका पूरा दिमाग आपके अनुसार काम न करने लगे।

मैंने मूड के बारे में जो भी कुछ महत्त्वपूर्ण सीखा है, वह यह है—

आपका मूड आपके जीवन के हालात का प्रतिनिधित्व नहीं करता; वह बस, ऐसा दिखावा करता है।

जब मैं वर्तमान में अपने जीवन के हालात को निष्पक्ष तरीके से देखता हूँ तो ये शानदार हैं। मैं मुक्त हूँ। मेरा स्वास्थ्य अच्छा है। मेरे पास दोस्त बनाने की कला है। मुझे आखिरकार लंबे समय से आवश्यक एक रचनात्मक अभिव्यक्ति का साधन मिल गया है। मैं आमतौर पर कर्ज से मुक्त रहता हूँ और मुझे अपने दैनिक कार्यकलापों से भी कोई समस्या नहीं, लेकिन मेरा खराब मूड इनमें से किसी की परवाह नहीं करता। उसे इन चीजों का कोई मोल नहीं दिखता। मैं इन चीजों के बारे में सोचकर उत्साह से फूल नहीं जाता। मैं आज भी लेटकर अपना सिर तकिए से ढक लेना चाहता हूँ।

भावनात्मक रूप से मुझे लगता है कि मेरे सपने रेलिंग से टकरा गए हैं, दब गए हैं और धुआँ उगल रहे हैं, टूट गए हैं। पहले मुझे अपने इस अहसास पर भरोसा था और मैं इसी के मुताबिक फैसले लेता था। मैंने एक अवास्तविक काले भविष्य की तस्वीर बना ली थी, अपने को पूरा विश्वास दिला दिया था कि मेरे साथ यही होगा और फिर परेशान हो जाता; लेकिन अब मैं जानता हूँ कि खराब मूड अवास्तविक अनुमानों से निर्मित होते हैं। कल यही सारी चीजें अलग तरह की दिखाई देंगी। यह मैं अपने अनुभव से जानता हूँ।

शारीरिक हस्तक्षेप की भूमिका

मैंने इस बारे में बहुत कुछ सीखा है कि सामान्य हालात में किस तरह शांत और धैर्यपूर्वक रहें; लेकिन मैंने पाया कि शारीरिक हस्तक्षेप इसे बहुत जल्दी नुकसान पहुँचाता है। शारीरिक हस्तक्षेप से मेरा मतलब है कि किसी भी तरह की शारीरिक असुविधा (जैसे

पेट खराब होना, बहुत गरमी या सर्दी या भूख लगना) या मानसिक बाधाएँ (जैसे नींद पूरी न होना या शराब का प्रभाव)। जब आपका शरीर किसी चीज की माँग करता है, तब धैर्य और स्वीकार्यता हासिल करना और भी मुश्किल हो जाता है।

क्या आप कभी किसी ऐसी लंबी बातचीत में फँसे हैं, जिस दौरान आपको बुरी तरह शौच आने लगे? आप आमतौर पर चाहे जितने भी धैर्यवान् श्रोता क्यों न हों, आप इसे सहन नहीं कर पाएँगे। शारीरिक बाधाएँ आपकी सभी प्राथमिकताओं को पीछे छोड़ देती हैं। यह प्रकृति माँ का आपको बुलावा है। इसलिए जब आप शरीर को नजरअंदाज करते हैं तो अच्छे मूड का आनंद नहीं ले सकते।

यही कारण है कि मैं सावधान रहते हुए अंतिम दिन तक लेखन कार्य के प्रति जागरूक रहूँ, क्योंकि मेरा दिमाग सुस्त व भारी हो जाता है और मेरी लेटने की बेतहाशा इच्छा होती है। शारीरिक हस्तक्षेप संभवत: हर उस चीज को बेमानी कर देता है, जिसका आप मूड सुधारने में उपयोग करना चाहते हों, जब तक आप अपनी उस शारीरिक आवश्यकता को संतुष्ट नहीं कर देते।

एक दिन मैं टी.वी. पर कार्यक्रम देख रहा था, जिसमें वे खुशी पर चर्चा कर रहे थे। एक सवाल के जवाब में साक्षात्कार देनेवाले ने लोगों को खुशी हासिल करने का अपना सबसे महत्त्वपूर्ण सूत्र बताया। उसका जवाब था—पर्याप्त नींद लेना। यदि मुझे तब इस पर भरोसा नहीं होता तो आज हो जाता। व्यक्ति को भावनात्मक रूप से स्थिर होने की उम्मीद करने से पहले अपने शरीर की बुनियादी आवश्यकताओं को पूरा करने के बारे में सोचना चाहिए।

खराब मूड से उबरना

पहला कदम बस, यह स्वीकार करना है कि आपका मूड खराब है। इसका लिटमेस टेस्ट ऐसे करें—यदि ऐसी चीज आपको उत्साहित न कर सके, जो आमतौर पर आपको उत्साहित करती है तो आपका मूड खराब है। अपने को याद दिलाएँ कि आपका नजरिया संकीर्ण हो रहा है और आपकी विवेक सुविधा फिलहाल बिगड़ी हुई या निष्क्रिय है। याद रखिए कि आपने भविष्य के लिए जो भी कल्पना की होगी, वह अनुचित रूप से धूमिल दिखाई देगी। आपने जो भी आकलन किया होगा, वह विकृत होकर नकारात्मक हो जाएगा। बोनस यह कि अन्य लोग उससे ज्यादा खिजानेवाले महसूस होंगे, जितने वे वास्तव में हैं। इसलिए अपने सभी फैसले पूरी तरह सोच-समझकर लें।

अपनी शारीरिक आवश्यकताओं पर ध्यान देना अपने खराब मूड पर प्रतिक्रिया देने का पहला बुद्धिमानी भरा कदम है। फिर भी, यह समझना होगा कि आपकी शारीरिक आवश्यकताओं और मन की इच्छाओं के बीच अंतर है। आपका थका हुआ शरीर नींद

चाहता है, जबकि आपका उद्विग्न मन बेन एंड जेरी चाहता है। मन की इच्छाओं और शारीरिक आवश्यकताओं के बीच एक स्पष्ट रेखा होती है, लेकिन यह आसानी से दिखाई नहीं देती।

आपका शरीर क्या चाहता है, यह जानने के लिए अपने शरीर की भौतिक संवेदना पर ध्यान दें। देखें कि आपका पेट कैसा लग रहा है, आपकी श्वास कैसी है, आपका सिर कैसा महसूस हो रहा है। अपनी आँखें बंद करके शरीर को स्केन करें और संवेदनाओं पर ध्यान दें।

हर आवश्यकता प्रत्यक्ष होनी चाहिए और जब आपका ध्यान आपके शरीर पर होगा तो आपका मन मौन रहेगा।

एक चेतावनी

खराब मूड को सुधारने के लिए अपनी इच्छा पूरी करने का प्रयास बेहद लुभावना (और सामान्य) है। बेन एंड जेरी का नजरिया आत्म-सुख का है, आत्म-प्रेम का नहीं। इन हालात से सावधान रहें। खराब मूड आपको इच्छुक बनाता है। यहाँ मैं 'जरूरतमंद' की जगह 'इच्छुक' कह रहा हूँ, क्योंकि इच्छाएँ बहुधा वास्तविक आवश्यकताओं का छद्म रूप लेकर आती हैं।

मेरे अनुभव के अनुसार, खराब मूड आमतौर पर सुख की बेहद मजबूत इच्छा को जन्म देता है। यह असाधारण रूप से तीव्र इच्छा हो सकती है। इसे समझदारी से सँभालना जरूरी है। यदि हम इस पर भोग की प्रतिक्रिया देना तय करते हैं तो यह लत वास्तव में खतरनाक है। सुख के प्रति इस लालसा पर प्रतिक्रिया देने का हम सबका अपना पसंदीदा तरीका है और हम इस पर कितना निर्भर हो जाते हैं, यही इसकी मारकता तय करता है।

कुछ लोग खर्च बढ़ाकर अपने को कर्ज में डुबो लेते हैं। कुछ लोग शराब पीकर अपने स्वास्थ्य और रिश्तों को नष्ट कर बैठते हैं। कुछ तब तक खाते रहते हैं, जब तक शर्म और बीमारी न घेर ले। कुछ लोग खीज दिखाते हैं और दीवार पर मुक्के मारते हैं। कुछ लोग चार घंटे तक लगातार टी.वी. देखते रहते हैं। हम सभी सुख की इस इच्छा पर प्रतिक्रिया देने के लिए कुछ-न-कुछ करते हैं और अकसर सभी की कुछ कीमत भी चुकानी होती है।

एक पैटर्न उभर आने पर यह ज्यादा-से-ज्यादा कपटपूर्ण होता जाता है, यहाँ तक कि किसी के जीवन को पूरी तरह पटरी से उतार दें। एक आरामदेह आदत में डूब जाने की शर्म भी खराब मूड का कारण बन सकती है और अकसर यह आत्म-संरक्षण करनेवाली बन जाती है। यह जीवन पर हावी होकर इसे बरबाद भी कर सकती है।

जरा सोचिए कि आराम की इच्छा पर आप सामान्यतः किस तरह की प्रतिक्रिया देते

हैं? उसकी आपको क्या कीमत चुकानी पड़ती है? आप उसकी जगह ऐसा क्या करें, जो यह कीमत न चुकानी पड़े? जीवन में खराब मूड आते-जाते रहेंगे। इन्हें हर बार खुद को नुकसान न पहुँचाने दें। मूड खराब होने की कोई तय संख्या नहीं होती। इसी तरह इससे होनेवाली धन, स्वास्थ्य और आत्म-सम्मान की हानि की भी कोई सीमा नहीं है।

इन हालात में प्रतिक्रिया देने का कोई और रास्ता तलाशें। टहलने जाएँ, किसी दोस्त से मिलें, कोई पुस्तक पढ़ें, कसरत करें और कुछ नया सीखें—कुछ भी, बस, इस खराब मूड के कारण धन या स्वास्थ्य का नुकसान न करें। किसी भी स्थिति में, आराम की लालसा के लिए व्यसन में डूबना आमतौर पर आशाहीनता को बढ़ा देता है, जिससे आपको लगता है कि इसे पुनः अपने से दूर करने के लिए आपको इसमें और अधिक डूबना होगा।

बुरा मूड तब ज्यादा तेजी से समाप्त हो जाता है, जब आप इसे स्वीकार कर लें। इसे कुछ देर के लिए मेहमान बनाएँ और व्यसन में डूबकर इसे दूर करने से बचें। इन निर्देशों को याद रखें—बड़े फैसलों को तब तक विलंबित रखें, जब तक आप सोचने की बेहतर स्थिति में नहीं होते। लोगों व हालात का पूरी तरह आकलन करें, खूब सोच-विचार के साथ। भविष्य के लिए अपने विजन पर भरोसा या अपनी क्षमताओं, मूल्य या संभावनाओं का आकलन न करें। आपके अंदर ऐसा बहुत कुछ है, जिसे आप देख नहीं सकते। दोषारोपण से सावधान रहें। 'झल्लाहट में फैसला न लें' भी 'नशे में गाड़ी न चलाएँ' जैसा ही है। अपने संयमित होने तक प्रतीक्षा करें। यह समय सोकर बिताएँ।

इसमें प्रमुख व्यावहारिक नियम यह है कि यह भी गुजर जाएगा, बस, इस दौरान जितना संभव हो, नुकसान को कम-से-कम रखें।

और अब, मैं फिर से अच्छा महसूस कर रहा हूँ। इसे इस तरह देखें।

□

11

संसार को बचा सकनेवाली छोटी सी आदत—आध्यात्मिक जागृति

"सच्चे प्रेम से व्यक्ति का व्यक्तित्व विकसित होता है। व्यावहारिक जीवन में अपनी तलाश, अपनी पहचान और अपना ज्ञान तब तक नहीं होता, जब तक व्यक्ति अपने जीवन को किसी 'दूसरे' से साझा करने की सहमति नहीं देता।"

—खलील जिब्रान

हम में से ज्यादातर लोगों को बचपन से यही सिखाया गया है कि बच्चों को अजनबियों से बात नहीं करनी चाहिए। यदि मूल्य की बात करें तो यह गलत सलाह है। हम लोगों को कैसे जान पाएँगे, यदि हम उनसे बात नहीं करेंगे, लेकिन हम जानते हैं कि इसका उद्‌देश्य केवल बच्चों को अजनबियों के बारे में बुनियादी संदेह के बारे में बताना है, जिससे वे ऐसे व्यक्ति के चंगुल में न फँस जाएँ, जो वास्तव में खतरनाक है।

यह भोंडी, लेकिन प्रभावकारी नीति है, बिल्कुल उसी तरह, जैसे एम ऐंड एस टेप द्वारा आपके बैग्स को बंद करते हैं। वे दुकान में चोरी को रोकना चाहते हैं, इसलिए वे अपने सभी ग्राहकों के साथ चोर जैसा व्यवहार करते हैं। इसी कार्यविधि का पालन लगभग सभी मशहूर चेन्स, जैसे—कैरीफोर, सेवन इलेवन आदि करते हैं।

दुर्भाग्य से, 'अजनबी' शब्द का प्रयोग केवल शिक्षक और छात्रों के बीच ही नहीं होता। हमारे लिए यह एक आम शब्द है, जिसका प्रयोग हम अपने आसपास उभरती उस भीड़ के लिए करते हैं, जिसके बारे में हम कुछ नहीं जानते। रोजाना अपने आसपास से गुजरनेवालों के प्रति हमारा नजरिया कुछ ऐसा ही थोड़ा संदेहजनक होता है। हमें प्रमाण चाहिए होता है कि हम उनका सम्मान करें, फिर प्रेम या परवाह की बात तो

जाने ही दीजिए। हमारा उनके प्रति न तो कोई दायित्व होता है और न परवाह कि उनका जीवन कैसा बीत रहा है।

कभी-कभार, जब मैं लोगों के बीच होता हूँ तो वहाँ की हवाओं में यह उदासीनता नहीं होती। इसकी जगह, मैं अपने साथी नागरिकों के प्रति व्यापक गर्मजोशी का अनुभव करता हूँ। इसमें कई तरह की कृतज्ञता, बल्कि सभी के लिए प्रेम भी होता है, फिर चाहे उनमें से किसी ने भी मेरे प्रति वैसी कृतज्ञता न भी दरशाई हो। ऐसा अकसर कोई मार्मिक फिल्म देखने के बाद होता है या कोई अच्छी खबर मिलने पर अथवा कोई ऐसा अनुभव, जिसने अजनबीपन की भावना को अस्थायी रूप से मिटाकर अप्रासंगिक कर दिया हो।

हमारे समाज में शायद रिवाज है कि हम अकारण ही उन लोगों की परवाह करने के विचार को स्वत: ही सिरे से खारिज कर देते हैं, जिनसे हम परिचित नहीं हैं। हमारा प्रहसन दूसरे व्यक्ति के प्रति इसी आकस्मिक तिरस्कार पर निर्मित होता है। हम उन 'मूर्खों' के किस्से साझा करते हैं, जिनसे हम पहले मिल चुके हैं। सार्त्र कहते हैं, 'अन्य व्यक्ति नरक है' और हम हामी में सिर हिलाते हैं तथा उनकी बात का मतलब नहीं समझ पाते।

हम जिन्हें जानते हैं, उनकी गलतियों को आसानी से क्षमा कर देते हैं; जबकि अजनबी हमारे जीवन में एक संदेह के साथ प्रवेश करते हैं। हम संपूर्ण मानव जाति को अपने सम्मान या क्षमा की संभावना के अयोग्य ठहरा देते हैं, जैसे ही किसी को मुड़ने के सिग्नल का पालन करते नहीं देखते या वह उलटी बेसबॉल टोपी पहने हुए गलत तरह का खाना खा रहा हो।

हास्य लेखक जैक हैंडी उद्‌धृत करते हैं, "मैं यों ही किसी व्यक्ति का सम्मान नहीं करता। उसे मेरे सामने झुककर इसकी भीख माँगनी होती है।"

हमारी संस्कृति में अजनबियों के साथ जितना संभव हो, समान व्यवहार करना होता है। यह सामान्य नहीं है, जैसे कि काम पर या स्कूल जाते अपने साथी यात्री के शुभ दिन की कामना करके चुपचाप बैठ जाना। जब दैनिक खरीदारी स्टोर में हमारे साथ कोई और व्यक्ति भी हो तो बहुत संभव है कि हमें उसके प्रति जितनी हमदर्दी होगी, उससे ज्यादा हम परेशान हो जाएँगे।

मुझे लगता है कि हमें अजनबियों के प्रति अपने पूर्व निर्धारित नजरिए पर फिर से विचार करना होगा। अजनबियों के प्रति संदेह या उदासीनता रखने की क्रिया बेहद अशिष्ट, विचारहीन और समाज के लिए उतनी ही हानिकारक है, जितना सफेद रेखा के अत्यंत निकट वाहन खड़ा करना, रेस्टोरेंट में ऑर्डर देने में बहुत समय लगाना या ऐसा कोई भी तुच्छ कारण, जिस पर हम लोगों को उनकी परवाह करने की संभावना से खारिज कर देते हैं।

कोई पहल नहीं

यदि आप स्वत: ही प्रेम की अवस्था को अनुभव करते हैं तो यह बस, एक शुभ दुर्घटना ही है—सौभाग्य या प्रेरणा से उत्पन्न ऐसी चमक, जिसका आनंद इसके होने तक ही है, लेकिन आप ऐसा सोद्‌देश्य भी कर सकते हैं। आप खुद से मिलनेवालों के साथ नियम बनाकर प्रेम व सम्मान देने का फैसला कर सकते हैं। इसलिए नहीं कि वे इसकी पात्रता रखते हैं, बल्कि इसलिए कि यह उदासीन रहने से बेहतर रिवाज है। इससे आपको कहीं बेहतर अनुभव और निस्संदेह एक बेहतर समाज प्राप्त होगा।

मैंने कुछ महीने पहले अजनबियों का गुप्त साथी बनने का एक बेहतर तरीका निकाला। जब भी आप अपने को किसी अजनबी से परेशान होता महसूस करें तो उसके दुष्ट अपराधों को तुरंत क्षमा कर दें और उसके साथ कुछ मिनट तक रहने के बाद यदि उन्हें मदद की जरूरत हो तो उन्हें मदद की पेशकश करें। अगर वे खो गए हैं तो उन्हें रास्ता बताएँ, अगर कोई उनके साथ गलत व्यवहार कर रहा है तो बीच-बचाव करें या कम-से-कम आशा करें कि उनका बाकी का दिन अच्छा बीते। क्षमा करने और फिर मदद की यह मंशा—भले ही आप इस पर सचमुच काम न भी करना चाहते हों, किसी भी तरह की मौजूदा अभ्यस्त संकीर्णता को कम करेगी और वास्तविक सद्‌भाव की संभावना को पुष्ट करेगी। ऐसा नहीं है कि प्रयास करने पर भी हम किसी अजनबी की परवाह नहीं कर सकते; लेकिन यदि हम ऐसा नहीं करते तो वस्तुत: यह हमारी संस्कृति का निषेध होगा। हम प्रेम और परवाह का समर्थन करनेवालों पर अकारण ही संदेह करने लगते हैं। हम उन्हें अवसरवादी या नवयुगीन या कम-से-कम आशाहीन आदर्शवादी समझते हैं। इसका संदेश है कि प्रेम और सद्‌भाव ऐसी चीजें हैं, जो उन लोगों के लिए पूरी कंजूसी के साथ दी जानी चाहिए, जिन्होंने इसके लिए पात्रता सिद्ध की है। हमारे कथित आज की आधुनिक संस्कृति में प्रेम को लेकर निष्पक्ष होना शर्मिंदगी की बात हो गई है।

मुझे लगता है कि यह केवल संस्कृति का गलत मोड़ भर है, न कि आधुनिक समाज का एक अनिवार्य उप-उत्पाद। हमारे यहाँ प्रेम के लिए 'पहले आप' का विचार रहा है। निस्संदेह, जब बात अजनबियों की आती है तो पहल कोई नहीं करता। पहल करने में यह डर रहता है कि आपके प्रेम के बदले आपको प्रेम नहीं भी मिल सकता, इसलिए हमारा मुनाफा-आधारित समाज इसे एक मूर्खतापूर्ण निवेश की तरह देखता है।

कुछ मनोवैज्ञानिकों की सलाह है कि प्रेम के प्रति हमारी कृपणता वह परिणाम है, जो हम इसके बारे में सबसे पहले सीखते हैं। हमारे जीवन में प्रेम का अनुभव केवल इसे पाने से ही आरंभ होता है। बाल्यावस्था में हमारे प्रेम का अनुभव पूरी तरह एकांगी होता है, जो हर कहीं से हमेशा केवल हमारी तरफ आता है।

इस तरह, हमारी शुरुआत पूर्णत: स्थिर प्रेम पात्र बनने से होती है, न कि प्रेम करने को कौशल या ऐसे स्वभाव के तौर पर देखना, जिसे हम स्वयं भी पोषित कर सकते हैं। हमें यह बाद में पता चलता है कि प्रेम को एक बिल्कुल अलग तरह से अनुभव किया जा सकता है—उसके दाता बनकर।

प्रेम के इस सिरे से परिचित होने पर हमने इस पर हमेशा नहीं, लेकिन एक परिपक्व नजरिया विकसित किया। हमें पता चलता है कि हम प्रेम दे भी सकते हैं। इस तरह, हम प्रतिफल चुकाना सीखते हैं। प्राप्त प्रेम के लिए प्रेम दें, लेकिन यह किसी भी तरह खरीद-फरोख्त के दर्शन को लागू करने से अलग नहीं, जिससे हम में से अधिकांश लोग संक्रमित हैं और कोई हैरानी नहीं कि इससे हम कहीं नहीं पहुँचेंगे।

लेकिन प्रेम का पूर्ण परिपक्व नजरिया इसे और आगे ले जाता है—उस बिंदु तक, जहाँ हम बिना यह जाने प्रेम करते हैं कि हमें बदले में प्रेम मिलेगा भी या नहीं। यही वह तरीका है, जैसे माता-पिता अपने बच्चों को प्रेम करते हैं (या करना चाहिए)। प्रेम के इस पहलू में प्रेम एक भेंट बन जाता है। वह न तो मोल-तोल होता है और न ही सौदा। यहाँ प्रतिफल आवश्यक नहीं होता, बल्कि इसकी उम्मीद भी नहीं होती। इसमें यह परवाह भी नहीं होती कि प्रेम की 'पात्रता' कितनी है।

संसार के सुर उस समय पूरी तरह बदल जाते हैं, जब हम अजनबियों को इस सक्रिय नजरिए से देखते हैं, जहाँ हम उदासीनता से इनकार करते हैं; बल्कि इसकी जगह उनके प्रति प्रेम को मूल नजरिए के तौर पर देखते हैं। यह हर चीज के प्रति आपके अनुभव को बदल देगा, जिसमें ट्रैफिक, समारोह, व्यापारिक सौदों, रेस्तराँओं, आसपास विचरते लोग और कई बार किसी का कपड़ों का गलत चयन या सड़क के भिखारियों जैसे अजनबी भी शामिल हैं। दूसरे अपने जीवन का आनंद लें कि सहज इच्छा हमारी अधिकांश दैनिक अभ्यस्त संकीर्णता को साफ कर देती है और हमारे भीतर पूरी दुनिया के लोगों के लिए अजीब से प्रेम की अनुभूति को छोड़ जाती है।

अजनबियों के प्रति उदासीनता हमारी आदत बन गई है, इसलिए प्रेम आमतौर पर आपका पहला रुझान नहीं होता; लेकिन ऐसा नहीं होना चाहिए। उदासीनता या अजनबीपन का यह शुरुआती अहसास वह संकेत बन सका है, जो आपको शून्य की जगह प्रेम को प्रस्तावित करने की याद दिलाए। आपको बस, इतना करना है कि यह सोचें कि आपके पास बैठा अजनबी किस चीज की आशा लगाए है और देखिए कि आप उसकी उस आशा को शांतिपूर्वक साझा कर सकें।

यह छोटी सी आदत ही पूरी दुनिया को बदलने के लिए काफी है। यदि आप सहमत भी हों, तब भी आप पाएँगे कि आप पहले दूसरों के ऐसा करने की प्रतीक्षा कर रहे हैं।

अनोखे जीवन के लिए सरल निर्देश

अनगिनत पुस्तकों में अनोखे जीवन के बारे में लिखा गया है; लेकिन इनमें से अधिकांश संक्षिप्त निर्देशों को तलाश रहे व्यस्त आम व्यक्ति की व्यावहारिक मदद के लिहाज से बहुत विस्तृत, बेहद विशिष्ट या अत्यधिक विद्वत्तापूर्ण हैं। एक आम व्यक्ति सशक्त मनुष्य के रूप में कैसे जी सकता है, इसके लिए संक्षिप्त, स्पष्ट और सरल निर्देश की बहुत आवश्यकता महसूस की जा रही थी। यह प्रयास इसी कमी को पूरा करता है, जिसमें वह सब दिया गया है, जो इसका शीर्षक बताता है—'अनोखे जीवन के लिए सरल निर्देश'।

आसान संदर्भ के लिए इस अध्याय को छोटे व सरल सेक्शनों में बाँटा गया है।

पहले सेक्शन में सैद्धांतिकता पर जोर है। इसमें अनेक सिद्धांतों को बिना जटिल और गूढ़ व्याख्याओं के पाठकों के मन में अत्यावश्यक सिद्धांतों के तौर पर स्थिर करने का प्रयास किया गया है। यहाँ उल्लेखित सिद्धांत एक स्पष्ट जीवन-दर्शन के रूप में काम करते हैं—एक प्रारूप, जो मनुष्य जीवन के मायनों और उद्‍देश्यों को स्पष्ट करता है। ये सिद्धांत आम मनुष्य को चीजों की विशाल योजना में उनके स्थान को समझने में सक्षम बनाएँगे, जिससे वे अपनी प्राथमिकताएँ तय कर सकें और उन्हें हासिल करने की सही योजना बना सकें। आज हर तरफ फैली स्पष्ट जीवन-दर्शन की कमी ही एशिया व दुनिया भर में व्यक्तिगत व सामाजिक—दोनों तरह के नैतिक मानकों में लगातार गिरावट की जिम्मेदार है।

दूसरे सेक्शन का संबंध पहले सेक्शन में बताई जीवन की समझ के व्यावहारिक उपयोग से है। यहाँ हम मानवीय आचरण के कोड को स्वीकार करने के दृष्ट लाभों की विचार एवं जीवन के तरीकों के आधार पर जाँच करेंगे। इस सेक्शन में हम उस पर भी तिरछी नजर डालेंगे कि तब क्या होता है, जब समाज आध्यात्मिक मूल्यों के भौतिक विकास के विशिष्ट तनाव को छोड़ देता है।

अगले दो सेक्शन में क्रमशः व्यक्ति की जीवन-योजना को तैयार करने और बाधाओं तथा इन योजनाओं के सफल कार्यान्वयन को रोकने की संभावनाओं पर चर्चा करता है। एक आम अनुकरणकर्ता की केंद्रीय समस्या सफल आम जीवन में मानवीय नैतिकता और आध्यात्मिक सिद्धांतों को जोड़ना है। इस समस्या को व्यक्ति के जीवन को आम व्यक्ति के नैतिक मार्ग के प्रारूप में व्यवस्थित करके सुलझाया जा सकता है, जो सभी प्रबुद्ध गुरुओं की शिक्षाओं को अभ्यास में लाने का प्रतिनिधित्व करता है; क्योंकि मनुष्यों में विकास के लिए कुछ सीमा में आर्थिक सुरक्षा आवश्यक होती है। इसलिए प्रबुद्ध संतों ने अपने आम अनुयायियों के भौतिक कल्याण की उनके आध्यात्मिक विकास के जितनी ही चिंता की है। प्रबुद्ध संतों ने उन्हें भौतिक आनंद को

तलाशने से नहीं रोका है, लेकिन इस बात पर जोर दिया है कि अपने भौतिक लक्ष्यों को हासिल करते हुए आम व्यक्ति नैतिकता के बुनियादी नियमों को तोड़ने से बचे। यह नियम मानव सदाचार के उपदेशों में सार रूप में शामिल है, जो वह न्यूनतम नैतिकता कोड है, जिसे किसी भी विकसित होते गृहस्थ को पालन करना होता है, जैसे कि मानव सदाचार के उपदेशों को आम अनुयायियों के लिए इतना बुनियादी महत्त्व दिया गया है। इसलिए इन पर चर्चा के लिए अलग से एक पूरा अध्याय दिया गया है।

अध्याय का शेष भाग दिखाता है कि मानव सदाचार के इन बुनियादी सिद्धांतों का आम गृहस्थ के जीवन में अन्य प्रमुख क्षेत्रों में किस तरह उपयोग किया जाए। इस अध्याय का अंत इस संक्षिप्त वर्णन के साथ होता है कि एक आम व्यक्ति से उसके दैनिक जीवन में किन आदर्शों की उम्मीद की जाती है। इस संपूर्ण अध्याय का मार्गदर्शक सिद्धांत है—सही तरीके से थोड़ा करना गलत तरीके से बहुत कुछ करने से बेहतर है।

संक्षेप में कहें तो आध्यात्मिक शिक्षाएँ, जो अपनी पूर्णता में विशिष्ट हैं, एक पुष्टिकर जीवन के लिए सबसे तार्किक व सुसंगत योजना हैं। यह किसी हठधर्मिता या अंधविश्वास पर आधारित नहीं है, लेकिन तथ्य और निरीक्षण निष्कर्षों पर आधारित है। अतः यह जीवन का उचित तरीका है, जो किसी भी विचारवान् व्यक्ति के लिए आकर्षक होगा। इसके अलावा, मानव सदाचार ऐसा विचार है, जो आधुनिक विज्ञान की उन्नति से पूरी तरह अनुकूल है और इसकी चतुराई भरी पुनर्व्याख्याओं की कोई आवश्यकता नहीं कि विज्ञान के आविष्कारों के संघर्ष से बचा जा सके।

फिर से, आध्यात्मिक विकास को बौद्धिक रूप से स्वीकार करने का तथ्य मात्र ही आनंद और सुरक्षा को सुनिश्चित नहीं कर देता। इससे लाभ लेने के लिए शिक्षाओं को हमें अपने दैनिक जीवन में बुद्धिमानी व रचनात्मकता सहित उपयोग करना होगा। इसे तब तक अनुकूलित, अपनाना और उपयोग करना होगा, जब तक इसके सभी बुनियादी सिद्धांत बार-बार किए जाने से आत्मसात् होकर आदत न बन जाएँ; क्योंकि आध्यात्मिक विकास का सैद्धांतिक ज्ञान अपने आप में अपर्याप्त है।

यदि व्यक्ति अपने मौजूदा व्यक्तित्व में बदलाव करना चाहता है तो ऐसे बदलावों के लिए समय और धैर्य की आवश्यकता होती है। समभाव की बुलंद ऊँचाइयाँ एक छलाँग में नहीं चढ़ी जा सकतीं, बल्कि इसके लिए लंबे समय तक गुरु की शिक्षाओं का मौन व सतत अभ्यास करना होता है। हमें याद रखना होगा कि हजारों मील की यात्रा की शुरुआत एक कदम से होती है। दैनिक अभ्यास, जिसकी शुरुआत यहाँ दिए गए पाँच नियमों का कड़ाई से पालन करने से होगी, इस मार्ग पर क्रमबद्ध प्रगति का तरीका है। रोजाना केवल थोड़ा सा अभ्यास करने से भी अभ्यासकर्ता प्रतिदिन अपने लक्ष्य के और निकट होता जाएगा।

'आम प्रशिक्षु' होने के लचीलेपन के साथ शुरुआत

जीवन का सही नजरिया

प्रसन्न, सफल और सुरक्षित रहने के लिए हमें पहले अपने आपको और दुनिया को उसे सच्चे रूप में देखते हुए अपनी दैनिक गतिविधियों को इसी नजरिए से आकार देना होगा। इसके साथ ही हमें अपनी समस्याओं के समाधान भी कारण और प्रभाव के रिश्तों के मायने में तलाशने होंगे; क्योंकि करणीय संबंधों का सार्वभौम नियम मानव व्यवहार के क्षेत्र में भी उसी तरह कार्य करता है, जैसे यह भौतिक जगत् में करता है।

उपयोगी जीवन की बुनियाद 'कर्म' के नैतिक नियम की समझ पर आधारित है। 'कर्म' ऐच्छिक क्रियाएँ हैं; क्रियाएँ, जो नैतिक रूप से निश्चित आशय या इच्छाओं को अभिव्यक्त करती हैं। हमें साफ तौर पर पहचानना होगा कि पुष्टिकर व अपुष्टिकर कार्यों के उन्हीं के अनुरूप अच्छे व बुरे परिणाम होते हैं। व्यक्ति जो बोता है, उसे वही काटना पड़ता है। अच्छाई से अच्छाई और बुराई से बुराई का जन्म होता है। यही प्रतिकारात्मक शक्ति ऐच्छिक क्रियाओं या 'कर्म' में अंतर्निहित होती है।

कर्म भी संचयी होते हैं। हमारे कार्यों से ही केवल आनंददायक व कष्टकारक परिणाम उत्पन्न नहीं होते, बल्कि अपनी संचयी शक्ति द्वारा वे हमारे चरित्र का भी निर्धारण करते हैं। हम एक जीवन में जो कुछ भी करते हैं, वही अगले जीवन में हमारे स्वभाव के रूप में प्रेषित होता है। यही स्वभाव हमारी चारित्रिक विशेषताओं को गठित करता है।

इस क्रिया में उचित परिणाम उत्पन्न करने की शक्ति अंतर्निहित होती है। यह किसी भी बाहरी साधन के हस्तक्षेप या मदद के बिना होता है। कर्म न तो भाग्य हैं और न ही पूर्व निर्धारित हैं, बल्कि ये हमारी अपनी इच्छित क्रियाएँ हैं, जिन्हें परिणाम उत्पन्न करनेवाला माना जाता है। कारण और प्रभाव के कार्मिक नैतिक नियम को समझ लेने पर हम अपनी क्रियाओं को नियंत्रित करना सीख सकते हैं, जिससे हमारा कल्याण होने के साथ ही दूसरों का भी भला हो।

ऐसी दस अपुष्टिकर क्रियाएँ कार्य हैं, जो लालच, घृणा और भ्रम की मलिनता से उत्पन्न होते हैं। ये हैं—हत्या, चोरी, यौन दुराचरण, झूठ बोलना, अपयश, कठोर भाषा, अनर्गल वार्ता, लोभ, बुरी इच्छाएँ और झूठे दृष्टिकोण। इनके विपरीत, योग्यता के दस आधार भी हैं। ऐसे कार्य, जिनका जन्म अनासक्ति, सद्भाव और बुद्धिमत्ता जैसे सदाचारी गुणों से आते हैं और जो पुष्टिकर कर्मों को उत्पन्न करते हैं— उदारता, नैतिकता, ध्यान, श्रद्धा, सेवा और गुण स्थानांतरण, दूसरों के अच्छे कार्यों से आनंदित होना और अपने दृष्टिकोण को मजबूत बनाना।

आज की दुनिया में भौतिकतावाद के प्रसार का कारण जीवन के इन आधारभूत नियमों के प्रति सही समझ की कमी और अज्ञानता है। जब लोग विश्वास करने लगेंगे कि मृत्यु होने पर सब समाप्त हो जाएगा, तब उदात्त नैतिक आदर्शों का कोई मूल्य नहीं रहता और वे अपने कार्यों के दीर्घावधिक परिणामों के प्रति उदासीन हो जाते हैं। उनका पूरा जीवन ऐंद्रिक सुखों को पाने के अंध प्रयासों के इर्द-गिर्द घूमने लगता है। इसलिए, हम पाते हैं कि आज लोग धन की पूजा करते हैं, फिर चाहे इसे कैसे भी अर्जित किया गया हो। वे आनंद की तलाश में रहते हैं, फिर चाहे यह कहीं से भी प्राप्त हो। वे यश और शक्ति के पीछे रहते हैं, फिर चाहे उन्हें इसकी कीमत अपनी निजी ईमानदारी से ही क्यों न चुकानी पड़े।

अदालत के समक्ष कानून की जानकारी न होना कोई वैध बहाना नहीं है और ऐसी ही कर्म के नैतिक नियम के भी साथ है। यह नियम काम करेगा-ही-करेगा, फिर चाहे व्यक्ति इस पर विश्वास करता हो या नहीं। कारणों के उचित प्रभाव होंगे-ही-होंगे, जैसे एक शिशु आग को छू लेने पर जल जाता है, भले ही वह आग से खेलने के खतरों से परिचित हो या न हो। इसी तरह जो भी लोग नैतिकता के नियमों को तोड़ते हैं, उन्हें उस समय उसका फल भोगना ही होगा, जब उनके कर्म परिपक्व हो जाएँगे, भले ही वे कर्म या कार्यों से संबंधित शिक्षाओं को स्वीकार करें या न करें।

जिस तरह छाया वस्तु से जुड़ी रहती है, इसी तरह पुनर्जन्म कर्मों से जुड़ा होता है। लालसाएँ व स्वार्थपूर्ण इच्छाएँ हमें जीवन को पुष्ट करनेवाले कार्यों, कर्मों, ऐच्छिक क्रियाओं की ओर प्रवृत्त करते हैं। प्रकृति में कोई भी शक्ति नष्ट नहीं होती और नैतिक ऊर्जा भी इससे अलग नहीं है। जब तक लालसाएँ और अज्ञानता मन में बनी रहेंगी, कर्मों को मृत्यु की अभिव्यक्ति तलाशनी ही होगी। अस्तित्वगत होने की लालसा का अनिवार्य फल फिर से जन्म लेना है।

आध्यात्मिक ज्ञान मृत्यु के समय व्यक्ति के जीवन-प्रवाह को सतत बनाए रखने की पुष्टि करता है, लेकिन नित्य आत्मा के अस्तित्वगत होने से इनकार करता है। मन मानसिक प्रक्रियाओं का प्रवाह है, जिसका कोई स्थिर मूल नहीं है, फिर भी यह अयथार्थ, एक जीवन से दूसरे जीवन तक जारी रहने के माध्यम से प्रवाहित होता है, जब तक यह और बनने की प्यास द्वारा चलता रहता है। एक मरते हुए व्यक्ति का मन, जिसमें सतत अस्तित्वगत होने की सुप्त लालसा हो, ऐसी वस्तुओं, विचारों और अनुभूतियों से जुड़ा रहता है, जो उसके जीवनकाल की किसी क्रिया में ठहरी रहती है और यह ठहरना ही जीवन के बीज में जान फूँकता है। जीवन का यह नया रूप मानवीय व गैर-मानवीय कुछ भी हो सकता है, जो उस मृत व्यक्ति द्वारा अपने जीवनकाल के उत्पन्न कर्मों या नैतिक शक्ति के अनुरूप होता है। जीवन का बीज पुनर्जन्म की उस

प्रक्रिया से उद्दीप्त होता है, जो बुनियादी चेतना से संपन्न है, जिसमें उस व्यक्ति के अतीत के सभी प्रभाव, विशेषताएँ और प्रवृत्तियाँ सुप्त रूप से निहित रहती हैं। अतः मृत्यु फिर से जन्म का और जन्म पुनः मृत्यु का कारण बनते हैं। इस प्रकार से, पुनर्जन्म आत्मा के देहांतरण के बिना भी संभव हो सकता है।

कर्म और पुनर्जन्म का जुड़वाँ सिद्धांत वह 'मध्य मार्ग' है, जो जीवन की सभी समस्याओं का संतोषजनक उत्तर प्रदान करता है। मध्य मार्ग धर्मशास्त्रों और भौतिकतावाद की अतिशयता से बचता है और नैतिक दायित्व को बचाता है, बिना सर्वशक्तिमान, फिर भी दयालु ईश्वर के सामने समस्याओं को पेश किए बिना। एक मनुष्य खुद अपने बीते हुए कर्मों की दृष्ट अभिव्यक्ति होता है। व्यक्ति का जन्म खुद उसके बीते हुए कर्मों के अनुसार होता है और मृत्यु के समय वह वहीं चला जाता है, जहाँ उसके संचित कर्म उसे ले जाते हैं।

आध्यात्मिक ज्ञान सिखाता है कि मनुष्य का विकास उसके उन कर्मों की गुणवत्ता के अनुसार होता है, जो उसने अपने जीवन के दौरान किए होते हैं। यह विधाता—ईश्वर—की आज्ञा की जगह नैतिकता के बुनियादी तर्कों पर आधारित होता है। ऐसी शिक्षाओं के अनुसार, मानव जगत् से पशु जगत् जैसे अमानवीय जगत् में अधोगमन ('कर्म अवरोहण') भी हो सकता है तथा प्रगति ('कर्म आरोहण') अर्थात मानव जगत् से उच्चतर जगत् में भी हो सकता है। अमानवीय क्षेत्रों में गिरने के खतरे को ध्यान में रखा जाए तो व्यक्ति को अपने कार्य बहुत सावधानी से करने चाहिए। उचित आचार नियमावली पर आधारित सदाचार व्यक्ति को अधोगमन से बचाकर उसकी आध्यात्मिक प्रगति सुनिश्चित करता है।

नैतिक जीवन को स्वीकार करनेवाले उत्साही अनुयायी कर्म के नैतिक नियमों को यथार्थ मानकर स्वीकार करते हैं। वे मनुष्यों के बीच अनेक असमानताओं का प्रमुख कारण इसे ही मानते हैं, भले ही वे स्वास्थ्य, संपत्ति और बुद्धि में कुछ भी हों। वे जीवन में हानियों, निराशाओं और विपत्तियों को शांत होकर—बिना शिकायत—सहन करना भी सीखते हैं, क्योंकि वे जानते हैं कि यह उनके ही पिछले पापों का परिणाम है। अगर वे अपने आपसे पूछें कि 'मैं ही क्यों?' तो इसका उत्तर क्रिया और परिणामों के मायनों में अभिव्यक्त होगा। वे अपनी समस्याओं का अपनी क्षमतानुसार समाधान निकालने का प्रयास करते हैं और जब बाहरी बदलाव संभव न हों तो अपने आपको नए हालात से समायोजित कर लेते हैं। वे उतावली में कार्य नहीं करते, न ही निराश होते हैं, न ही शराब, नशे या आत्महत्या का सहारा लेकर अपनी कठिनाइयों से बचने का प्रयास करते हैं, जैसा अकसर लोग किया करते हैं। ऐसे कार्य केवल भावनात्मक अपरिपक्वता एवं आध्यात्मिक शिक्षाओं के प्रति अज्ञानता को ही दरशाते हैं।

हालाँकि हम अपने आपको भौतिक व्यक्ति के रूप में देखते हैं, लेकिन वास्तव में हम एक लपट से अधिक कुछ नहीं हैं, जो मन और पदार्थ का सदा परिवर्तनशील संयोजन है, जो दो अनुगामी क्षणों में एक समान ही रहता है। हमारे अस्तित्व के सारे घटक अस्थायी, असंतोषजनक और स्व से रहित हैं। जीवन पहचान बनना नहीं, बल्कि बनाना है; यह उत्पाद नहीं, बल्कि प्रक्रिया है। वास्तव में यहाँ कर्ता कोई नहीं है, केवल कार्य है; विचारकर्ता नहीं है, केवल विचार हैं; जानेवाला नहीं है, केवल जाना है।

एक तरीका है, जिससे आप पुनर्जन्म के उस अनादि चक्र को समाप्त कर सकते हैं, जो अनेक पीड़ाओं के जन्म का कारण है। इस चक्र को समाप्त करने का तरीका है—उस कारण को मिटा देना, जो इसे एक जीवन से दूसरे जीवन तक चलाता है। इसका मुख्य कारण है लालसा, जिसके अनेक रूप हैं। लालसाएँ व्यक्ति को क्रिया (कर्म) के लिए प्रेरित करती हैं, जिनसे वे लालसाएँ संतुष्ट हो सकें। फिर भी, यदि लालसा अनिवार्य रूप से अतृप्त रही तो इसका परिणाम पुनर्जन्म होता है।

लालसा एक शक्तिशाली मानसिक शक्ति है, जो सभी अप्रबुद्ध अस्तित्वों में निहित रहती है। लालसा का कारण जीवन की वास्तविक प्रकृति के प्रति अज्ञानता है—यह पता न होना कि जीवन एक सदा परिवर्तित होनेवाली प्रक्रिया है, जो पीड़ा के अधीन है और आत्म या स्वत्व से पूरी तरह मुक्त है। सभी जीवनों की यही प्रकृति है, भले ही वे कहीं भी पाए जाते हों। एक प्रक्रिया नश्वरता, असंतोष और अहंकारहीनता के तीन संकेतों से अंकित है।

सभी सिद्ध आत्माओं ने जीवन के वास्तविक स्वरूप को स्वयं अनुभव किया है और इस अनुभव से कुछ ऐसा प्राप्त होता है, जो जीवन और मृत्यु के पार है—एक वास्तविकता, जो नित्य, परमानंदपूर्ण और चिरजीवी है। इस अवस्था का वर्णन नहीं किया जा सकता; बल्कि इसे अंतरतम में स्वयं महसूस करना होता है, क्योंकि यह प्रत्यक्ष निजी अनुभव है। इसे केवल अपने लिए और अपने द्वारा ही पाया जा सकता है। यह परम वास्तविकता है, जहाँ विचार अनुभव में समाप्त हो जाते हैं; प्रबोधन या सच्चा साक्षात्कार है, जो हर आध्यात्मिक साधक का लक्ष्य है।

हमारे पास अप्रसन्नता और असंतोष से बचने का केवल यही रास्ता है कि उस लालसा को समाप्त कर दें, जो उन अनुभूतियों को जन्म देती है; क्योंकि यह जिस हर चीज को व्यग्रतापूर्वक चाहती है, वह नश्वर है। कुछ भी हमेशा नहीं रहता—न व्यक्ति, न वस्तु और न ही अनुभव। जो भी मौजूद है, उसे नष्ट होना ही है और उस नाशवान् अंत को पकड़े रहना, देर-सबेर पीड़ा का कारण बनता है। हालाँकि लालसा को समाप्त करना इतना आसान नहीं है। यह सबसे बड़ी चुनौती है; लेकिन जब हम ऐसा कर लेते हैं, तब हम आंतरिक पूर्णता और अविचल शांति की स्थिति में पहुँच जाते हैं।

हम नैतिकता, एकाग्रता और बुद्धि के तीन चरणों का पोषण कर इस पीड़ा का अंत कर सकते हैं। नैतिकता से आचरण शुद्ध होता है और एकाग्रता मन को शांत करती है। जब मन शांत और एकाग्र होगा, तभी बुद्धि, स्पष्ट अंतर्बोध, ज्ञान एवं चीजों को उनके वास्तविक स्वरूप में देखना आरंभ होता है। यह बुद्धि उदित होने के साथ ही इससे संबंधित सभी लालसाएँ हमेशा के लिए विनष्ट हो जाती हैं। तब जीवन का दीप ईंधन की तलाश में बुझ जाता है। इस अभ्यास में निम्न आठ कारक अंतर्संबंधित और अंतर्संबद्ध हैं, जो तीन समूहों में व्यवस्थित हैं—

बुद्धि समूह

1. **सम्यक् समझ**—जीवन के वास्तविक स्वरूप का ज्ञान; चार महान् सत्यों की समझ।
2. **सम्यक् विचार**—विचार, जो वासनाओं, बुरी इच्छाओं और आक्रामकता से मुक्त हों।

नैतिकता समूह

3. **सम्यक् वाणी**—जिसमें झूठ, प्रवाद, कठोर वाणी या निरर्थक शब्दों से परहेज हो।
4. **सम्यक् क्रिया**—जिसमें हत्या, चोरी और यौन दुराचरण से परहेज हो।
5. **सम्यक् आजीविका**—आजीविका के ऐसे किसी भी साधन से बचना, जिसमें किसी दूसरे का नुकसान या शोषण हो।

एकाग्रता समूह

6. **सम्यक् प्रयास**—मन को अपुष्टिकर मानसिक स्थिति से बचने तथा पुष्टिकर मानसिक स्थिति को विकसित करने के लिए प्रशिक्षित करना।
7. **सम्यक् सावधानी**—शरीर, अनुभूति, मन और मानसिक परिघटना के 'सावधानी के चार आधार' के लिहाज से सतर्कता और जागृति की शक्ति को विकसित करना।
8. **सम्यक् एकाग्रता**—मन का एक-बिंदु पोषण करना।

सम्यक् समझ के लाभ

इसके लाभ हैं।

1. सम्यक् समझ मूल्यों के प्रति उचित भावना विकसित करने का आधार है, जिसकी हमारे आज के युग में भारी कमी है। बिना सम्यक् समझ के हमारा विजन

धुँधला और मार्ग खो जाता है। हमारे सभी प्रयास पथभ्रष्ट व मार्गभ्रष्ट हो जाते हैं। हमारी व्यक्तिगत व सामाजिक विकास की सभी योजनाएँ लड़खड़ा जाती हैं और विफल हो जाती हैं। ऐसी योजनाओं को अपना आधार स्व-प्रयास, आत्म-नियंत्रण और व्यक्ति के सम्मान पर जोर देते हुए बनाना चाहिए।

जब गलत दृष्टिकोण प्रबल होगा तो हम मूल्यों को विकृत भावना से संचालित करेंगे—हम अपने आपको संपत्ति, शक्ति और प्राप्ति की अंध तलाश में झोंक देंगे; हमें जीत और प्रभुत्व के आवेग का हठ हो जाएगा; हम निर्मम प्रतिशोध के लिए लालायित हो जाएँगे; हम मूर्खतापूर्ण ढंग से सामाजिक परिपाटी और मानकों के अनुरूप हो जाएँगे।

उचित दृष्टिकोण हमें मूल्यों के प्रबुद्ध मायनों की ओर ले जाएगा—विराग और नेकी की ओर ले जाएगा; आत्मा की उदारता और दूसरों की निस्स्वार्थ सेवा की ओर ले जाएगा; ज्ञान और समझ की तलाश की ओर ले जाएगा। यदि सम्यक् समझ का मार्ग अपना लिया जाए तो दुनिया में फिलहाल व्याप्त भ्रम और नैतिक तथा पागलपन समाप्त न भी हो, पर कम अवश्य हो जाएगा; जैसे कि सम्यक् आजीविका और सम्यक् क्रिया हमें उन संघर्षों से बचने में मदद कर सकती है, जिनका परिणाम जीने का गलत तरीका और गलत क्रियाएँ होता है, जिससे समाज शांति व तालमेल के साथ जीने में सक्षम हो सकेगा।

हालाँकि, समृद्ध पश्चिमी देशों के लोग उच्च स्तर की वस्तुओं एवं सेवाओं का आनंद लेते हैं, फिर भी उनके जीवन की आंतरिक गुणवत्ता में हमेशा इस स्तर का सुधार दिखाई नहीं देता। उनके आंतरिक जीवन में दरिद्रता का कारण उनका आध्यात्मिक मूल्यों को नजरअंदाज करना है। जब भौतिकतावाद जीवन के उच्च आध्यात्मिक आयाम को नष्ट कर देता है तो इसके बाद नैतिक आचार-विचार में गिरावट आना स्वाभाविक है। हम इसे भौतिकवादी समाज के भयावह संकेतक आँकड़ों में देख सकते हैं, जिनमें आत्महत्या की दर बढ़ी है, अपराध में अचानक वृद्धि हुई है; यौन अपराध, शराबखोरी और नशीली दवाओं का दुरुपयोग बढ़ा है। यह दरशाता है कि सुख तलाशते समाज के भौतिक विकास से एकतरफा तनाव आखिरकार खुद को ही नुकसान पहुँचा रहा है। लोहे के ऐसे टुकड़े की तरह, जो अपने ही भीतर से उभर रहे जंग से खराब हो रहा है, यहाँ तक कि उनका अपना ज्ञान और अनुशासन भी उनके काम नहीं आ रहा; क्योंकि नैतिक आदर्शों के अभाव में वे ऐसे समाज में बदल रहे हैं, जो बड़े पैमाने पर कार्यशाला या मिलिट्री कैंप के अतिरिक्त और कुछ नहीं है। केवल मूल्यों को सही मायनों में प्रोत्साहन देना ही समाज को सच्चे मायनों में सुसंस्कृत और सभ्य बना सकता है।

2. सम्यक् समझ से ही हम यह समझने में सक्षम हो सकते हैं कि सांसारिक मूल्य मानव-निर्मित और सापेक्ष होते हैं। इनका झूठा सांसारिक मूल्य लोगों को

गुमराह कर उन्हें व्यर्थ ही पीड़ित बनाता है। यह ऐसा प्रयास है, जिसमें प्रामाणिक मूल्यों, वास्तविक मूल्यों की शिक्षा दी गई है—मूल्य, जो कालातीत सत्य पर आधारित हैं। एक जिज्ञासु को सबसे पहले जीवन के वास्तविक स्वभाव को समझना होगा और तभी वह अंधे भोग, धर्म और सत्य के शाश्वत नियम को जान पाएगा। इन सिद्धांतों से विचलित करनेवाला हर मूल्य, भले ही वह कितने ही बड़े पैमाने पर सामान्य मानक के तौर पर स्वीकार्य क्यों न हो, बेकार और भ्रामक है। जिन लोगों का मन गलत दृष्टिकोणों से घिरा है, वे उनके द्वारा छले जाते हैं। सही दृष्टिकोण होने पर व्यक्ति को इनके खोखलेपन का तुरंत अहसास हो जाता है।

3. यह देखने के बाद कि जीवन लगातार बदलता रहता है और यह कई तरह की पीड़ाओं का कारण भी है, सम्यक् समझवाला व्यक्ति इच्छाओं के नियंत्रणवाला सरल जीवन जीना सीख जाता है। एक बुद्धिमान और सदाचारी व्यक्ति की इच्छाएँ सीमित होंगी और वह हर मामले में मध्य मार्ग का पालन करेगा। लालसाओं और पीड़ाओं के बीच के निकट संबंध को समझ लेने के बाद वह सरल जीवन द्वारा इच्छाओं पर लगाम लगाने का महत्त्व समझ जाता है। सम्यक् समझवाला व्यक्ति जानता है कि सच्ची प्रसन्नता आंतरिक स्थिति, जो मन की गुणवत्ता है, की होती है। इसलिए इसे भीतर ही तलाशना चाहिए। प्रसन्नता बाहरी चीजों पर निर्भर नहीं है, बावजूद इसके आंतरिक विकास का आधार होने के कारण एक सीमा तक भौतिक सुरक्षा आवश्यक होती है।

हमें शरीर के लिए केवल चार प्रकार की वस्तुएँ चाहिए—पूरा भोजन, कपड़े, निवास-स्थान और दवाएँ। इनके अनुपूरक के रूप में हमें चार मानसिक वस्तुएँ चाहिए—सम्यक् ज्ञान, सदाचार, इंद्रिय-निग्रह और ध्यान। ये उदात्त जीवन जीने की दो बुनियादी आवश्यकताओं के समूह हैं। बिना अनावश्यक वस्तुओं और उलझनों वाला सरल जीवन संतोष और मन की शांति की ओर ले जाता है, जिससे उच्च सदाचार एवं मूल्यों की प्राप्ति का समय और ऊर्जा मिलते हैं। अहंकार और घमंड हमें अवास्तविक लक्ष्यों में फँसाए रखते हैं और मन जितना छोटा होगा, उसका अहंकार उतना ही बड़ा होगा।

4. नेक कार्य, नैतिक मूल्यों के उद्देश्य को कायम रखते हैं, क्योंकि ये नैतिक क्षेत्र में कारण और प्रभाव के नियम पर आधारित हैं और यह नियम, गुरुत्वाकर्षण के भौतिक नियम की भाँति, एक चिरकालिक अपरिवर्तनशील सत्य है। अच्छे कार्य और बुरे कार्य उनके अनुरूप अच्छे व बुरे परिणाम उत्पन्न करते रहेंगे, फिर भले ही इन्हें करनेवाले लोगों के दृष्टिकोण या इच्छाएँ कुछ भी हों। नैतिक नियमों की सापेक्षता को समझ लेने तथा कार्यों और उनके परिणामों में सीधा संबंध होने के अहसास के बाद

सम्यक् दृष्टिकोणवाला व्यक्ति गलत कार्यों से दूर रहेगा और उस पुष्टिकारक आचरण के मानकों पर चलेगा, जो धार्मिक आचरण (नीचे वर्णित) के उपदेशों में अंतर्निहित हैं।

5. चूँकि जीवन में अस्थिरता स्वाभाविक है, इसलिए ऐसा बहुत कुछ हो जाता है, जिसकी उम्मीद नहीं होती। इसलिए बुद्धिमान जिज्ञासु को अपनी भावनाओं को नियंत्रित करने तथा इनका डटकर मुकाबला करने की आवश्यकता का अहसास हो जाता है। आपदा आने पर हमें इसका सामना पूरे धैर्य के साथ, बिना निराशा के या विलाप किए करना चाहिए। भाग्य के उतार-चढ़ाव के बीच समभाव बनाए रखने की क्षमता सम्यक् समझ का लाभ है। हमें समझना चाहिए कि हमारे साथ जो कुछ भी हो रहा है, वह होने के कारण और हालात की जिम्मेदारी आखिरकार हम पर ही है। इसी तरह, हम कुछ सीमा तक भावनात्मक नियंत्रण हासिल कर लेने पर अतार्किक भय और चिंताओं को दरकिनार करने में सक्षम हो जाते हैं। जीवन में अन्याय, शिकायतें, भावनात्मक असंतुलन आदि लगनेवाले सभी को कारण और प्रभाव के नियम द्वारा तर्क सहित पूरी तरह समझाया जा सकता है। इस नियम को समझ लेने के बाद अपने अंतिम विश्लेषण में हम देखते हैं कि अपने नए भाग्य के निर्माता हम स्वयं ही हैं।

6. सम्यक् समझ का एक और लाभ वह क्षमता है, जिससे हम लोगों, चीजों और घटनाओं को सापेक्ष, स्पष्ट पसंद व नापसंद, झुकाव, शुद्ध और पूर्वग्रह के रूप में देख पाते हैं। सापेक्षता की यह क्षमता, जो वास्तविक मानसिक परिपक्वता का प्रतीक है, स्पष्ट सोच, स्वस्थ-चित्त जीवन में आती है, जो मास मीडिया के हानिकारक प्रभावों के प्रति संवेदनशीलता की कमी तथा अंतर-वैयक्तिक रिश्तों में सुधार का संकेत है।

7. सम्यक् समझ का एक पहलू खुद अपने आप सोचने में सक्षम बनाना है। वह अपना मन खुद बना सकता है, अपनी राय खुद कायम कर सकता है, जिससे वह जीवन की कठिनाइयों का सामना वास्तविकता के सिद्धांतों से लैस होकर करता है। एक सच्चा प्रशिक्षु कभी भी नैतिक या बौद्धिक डरपोक नहीं होता, बल्कि वह अकेला खड़ा होने को भी तैयार होता है, भले ही दूसरे कुछ भी कह या सोच क्यों न रहे हों। निस्संदेह, जरूरी हो तो वह सलाह भी लेता है, लेकिन अपने फैसले वह खुद लेता है और उसमें उनके प्रति प्रतिबद्धता का साहस भी होता है।

8. सम्यक् समझ हमें जीने के लिए उद्देश्य प्रदान करती है। एक आम व्यक्ति को उद्देश्यगूर्वक जीना अवश्य सीखना चाहिए—एक ऐसे किसी कीमती लक्ष्य के साथ, जिसमें तात्कालिक लक्ष्य और अंतिम लक्ष्य दोनों आते हों और जिन दोनों का आपस में अनुकूल तालमेल हो। वास्तविकता में प्रसन्न रहने के लिए हमें जीवन के लिए सरल, लेकिन मजबूत दर्शन की आवश्यकता होती है। दर्शन मनुष्य के स्वभाव और इस ब्रह्मांड में अपने भाग्य को समझने की उत्कट इच्छा है। इससे जीवन को दिशा और अर्थ

मिलते हैं, जिसके बिना हम अपने जीवन को गुजारने या गड़बड़ियों के बीच गुजारने का सपना देखते रहते हैं। एक स्पष्ट दर्शन जीवन को सार्थक और फलप्रद बनाता है, जिससे हम अपने साथियों तथा प्राकृतिक वातावरण के साथ पूरे सामंजस्य सहित रहने में सक्षम हो जाते हैं।

जीवन की योजना

अपनी मानवीय संभावनाओं का सबसे बेहतर उपयोग करने के लिए हमें जीवन में न केवल व्यावहारिक लक्ष्य की आवश्यकता होती है, बल्कि उस लक्ष्य को पाने के लिए एक जीवन योजना भी चाहिए होती है। इस अध्याय के पहले दो खंड सही मायने में मूल्यों को विकसित करने का जमीनी कार्य दरशाते हैं। ऐसे मूल्य, जिससे भौतिक जीवन का आनंद, सफलता एवं सुरक्षा हासिल हो सके और हम अपने चरम लक्ष्य के मार्ग पर आगे बढ़ सकें। मुक्ति के इस मार्ग पर आगे बढ़ते हुए भी हमें इस संसार में आम व्यक्ति की तरह जीना भी होता है और हमारा तात्कालिक उद्देश्य अपने जीवन को संसार में सांसारिक सफलता एवं अंतिम मुक्ति के उन्नति के मार्ग—दोनों के लिए निर्माण करना चाहिए।

ऐसा करने के लिए हमें अपने जीवन को मानव एकता के प्रारूप में गढ़ना होगा। अपने तात्कालिक लक्ष्यों को सबसे बेहतर ढंग से पाने के लिए हमें अपनी शक्ति और परिस्थितियों के अनुसार एक व्यक्तिगत जीवन योजना बनानी होगी। यह जीवन योजना यथार्थवादी होनी चाहिए। इसमें निश्चित तौर पर हमारी आंतरिक संभावनाओं का यथार्थवादी विकास होना चाहिए, जो हमें हमारी संभावनाओं के पूर्ण वास्तविकीकरण की ओर आगे बढ़ा सके।

शुरुआत में, सबसे पहले हमें पूरी ईमानदारी के साथ अपने आपको समझना होगा। इस बात का कोई अर्थ नहीं कि हम कार्य करने के लिए ऐसी जीवन योजना बनाएँ, जिसकी नींव का पत्थर हमारे चरित्र और क्षमताओं के भव्य भ्रम पर रखा हो। हम आत्म-अवलोकन और आत्म-परीक्षा द्वारा अपने बारे में जितना अधिक जानते जाएँगे, हमारे आत्म-सुधार के अवसर उतने ही बेहतर होते जाएँगे। हमें अपने आप से पूछना होगा कि हम कितने और किस हद तक दयालु, उदार, शांत, विचारशील, ईमानदार एवं नैतिक रूप से संयमी, सच्चे, परिश्रमी, ऊर्जावान्, उद्यमी, सचेत, धैर्यवान्, सहिष्णु और व्यवहार-कुशल हैं। ये सुविकसित व्यक्ति के गुण हैं और हमें इन्हीं गुणों का अनुसरण करना चाहिए।

हम जहाँ भी कमजोर हों, वहाँ अपने में सुधार करना होगा। इसके लिए बस, हमें प्रतिदिन थोड़ा अभ्यास करना होगा। हमें याद रखना होगा कि हम कोई कार्य जितनी

ज्यादा बार करते हैं, भविष्य में उसे फिर करना हमारे लिए उतना ही आसान होता जाता है और यह प्रवृत्ति तब और मजबूत होती जाएगी, जब हम इसे बार-बार तब तक करते रहेंगे, जब तक यह हमारी आदत, हमारे चरित्र का अंतर्निहित हिस्सा न बन जाए।

हमारी जीवन योजना में आम गृहस्थ जीवन के सभी प्रमुख क्षेत्र; जैसे—व्यवसाय, विवाह, बच्चों का जन्म और पालन-पोषण, सेवानिवृत्ति, बुढ़ापा और मृत्यु शामिल हों। आम जीवन के आनंदों में यह तलाशना भी आता है कि व्यक्ति क्या कर सकता है और उसे बेहतर तरीके से करना। जीवन के प्रति व्यावहारिक लक्ष्य वाली साफ मानसिक तस्वीर और उस लक्ष्य को हासिल करने के लिए आवश्यक वास्तविक रूपरेखा होना हमें अपने आदर्श को पूरा करने में मार्गदर्शन करेगा। हम वास्तव में जो बनना चाहते हैं, उसकी प्रवृत्ति हममें मौजूद होती है; बस, हमें अपने लक्ष्य को हासिल करने के लिए यथार्थवादी और प्रभावशाली ढंग से कार्य करना होता है।

बाधाएँ

पाँच अवस्थाएँ हमारे ईमानदारी के साथ जीवन बिताने के आम अनुसरणकर्ता के प्रयासों की सफलता को रोक सकती हैं या इसमें बाधा बन सकती हैं। इन्हें पाँच मानसिक अवरोध कहा जाता है, क्योंकि ये आध्यात्मिक और भौतिक दोनों ही तरह की प्रगति के दरवाजे बंद कर देती हैं। ये हमारे भौतिक कार्यों में सफलता के लिए भी समान रूप से हानिकारक हैं।

आइए, इन बाधाओं के बारे में जानते हैं।

1. **पाँच बाधाओं में से पहली है ऐंद्रिक लालसाएँ, इंद्रियों की तुष्टि या अधिभोग की अत्यधिक उत्कंठा।** जहाँ आम जिज्ञासु भोग और संपत्ति को भौतिक आनंद के अंतर्निहित भाग के रूप में तलाशता है, वहीं उसे इस प्रयास की दृष्ट सीमाओं के बारे में जागरूक होना चाहिए। उसे अहसास होना चाहिए कि यदि व्यक्ति अन्यायपूर्ण ढंग से पद व संपत्ति हासिल करता है या उसे इनसे अत्यधिक लगाव हो जाता है तो यह आनंद और संतोष की जगह कठिनाई और निराशा का कारण भी बन सकता है। केवल धन से ही सारी समस्याएँ हल नहीं हो सकतीं। बहुत से लोग यह कभी नहीं सीख पाते और अपना समय, ऊर्जा व धन इन खरीदी जानेवाली कथित 'बेहतरीन वस्तुओं' को एकत्रित करने में व्यय कर देते हैं, लेकिन होता यह है कि वे जितना अधिक हासिल करते हैं, उनकी इच्छा उतनी ही बढ़ती जाती है। ऐसे लोगों को कभी खुशी नहीं मिलती। एक आम व्यक्ति को हर चीज में संयत रहना चाहिए। समृद्धि, यौन आनंद, शराब और अपनी सफलता का अशिष्ट

दिखावा—आंतरिक असुरक्षा का शुद्ध संकेत है, जिससे बचना चाहिए।

2. **दूसरी बाधा, बुरी इच्छाएँ या घृणा,** इच्छा का भावनात्मक उलट है। इसके बावजूद यह व्यक्तिगत विकास के लिए उतनी ही संभावित बाधा है, क्योंकि हम वांछित चीजों के प्रति आकर्षित होते हैं और उनसे दूर रहते हैं, जो अवांछित हों। पसंद और नापसंद वे दो शक्तियाँ हैं, जो पूरे संसार को भ्रमित करती हैं। ये लोगों को संघर्षों और भ्रम तथा धरती को रक्त से लाल करने को अग्रसर करती हैं। इन दोनों का जन्म अज्ञानता से होता है। इच्छाएँ हर वस्तु को चमकीला बनाती हैं और हमें उसे हासिल करने के लिए आगे बढ़ाती हैं, जो हम चाहते हैं। घृणा हर चीज को स्याह कर देती है और हमें हर उस चीज को नष्ट करने के लिए प्रेरित करती है, जिसे हम अपने हित के विरुद्ध समझते हैं। घृणा से बाहर निकलने का सबसे अच्छा तरीका प्रेमपूर्ण अनुकंपा है, जिसकी इस अध्याय में बाद में व्याख्या की जाएगी।
3. **आलस्य और मानसिक निष्क्रियता अगली बाधा है,** जो उत्साहपूर्ण प्रयासों को रोकती है। आलसी व्यक्तियों में सही समझ या उच्च मानक व्यवहार की प्राप्ति की तरफ रुझान नहीं होता। वे घुमक्कड़ या स्वप्नदर्शी होते हैं, जो लालसाओं और घृणा के लिए आसान शिकार होते हैं।
4. **बेचैनी और चिंता जुड़वाँ बाधाएँ हैं,** जो आज भी मौजूद हैं। बेचैनी का उदय आकुलता, धैर्यहीनता, उत्तेजना की प्यास और हमारे दैनिक जीवन के अस्थायी चरित्र से होती है। चिंता ग्लानि है और वह मलाल है, जो तब होता है, जब व्यक्ति उदासी में सोचता रहे या कोई बुरा काम करने या अच्छा काम न करने के लिए पछताता हो। पहले से हो चुकी चूक या गुनाह का सबसे अच्छा उपाय यही है कि उसे फिर कभी न दोहराने का फैसला करें। कोई अच्छा काम न कर पाने का सबसे अच्छा उपाय यही है कि उसे बिना किसी देरी के कर डालें।
5. **अंतिम बाधा संदेह है।** संदेह फैसला न कर पाने की अक्षमता है, संकल्प की ऐसी कमी, जो व्यक्ति को उच्च आदर्शों पर चलने और स्थिर इच्छा द्वारा शुभ कार्य करने का पक्का वादा करने से रोकती है।

ये पाँच बाधाएँ किसी की भी प्रगति में सबसे बड़ी कठिनाइयाँ हैं। ये मन को बोध एवं प्रसन्नता से वंचित करती हैं और बहुत से अनावश्यक दुःखों का कारण बनती हैं। पाँच बुनियादी गुण—आत्मविश्वास, ऊर्जा, सावधानी, एकाग्रता एवं ज्ञान के पोषण और सतत प्रयास द्वारा व्यक्ति इनके हानिकारक प्रभावों को कम कर सकता है।

विश्रांति

आधुनिक जीवन दबाव और तनाव से भरा है। इसलिए विश्रांति आनंद का एक आवश्यक घटक है। तनाव के कारण को समझकर और इस कारण को ठीक करके हम श्रमसाध्य गतिविधियों में भी शांत रह सकते हैं।

बिना तनाव की कड़ी मेहनत से किसी की मृत्यु नहीं होती। फिर ऐसा क्यों है कि ज्यादातर लोग हमेशा बेचैनी और उत्तेजित अवस्था में काम करते हैं? आमतौर पर ऐसे लोग लालसाओं एवं गहरी इच्छा द्वारा चालित होते हैं। वे अपने लक्ष्य को प्राप्त करने के लिए इतने उत्सुक, इतने लोभी होते हैं कि वे तब तक आराम नहीं कर सकते, जब तक इसे पा नहीं लेते या फिर उन्हें कोई ऐसा उपहार खो जाने का डर होता है कि वे शांत होकर मौजूदा पल का आनंद ले सकें या वे उनके प्रति नाराजगी से भरे होते हैं, जो उनकी इस तृष्णा में बाधा बन रहे हैं या वे सतत रूप से किसी तर्कहीन आवश्यकता के कारण शक्ति, पद और प्रतिष्ठा के लिए बेकरार होते हैं, जिससे वे दूसरों के सामने अपना मूल्य साबित कर सकें।

अगर कोई व्यक्ति दबाव और तनाव से बचना चाहता है तो उसे अपने मन को इस तरह प्रशिक्षित करना होगा कि वह अपने सामने आनेवाले किसी भी व्यक्ति, वस्तु, घटना और अनुभव को वास्तविक व अस्थायी परिघटना मानकर चले, जो परिस्थितिवश उत्पन्न हुई है। उन्हें इनके तीन चरित्रों—अस्थायी, असंतोषपूर्ण और आत्महीनता पर ध्यान देना होगा। ऐसा करने से उन्हें उस परिघटना से अपने जुड़ाव को कम करने में मदद मिलेगी और इसके फलस्वरूप इससे संबंधित लालसा और जुड़ाव भी कम होगा। उन्हें 'मैं' और 'मेरा' के क्रोध, बेचैनी और घमंड से जुड़े विचारों से भी बचना होगा; क्योंकि ऐसी भावनाएँ दबाव और तनाव को शुरू करनेवाली होती हैं। जब व्यक्ति अपने जीवन में इस दृष्टिकोण को अपना लेगा, तब व्यक्ति उसी अवस्था के बीच, जो तनाव और चिंता के अलावा और कुछ उत्पन्न नहीं कर रही, महान् अनासक्ति, गहन शांति तथा मन के लिए दीर्घावधिक प्रशांति को पा सकेगा। तनाव को प्रबंधित करने की कुंजी मन को अनुशासित और सिद्ध करने में है।

व्यक्ति काम करने की अच्छी आदतें बनाकर भी तनाव को कम कर सकता है। व्यक्ति एक बार में एक ही काम करे, क्योंकि एक साथ कई कामों को करने के प्रयास से उन सभी के केवल बुरे परिणाम ही मिलते हैं। व्यक्ति को शांत मन से काम करना चाहिए। वह दिन भर बार-बार स्वयं को यह याद दिलाता रहे कि वह तब अधिक व बेहतर कार्य कर सकता है, जब वह शांतिपूर्वक और अपनी दिनचर्या को टुकड़ों में बाँटकर काम करे।

अनुशासन के निम्न अतिरिक्त पहलू भी तनाव और परेशानी से लड़ने में सहायक होंगे—

1. **ग्लानि की अनुभूति तनाव को बढ़ा देती है।** ईमानदारी से अवलोकन करने पर व्यक्ति निष्कलंक जीवन बिता सकता है और इस तरह परेशान करनेवाली ग्लानि की भावना से मुक्ति का आनंद ले सकता है, जो उन लोगों को उत्पीड़ित करती है, जो नैतिकता के बुनियादी नियमों का उल्लंघन करते हैं। एक ग्लानिपूर्ण अंत:करण दिन भर में अप्रिय साथी और रात में असहज साथी होता है।
2. **भावना-नियंत्रण**—मन निरंतर पसंदीदा ऐंद्रिक वस्तुओं की तरफ आकर्षित और नापसंद वस्तुओं से दूर भागता रहता है। विषय क्षेत्र में बेतहाशा आवारगी के बीच यह बिखरा हुआ और व्याकुल रहता है। भावनाओं के दरवाजे पर पहरेदारी करके इस व्यर्थ की उत्तेजना पर लगाम लगाई जा सकती है। तब मन शांत और स्थिर हो जाता है, जिसके परिणामस्वरूप व्यक्ति पूर्ण आनंद को अनुभव करता है।
3. **ध्यान**—ध्यान मन को शुद्ध कर देता है। मन शुद्ध हो जाने पर व्यक्ति जीवन के सच्चे स्वरूप को अधिक स्पष्टता से देख पाता है। तब व्यक्ति का सांसारिक वस्तुओं से मन उचटने लगता है और वह ऐसा समभाव विकसित कर लेता है, जो भाग्य की अस्थिरता से भी विचलित नहीं होता।
4. **चार उदात्त दृष्टिकोणों का पोषण।** चार उदात्त दृष्टिकोणों में प्रेमपूर्ण उदारता, हमदर्दी, परोपकार में आनंद और समभाव आते हैं। ये प्रबुद्ध भावनाएँ हैं, जो दैनिक जीवन के दबाव एवं तनाव को कम करती हैं, घर एवं कार्यस्थल पर आपसी रिश्तों को सुधारती हैं, जातीय सामंजस्य एवं सौहार्द को प्रोत्साहित करती हैं, शांत मन को विकसित करने में मदद करती हैं और शांति व आंतरिक प्रशांति को बढ़ाती हैं।
5. **अंतिम व्यावहारिक सलाह**—समय, ऊर्जा और धन सीमित हैं, जबकि इच्छाएँ असीमित। इसलिए व्यक्ति को प्राथमिकताओं का भान होना चाहिए, विशेष रूप से एक आम प्रशिक्षु को पूर्ण जीवन के लिए वास्तव में क्या आवश्यक है और क्या इच्छित है; लेकिन तुरंत नहीं चाहिए क्या तुच्छ और गौण है और क्या हानिकारक है, इसके बीच अंतर करने में सक्षम होना होगा। यह अंतर कर लेने पर व्यक्ति को उसके लिए प्रयास करना चाहिए, जो प्राथमिकता सूची में सबसे ऊपर है, बजाय उनके, जो इस सूची में नीचे आते

हों। इससे व्यक्ति अनावश्यक व्यर्थता और चिंता से बचने में सक्षम हो जाता है, जिससे संतुलित व किफायती जीवन के प्रोत्साहन में मदद मिलती है।

नैतिक उपदेशों पर ध्यान देना

आम प्रशिक्षुओं द्वारा पालन किए जानेवाला नैतिकता का न्यूनतम कोड नैतिक उपदेश है। ये उपदेश नैतिक नियम हैं, जिन्हें व्यक्ति को अपने आचरण की शुद्धता बढ़ाने के लिए स्वयं अपनाना चाहिए, जिससे वे दूसरों को होनेवाली हानि और पीड़ा का कारण न बनें। बुरा आचरण दूसरों के साथ ही अपने लिए भी हानिकारक होता है। यह लालच, घृणा और भ्रम की मलिनता को और बढ़ाता है। किसी अपुष्टिकर गतिविधि में लिप्त होना केवल स्वतंत्र विकल्प का मामला नहीं है—यह सार्वभौमिक नैतिक नियमों का उल्लंघन है, जो इस जीवन एवं भविष्य में मिलनेवाले दोनों जीवन के लिए अपरिहार्य पीड़ा को हस्तांतरित करता है। बुरे आचरण का उलटा सदाचार है। सदाचार में संयम के नैतिक सिद्धांतों को स्वयं स्वीकार करके गलत कार्यों से बचना शामिल है। सदाचारपूर्ण गतिविधियाँ अनुरागहीनता, सद्भाव और ज्ञान की तीन पूर्ण जड़ों से उत्पन्न होती हैं। नैतिक उपदेशों को स्वीकार करके व्यक्ति अपने आचरण को इन पाँच सदाचारपूर्ण गुणों के अनुसार नियमन का संकल्प ले सकता है—

1. जीवित प्राणियों की हत्या न करना।
2. जो नहीं मिला है, उसे चोरी से हासिल नहीं करना।
3. यौन दुराचरण से बचना।
4. झूठ बोलने से बचना।
5. शराब व हानिकारक नशों से बचना।

सदाचार सबसे निर्णायक व शक्तिशाली मानसिक उपलब्धि है। अपने दैनिक जीवन में नैतिक उपदेशों का हमेशा ध्यान रखने से व्यक्ति की मानसिक शुद्धता, कौशल और ज्ञान में समकालिक विकास होता है; जैसे कि हत्या न करने से सभी प्राणियों के लिए सहानुभूति और प्रेमपूर्ण उदारता बढ़ती है। ये वे दो विशिष्ट दृष्टिकोण हैं, जिनकी आध्यात्मिक गुरु प्रशंसा करते हैं। ईमानदारी से साहस, उदारता और न्याय के प्रति प्रेम में वृद्धि होती है। यौन संयम का परिणाम शारीरिक शक्ति, जीवनी शक्ति और चेतना का नियंत्रण में रहना होता है। सत्यवादिता से शुचिता बढ़ती है। नशे और नशीली दवाओं से बचना मन की स्पष्टता को प्रोत्साहित करता है। अंत में, सभी उपदेशों का ध्यान रखने में सावधानी अनिवार्य है तथा व्यक्ति के उपदेशों पर चलने के सतत प्रयासों के बदले में यह सावधानी की स्पष्टता में वृद्धि को प्रोत्साहित करता है।

नैतिक उपदेशों के व्यावहारिक अभ्यास से आत्म-नियंत्रण और चरित्र की शक्ति

बढ़ती है। जो मन इच्छाओं के नियंत्रण में अंश मात्र भी सफल होता है, वह शक्तिशाली हो जाता है। इच्छा ऐसी ताकत है, जिसका हर कण विद्युत् जितना ही वास्तविक है। जब इच्छा अनियंत्रित हो जाए तो यह उपद्रव का कारण भी बन सकती है। यह स्वयं का उन चीजों को हासिल करने तक विस्तार कर सकती है, जो व्यक्ति के खुद के लिए और दूसरों के लिए भी हानिकारक हों। आध्यात्मिक गुरु की शिक्षाएँ इच्छाओं के प्रसार के प्रोत्साहन से बहुत दूर होती हैं। इससे हमें वे पद्धतियाँ प्राप्त होती हैं, जिनसे हम इच्छाओं की प्रबल शक्ति का दोहन, दिशा-परिवर्तन और परिशोधन करके इसका सार्थक उद्देश्यों में उपयोग कर सकते हैं।

नेक जीवन को विकसित करने में सदाचार पहली सीढ़ी है, जैसा कि पहले बताया गया है। इसमें सम्यक् वाणी, सम्यक् क्रिया और सम्यक् आजीविका आती हैं। तब सदाचार में संरक्षित ऊर्जा का उपयोग दूसरे चरण के अभ्यास एवं मन की एकाग्रता में होता है, जो बदले में ज्ञान के विकास की जमीन बन जाता है।

भावनाओं का नियंत्रण

भावना गहन अनुभूति की अवस्था है, एक आंतरिक सरगर्मी, जो क्रिया की प्रेरणा के लिए काम करती है। भावनाएँ अकसर सहज ज्ञान से संबंधित होती हैं— जन्मजात प्रवृत्तियाँ, जो खास परिस्थितियों में खास तरीके से कार्य करती हैं। मनुष्य बहुत सीमा तक अपनी भावनाओं के, उनकी पसंद और नापसंद से अनुकूलित होते हैं। अकसर उनकी भावनाएँ उनकी दिलचस्पी और अहंवाद के अनुरूप होती हैं, जो उनके सोच और तर्कों से इस हद तक अभिभूत होती हैं कि हमें उस अवस्था में काम करने लिए बाध्य करती हैं, जिसमें आप समय पर हतोत्साहित हो जाएँगे।

भावनाएँ आमतौर पर धारणाओं के औचक मूल्यांकन की प्रतिक्रिया में उत्पन्न होती हैं। एक व्यक्ति अपनी धारणाओं, दूसरों की धारणाओं और वस्तुओं व हालात का भी वांछित एवं अवांछित तथा सहायक एवं भय-सूचक के तौर पर मूल्यांकन करता है। इस मूल्यांकन के आधार पर हालात के प्रतिक्रिया-स्वरूप कोई भावना उदित हो सकती है—उन चीजों की इच्छा का सकारात्मक मूल्यांकन किया जाता है, उन चीजों के प्रति द्वेष या घृणा को नकारात्मक रोशनी में देखा जाता है। भावनाएँ या तो नुकसानदेह हो सकती हैं, जैसे—हवस, क्रोध और भय अथवा हितकारी हो सकती हैं, जैसे—सहानुभूति और दया। जहाँ इच्छाएँ और घृणा आदर्श व हितकारी भावनाएँ होती हैं, प्रेमपूर्ण उदारता और सहानुभूति ऐसी भावनाओं का उत्कृष्ट उदाहरण हैं, जो हमें उदात्त बनाती हैं और मानवीय स्वभाव को ऊपर उठाती हैं।

लोग अपनी भावनाओं के विकास तथा अपनी भावनाओं की सीमा व शक्ति के

मामले में काफी अलग होते हैं। जहाँ एक व्यक्ति उत्साही और आवेगपूर्ण होता है, वहीं दूसरा शांत और चिंतनशील; किसी को क्रोध जल्दी आता है तो दूसरा धैर्यवान् होता है; कोई भावनात्मक रूप से आवेगहीन होता है तो दूसरे में पल भर से भी कम में हजारों भावनाएँ दौड़ जाती हैं। इस अंतर का एक प्रमुख कारण यह है कि हर व्यक्ति अपने साथ पिछले जन्मों से प्रवृत्तियों व चरित्रों से जुड़े कर्मों की अलग विरासत लेकर आया है। भावनाएँ भले ही व्यक्त हों या न हों, आसक्तिपूर्ण हों या उदात्त, यह इन घटकों के संयोजन पर निर्भर है—जन्मजात स्वभाव, पारिवारिक पृष्ठभूमि और बड़े समाज के लोकाचार व परंपराएँ।

हम किसी सीमा तक भावनात्मक नियंत्रण के बिना खुशी को तलाश या पा नहीं सकते। जो व्यक्ति शीघ्र ही क्रोधित हो जाता है, वह अपनी खुशी खराब करने के साथ ही दूसरों के मन की शांति भी नष्ट कर देता है। सरल भाव चरित्र का कच्चा माल होता है। यदि सहज आवेग गुमराह करते हों या दमित करें तो इसका परिणाम बहुत नुकसान और पीड़ा के रूप में हो सकता है; लेकिन वह ऊर्जा, जो आमतौर पर इस भावना में पहुँच रही हो, उन्हें किसी योग्य वस्तु की ओर पुन: निर्देशित किया जाए, इस भावना की शक्ति को इस तरह से शुद्ध किया जाए, जिसका परिणाम अपने व समुदाय के लिए महान् लाभकारी हो। संतुलित व्यक्ति के लिए सब आदर्शों में सबसे कीमती समभाव को प्राप्त करना है। अत: इस आदर्श की तलाश में वह क्षमता है, जो हमारे भावनात्मक जीवन को आत्मसात् और परिवर्तित करती है। ऐसे नेक आदर्शों में हमारी सभी भावनात्मक ऊर्जाओं का आह्वान करने तथा तालमेल बनाने की शक्ति होती है, जिससे वे हमें अपने परम हित को हासिल करने की दिशा में निर्देशित कर सकें।

बिना सोद्देश्यपूर्ण प्रयासों के भावनाएँ इच्छा-शक्ति के सीधे नियंत्रण में नहीं आ सकतीं। भावनाओं में माहिर होने के लिए प्रभावी प्रशिक्षण का लक्ष्य रखें। ऐसी महारत हासिल करने के लिए पहला कदम अपना अवलोकन (हमारा ध्यान, अनुभूति, रणनीति और भाषा) स्पष्टता से करना होगा। दैनिक जीवन में इसका अभ्यास लालसाओं एवं भावनाओं को स्थूल रूपों में नियंत्रित करने में मदद कर सकता है। अगला कदम मन को भावनाओं के उभरते ही नियंत्रित करने में प्रशिक्षित करना है। ऐसा सावधान रहकर किया जा सकता है, जिसके लिए निष्पक्ष निगरानी तथा निकट से ध्यान द्वारा उभर रही भावनाओं को फौरन एक नाम दे दें। उन्हें ऐसा मानसिक लेबल दें—'लालसापूर्ण मन', 'क्रोधित मन', 'ईर्ष्यालु मन', 'दु:खी मन' आदि। एक बार इन भावनाओं को नाम दे देने पर हम इन्हें, बिना इनसे अभिभूत हुए, छोड़ने की बेहतर स्थिति में होंगे। जिस क्षण व्यक्ति शांतिपूर्वक इस तथ्य को जान लेता है कि वह क्रोधित है, जब कोई यह तथ्य जान जाए कि क्रोधित मन सिर उठा रहा है, जो मन सचेत जागरूकता के पुष्टिकर

विचार से परिपूर्ण होगा, उसमें इसके साथ ही क्रोध जैसे अपुष्टिकर विचार के लिए कोई जगह नहीं होगी।

यही प्रक्रिया किसी भी अन्य हानिकारक भावना के उदित होने पर अपनानी चाहिए। शुरुआत में यह तभी सहायक सिद्ध होगा, जब व्यक्ति दिन भर अपने आपको इस फॉर्मूले की याद दिलाता रहे, जैसे—'मैं अभी कैसा महसूस कर रहा हूँ?' या 'मैं अभी क्या सोच रहा हूँ?' और इनका इस प्रकार से तुरंत उत्तर दे, 'मैं क्रोधित महसूस कर रहा हूँ' या 'मैं ईर्ष्या महसूस कर रहा हूँ' आदि। बाद में हम यह भी पड़ताल कर सकते हैं कि हम कब से और क्यों क्रोधित हैं या ऐसी ही कोई अन्य प्रतिकूल भावना हमारे भीतर सिर उठा रही है और इस तरह हम भविष्य में उन हालात या प्रतिक्रियाओं से बच सकते हैं।

धैर्य रखने और निरंतर अभ्यास करते रहने से हम धीरे-धीरे अपनी हानिकारक भावनाओं को नियंत्रित कर सकते हैं। इसमें शामिल अनुशासन और प्रयास इस मायने में कीमती हैं कि इससे आंतरिक रूप से व्यक्ति का मन से और बाह्य रूप से दूसरों के साथ रिश्तों का शानदार सामंजस्य बन सकेगा। इस नियंत्रण की कुंजी नैतिकता के बुनियादी उपदेशों का दृढ़तापूर्वक पालन करने तथा सबसे बढ़कर व्यक्ति का अपने विचारों और भावनाओं में सचेत रहने में निहित है।

पूर्वग्रहों और प्रचार से सावधान रहें

वास्तविक संवेदनशीलता स्पष्ट सोच, आत्म-नियंत्रण, आत्म-सहायता और ध्यान करने की आवश्यकता सिखाती है। हालाँकि हर व्यक्ति के पास मन है, इसके बावजूद हममें से बहुत कम लोग इस मन का अपने लिए सोचने में उपयोग करते हैं। आज अधिकांश लोग अपने लिए सोचने का काम दूसरों से करवाते हैं।

मन बाहरी वातावरण से बहुत बड़ी मात्रा में ऐसा जहर अवशोषित कर लेता है, जिसका कारण दूसरों से मिलनेवाले सुझाव होते हैं। मास मीडिया के विकास के साथ ही मानसिक निष्क्रियता विशेष रूप से और भी विषैली हो गई है। रेडियो, टेलीविजन और अखबार, पत्र-पत्रिकाएँ आदि हर दिन, हर मिनट अपने संदेश की तुरही बजा रहे हैं और उनकी घुसपैठ की शक्ति दीर्घस्थायी मानवीय स्वभाव से इतनी प्रबल हो जाती है कि जो बताया जाता है, हम उसे स्वीकार कर लेते हैं और वे जो कहते हैं, उसे स्वीकार कर लेते हैं। दस हजार प्रलोभनों की दाएँ-बाएँ होती इस बमबारी के बीच हम अपने विचार खुद नहीं सोच पाते, न अपनी अनुभूतियों को महसूस कर पाते हैं या अपने कार्यों का खुद सूत्रपात कर पाते हैं। इसकी जगह हम वैसा ही सोचते हैं, जैसा दूसरे चाहते हैं; वैसा ही महसूस करते हैं, जैसा अन्य लोग चाहते हैं; वैसा ही करते हैं, जो हमारे साथियों

और वरिष्ठों को स्वीकार्य हो। इसे व्यक्तिगत जिम्मेदारी के रूप में देखना जरूरी है।

हर बार हम जब भी अखबार पढ़ते हैं, रेडियो सुनते हैं या टेलीविजन देखते हैं, हम तुरंत प्रचार, विज्ञान और सूक्ष्म सामाजिक सुझावों के वशीभूत हो जाते हैं। ऐसा रोजाना, जान-बूझकर और व्यवस्थित रूप से, किया जा रहा है। यह सारा मीडिया हमें यही सिखा रहा है कि हम सोचना या विचार करना बंद कर दें और यदि ऐसा करें भी तो वैसा ही करें, जैसा वे चाहते हैं। जैसे कि अखबार न केवल अपने संपादकीय और ओपिनियन कॉलम द्वारा, बल्कि अपने ले-आउट, भाषा और अवधारणा के तर्क से वजन बनाना चाहते हैं।

मीडिया का इस तरह दोहन करनेवाले लोग आमतौर पर छोटे, लेकिन शक्तिशाली समूह होते हैं—मीडिया के स्वामी और प्रायोजक, विज्ञापन एजेंसियाँ और व्यापार मालिक। वे लोग मुख्य रूप से अपने हितों, धन के लालच, आत्म-महत्त्व की भावना से प्रेरित होते हैं। अकसर वे जीवन की राजनीति, व्यापार, कानून, दवाएँ और शिक्षा जैसे क्षेत्रों में अहम भूमिका निभाते हैं। आम लोगों में तर्क की भूमिका भावनाओं से गौण होती है। फिर भी, मानसिक जड़ता और उदासीनता तर्क को बहुत आसानी से पराजित कर देती हैं। अत: मीडिया के जोड़-तोड़ के माध्यम से जनता की राय को आकार देने से एक छोटा सा समूह बड़ी संख्या में लोगों को काबू में करने में सक्षम हो जाता है।

इस छोटे, लेकिन शक्तिशाली समूह में सभी के पास बेचने के लिए कुछ-न-कुछ होता है। व्यावसायिक विज्ञापन हम में अधिक-से-अधिक चीजें पाने की इच्छाएँ पैदा करते हैं, जिससे न तो सच्ची खुशी मिलती है और न ही मन की शांति। हमें बताया जाता है कि हमारी खुशी रेडियो, टेलीविजन, डी.वी.डी. प्लेयर, डॉल्बी सिस्टम्स और कंप्यूटर गेम्स में है; हालाँकि हमारे इन सब ध्यान भंग करनेवाली चीजों को इकट्ठा करने के बाद भी हम अपने जीवन में कष्टप्रद कमी का अनुभव करते हैं।

इन सब तकनीकी और सामाजिक विकास की गति, शक्ति और कुशलता हमारे जैसे पूरी तरह भौतिक समाज में तनावपूर्ण बीमारियों और मानसिक रूप से टूटन के पनपने का कारण बन जाती हैं।

जो लोग इस तनाव से टूटते नहीं, वे बच निकलने के लिए नशीली दवाएँ, शराब और उन्मत्त पंथों का नया रास्ता तलाश लेते हैं। जो लोग इन सबका सामना नहीं कर पाते, उनके लिए आखिरी रास्ता आत्महत्या का होता है, जो हमारे बीच खतरनाक मात्रा में पहुँच गया है।

तो फिर व्यक्ति अपने आपको इन विनाशकारी प्रभावों से कैसे बचा सकता है, जो हमारी आधुनिक दुनिया में हर कहीं मौजूद हैं? बतौर आम प्रशिक्षु हमें लिखे और बोले

गए शब्दों के प्रति हमेशा आलोचनापूर्ण दृष्टिकोण अपनाना चाहिए और अपने आपको भावनात्मक रूप से बह जाने से सुरक्षित रखने के लिए उनसे हमेशा सावधान रहना चाहिए, जो हमें अपने पक्ष में करना चाहते हैं। हमें विषय से दूर रहते हुए सापेक्ष रूप से इसकी समीक्षा और परीक्षा करनी चाहिए। केवल विकल्पों का मूल्यांकन कर लेने के बाद ही हमें किसी फैसले या अनुमान पर पहुँचना चाहिए।

जब कभी कोई खास राय उभरती दिखाई दे, तब हमें सबसे पहले यह देखना चाहिए कि उसके लेखक और वक्ता कौन हैं ? वे किसके हितों का प्रतिनिधित्व करते हैं और इसमें किसका राजनीतिक संपर्क, धार्मिक झुकाव और सामाजिक पृष्ठभूमि शामिल है। हमें यह भी नहीं भूलना चाहिए कि हर मामले के दो पक्ष होते हैं और दोनों पक्षों पर निष्पक्ष रूप से विचार करने पर ही हम सही चुनाव कर सकते हैं। किसी भी निष्कर्ष पर पहुँचने से पहले व्यक्ति को सभी प्रासंगिक तथ्यों को एकत्रित करना चाहिए तथा शांत व भावनात्मक उत्तेजना से रहित मन से रखते हुए सभी तथ्यों को जानना चाहिए और अपने को प्राथमिकता के आधार पर क्रोध, प्रशंसा एवं दोषारोपण से बचाना चाहिए। सापेक्ष सोच के इन्हीं सिद्धांतों को रोजाना के जीवन में अन्य मामलों पर लागू किया जाना चाहिए।

यदि हम कर्म और पुनर्जन्म की क्रिया को सही तरह से समझ लें तो हम समझ जाएँगे कि कोई भी दो व्यक्ति एक जैसे नहीं हो सकते और इसलिए हमें तुलना करने से बचना चाहिए; क्योंकि यह तुलना के साथ ही प्रचार की भी दुनिया है। व्यक्ति के लिए केवल एक तुलना सार्थक है कि व्यक्ति भौतिक, बौद्धिक, नैतिक और वित्तीय रूप से एक महीने पहले कैसा था, एक साल पहले कैसा था और एक दशक पहले कैसा था और वह आज कैसा है। अगर उसमें कोई सुधार नहीं है या अपर्याप्त सुधार हुआ है तो व्यक्ति को जानना चाहिए कि ऐसा क्यों है और बिना देरी किए इसका उपाय करना चाहिए। अगर इस वार्षिक मूल्यांकन को नियमित रूप से किया जाए तो यह बेहद फायदेमंद साबित हो सकता है। अपने मूल्यों और दृष्टिकोण की समीक्षा करते हुए अपने अभिमान और पूर्वग्रहों को अलग रखने से आप एक सरल, विचारशील और प्रसन्नतापूर्ण जीवन जी सकते हैं।

प्रसन्नतापूर्ण पारिवारिक जीवन

किसी भी वयस्क के लिए अपने से विपरीत लिंग के किसी व्यक्ति से प्रेम करना स्वाभाविक है। आम प्रशिक्षु जानता है कि सेक्स में कुछ भी 'पापपूर्ण' या शर्मिंदगी का कारण नहीं है और इसलिए व्यक्ति को कामुक इच्छाओं के प्रति किसी तरह की ग्लानि नहीं होनी चाहिए। इसके साथ ही व्यक्ति को यह भी समझना चाहिए कि कामुक

इच्छाएँ, किसी भी अन्य इच्छा की तरह, व्यवस्थित और नियंत्रित होनी जरूरी हैं, जिससे खुद को तथा दूसरों को नुकसान न हो।

सफल विवाह में दोनों भागीदारों को समझना होगा कि प्रेम कामुक आकर्षण से कहीं ज्यादा बड़ी भावना है। यदि कोई व्यक्ति किसी को सचमुच प्रेम करता है तो उसे बदले में कुछ भी पाने की उम्मीद किए बिना देना सीखना होगा। केवल इसी तरह से यौन समस्याओं को संतोषजनक ढंग से सुलझाया जा सकता है। इसके अलावा, भविष्य में जीवनसाथी बननेवाले को अपने आप से पूछना चाहिए कि 'मैं अपने जीवनसाथी से क्या उम्मीद करता हूँ?' और सापेक्ष रूप से देखना चाहिए कि संभावित जीवनसाथी उनमें से कितनी विशेषताओं पर खरा उतरता है। व्यक्ति विश्वसनीय व संतुलित दोस्तों की सूची बना सकता है, जिन्हें कभी-न-कभी संभावित जीवनसाथी के तौर पर देखा गया हो और संभव है कि सही मूल्यांकन करने से स्थिति और बेहतर हो सके। निश्चित रूप से अपना खुद का विवाह करवाना जोखिम भरा हो सकता है। अकसर व्यक्ति अपने संभावित भागीदार में उन विशेषताओं का होना स्वीकार करते हैं, जो किसी निष्पक्ष व्यक्ति की निगाहों में साफ तौर पर नदारद हो सकती हैं। इस खतरे को स्पष्ट रूप से स्वीकार कर लेना चाहिए, क्योंकि ऐसा मोह-भंग अकसर देर-सबेर हो ही जाता है और तब वैवाहिक असंतोष एवं दुर्गति का मंच तैयार हो जाता है।

निस्संदेह, वैवाहिक जीवन में कामुकता का अपना महत्त्व है; लेकिन इसे इसके समुचित स्थान, भौतिक प्रेम की अभिव्यक्ति के तौर पर ही रखना चाहिए। केवल यौन संबंध ही वैवाहिक जीवन का एकमात्र कारण नहीं हो सकता। केवल व्यक्तिगत प्रेम और स्नेह के अधीन होने पर ही कामुकता एक सच्ची व संतोषप्रद भावनात्मक अनुभूति प्रदान कर सकती है। यौन अनुरूपता से बढ़कर एक सुखद विवाह आपसी समझ और समायोजन, त्याग और निस्स्वार्थता, सहनशीलता और धैर्य की माँग करता है। वैवाहिक जीवन तब वास्तव में श्राप की जगह वरदान साबित होता है, जब इसमें शामिल दोनों लोग इस भागीदारी को अपने साथ की भागीदारी से भी ज्यादा बड़ा मानकर प्रतिबद्ध होते हैं, जो सामंजस्य और अनुरूपता बनाने के लिए साथ मिलकर आवश्यक प्रयास करने को तैयार रहते हैं।

ज्यादातर वैवाहिक दंपती बच्चों की भी आशा रखते हैं। बच्चे उनसे अलग हैं। उनमें से हर एक की पिछले जन्मों की अपनी खुद की कर्म-विरासत है। ऐसी कर्म-विरासत, जिसमें ऐसी संभावित प्रवृत्तियाँ हैं, जो बच्चे के चरित्र के सामान्य स्वर और प्रवृत्ति को तय करते हैं। यह तथ्य बच्चों की परवरिश में माता-पिता, दोनों की जिम्मेदारियों और सीमाओं की तरफ संकेत करता है।

बच्चों का अपने शुरुआती जीवन का अधिकांश हिस्सा अपने घर पर बीतता है

और जीवन में बहुत जल्दी वे अपने माता-पिता के मूल्यों एवं जीवन-शैली की नकल करने लगते हैं। स्कूल और अन्य प्रभावशाली एजेंसियाँ माता-पिता की जगह नहीं ले सकतीं। धीरे-धीरे विकसित होते माता-पिता को अपने बच्चों का आदर्श होने के पवित्र दायित्व को पहचानना होगा। इसके बाद उन्हें नियमित रूप से अपनी प्रामाणिकता का ध्यान रखना होगा, जिससे वे अपने बच्चों के लिए उदाहरण बन सकें। माता-पिता को इसके प्रति जागरूक रहना होगा कि बच्चे में अच्छी और बुरी—दोनों ही तरह की खूब संभावनाएँ होती हैं, इसलिए उन्हें बच्चे की अच्छाई की संभावना को विकसित करने में मदद देने का दायित्व निभाने के साथ ही बुराई की संभावना पर भी लगाम लगानी होगी। केवल माता-पिता की प्रेमपूर्ण देखभाल और परवाह से ही संभव होगा कि बच्चा अपने माता-पिता की आशाओं व आकांक्षाओं को संतुष्ट करने में सक्षम हो सके।

माता-पिता को अपने बच्चों का मार्गदर्शन करना होगा, उनकी जरूरतें पूरी करनी होंगी, उनकी शिक्षा का ध्यान रखना होगा, उनका सही उम्र में विवाह करवाना होगा और उनके कल्याण के सभी कार्य करने होंगे। दुर्भाग्यवश, आज बहुत से माता-पिता अपना दायित्व नहीं निभाते हैं, जिसके परिणामस्वरूप वे बच्चे अकसर गुमराह हो जाते हैं। जिम्मेदार और धीरे-धीरे विकसित होते माता-पिता को अपने बच्चों की परवरिश के लिए अपना खुद का सुख त्यागने को तैयार रहना होगा। उन्हें समझना होगा कि बच्चे के चरित्र को आकार देने में घरेलू प्रभाव सबसे अधिक महत्त्व रखता है, जो उन सब बाहरी प्रभावों से बढ़कर है, जिनका बच्चे को सामना करना होगा। माता-पिता को जिन क्षेत्रों की जानकारी नहीं है, उसके लिए उन्हें बच्चों की परवरिश से संबंधित किसी गैर-तकनीकी नियमावली की सलाह लेने को तैयार रहना चाहिए।

बच्चे के चरित्र को आकार देने में उसके पहले पाँच साल सबसे महत्त्वपूर्ण होते हैं और इसी चरण में वे अपने माता-पिता के प्रभावों पर सबसे अधिक ग्रहणशील होते हैं। इसके बाद बच्चे की जरूरतें बदल जाती हैं और वे विकास के विभिन्न चरणों में मूल रूप से परिवर्तित होते रहते हैं। माता-पिता को यह याद रखना चाहिए और नई आवश्यकताएँ उभरने पर उन्हें पूरा करना चाहिए।

संतुलित और पुष्टिकारक विकास के लिए शुरुआती वर्षों में तीन पहलू महत्त्वपूर्ण हैं—माता-पिता का प्रेम व स्नेह, स्थिर घरेलू वातावरण और रचनात्मक गतिविधियों एवं व्यक्तिगत पहल के अवसर। छोटे बच्चे अधिकतर नकल करके सीखते हैं। अगर माता-पिता ने भावनात्मक परिपक्वता दिखाई, आपसी बहस से बचे, एक-दूसरे का भरोसा व सम्मान किया और ऐसा ही अपने बच्चों के साथ भी किया तो बच्चे ऐसा चरित्र विकसित करते हैं, जो नैतिक और मनोवैज्ञानिक रूप से मजबूत होगा। जब बच्चे

का लालन-पालन प्रेम व समझ के साथ, उसकी बदलती जरूरतों के साथ किया जाए और उनका उच्च आदर्शों व उदात्त आकांक्षाओं के साथ पोषण हो तो बच्चे का आधार सुरक्षित होगा, जो उसके चरित्र का तथा उसके भविष्य का निर्माण करेगा।

किशोरावस्था दबाव और तनाव का काल है, जब बच्चे में अपने माता-पिता के अधिकारों के खिलाफ विद्रोह का झुकाव रहता है। इसलिए इस चरण में अत्यधिक प्रेम और समझ की आवश्यकता होती है। किशोरावस्था में यौन वृत्ति जागने के कारण समझदार व विकसित माता-पिता को अपने बच्चों के मार्गदर्शन में सक्षम होना होगा तथा उन्हें अपने शरीर व जीवन में हो रहे बदलावों के अनुकूल होने में मदद देनी होगी। जब बच्चे अपने माता-पिता से सेक्स से संबंधित सवाल करें तो माता-पिता को उन्हें धैर्य सहित संक्षेप में, बल्कि वस्तुत: बिल्कुल उसी तरह जवाब देना चाहिए, जैसे वे अन्य सवालों के जवाब देते हैं। अगर माता-पिता के लिए अपने किशोर बच्चों को जीवन के इन तथ्यों के बारे में बिना हिचके जवाब देने में परेशानी हो तो वे उन्हें कोई ऐसी पुस्तक दें, जिससे वे स्वयं इस विषय पर अपने को जानकार बना सकें। सबसे बढ़कर, यौन अति सक्रिय मनोरंजन, गैर-जिम्मेदाराना संकीर्णता और विस्फोटक एड्स महामारी के युग में महत्त्वपूर्ण जानकारी को रोकना युवाओं की सुरक्षा का साधन नहीं, बल्कि उन्हें खतरे में छोड़ देना है।

जब माता-पिता का नियंत्रण, देखरेख और समुचित मार्गदर्शन नहीं होता, तब बच्चों का झुकाव अकसर अपराध एवं नशीली दवाओं की ओर हो जाता है। इसलिए, माता-पिता को अपने बच्चों में अत्यधिक दिलचस्पी लेनी होगी, उनके साथ ज्यादा समय बिताना होगा; देखना होगा कि वे अपने खाली समय का कैसे उपयोग करते हैं। उनके दोस्तों से परिचय बढ़ाएँ। वास्तव में, समस्याग्रस्त बच्चों की संख्या बहुत कम है—वे समस्याग्रस्त माता-पिता हैं, जो बड़ी संख्या में हैं।

जब बच्चा परिपक्व हो जाए तो यह माता-पिता का दायित्व है कि वे पूरी समझदारी के साथ योग्य कॅरियर के साथ ही जीवनसाथी चुनने में भी उनकी मदद करें; लेकिन इस क्षेत्र में बच्चे की इच्छा का भी सम्मान होना चाहिए। किसी युवा व्यक्ति को इस तरह आदेश देना, जैसे वह बच्चा हो, केवल समस्या को ही आमंत्रित करता है।

चूँकि हम जीवन के बहुत से क्षेत्रों में उत्कट प्रतिस्पर्धा की दुनिया में रह रहे हैं, समझदार माता-पिता अपने परिवार का आकार सीमित रखते हैं, जिससे वे अपने बच्चों को सबसे बेहतर प्रदान कर सकें। भारत, नेपाल और श्रीलंका जैसे विकासशील देशों में, जहाँ प्रजनन दर आमतौर पर वास्तविक संपत्ति की उत्पादन दर से अधिक है, जो गरीबी को दूर करने का आवश्यक पैमाना होगा, विशेष रूप से शहरों व कस्बों—दोनों

के कर्मचारी वर्ग के लिए, जिनके परिवार आमतौर पर बहुत बड़े और अधिक आश्रित संख्यावाले होते हैं।

यह विकासशील देशों का दायित्व है कि वे पहले से उपलब्ध, सुरक्षित, प्रभावशाली और संतति-निग्रह के सस्ते तरीकों द्वारा छोटे परिवार को लोकप्रिय बनाएँ। उत्पादन का केंद्र मुख्य तौर पर जनता होनी चाहिए, न कि कुछ खास विशेषाधिकार प्राप्त लोगों की संपत्ति को बढ़ाना, जिसके लिए समुचित तकनीक का उपयोग करते हुए केवल संसाधनों और व्यापक संतति-निग्रह संसाधनों का वितरण करें, जिससे वास्तविक संपत्ति में वृद्धि हो और जनता की जीवन-गुणवत्ता सुधारने में मदद मिले, बशर्ते वे खुद भी उचित मूल्यों के लिहाज से पोषित कर सकें, अन्यथा वे हमेशा गरीब ही रहेंगे।

बच्चों का नैतिक और आध्यात्मिक मार्गदर्शन के साथ ही शारीरिक व भावनात्मक विकास भी होना चाहिए। जैसे-जैसे वे बड़े होते हैं, माता-पिता उन्हें आसान भाषा और दैनिक उदाहरणों का अनिवार्य रूप से उपयोग सिखाएँ, उन्हें कर्म और पुनर्जन्म के नैतिक नियमों की कार्यशैली के बारे में बताएँ, उचित आचरण नियमों की शिक्षा दें और दैनिक जीवन में सदाचार के अभ्यास का कारण स्पष्ट करें। यह अभी और यहाँ के साथ ही यहाँ के बाद भी मुक्ति के आनंद की कला है।

भौतिकतावाद धीरे-धीरे पारंपरिक मूल्यों, नैतिकता, आध्यात्मिकता और समाज को नष्ट कर रहा है। अब तो भौतिकतावाद का प्रभाव उन सुदूर गाँवों तक भी पहुँच गया है, जो जीवन के नैतिक रास्ते के प्राचीन केंद्र हैं; लेकिन वे युवा, जिनके विकसित माता-पिता ने उचित परवरिश द्वारा उन्हें प्रामाणिकता और ईमानदारी के मूल्य दिए हैं, वे अपने को ऐसी चीजों से दूर रखते हैं।

परोपकार का अभ्यास

भलाई करने की इच्छा, जिससे दूसरों को आनंद मिले और उनका कल्याण हो, वे चार 'विशिष्ट दृष्टिकोण' के व्यवस्थित अभ्यासों—प्रेमपूर्ण उदारता, सहानुभूति, निस्स्वार्थ आनंद और समभाव द्वारा मानव संस्कृति में प्रभावशाली ढंग से सिखाए जाते हैं। इन विशेषताओं को विकसित करके जिज्ञासु धीरे-धीरे घृणा, क्रूरता और ईर्ष्या जैसी मानसिक मलिनताओं को समाप्त कर सकता है और इनकी जगह सबसे उत्कृष्ट सदाचार को दे सकता है। विशिष्ट दृष्टिकोण व्यक्ति को ऊपर उठाकर दिव्य सदृश स्थिति में ला सकता है। वह उन अवरोधों को तोड़ देता है, जो व्यक्ति को समूह से अलग करते हैं। वह उससे भी अधिक मजबूत पुल बनाता है, जो पत्थरों और लोहे से बना हो।

1. परोपकार हर अवस्था में सभी जीवित प्राणियों के लिए सद्भावना, प्रेमपूर्ण

उदारता, सार्वभौमिक प्रेम, मैत्री की अनुभूति और आंतरिक सहानुभूति है, फिर चाहे वे मानव हों या गैर-मानव। परोपकारी दृष्टिकोण का प्रमुख संकेत दूसरों के कल्याण के प्रोत्साहन की तीव्र इच्छा है। परोपकार क्रोध, गलत इच्छा, अति घृणा और असंतोष की हर किस्म की द्वेषपूर्ण बुराई को रोक देता है।

इस परमाणु युग में यह ऋचा विशेष महत्त्वपूर्ण हो गई है, जब दुनिया भर में सबसे अधिक भय उत्पन्न करनेवाली विध्वंसकता भड़की हुई है। ताकत का जवाब ताकत, बम का जवाब बम, हिंसा का जवाब प्रतिहिंसा से देने से कभी शांति कायम नहीं हो सकती। इन पारंपरिक हथियारों या परमाणु मिसाइलों की हिंसा और विनाशकता का परोपकार या प्रेमपूर्ण उदारता एकमात्र प्रभावशाली उत्तर है।

2. सहानुभूति वह दृष्टिकोण है, जो दया, करुणा और कृपा में व्यक्त होता है। इसका बुनियादी चरित्र उन सबके लिए दया है, जो पीड़ित हैं और यह दूसरों के कष्टों व पीड़ाओं के शमन या निर्मूलन की इच्छा उत्पन्न करता है। सहानुभूति दूसरों के संकट के प्रति रूखेपन और उदासीनता को समाप्त करने में मदद करती है। यह क्रूरता की प्रत्यक्ष विषधर औषधि है—एक ऐसी बुराई, जो आज की दुनिया में बहुत आम हो चली है। यह सहानुभूति ही है, जो व्यक्ति को दूसरों की निस्स्वार्थ सेवा के लिए प्रेरित करती है और बदले में कुछ भी, यहाँ तक कि आभार की भी, उम्मीद नहीं रखता।

3. निस्स्वार्थ आनंद, प्रशंसात्मक आनंद : यह दूसरों को उनके आनंद का सुख लेते देखने की इच्छा और दूसरों के साथ सुख व सफलता को साझा करने की क्षमता है। यह दृष्टिकोण सहानुभूति का पूरक है—हाँ सहानुभूति दूसरों के साथ दुःख साझा करना है, परोपकार उनका आनंद साझा करता है। परोपकार ईर्ष्या की प्रत्यक्ष विषहर औषधि है। ईर्ष्या दूसरों के सौभाग्य से उभरती है। यह उन पर क्रोधित होती है, जिनके पास पद, प्रतिष्ठा, शक्ति और सफलता हो; लेकिन जो परोपकार का अभ्यास करता है, वह तब खुश नहीं होता है, जब दूसरों का भला हो; बल्कि वह अपनी प्रगति और कल्याण के प्रयास को प्रोत्साहित करता है। इसलिए यह दृष्टिकोण सामाजिक सौहार्द और शांति को हासिल करने में अहम महत्त्व रखता है।

4. समभाव : चार विशिष्ट दृष्टिकोण में अंतिम है। समभाव लाभ एवं हानि, यश एवं अपयश, प्रशंसा एवं द्वेष, आनंद और कष्ट एवं अस्थिर भाग्य और हालात की असंतुलित दुनिया में शांत या संतुलित मन को स्थापित करता है। समभाव सभी लोगों को एक समान देखता है और बिना किसी लगाव या द्वेष के अपने कामों के परिणामों का खुद अंशभागी होता है। समभाव उसके लिए एक स्थिर तटस्थता है, जो इसे जानता है।

दैनिक जीवन में इन विशेष सदाचारों का नित्य, व्यवस्थित और सोद्‍देश्य प्रोत्साहन

अभ्यासी के दृष्टिकोण और संभावनाओं को परिवर्तित कर देगा। इसे सभी सदाचारपूर्ण सामाजिक गतिविधियों के साथ-ही-साथ व्यक्ति और सामूहिक शांति व सामंजस्य का आधार होना चाहिए। सदाचारपूर्ण समाज कल्याणकारी कार्य बहुरूपी हो सकता है; लेकिन इसमें सबसे महत्त्वपूर्ण इसकी भावना है, जिसमें यह किया जाएगा। इस भावना में व्यक्तिगत हितों को सभी के हितों के अधीन लाना होगा। सदाचारपूर्ण सामाजिक कार्यों को वास्तव में मूल्यवान् बनाने के लिए कार्य विशुद्ध प्रेम, अनुकंपा और साथी मनुष्यों को समझने तथा ज्ञान व प्रशिक्षण द्वारा निर्देशित होनी चाहिए। कल्याणकारी कार्य हमदर्दी की आदर्श अभिव्यक्ति होने चाहिए, जो रियायत से अछूते हों, अभिमान से दूर हों—भले ही वह अभिमान भलाई करने का ही क्यों न हो। यह मात्र सभी मनुष्यों के लिए भाईचारे की अभिव्यक्ति हो।

चार विशिष्ट दृष्टिकोणों को, सच्चे अनुयायियों के संतुलित विकास के निरंतर प्रयासों को लगन से प्रोत्साहित करना होगा। ये गुण कभी अप्रचलित नहीं होंगे। ये एक सार्वभौम संदेश संप्रेषित करते हैं, जो हमें सार्वभौमिक मनुष्य के तौर पर परिवर्तित करता है।

मन की मुक्ति

मनुष्य के विकास-क्रम में मन का एक महत्त्वपूर्ण स्थान है। व्यक्ति जो भी कहता या करता है, वह पहले मन में विचार के रूप में उदित होता है। एक सुप्रशिक्षित मन होना वास्तव में खजाना पा जाने जैसा है। जब भी एक व्यक्ति अपने मन को प्रशिक्षित करता है, परीक्षा के लिए अंतर की तरफ मुड़ता है और अपने मन को शुद्ध बना देता है। उसे वहाँ आनंद का बड़ा गोदाम मिलता है। वास्तविक प्रसन्नता मन की विशेषता है, जिसे मन में ही तलाशना और पाना चाहिए। सांसारिक सुखों से लगाव न होना सांसारिक सुखों का आनंद लेने से भी ज्यादा बड़ी प्रसन्नता है। मुक्ति सबसे बड़ा आनंद है और इस आनंद को केवल तभी पाया जा सकता है, जब आप मन को उसकी मलिनता से मुक्त कर दें।

भ्रमित करनेवाली सांसारिक सोच इससे अलग है। उनकी नजर में विषयी सुखों का आनंद लेना वास्तविक प्रसन्नता है; हालाँकि वे भूल जाते हैं कि इन विषयी सुखों का उदय मात्र इच्छा-पूर्ति से होता है और इस तरह इच्छित वस्तु को पा लेने के बाद यह प्रसन्नता निश्चित ही क्षीण हो जाती है। इन इच्छाओं को बढ़ाने से भी विषयी सुख स्थायी नहीं हो पाते; क्योंकि इस मार्ग में कोई स्थायित्व नहीं होता है। विषयी सुखों का पीछा करने का अंत केवल बेचैनी और असंतोष में ही होता है।

विकसित होती मानसिक संस्कृति का लक्ष्य ध्यान द्वारा मन के व्यवस्थित प्रशिक्षण से अस्तित्व की वास्तविक प्रकृति का प्रत्यक्ष अंतर्ज्ञान लेना है। इस प्रकार, अनासक्ति का अभ्यास मन को उसके भ्रमों से मुक्त कर देता है। ध्यान मन को संसार की कष्टपूर्ण वस्तुओं से कष्ट-रहित, उद्धार की भावातीत स्थिति की ओर ले जाता है। पुनर्जन्म और कष्टों का बुनियादी कारण जीवन के वास्तविक स्वभाव का अज्ञान है। हम जानते हैं कि जो भी गुजर रहा है, असंतोषपूर्ण और स्थायित्व से शून्य, सच्चे आनंद का स्रोत और संतोषजनक है। यह भ्रम अस्तित्व को बनाए रखने की लालसा उत्पन्न करता है, जो कर्मों के संचय की ओर अग्रसर करता है।

ध्यान दो प्रकार का होता है—ऐसी शांति विकसित करने के लिए, जिसमें एकाग्रता पर जोर दिया जाता है और अंतर्बोध को विकसित करनेवाला, जिसमें जोर ज्ञान पर रहता है। ध्यान के ये दो प्रकार क्रमशः एकाग्रता समूह व ज्ञान समूह में आते हैं। एकाग्रता का अर्थ है—मन का एक बिंदु पर स्थिर होना, मन को किसी एक वस्तु पर स्थिर कर शेष सबसे हटा लेना। एकाग्रता अपने आप में अंतिम नहीं है; लेकिन प्राथमिक विकास है, क्योंकि यही ज्ञान का आधार है—चीजें जैसी हैं, उनको उसी रूप में देखने की क्षमता। यह ज्ञान ही है, जो मन को बंधनों से मुक्त करता है।

मन को प्रशिक्षित करना आसान ही है, क्योंकि यह मन की दीर्घावधिक आदत है कि वह तृष्णा, घृणा और भ्रम के बहाव में बह जाता है। युगों से हम विषयी सुखों का आनंद ले रहे हैं, जो क्रोध से लेकर अकर्मण्यता में लोट रहे हैं, बेचैनी से व्यग्र हैं, संदेह में हिचकोले खा रहे हैं। निश्चित ही ऐसी आदतों को बंद करना मुश्किल है। इसके अलावा, यह अप्रशिक्षित मन का मूल स्वभाव है कि वह एक विचार से दूसरे पर भटकता रहे। इसलिए, यह ध्यानकर्ता ध्यान का अभ्यास आरंभ करता है तो मन में अजीब से विचार उमड़ने-घुमड़ने लगते हैं। इन गड़बड़ियों को नियंत्रित करने के लिए तथा ध्यान भंग करनेवाले विचारों को दूर करने के पाँच उपाय हैं—

1. ध्यान भंग करनेवाले विचारों के विपरीत अच्छे विचार विकसित करें, उदाहरण के लिए—प्रेमपूर्ण उदारता का विचार विकसित करें, जिससे घृणा का विचार खारिज हो सके।
2. ध्यान भंग करनेवाले विचारों के बुरे हालात पर चिंतन करें, उदाहरण के लिए—बुरी इच्छाएँ या क्रोध कठोर शब्दों या मारपीट की ओर अग्रसर करते हैं, जिससे शत्रु बनते हैं या और भी बुरा होता है।
3. मन को अशांत करनेवाले विचारों से दूर रहें और इन्हें कुछ लाभकारी विचारों या कुछ उपयोगी गतिविधियों की ओर केंद्रित करें।

4. बुराई के उभरने के कारण को खोजें और देखें कि क्या यह कोई उपयोगी उद्देश्य पूरा करता है?
5. बुराई से सीधे संघर्ष करें, जिससे उसे पूरी तरह कुचल सकें और हरा सकें।

जहाँ-तहाँ भटकते मन को आरंभिक ध्यान के विषय पर केंद्रित करने का सतत प्रयास होता है, क्योंकि ध्यान को एक बार में किसी एक बिंदु पर कुछ सेकंड से अधिक केंद्रित करना असंभव प्रतीत होता है। फिर भी, व्यक्ति निरंतर अभ्यास द्वारा अपने कौशल में उस हद तक सुधार करता रहता है, जब तक वह अपने मन को चुने गए विषय पर स्थिरता व शांति सहित लंबे समय तक केंद्रित नहीं कर पाता। इसके बाद यह अभ्यास अधिक आकर्षक, अधिक लाभप्रद और कम थकानेवाला हो जाता है। आखिरकार, व्यक्ति के प्रयासों का परिणाम उसके मन के एक बिंदु पर केंद्रित होना होता है।

एक बिंदु केंद्रित मन हासिल कर लेने के बाद साधक इस पवित्र, स्थिर और शुद्ध मन को अपने अस्तित्व पर मनन करने की तरफ मोड़ देता है। यहीं से विपश्यना-ध्यान, अंतर्बोध का चिंतनशील विकास आरंभ होता है। साधक सावधानी के साथ पाँच संग्रहों के यौगिक की जाँच करने लगता है। वह देखता है कि शरीर या रूप, परिवर्तित होती शारीरिक विशेषताओं से निर्मित है, जबकि मन स्वयं क्षणभंगुर मानसिक कारकों, जैसे—अनुभूतियाँ, धारणाएँ, मानसिक विन्यास (आशय, भावनाएँ, विचार, इच्छाएँ आदि) और चेतना से बना है। वह इन सबको पारस्परिक निर्भरता में प्रवाहित होता देखता है। यहाँ कोई ठोस स्वत्व नहीं होता, न ही अनश्वर आत्मा होती है, जिसे 'मैं' या 'मेरा' कहा जाए। जैसे कि पाँच संग्रहों की नश्वरता, असंतोष और निस्स्वार्थ स्वभाव साधना के सम्मुख प्रकट होता है, तब वह समझ जाता है कि कोई भी अनुकूलन उसके लिए उपयोगी नहीं है; क्योंकि जो भी अनुकूलित है, वह क्षणभंगुर है और क्षणभंगुरता में स्थिर आनंद तलाश करना असंभव है।

ज्ञान विकसित होने के साथ ही सभी प्रकार और रूप का अज्ञान समाप्त हो जाता है। लालसाएँ और कर्म, अस्तित्वगत की ज्योति का ईंधन चुक जाते हैं और उन्हें नया ईंधन प्राप्त नहीं होता। अत: अस्तित्व की ज्योति ईंधन न मिलने से बुझ जाती है।

श्वास पर केंद्रण

श्वास पर केंद्रित होना ध्यान के लिए सर्वोत्तम विषय है, जो व्यस्त लोगों के लिए विशेष रूप से उपयोगी है; क्योंकि इसका अभ्यास कोई भी, कहीं भी पूरे सुरक्षित ढंग से कर सकता है। इस तरह के ध्यान का अभ्यास करने के लिए व्यक्ति को सबसे पहले

बैठने के लिए सही ध्यान मुद्रा को चुनना होगा। जो भी व्यक्ति पूर्ण पद्मासन या अर्ध-पद्मासन में आराम से बैठ सकते हैं, वे इन मुद्राओं को चुन सकते हैं। जिनके लिए यह कठिन है, वे इस तरह पालथी लगाकर बैठ जाएँ, जैसे वे अपने शरीर के ऊपरी भाग को सीधा रख सकें। जिनके लिए यह भी कठिन हो तो वे सीधे सिरहानेवाली कुरसी पर बैठ जाएँ। शरीर का ऊपरी हिस्सा सीधा हो, लेकिन उसमें खिंचाव न हो। हाथ गोदी में एक के ऊपर एक रखे हों और (जो कुरसी पर बैठे हैं, उनके) पैर जमीन पर टिके होने चाहिए।

इसके बाद ध्यानी धैर्यपूर्वक, सहजता से तथा स्वाभाविक रूप से श्वास ले और मानसिक रूप से सावधानीपूर्वक बिना विराम लिये श्वास का पीछा करते हुए भीतर जाए और बाहर आए। बाहर से वह सामान्य रूप से श्वास लेता व छोड़ता दिखाई देगा। व्यक्ति अपना ध्यान नाक के अग्रभाग या ऊपरी होंठ पर केंद्रित कर सकता है, जहाँ श्वास अंदर या बाहर करते समय सबसे ज्यादा महसूस होती हो। आपका ध्यान यहीं पर रहना चाहिए।

श्वास को देखते हुए जब व्यक्ति आगे बढ़ता है तो वह इस पर अधिक-से-अधिक गहराई से एकाग्र होता चला जाता है।

तब व्यक्ति को मन व शरीर बहुत हलका महसूस होने लगता है—अत्यंत मौन एवं शांतिपूर्ण। व्यक्ति अपने को हवा में उड़ता भी महसूस कर सकता है। गहन मौन स्थापित हो जाने के बाद जब मन एक बिंदु पर स्थिर हो जाए, तब व्यक्ति अपना ध्यान अंतर्बोध के विकास की ओर मोड़ सकता है, जिसका लक्ष्य अस्तित्व के वास्तविक स्वभाव का प्रत्यक्ष अंतर्बोध लेना है।

इस लाभ के अतिरिक्त श्वास की सावधानी का एक और तात्कालिक लाभ है, जो व्यक्ति अपने दैनिक जीवन में अनुभव कर सकता है। यह अनासक्ति और सापेक्षता को प्रोत्साहित करता है। इससे व्यक्ति को दैनिक जीवन की अनगिनत समस्याओं पर बुद्धिमानी से फैसला लेने के लिए आवश्यक मानसिक दूरी प्राप्त होती है। इस ध्यान का नियमित रूप से अभ्यास करने से एकाग्रता और आत्म-नियंत्रण बढ़ता है, सजगता में सुधार होता है और साथ ही यह स्वस्थ व तनाव-रहित जीवन में भी सहायक है।

मृत्यु का समभाव से सामना

मृत्यु जीवन की एकमात्र परम वास्तविकता है। इसके बावजूद हममें से ऐसे कितने लोग हैं, जो अपने को इसका धैर्यपूर्वक सामना करने के लिए पहले ही उचित रूप से तैयार करते हैं? सभी मनुष्यों को मरना ही होगा। शरीर ढह जाएगा है, टूट जाएगा और

राख या मिट्टी बन जाएगा। मृत्यु के बाद हमारे साथ केवल एक चीज रह जाएगी—हमारे कर्म, हमारे विचारपूर्वक किए गए कार्य। हमारे कार्य जीवन को एक नया रूप प्रदान करते हैं और ऐसा तब तक होता रहता है, जब तक वह लालसा पूर्ण नहीं हो जाती। हमारा जन्म और विकास हमारे कर्मों की गुणवत्ता के अनुसार होता है। अच्छे कर्मों से पुनर्जन्म अच्छा मिलता है। बुरे कर्मों का नतीजा बुरा पुनर्जन्म होता है।

यह भौतिकतावादी दृष्टिकोण कि मनुष्य शुक्राणु और अंडाणु के मिलन का जैविक परिणाम मात्र है, जो आखिरकार मृत्यु पर समाप्त हो जाता है, मनुष्य जीवन की पूर्णतः अपर्याप्त व्याख्या है। उदाहरण के लिए, प्रकृति और पोषण, आनुवंशिकता और परिवेश—ये कभी स्पष्ट नहीं कर पाते कि एक ही माता-पिता के यहाँ जनमे जुड़वाँ बच्चे, जो शारीरिक रूप से लगभग एक जैसे होते हैं, वे समान रूप से सौभाग्यशाली क्यों नहीं होते। उनका लालन-पालन समान वातावरण में होता है, फिर भी वे अकसर चरित्र, मानसिकता, नैतिकता और भावनात्मक रूप से भिन्न होते हैं। इसके अतिरिक्त, विज्ञान को शिशु विलक्षणता और पूर्व जन्म की स्मृतियाँ, विशेष रूप से बच्चों के मुद्दे पर, कठिनाई का सामना करना पड़ रहा है।

एक सच्चा प्रशिक्षु, जो जानता है कि मृत्यु अटल है, इसके लिए योजना बनाता है और अपने आपको इसका समभाव के साथ सामना करने के लिए प्रशिक्षित करता है। वह जानता है कि मृत्यु की योजना बनाने का सबसे बेहतर तरीका एक सदाचारी और ईमानदारीपूर्ण जीवन है। इसलिए आंतरिक अनोखेपन का निष्ठावान् जिज्ञासु नियमित रूप से बहुत तरह के कृपापूर्ण एवं उदार कृत्य करता तथा उन पर नजर बनाए रखता है और अपने लालच व घृणा को कम करने का प्रयास करता है। व्यक्ति के निर्दोष जीवन जीने के तथ्य से एक अतिरिक्त संतोष तथा मृत्यु के समय सबल स्रोत होता है। तब मृत्यु का भय अपनी प्रबलता और दंश को खो देगा।

मृत्यु की तैयारी करते हुए गृहस्थ को अपने परिवार, अन्य लोगों तथा अपने धर्म के प्रति दायित्वों को भी पूरा करते रहना होता है। वास्तव में, इसका अर्थ व्यक्ति का अपने परिवार के लिए एक समुचित आय छोड़ना होगा, जिसके लिए उचित अंतिम वसीयत बनानी होगी, जिसमें खुद के अंतिम संस्कार की योजना भी मौजूद हो।

अनोखापन जाग जाने पर

इस अध्याय का आगामी खंड आम अनुसरणकर्ताओं को व्यावहारिक कोण से दैनिक जीवन के आचरण संबंधी प्रमुख बिंदुओं के बारे में बताता है। इन सिद्धांतों का निरंतर अभ्यास सुनिश्चित करेगा कि ये उनके चरित्र का हिस्सा बन सकें, जिससे वे एक

संपूर्ण मनुष्य के तौर पर विकसित हों, जो इस भ्रमित जगत् में स्थिर बुद्धि का ऐसा केंद्र होगा, जो खोखले वायदों से भरे फैशनेबल दर्शन में डाँवाँडोल होते हैं।

न्यूनतम स्तर पर एक आम जिज्ञासु, जो अपने भीतरी अनोखेपन को जगाने के लिए उत्सुक हो, उन्हें सदाचार को अपने शारीरिक व शाब्दिक व्यवहार को विकसित करने की अपनी क्षमता बढ़ानी होगी, लेकिन व्यक्ति को यहीं नहीं रुक जाना चाहिए। जो जिज्ञासु आनंद की सच्ची पूर्णता की तलाश करते हों, उन्हें मन के पोषण पर भी ध्यान देना होगा। व्यक्ति को लालच, क्रोध और भ्रम जैसी गैर-पुष्टिकर अवस्थाओं से भी सावधान रहना होगा और जानना होगा कि इनसे उस समय प्रभावशाली ढंग से कैसे निपटा जाए, जब इनसे व्यक्ति के असंतुलित होने का खतरा उत्पन्न हो जाए। व्यक्ति को और आगे बढ़ते हुए ध्यान द्वारा मन का भावातीत और अंतर्बोध के लिए व्यवस्थित ढंग से पोषण करना चाहिए।

हम जिस समाज में रहते हैं, यह उन मनुष्यों के मन का प्रतिबिंब है, जिन्होंने इस समाज की रचना की है। यदि हमारे समाज में भ्रष्टाचार, अनैतिकता का प्रसार मनुष्य स्वभाव के उच्च आदर्शों के लिए विनाशकारी है तो इसका कारण है कि इस समाज को बनानेवाले लोगों ने अपने आपको मन की भ्रष्ट और नश्वर अवस्था में बह जाने दिया है। समाज की गुणवत्ता अनिवार्य रूप से उन लोगों की जीवन गुणवत्ता पर आधारित होती है, जो उस समाज को बनाते हैं। कोई भी एक व्यक्ति समाज में बेहतरी के लिए इसे बदल नहीं सकता; लेकिन किसी सीमा तक हम से हर व्यक्ति अपने खुद के मन के जगत् को परिवर्तित कर ऐसा कर सकता है।

ऐसा कैसे किया जाए? दैनिक जीवन में जितना संभव हो, उतना सावधान रहते हुए, मन के दोषों को साफ करते हुए और चार सूक्ष्म स्थितियों (प्रेम, सहानुभूति, निस्स्वार्थ आनंद एवं समभाव) को पोषित करके, रोजाना पूरी ऊर्जा सहित ध्यान करके, आध्यात्मिक प्रवचन सुनकर करें। इन निर्देशों का पालन करने से व्यक्ति को इसके फल—मन की शांति, संतोष, अपने भ्रम की स्थिति और अस्त-व्यस्त दुनिया में आंतरिक संघर्ष की अनुपस्थिति अवश्य मिलेंगे।

एक अच्छे प्रशिक्षु को हमेशा दया, कृपा और परोपकार के कार्यों के अवसर तलाशते रहना चाहिए। जिन लोगों को उनसे कम मिला है, उनकी मदद के लिए उत्सुक रहना चाहिए। देने का अभ्यास करते हुए भी व्यक्ति यदि भेदभाव करता है तो इस प्रकार जरूरतमंदों वे चीजें दी जाएँ, जिनकी उन्हें सबसे ज्यादा जरूरत हो।

एक अच्छे प्रशिक्षु को रोजाना कुछ मिनट अलग से रखने चाहिए, जिसमें वह उस दिन की घटनाओं की समीक्षा एवं आत्मनिरीक्षण करे और यह देखे कि कहीं वे उस

प्रभाव से भटक तो नहीं गए, जो वे रचना चाहते थे और वास्तव में उन्होंने क्या किया और क्या इनके बीच बड़ा अंतर है ? अगर ऐसा है तो व्यक्ति को देखना चाहिए कि वह ऐसा क्या करे, जिससे वह भविष्य में इसे दोहराने से बच सके। व्यवस्थित अध्ययन से भी व्यक्ति को संपूर्ण जीवन को उचित दृष्टिकोण देने में मदद मिल सकती है। रोजाना पढ़ना एक उपयोगी आदत है, जिससे मानसिक व बौद्धिक क्षितिज का विस्तार हो सकता है और यह मानव मन को व्यक्ति के अपने जीवन की प्रासंगिकता के कुछ क्षणों को प्रतिबिंबित करने की ओर अग्रसर कर सकता है। ऐसा करने से व्यक्ति अपनी तुच्छ चिंताओं व समस्याओं को भूलने, व्यक्ति के सोच स्पष्ट होने और चरम मूल्यों को स्मरण करने तथा वह सत्य हासिल करने में मदद मिल सकती है, जिस पर व्यक्ति अपने जीवन का निर्माण करता है।

जैसे-जैसे संसार में धर्म के कुम्हलाते जाने के बाद खोखले रिवाजों, संस्कारों और अनुष्ठानों पर अधिक-से-अधिक ध्यान दिया जाने लगा है, जिसमें धर्म के वास्तविक सिद्धांतों के यथार्थ जीवन पर पड़नेवाले वास्तविक अभ्यासों पर बहुत थोड़ा या बिल्कुल ध्यान नहीं दिया जाता और यही वह बात है, जो सबसे अधिक मायने रखती है।

"कोई भी व्यक्ति बाहर से बरबाद नहीं होता। आखिरी बरबादी उसके भीतर से ही आती है।"

—अमेलिया बार

इसलिए विकल्प की शक्ति अब पूरी तरह से आप में है कि आप अपने भीतरी अनोखेपन को जगा सकें।

□

सेमिनार और वर्कशॉप्स

'अपने भीतर का अनोखापन जगाएँ'

'अपने भीतर का अनोखापन जगाएँ' (Awaken the Incredible Within) सेमिनार शांतनु दास शर्मा के 26 वर्षों के अनुभवात्मक शिक्षण और व्यापार व व्यक्तिगत विकास में सफलता पर आधारित है। इन वर्कशॉप्स ने सफलतापूर्वक दरशाया है कि आपको अपने अंतर्बोध और साधनों के उपयोग से अपने जीवन के नेतृत्व की भूमिका निभानी होगी। यह आपको दरशाता है कि किस तरह आप अपने पुराने गैर-सशक्तीकरण पैटर्न तथा उन भयों से मुक्त हो सकते हैं, जो आपको आपकी पूर्ण संभावनाओं को अनुभव करने तथा उच्चतम लक्ष्यों को हासिल करने से रोक रहा है; बल्कि इसका सामंजस्य हमारी विशिष्ट मानवीय क्षमता की उस मुक्त इच्छा के विचार से है, जिसमें हम उन कार्यों को चुनते हैं, जो हमें पशुओं या हमारे न्यून मस्तिष्क से अलग करते हैं। आप अपने धर्म या आध्यात्मिक विश्वास को बदले बिना भी इस कार्यक्रम का उपयोग कर सकते हैं।

'अवेकन द इन्क्रीडिबल विदइन' दो दिवसीय प्रशिक्षण सेमिनार है, जो सुबह 9.30 बजे से शाम 5.30 बजे तक चलता है, जो उन अधिक गंभीर प्रार्थियों के लिए है, जो मानसिक शिक्षण की जगह परस्पर संवादात्मक शिक्षण द्वारा अपने अनोखेपन को जगाना चाहते हैं।

मास्टरिंग इन्क्रीडिबल माइंड—पहला दिन शनिवार

डिजाइनिंग इन्क्रीडिबल डेस्टिनी—दूसरा दिन रविवार

ये दोनों कार्यक्रम साथ मिलकर आपको वह व्यावहारिक अंतर्बोध और रियल टाइम अनुभवात्मक कौशल प्रदान करेंगे, जो आपको अहं से महान् चीज से जुड़ने के लिए

आवश्यक है। इस चीज को अकसर स्वत्व, अवचेतन मन, सार्वभौम, उच्चतम शक्ति, प्रतिभा, आत्मा या प्राण कहा जाता है, जो उच्चतर प्रज्ञा के विस्तार में काम करता है।

इस कार्यक्रम के दौरान आप सीखेंगे—

1. अपने आपसे और दूसरों के साथ संवाद में भाषा को लेकर जागरूक रहना।
2. चेतन स्तर और अवचेतन स्तर पर संवाद में अंतर को समझना।
3. बदलावों को रचनात्मक ढंग से सँभालना।
4. अपना सर्वोत्तम प्रदर्शन करने की क्षमता विकसित करना, अपनी वास्तविक संभावनाओं को उभारना और एक प्रबल संवादकर्ता बनना।
5. दूसरों के बारे में किस तरह सोचना है तथा दूसरों से संबंधित जानकारी को अपने मन में किस तरह संसाधित करना है, इसे ज्यादा बेहतर समझ सकेंगे।
6. हालात को विभिन्न दृष्टिकोणों से समझना और सबसे सहयोग तथा साथ जुड़ने का वादा लेने के लिए प्रभावशाली व संतुलित फैसला लेने में सक्षम होना।
7. यह समझ सकेंगे कि लोग जो करते हैं, वैसा वे क्यों करते हैं तथा वे जैसे हैं, उनका उसी तरह सम्मान करना सीखेंगे।
8. अपने साथ-साथ दूसरों की शारीरिक भाषा के प्रभाव को भी पहचानना।
9. अलग-अलग तरह के लोगों में अपनी साख बनाना।
10. प्रभावित होकर ऐसे दीर्घावधिक बदलाव उत्पन्न करना, जो आवश्यक रूप से समाधान या जवाब न हों।
11. नए वैचारिक पैटर्न, नई विचार रणनीतियों और ऐसी नई धारणाओं को स्वीकार करना, जो आपके कार्य/जीवन में निश्चित रूप से अधिक प्रभावशाली हों।
12. अपने लिए अधिक अनिवार्य परिणाम पाना, जो आपके वह परिणाम हासिल करने के तरीकों को अधिकतम कर दें, जिन्हें आप अपने व्यक्तिगत और व्यापारिक विकास में वास्तव में चाहते हों।

आप इसमें भी माहिर होंगे कि कैसे—

1. ऐसे प्रमाणित तरीके निकालना, जिनसे ऐसे लक्ष्य तैयार हों, जिन्हें आप वास्तव में हासिल कर सकें।
2. लोगों की अपने लक्ष्य तय करने में की जानेवाली सबसे बड़ी गलतियों को समझना (जिससे अपने सपनों को पहले से ज्यादा तेजी और आसानी से सच किया जा सके)।

3. वे सरल (लेकिन आवश्यक) कदम, जिनसे लक्ष्य तय करने में विफलताओं से बच सकें और जो जीवन में आपको तत्काल आगे ले जाएँ।
4. उस पहले कदम को जान लेंगे, जो आपके अतीत के सभी कष्टों व नकारात्मकता को दूर कर देगा और हर गुजरते दिन के साथ आप अधिक मुक्त एवं खुला महसूस कर सकेंगे।
5. यह सीखेंगे कि वित्त, रिश्तों, दैहिक और भावनात्मक जीवन के सभी क्षेत्रों में जीवन के वास्तविक उद्देश्य को कैसे तलाशा जाए।
6. उन अप्रकट परिचालकों को फौरन पहचानने लगेंगे, जो आपको आपके इच्छित आनंद और सफलता को हासिल करने से रोक रहे हैं।
7. यह सीखेंगे कि बदलावों को अपने जीवन में कैसे भलीभाँति स्थायी बनाएँ और कैसे वास्तव में किसी के रोके से न रुकें।
8. यह जान जाएँगे कि कैसे एक सवाल से जाना और स्पष्ट किया जा सकता है कि आपके जीवन में आपके लिए सबसे महत्त्वपूर्ण क्या है।
9. उन बाहरी मुद्दों को समझना, जो वास्तव में आंतरिक मुद्दों का प्रतिबिंब हैं तथा संपत्ति के लिए हर स्तर पर अपने बोध को स्पष्ट कैसे करें।
10. बदलावों के पूर्व उन तीन सबसे महत्त्वपूर्ण या शीर्ष कुंजियों को जान जाएँगे, जो आपको अवश्य पता होनी चाहिए।
11. तुरंत हालात बदल देना।
12. उन कार्य-प्रणालियों को समझना, जिनसे आप ऐसे आविष्कार कर सकें, जो आपके जीवन के मूल उद्देश्यों को तलाशने में मदद कर सकें।

□

उत्कृष्टता के प्रति मेरी वचनबद्धता

मैं कठोर परिश्रम के सिंड्रोम से पीड़ित हूँ। मुझमें मानवीय उत्कृष्टता की अमिट प्यास है। मैं चाहे कुछ भी करूँ, उसे उत्कृष्टता के प्रदर्शन में बदलने पर जोर देता हूँ। मुझमें कठोर परिश्रम की जो जिद है, उसके गंभीर परिणाम मिले, जिनसे मैं वर्ल्ड क्लास ट्रेनर बनने की दिशा में बढ़ा और मेरे हर काम में कलात्मकता प्रवेश कर गई। व्यक्तियों, समूहों और संस्थानों के साथ ही अपने व्यक्तिगत जीवन में भी अपने काम में मैं अचेतन एवं चेतन रूप से निखार लाने के मिले-जुले तरीके का प्रयोग करता हूँ।

एन.एल.पी. पैटर्निंग का प्रशिक्षण देने के लिए मैं एन.एल.पी. पैटर्निंग (विशेष रूप से एन.एल.पी.+पैटर्निंग) के इस्तेमाल के लिए वचनबद्ध हूँ। पैटर्निंग को लेकर मुझे स्पष्ट और गहरी दक्षता प्राप्त है तथा मैं अपने क्लाइंट्स एवं छात्रों के ध्यान को पूरी तरह से अपने नियंत्रण में रखता हूँ। स्पष्ट है कि परिश्रम की जो जिद मुझमें है, उसके परिणामों से कोई बच नहीं सकता। क्लाइंट के रूप में मैंने जिस किसी को भी स्वीकार किया, चाहे वह कोई व्यक्ति हो या समूह, उसकी जिम्मेदारी लेने का निर्णय मैंने लिया है। मैं इस बात को भी मानता हूँ कि मॉडलिंग एन.एल.पी. पैटर्निंग का स्रोत है और मैं अपने एन.एल. पी. कोर्स में शामिल प्रत्येक व्यक्ति के साथ मॉडलिंग तकनीक को जोड़ने पर जोर देता हूँ। इस प्रकार मैं अपने काम में स्पष्ट रूप से ऐसी भावना जगाता हूँ, जिसने मानवीय उत्कृष्टता के अध्ययन के इस विषय की रचना की है।

मैं कई मायनों में अलग हूँ। उत्कृष्टता के प्रति अपने उत्साह को दिखाने से मैं हिचकता नहीं। अच्छी बात यह है कि इसका आधार अनेक प्रकार से इसके उपयोग और उनसे प्राप्त व्यापक अनुभव है। मैं जब किसी टीम के साथ खुश होकर प्रभावी रूप से काम करता हूँ तो एक विशेष व्यवस्था करता हूँ और यह सब पैटर्निंग एवं मेरी दक्षता पर आधारित होता है।

मैं एक सपने के साथ अपने देश भारत लौटा हूँ और लोगों के साथ मैं जो कुछ

साझा करता हूँ, वे सारे कार्यक्रम भारत के आध्यात्मिक विकास और प्राचीन ज्ञान की विरासत पर आधारित हैं।

जहाँ मैं नहीं जानता कि मेरी सीमाएँ कहाँ तक हैं, वहीं मैं अपने दायरों को लगातार आगे बढ़ाता जा रहा हूँ। मुझे आशा है कि मेरे योगदानों से एन.एल.पी. की पैटर्निंग वर्तमान सीमित परिस्थितियों से आगे जाएगी, और नए-नए क्षेत्रों में इसका प्रवेश निश्चित रूप से मानव जीवन की गुणवत्ता को बेहतर बना सकता है। यह मेरा व्यक्तिगत मिशन है।

क्या आप इस मिशन में शामिल होना चाहते हैं? तो वोकल बनें, लोकल चुनें!

—शांतनु दास शर्मा
संस्थापक एवं मुख्य विकास अधिकारी
न्यूरोमाइंड लीडरशिप एकेडमी
एडवांस्ड एनएलपी ट्रेनिंग, कोचिंग व पोटेंशियल डेवलपमेंट कंपनी
फ्लैट # 5, नं : 98ए रॉय बहादुर रोड, बेहाला, कोलकाता-700034 (भारत)
+91 9052302135 GSTIN No.19AIYPS5329Q1ZU
सर्टिफिकेट ऑफ इनलिस्टमेंट नंबर : 0046 0710 2905
www.neuromindnlp.com